요술 부지깽이

Pricksongs & Descants

세계문학전집 201

요술 부지깽이

Pricksongs & Descants

로버트 쿠버

양윤희 옮김

민음사

당신, QBSP를 위해

그는 밀어 넣고, 그녀는 고조된다.
— 존 크릴랜드, 「패니 힐」

그렇게 그들은 외형과 시(詩)가 같은가에 대한 문제를 내놓았다.
— 폴 발레리, 「목가시에 대한 변주곡」

차례

문(門)   9

요술 부지깽이   19

철창에 갇힌 모리스   58

생강빵으로 만든 집   79

일곱 가지 실험 소설   100

　Dedicatoria y Prólogo a don Miguel de Cervantes
　Saavedra   100

　1. 패널 게임   105

　2. 책갈피   119

　3. 형   124

　4. 기차역에서   134

　5. 리 죽다   142

　6. 요셉의 결혼   153

　7. 도보 여행자   164

엘리베이터   172

마른 남자와 살찐 여자의 로맨스   190

퀸비와 올라, 스웨드와 칼   207

감지 렌즈   234

　1. '겨울' 장면   234

　2. 사마니에고의 젖 짜는 여자   243

　3. 문둥이의 소용돌이   250

도보 사고   256

베이비시터   291

모자 마술   345

작품 해설   371

작가 연보   381

일러두기

1. 이 책의 원제는 'Pricksongs & Descants'이며, 2000년 Grove Press에서 출간된
판본을 번역 대본으로 삼았다.
2. 모든 각주는 옮긴이의 것이다.
3. 외국어 고유 명사의 한글 표기는 개정된 외래어 표기법에 따르는 것을 원칙으로 하
되, 일부 예외를 두었다.

문(門) : 이름뿐인 서문

이것은 말하기 힘든 진실이다. 재크가 거인이 된다는 사실과, 어린 시절 그가 통로로 이용했던 그 커다란 집도 바로 그 자신이었다는 사실. 그렇다. 그는 자신이 콩을 뿌려 기른 콩줄기를 타고 구름 위로 올라가 어리석은 늙은 바보를 넘어뜨린 다음 한참이 지나서야 노인이 의도했던 현명한 방식으로 지혜를 터득한다.

재크는 춤추고 노래하며 끊임없이 도끼질을 하여 결국은 그 크고 단단한 나무를 쓰러뜨렸다. 그러나 그는 자신이 정말 무엇을 했는지, 구름 위에서 무슨 일이 일어났는지, 혹은 그 일들에 관한, 그리고 어떻게 하면 그 콩나무 위의 거인 오게르가 바로 자신이라는 것을 어머니께 들키지 않을까 하는 상념으로 가득 차 있었다. 그리고 보라, 그는 오늘도 역시 어린 나무에 계속 도끼질을 해 댄다. 나무 찍는 일에 자신을 옭아매고서, 오 신이시여. 그것이 질투란 말입니까? 정령 이 모든 것들이? 유감스럽게도 나이 든 사람에게는 그런 환락과 공포가 다 넘쳐 사라지고 결코 다시는 일어날 수 없다는 것입니까? 젠장, 이럴 수가.

그러나, 아니다. 그것은 질투가 아니다, 그녀도 결국은, 단지 어린아이에 지나지 않는, 그와 한핏줄이 아닌가.

도끼를 휘두르며 근육에 힘을 주자 커다란 굉음과 함께 나무는 우지끈 기울며 넘어졌다. 재크는 나무를 흔적도 없이 잘게 쪼개기로 결정한다.

귀 기울여 보라. 그는 어머니가 즐거워하기를 원했고, 그렇다, 어찌 되었건, 세상 모든 이들은 아니라도, 그들 두 사람만이라도 즐겁기를 원했다. 그는 콩나무 위에서의 일들을 어머니에게 말했고, 그녀가 자신이 겪은 일을 들으면서 삶을 사랑하고 그것의 일부가 되기를 간절히 바랐다. 콩줄기를 오르락내리락하며 겪었던 그 광란의 경험은 그에게 많은 가르침을 주었다. 그러나 무엇보다도 어머니의 웃음소리와 자신의 이야기에 푹 빠진 호기심 어린 미소가 좋았기에 그곳의 공포는 말할 수 없었다.

그는 나무 위에 틀어진 둥지를 하나 보았다. 얼룩덜룩한 엷은 반점 모양의 알들이 깨져 있는 가운데 유독 한 개의 알만이 온전히 남아 있다. 그는 깨지지 않은 알을 가만히 응시한다. 모자를 벗고 목 뒤에 흥건히 젖어 든 땀을 손등으로 훔쳐 낸다. 하지만 무엇을 할 수 있단 말인가? 아무것도 할 수 없다.

그것이 그를 두렵게 만든다. 어머니를 위해서. 그 자신을 위해서. 단편적이긴 하지만 어머니에게 세상의 일면을 보여 주는 것, 사실 모든 생각을 다 쏟아 놓은 것은 아니어도 어쨌든 어머니는 경청하고, 그는 말하고 있으며, 즐거이 듣는 그녀, 그녀에 대한 그의 사랑, 그의 소심하고 외로운 사랑으로 인해 공포는 생략한 것이다. 그는 피 냄새를 맡았고 그것이 본질이었다. 그러나 어머니가 그 상황에 휩싸이게 되고, 홀로 그런 광경을 보고 그런 상황에 포위된다면 과연 어떤 일이 일어날까? 그가 공포와 증오의 일부였다는 사실을 알게 된다면 말이다. 그 자신도 늙은 거인이 하늘나라에 산다고 생각하지 않았던가. 불쌍한 괴물이여!

그는 쓰러진 나무 곁에서 격렬하게 도끼를 휘두른다. 그의 몸은 휘두름의 충격으로 전율하고, 부단히도 견뎌야 하는 삶에 격분한다. 인간의 고뇌여. 사랑이여. 그 간절한 매달림. 빌어먹을 쓰레기 더미.

그곳에 늙은 어미가 서 있다. 끊임없이 고통스러워하면서도 곧 망각하게 될 어리석은 이야기에 흠뻑 빠져 아무 생각 없이 광적인 의지로 그것들을 부여잡고 있다. 재크는 어머니를 화나게 했던가? 그랬다. 그들 모두는 공허 속에서 아무 희망 없이 감각적인 존재로 태어났고, 자궁과 젖꼭지와 힘을 속 편하게 남발한 후 혼탁하게 썩어 빠진 무용성 속으로 침잠했다. 옛 송가와 거짓 이야기들을 읊조리면서, 이가 다 빠져 버린 입으로 분노 어린 냉소를 히죽 날린다. 신이시여! 그는 온 힘을 다해 나무에 기댄다.

더 안 좋은 상황이 닥친다. 그녀는 두려워할 수도 있고, 그의 딸, 증오할 수도 있다. 죽음으로부터 어머니를 구할 수만 있다면 재크는 기꺼이 자신의 목숨을 내놓을 수 있으며, 어머니를 공포로부터 자유롭게 할 수만 있다면 자신이 그런 공포를 홀로 끌어안고 사는 것쯤은 아무것도 아니다. 그러나 아니다. 그는 세상의 종말과 그 모든 참을 수 없는 욕망을 떠올린다. 그 삿된 욕망들은 쉽게 제거할 수 없을 것이다. 오랜 친구여, 단지 왕들만이 오랜 잠에서 다시 일어날 수 있는 것, 그리고 그들은 이제 모두 사라져 버렸다.

그는 이제 잠시 도끼질을 멈춘다. 그렇다. 뭔가 두드리는 소리, 그도 그 소리를 들었다. 그때 그날, 머지않아 곧. 그는 쓰러진 나무 곁에 도끼를 기대어 놓고 걱정스럽게 집 쪽을 돌아본다. 그에게 옛 금언이 떠오른다. "뱃속을 무거운 돌로 가득 채워라."

그러나 기다려라. 조만간, 반드시 그런 일이 일어날 것이 틀림없고, 또 그래야 하지 않겠는가? 분명 머지않아 어머니는 모든 것을 알게 될 것이다. 그가 거짓말을 했다는 사실을 말이다. 그는 하늘에 괴물도, 늑대도, 마녀도 없다고 말했지만, 젠장, 그곳엔 그런 것들이 분명 있지 않았던가, 있지 않았느냔 말이다. 사실 지금 이 순간에도 그것들 중 하나가 그를 사로잡고 있고, 이로 인해 그는 도끼를 부여잡은 채 의식을 거행하듯 살 밑을 파내고 있지 않은가 말이다. 잠시 후 재크는 사악하고 고집스러운 끈기를 가지고 다시 도끼질을 시작하고, 그는 웃는다…….

너무나 은혜롭게도 덕행 그 자체만으로도 소위 보상이라 불리고 아름다운 장신구로 잘 장식된 보석을 얻는 것과 다름없었던 그 옛날을 나는 회상하고 있지 게다가 내가 말한 것처럼 시의 운율로 흐드러진 얇은 종이 속에는 한때 수많은 피로 얼룩

진 아름다운 장면들이 떡 버티고 있다가 내 오래된 네 장의 포
스터 속에서 사라져 버리는 거야 거기에 있는 선정적인 시절은
옛 교리에 대항하는 멋있게 잘 다듬어진 도전장 같았지 하지
만 이 거지 같은 시절이 포스터들과 상자 사이의 벽에 나를 내
던지려 위협하고 있는 지금 젠장 궁금해서 그러는데 선행이 어
디에 있다는 거야? 내가 끝까지 선행을 행할 수 있다는 거야?
그 빌어먹을 아이는 어디 있는 거야? 그리고 그 끔찍한 시간 동
안 가락이 풍성한 아름다운 회상이 작용하여 그 옛날의 음란
물들을 오히려 어떤 다른 세상의 오래된 열광적인 꿈들로 만들
어 버린 거야 난 간절한 마음으로 그렇다고 말할 수 있어 오리
를 애무하고 두꺼비와 도마뱀에게 키스를 하듯 말이야

　　　　　　　　　　　　　　　　　　　오 나는
그녀가 왜 늦었는지 알지 당신이 그녀에게 경고를 한 것이 아
무 소용없다는 것과 누가 그녀의 경망스러운 귓가에 그의 옛
「죽은 음부와 찌르기 노래」를 속살거렸는지도 알지 내가 그
노래들을 들은 적도 없고 노래 중에 흐르는 그의 뜨거운 숨결
을 느껴 본 적도 없는 줄 알아? 아니야 나는 그를 알고 지금
그가 검은 털이 수북한 입가를 핥으며 두려움과 식욕으로부터
다성 음악을 창작하는 것을 보고 있지 재앙에서 흘러나온 목
가시를 읊어 대며 그의 성례를 위한 오락거리를 노래하고 있는
것을 그래 나는 그가 잘한다는 걸 알아 그래서 그녀에게 말하
지 그러나 잔소리라는 거야 그녀는 잔소리라고 말하지 당신은
시대가 다르다는 걸 이해하지 못한다고 하면서 세상이 전부
새로워졌다는 거야

　　　　이해하지 못하다니! 그녀는 누구의 코를 비

틀고 있다고 생각하는 걸까 작은 소? 그녀의 음부에 돋아 있는 약간의 새로운 솜털과 작은 유방에 들어 있는 주스 그리고 그녀는 숲도 불가사의도 없는 자기만의 세계 속으로 깡충거리며 뛰어 들어와 얼굴에 도취된 듯한 미소를 띠고 치마를 귀까지 들어 올리는 거야 나는 오늘 그녀에게 신비스러운 것을 줄 거야 내가 이미 너무 늦은 것이 아니라면 말이야 그리고 늦었으면 또 어때? 젠장! 그녀가 까치발을 딛고 번잡스러움과 권태 속으로 가 버리게 놔둬 떨어진 서랍장에 발이 걸려 몇 번이나 넘어지게 놔둬 그리고 늙은 할머니한테 달려오나 안 오나 보자고 신이 나를 지키사 다른 곡조를 읊조리게 하신 거지! 이해를 못 하다니! 하! 내가 옛 이야기에 나오는 야수와 결혼한 미녀겠어?

그래 모든 오랜 전설들을 나는 다 알았고 내 마음을 그들에게 다 빼앗겼지 그런 이야기를 들어 보지 못한 자가 어디 있겠어? 미녀에게 무슨 이상한 일이 있는 건 아닌가요 아빠? 내 누이들은 질문하곤 했지 그녀가 두꺼비나 까마귀 혹은 고약한 냄새를 풍기는 늙은 괴물을 따라간 것이 조금 기묘하지 않나요? 하지만 나에겐 꿈이 있었고 아빠는 아마도 그것이 불편했는지 모르지만 만약 정통파가 아니라면 그는 존재 가치가 없었지 그래서 그 점을 존경해야만 했던 거고 내 결혼을 축복해 주기까지 했어 내가 야수를 발견했을 때

단지 나의 야수만이 결코 왕자가 될 수 없었지

하지만 할머니 이제 새로운 세대예요! 하! 애야 내가 너에게 새로운 세대를 주마 들쥐처럼

구름 떼처럼 번식하는 삿된 숫자가 아닌 세대를 말이야! 나에
게 다시 태어난 사람들과 생식기에 대한 비밀을 말하지 마! 세
상에서 낙오된 수수께끼와 혁명의 악취를 청결하게 하여 지상
의 악취를 없앤 어떤 부랑자의 노래도 부르지 마! 나는 내 연
인인 괴물과 성교를 했고 그 후에 그가 사탕을 깨끗이 핥아먹
는 소리를 들었어

그리고 맛있는 것들로 가득 찬 바구니는? 길
위에 있는 자가 바로 당신인가 내 사랑? 서둘러! 내 욕구는 거
대하고 내 지혜는 흘러넘쳐 당신 자신의 시대에는 걸맞지 않
기 때문이지

그러니 귀를 기울여 봐 나는 일생 동안 그 개 같
은 소동을 겪어 왔어 내가 진정으로 그런 소동 없이는 살 수
없다는 걸 느낄 때까지 말이야 그리고 아이의 코 고는 소리
가 죽은 자를 깨울지도 몰라 비록 지금 나는 침묵 가운데서도
잠들 수 없지만 말이야 그래 그리고 나는 그와 함께 냄비 속
을 발로 긁었어 그리고 그가 사람들이 우글대는 공원에서 보
도 위나 해변에 똥을 떨어뜨리는 것을 가만히 지켜보았지 그리
고 자기 응접실 그리고 손녀딸에게까지 나는 고통스러워서 몸
이 쪼개지는 것 같았어 거기다 너무나 성급한 두껍고 자극적
인 그의 음경도 보았지 그런 다음 여전히 안달이 나고 피가 마
르는 상태에서 그가 되는대로 아무 여자하고나 붙는 것을 응
시했어 나는 나 자신의 아름다움이 나의 연인에게 기우는 것
을 지켜보았지 그리고 여전히 왕자가 아닌 왕자가 아닌 하지만
당신은 내가 이해한다고 생각하나 보지? 그리고 그를 사랑했
고 나의 아이가 결국은 그 지독한 야수를 사랑했을 거라고 말

이야

그래 그래 나는 당신이 문을 두드리는 소리를 들었어 들어와! 어서! 나에게 맛있는 것을 가져다줘! 내가 베일을 거두고 이야기를 해 줄게……

무엇인가가 변화되었다. 그녀는 전혀 아무런 미동도 없이 집 앞 문가에 서 있다. 잠시 후 그녀는 자신이 버려진 듯한 느낌을 받는다. 마치 고아가 된 듯, 그러나 곧 벌들이 분주하게 길가 꽃들 사이를 윙윙거리는 것에 시선을 빼앗긴다. 햇빛은 하얗게 빛바랜 지붕 위로 내리쏟아지며 재촉하는 듯 고요하다. 그것이 무엇이었나? 아하! 말하자면 문이 열려 있었던 것이다!

그랬다. 그녀는 여러 해에 걸쳐 여기로 오고 있는 중이었다. 영원히 그럴 것이다. 매년 여러 번, 항상 같은 이유로 상황이 지금과 같다면 언제든지 — 그녀는 잠시 주춤거린다. 어떤 희미한 기억이? — 아니, 아니다. — 항상 그 문은 닫혀 있었는데.

그러면 어떻게? 그녀는 문에서 물러섰고 일종의 안도감이 그녀를 휩쓸지만 불안감 또한 엄습한다. 정말 이상한 일이다. 그 문 말이다. 만약 문만 열리지 않았다면 모든 것은 전과 동일했을 것이다. 오두막집, 하얗게 쏟아지는 햇빛, 일렬로 줄지어 선 잘 가꾸어진 텃밭, 그 귀퉁이로 텃밭을 가꾸는 도구들이 들어찬 작은 헛간, 지붕같이 둘러쳐진 파라솔 아래서 두레박을 끌어올리는 낯익은 노인네, 두레박은 바싹 말라 금이 가고 쓸모도 없지만 항상 못 박힌 듯 그 자리에 머물러 있지 않았나. 드디어 오두막에서 조금 떨어진 길 아래쪽 숲에서 낯익은 나무 베는 소리가 들려온다. 쿵, 쿵, 쿵. 나무꾼의 도끼 소리, 머리를 갸우뚱 기울여 보고 고심하며 독한 마음을 먹고 듣지 않으려 해도 똑똑히 들려오는 소리. 문이 열려 있었던 것이다.

그러나 기다려라! 그녀는 상을 찌푸린다. 옆구리에 바구니를 바짝 끼고 주변을 둘러본다. 여느 때와 똑같은 태양, 다소 더운 것 같기도 하고, 밝은 것 같기도 하면서, 도드라지지도 않는, 그러면서 지독하게 낯선 정적을 불러들이고 있지 않은가? 오두막은 날카로운 모서리도, 물막이 판자를 감싸 안을 포도덩굴도, 거미들을 가득 불러들일 허공도 없지 않은가? 그녀는 몸을 부르르 떤다. 옛 우물은 갑자기 다른 우물들을 감추는 듯 보였고, 정원 또한 상상할 수도 없는 이상한 낯선 정원에 관해 이야기하고 있는 듯했다. 그리고 친근하게 들리던 나무꾼의 리듬에 맞춘 도끼질 소리조차도 오늘날까지 너무나 가까이에서, 고집스러운 자신의 영속성을 주장하고 있지 않은가?

옛이야기가 그녀 마음속에서 늙은 여인의 분별없는 공포의 총합처럼 이빨을 번득이며 두려움에 가득 찬 눈빛과 사납게 빙퉁그러진 모습으로 솟아났다. 도깨비들이 태양이 진 밤의 터널에서 튕겨져 나와 난장판 속에서 그녀의 어린 시절을 삼켜버리고, 그녀는 충동적으로 문고리를 잡는다. 그것은 태양의 이글거림으로 인해 번지르르하게 번쩍인다. 그녀는 주저한다. 그 문 너머로? 그녀는 부여잡은 문고리에서 따스한 온기를 느꼈고, 호흡과 움직임에 대한 새로운 깨달음을 얻었다. 그녀는 그 틈을 응시하면서 알아내었다. 그녀가 아니었다. 아니다. 세월이 지나가면서 수많은 문틈들이 그녀에게 말을 건넸다는 것이 명백해졌다.

그녀는 벌목꾼의 그치지 않는 도끼질 소리를 들었다. 숲. 그렇다. 우연한 만남, 그것을 회상하자 그를 경외했던 것이 떠오르며 미소가 머금어졌다. 그 당시엔 그 소리에 놀랐다. 그러나 그리 오래지 않아, 우연한 만남과 출현. 그리고 그로 인해 그녀는 모든 것을 알았다. 무언가를 알았다는 인식 자체가 그녀의 고뇌를 덜어 주었다. 그녀는 자신이 부둥켜안고 있는 바구니를 조롱하며 희미하게 미소 지었다. 아마도, 이것은 이미 명백해진 커다란 산물일 것이다. 가면과 시와, 전설에나 나오는 비둘기와 허브로 아름답게 윤색된 정교한 게임이었다. 왜 안 그렇겠는가? 그녀는 그 소리가 지속되는 한, 그의 이상스러울 만큼 순종적인 갈망을 잘 이용할 수 있었다. 태양이 자신의 속박을 갑자기 끊어 버리고 서쪽으로 홱 움직여 그녀를 문간으로 밀어 젖힐 때조차도, 그녀는 이 상황이 비록 희극에 그칠지라도 한번 이런 상황에 들어온 이상 결코 되돌아갈 수는 없다는 것을 깨닫고 있었다. 이곳은 어쨌든 그 스스로 여러 놀라움과 마법들과 자신만의 성곽들, 비밀의 방들, 많은 통로들, 많은 정원들, 그리고 더 많은 문들까지도 소유하고 있었다.

집 안으로 들어오며, 그녀는 마치 뒤에서 빨간 망토가 어깨를 내리덮는 것 같은 강압적인 영상을 느낀다. 이제 남은 것이라고는 벌목꾼의 음침한 도끼질 소리뿐이다. 그녀는 등 뒤에 있는 문을 꼭 닫고, 걸쇠를 걸어 잠근 후에야 마침내 고요히 침잠할 수 있었다.

요술 부지깽이

나는 섬을 하나 창조해 내며 그곳을 거닐고 있다. 태양을
만들고 소나무, 전나무, 자작나무, 산딸기나무까지 들여놓았다.
한적한 호숫가에 찰랑거리는 물이 조약돌을 넘나든다. 나는
그늘과 습지, 거미줄 그리고 허물어져 가는 폐허도 만들었다.
그렇다. 폐허. 폐허에는 집 한 채와 손님용 오두막, 보트 창고들
과 선착장이 있다. 테라스도 갖추어져 있고 욕실과 심지어 전
망 탑까지 세워져 있다. 모든 것들은 약탈되고 창문은 부서졌
으며 난잡한 낙서가 즐비하고 더럽혀져 있다. 나는 그곳에 한
낮의 뜨거운 침묵과 심오함, 무거운 정적마저 감돌게 했다. 꼭
무슨 일이 일어날 것만 같다.

* * *

이 작고 비밀스러운 만(灣), 한때 관리인의 오두막이었으며

보트 창고에서 멀지 않은 곳에, 호숫가에 있는 커다란 암석으로부터 배를 보호하기 위한 장치가 있었던 듯하다. 만의 끝에 쌓여 올려진 앙상한 회색 널빤지 조각들이 그걸 말해 주고 있다. 만약 널빤지들이 아니라면 그 만은 부서진 암석들과 깡통, 병들만이 즐비하게 깔려 이리저리 물에 휩쓸려 다니는 보통 만에 불과했을 것이다. 손톱만 한 은빛 물고기들이 떼를 지어 다니고, 바닥엔 안개가 자욱하며, 잔잔한 물가 위로 잠자리들이 날고 있다. 모터보트가 거칠게 소리를 토해 내며 호수를 벗어나 이 작은 만으로 들어오는 소리가 들려온다. 보트는 길고 완만한 호를 그리며 미끄러지듯 만으로 들어오고 있다. 조약돌이 깔린 얕은 모퉁이 쪽으로 바닥을 긁으며 갑작스럽게 정적을 깨고 들어온다. 보트에는 두 소녀가 타고 있다.

* * *

첫 번째 손님용 오두막으로 가는 길목에 잘 손질된 쇠 부지깽이 하나가 풀숲 깊숙이 박혀 있다. 정교하게 세공된 손잡이가 달리고 길쭉하며 약간 녹이 슨 주황빛이다. 나무 그늘 곁에 놓여 있는 것이 아니라 들쭉날쭉 자라난 야생초들의 그늘에 가려져 놓여 있다. 내가 그것을 거기에 두었다.

* * *

섬이 황폐하게 버려졌을 때 그곳에 남았던 관리인의 아들이 숲의 가장자리 나무딸기 가시덤불 속에서 알몸을 웅크리고 만

쪽을 바라보고 있다. 몸을 긁적이며 보트가 멈추는 것을 바라보다가 소녀들이 내리는 것을 보자 나무 쪽으로 황급히 뛰어가 손님용 오두막을 나무 덤불로 가린다.

* * *

앞쪽에 서 있는 소녀는 몸에 꼭 끼는 황금빛 바지와 주름진 블라우스, 실크 스카프를 목에 두르고 마치 패션 잡지의 모델처럼 서서 잠시 머뭇거리다가 헛발을 디디며 보트에서 폴썩 뛰어 내린다. 그때 샌들 뒤꿈치가 수면을 살짝 스친다. 그녀는 짧고 신경질적인 외마디 비명을 지르며 돌 위에 올라섰다가 비틀거리면서 건너편 마른 잡초 더미 위에 내려선다. 뒤꿈치를 들어 올리며 어깨 너머로 눈살을 찌푸리는 그녀. 귀밑의 작은 근육이 긴장되어 파르르 주름 진다. 그녀는 얼굴 위에 앉은 커다란 파리 한 마리를 초조한 듯 쓸어 쫓으며 까탈스러운 목소리로 묻는다. "이제 무얼 하지, 캐런?"

* * *

나는 손님용 오두막을 정돈하고 있다. 현관을 허물어뜨리고 방충망은 너덜너덜 해어뜨리며 벽에는 벌레들이 몰려들게 한다. 전등 스위치를 떼어 내고 침대 매트리스까지 없앤다. 창문을 부수고 욕실 바닥엔 오줌을 갈긴다. 수도꼭지는 녹슬게 하고 종이 벽지는 발로 으깬 뒤 문짝도 떼어 놓는다. 정말 쓸 만한 것은 아무것도 없다. 사실, 그것이 즐거움이지.

* * *

　예전 어느 때인가, 굉장히 부유했던 한 가족이 이 섬 전체를 사들였다. 그리고 섬 가장자리에 집들, 오두막들, 커다란 저택을 짓고 보트 창고, 부두, 욕실, 전망 탑까지 만들었다. 그들은 섬을 잘 가꾸고, 잔디 씨앗을 뿌렸으며, 하수 시설을 만들고 내부를 장식하면서 방마다 전기까지 설치했다. 일본 전등과 주마등을 세우고 여름이면 가끔 이곳으로 왔다. 그들은 보트 오두막 옆에 오두막을 마련하여 관리인을 두고 일 년 내내 섬 관리를 부탁했다. 그러나 그 집 가장이 죽자 남은 가족들에게 할 일이 많아졌다. 그들은 섬에 오는 것을 그만두었고 관리하는 것조차 잊어버린 것이다.

* * *

　황금빛 바지를 입은 소녀는 보트 안에 조용히 앉아 모터를 중립에 놓고 배를 세우는 다른 소녀를 바라보고 있다. 배 안의 소녀는 노란 잿빛 밧줄을 바닥에서 집어 호숫가에 던진다. 그녀는 팔을 곧장 뻗어 몸을 움츠리며 밧줄을 땅에 떨어뜨린다. 캐런이라는 이 소녀는 두 손가락과 엄지를 사용해 밧줄을 쥐고 그것을 그녀 앞에 있는 소녀에게 건네준다. 밝은 노란색 원피스에 베이지 색 카디건을 걸친 캐런, 그녀는 좌석 아래에 연장통을 밀어 넣고 보트 전체를 한 번 휘둘러본 다음 배에서 뛰어내린다. 물가를 밟을 때 캔버스 슈즈에 물이 튀지만 그녀는 전혀 신경 쓰지 않는다. 그녀는 황금빛 바지를 입은 소녀에게서 밧줄을 넘겨받아 호숫가 근처 자작나무에 걸쳐 놓고 온화한 미소를 띠며 고개를 끄덕인 후 길을 따라 걸어 올라간다.

* * *

저택에는 곶이 돌출되어 나온 높은 벼랑 위로 베란다와 테라스 같은 발코니가 있다. 그곳에서 호수를 바라보면 파란 배경 속 수많은 섬들로 이어지는 탁 트인 아름다운 경치가 장관을 이룬다. 지금 그곳에서 키가 크고 호리호리한 남자가 바깥 풍경을 주의 깊게 응시하고 있다. 하얀 터틀넥 셔츠와 진청색 재킷을 입고 파이프를 피우며 돌난간에 기대어 서 있다. 그는 섬으로 다가오는 보트 소리를 들은 걸까? 그 자신도 알지 못한다. 그 소리가 점점 멀리 사라지는 듯싶더니 보트가 멈추어 선다. 그러나 물가에서, 특히 섬 주변에서, 그가 들은 소리를 믿어 줄 사람은 아무도 없다.

* * *

그 무렵, 수많은 방들, 잡동사니, 벽난로, 그리고 장수말벌의 둥지, 곰팡내 나는 지하실, 커다란 육각형 회랑과 밝은 빨간색 문이 있는 저택에서 나는 바쁘게 움직이고 있다. 아직 두 소녀는 이곳에 오지 않았다. 그들은 먼저 객실을 탐험하고, 부지깽이도 발견해야 하기에 잠시 시간이 필요하다. 나는 회랑 내부에 녹색 피아노를 갖다 놓았다. 피아노 줄을 빼내고, 상앗빛 피아노 건반을 누르스름하게 변색시키고, 녹색 칠은 금가고 벗겨지게 만들었다. 세부적인 것에 까다롭고 철저하지 않다면 나는 존재 가치가 없다. 나는 피아노 페달을 분해하고 (내가 창안해 낸 수평을 이루는 하프 모양의) 낡은 덮개를 떨어뜨려 놓았다. 부서진 피아노 줄이 마치 녹슨 머리칼처럼 매달려 있다.

* * *

관리인의 아들은 오두막의 깨진 유리창 너머로 그들이 접근해 오는 것을 지켜보고 있다. 그는 억세고 털이 수북하며 짧게 휘어진 다리를 가진 근육질의 흑인 꼽추다. 머리칼은 길고 아래턱과 윗입술 사이에서 가느다랗고 앳된 턱수염이 자라고 있다. 생식기는 묵직하게 돌출되어 있고 엉덩이에는 털이 수북하다. 작은 눈이 잽싸게 이곳저곳을 둘러보고 있다.

* * *

그 만은 햇빛이 끊임없이 내리쬐어 숨 막힐 듯 답답하다. 길을 따라 햇빛은 가지각색으로 다채롭게 얼룩진다. 이런 다채로움 속에도 단조로움이 존재하는 것은 그 단조로움조차 산들바람이 원하는 하나의 결정된 구조이기 때문이다. 이 다양한 무늬들을 지나치며 두 소녀가 앞으로 나아가고 있다. 부드러운 발걸음으로 길게 보폭을 떼는 캐런은 기대에 찬 미소를 짓고 있다. 서둘러서 뒤를 따르다가 간간히 멈춰 서는 다른 소녀는 팔과 다리를 맞부딪히며 걷다가 목을 뒤로 젖히고 애조 띤 목소리로 무언가를 저주하고 있다. 그녀는 두 그루 나무 사이를 지나칠 때마다 헐떡거림을 잠시 멈추고 두 손으로 공간을 긁 듯이 후벼 파며 앞으로 나아간다. 그러나 거미줄이 그녀의 머리에 계속 감겨 머리를 엉키게 한다.

* * *

길가의 두 그루 나무 사이에서 배에 커다란 하트 모양의 빨간 무늬가 있는 검은색 거미가 복잡한 거미줄을 짜고 있다. 그녀는 깜짝 놀라서 멈칫 멈추어 선다. 빛나는 검은 피조물의 민첩한 행동은 그녀에게 마치 끔찍한 메시지를 주술처럼 읊조리는 듯 여겨진다. 어떻게 캐런은 이 거미줄을 손으로 거둬 내지 않고 지나쳤을까? 소녀는 한 발 뒤로 물러선 채 두 손으로 얼굴을 감싸 쥔다. 어떤 길로 갈까. 왼쪽은 어둡지만 오른쪽은 밝다. 그녀는 환한 쪽을 선택하고 그곳에서 그리 멀지 않은 길가에서 길쭉하고 호리호리하며 손잡이가 정교하게 세공된 쇠 부지깽이와 맞닥뜨린다. 그녀가 몸을 구부리자 황금빛 엉덩이가 풀숲에서 희미한 빛을 뿜어낸다. 이 얼마나 아름다운가. 이상한 충동에 휩싸인 그녀는 자신도 모르게 부지깽이에 '쪽' 하고 키스를 한다. 그러자 그녀가 서 있는 바로 앞에 키 크고 잘생긴 검정 바지 차림의 남자가 나타난다. 그는 하얀 터틀넥 셔츠를 입고 재킷을 걸친 채 파이프를 피우고 있다. 그는 그녀를 내려다보며 미소 짓다가 "고맙군." 하고 말한 뒤 그녀의 손을 잡는다.

*　*　*

소녀가 풀숲에 박혀 있는 쇠 부지깽이를 발견했을 때 캐런은 너무나 앞질러 가서 거의 보이지 않는다. 부지깽이는 녹이 슬어 주황색이지만 손잡이가 정교하고 길쭉한 모양에 호리호리하다. 소녀는 그것을 자세히 들여다보기 위해 몸을 구부린다. 그녀의 굴곡진 황금빛 엉덩이는 청록색 풀숲 위에 놓이고, 길고 검은 머리칼은 작은 어깨에 가볍게 드리워져 아름다움이 얼굴에 감돈다. "오!" 그녀는 부드럽게 말한다. "어쩌면 이렇게 기묘할까! 어쩌면 이리도 아름다울까!" 조심스럽게 만져 보고, 쥐어 보고, 집어 올린 다음 뒤집어 본다. 안쪽은 그리 녹이 많이 슨 것은 아니지만 수백만 마리의 벌레들이 우글거린다. 그녀는 그것을 떨어뜨리고 몸서리를 친 다음 바지에 몇 번이나 손을 털어 내다가 다시 몸서리를 친다. 그러다가 몇 발짝 떼고 잠시 멈추었다가 힐긋 뒤를 돌아본다. 그러고는 마치 그 장소를 각인이라도 하듯 주변의 모든 것을 집중해서 둘러본다. 그녀는 서둘러 길을 재촉하면서 그녀의 자매가 먼저 손님용 오두막으로 들어간 것을 알게 된다.

*　*　*

황금빛 바지를 입은 소녀? 맞다. 또 다른 소녀의 이름은 캐런? 물론 그렇지. 사실 그들은 자매다. 내가 두 명의 소녀를 이 창조된 섬에 데려왔고 적당한 시기가 되면 집으로 돌려보낼 것이다. 나는 그들에게 옷을 입혔고 경우에 따라 안 입히는 것이 더 낫다고 여기면 그렇게 할 것이다. 한 명에게는 세 번 결혼의 기회를 주었고 다른 한 명에게는 한 번도 주지 않았다. 내 자비심과 냉혹함의 끝은 여기가 아니다. 그 문제는 내가 그녀들의 부모를 만들어 낸 다음 그들과 논쟁할 문제다. 아니, 내가 그럴 권리를 가진 것도 아니다. 우리가 선택권을 가지고 있는 것이고 내가 인정하는데, 어느 정도는 한계 상황이…….

* * *

그녀는 청록색 풀숲 위에 황금빛 엉덩이를 내밀고 쪼그리고 앉아 이상스러운 부지깽이에 키스한다. 손잡이와 길게 녹슨 날에도 입을 맞춘다. 아무것도 아니다. 그저 불쾌한 맛이 입 안에 퍼진다. 난 바보인가 봐, 우스꽝스럽고 로맨틱한 바보. 그녀는 자신을 그렇게 생각한다. 하지만 왜 그녀는 가던 길을 바꾸어 이 작은 풀숲으로 들어왔을까? 그녀가 부지깽이 날에 다시 입을 맞춘다. 쪽! 그러자 한 남자가 그녀를 웃는 얼굴로 내려다보며 "고맙군." 하고 말을 건넨다. 그는 허리를 굽혀 그녀의 뺨에 키스하고 손을 잡는다.

* * *

거칠게 자른 통나무로 엉성하게 지은 손님용 오두막에는 꼭 필요한 과일조차 준비되어 있지 않았지만 그 외양만은 나름대로 유행에 맞춰 지은 듯이 생각된다. 박공 구조로 된 지붕과 통나무 기둥이 다른 문화와의 교역의 증거를 충분히 보여 준다. 캐런은 그늘진 현관에서 언니를 기다리며 서 있다. 길을 따라 머리를 숙이고 그곳으로 오는 언니를 보자 손을 흔든다. 그러고는 뒤를 돌아 부서진 문을 통해 오두막으로 들어간다.

*　*　*

그는 그것을 알고 있다. 전부터 계속 그곳에 있었으니까. 문 안쪽에서 몸을 웅크리고 털투성이 몸을 바싹 긴장시킨다. 안으로 들어온 그녀는 그가 있는 방향을 뚫어져라 본다. 그는 소스라친다. 그녀는 미소를 머금고 뒤를 돌아보며 "캐런!" 하고 외친다. 그는 작은 눈을 화살처럼 빠르게 출입구 쪽으로 돌리면서 다시 그림자 속으로 몸을 숨긴다.

*　*　*

그녀는 녹슨 부지깽이에 키스하고, 정교한 장식에 키스하고, 긴 녹슨 손잡이에 키스하고, 끝에 있는 날에도 키스한다. 아무 일도 일어나지 않는다. 단지 녹슨 맛만 입 안에 퍼진다. 뭔가 잘못된 것이다. "캐런!"

*　*　*

"캐런!" 황금빛 바지를 입은 소녀가 오두막 밖에서 그녀를 부른다. "캐런, 방금 내가 정말 아름다운 물건을 발견했어!" 현관의 두 번째 계단은 썩어서 삐거덕거린다. 그녀는 계단을 건

너뛰어 현관으로 올라와서는 너덜거리는 방충문을 열어젖힌
다. "캐런, 나는…… 맙소사! 사람들이 집에 해 놓고 간 것 좀
봐! 그냥 보기만 해!" 캐런은 부엌으로 들어가면서 뒤를 돌아
방을 둘러보는 언니에게 미소 짓는다. "벽은 모두 얼룩덜룩 망
가져 있고 플러그와 전등 스위치까지 다 빠져 있어! 어머나 그
런데 생각해 봐, 캐런! 이 외딴 섬에 전기가 있다니! 문명화되
어 있었어! 그리고 여기 아름다운 벽지 좀 봐! 그냥 한번 보기
만 해 봐! 오! 정말 끔찍하게 아름다운 야만의 것들이 동시에
존재하다니!"

* * *

그러면 관리인의 아들은 어디 있는 걸까? 나도 알 수가 없
다. 캐런의 언니가 들어왔을 때 그는 여기 어둠 속에 웅크리고
있지 않았던가. 그런데 이상한 것은 그녀가 방 안에 망가진 물
건들에 대해서는 언급하면서 그 남자에 대해서는 한마디 말
도 없다는 것이다. 이것은 곤란한 문제이다. 내가 그를 소녀들
과 함께 이곳으로 초대하지 않았던가? 그 터틀넥의 신사와 함
께 말이다. 그의 등을 곱사등이로 만들고 다리를 몽땅하게 짧
게 했으며 엉덩이 사이에 털이 숭숭 나도록 한 것이 바로 내가
아니냔 말이다. 나도 알 수가 없다. 소녀들, 그리고 셔츠를 갖춰
입은 키 큰 남자, 물론 그는 내 첫 번째 초대 손님이었다. 그러
나 관리인의 아들은? 솔직히 고백하자면 가끔은 그가 나를 고
안해 낸 것인지 내가 그를 고안해 낸 것인지 헛갈릴 때가 있다.

*   *   *

소녀들이 접근했을 때 단단하고 묵직한 생식기를 가진 관리
인의 아들은 눈을 빛내며 어둠 속에 몸을 숨긴 채 숨죽여 빈
방으로 뛰어 들어간다. 그는 빠끔히 열린 문 뒤에 숨어서 황
금빛 바지를 입은 소녀를 찬탄하며 은밀히 훔쳐본다. 그러고는
거의 본능적으로 욕실로 숨어든다. 결국 여기서 그들의 첫 번
째 만남이 시작될 것이다.

*   *   *

캐런은 마치 익숙한 집에 와 있는 듯 조신하게 집 안 이곳저
곳을 지나다닌다. 부엌으로 들어가 금이 간 파란 찻주전자를
집어 들고 안을 들여다본다. 온통 녹이 슨 주전자. 툭 치자 둔
탁한 소리가 난다. 그녀는 햇볕 따사로운 벤치에 주전자를 내
려놓는다. 사방팔방 온통 부서진 것투성이다. 깨진 기와 조각,
창문은 새가 뜨고, 유리창은 가운데가 뚫려서 가장자리에 유
리 파편이 너덜거린다. 마룻바닥에 놓인 매트리스는 칼로 난도
질되어 있고 나무는 뒤틀려 있다. 황금빛 바지에 실크 스카프
를 목에 두른 소녀는 계속 지껄여 대며 이 방 저 방 드나든다.
그녀는 하얀색 문을 열어젖히고 욕실 안으로 발을 들여놓았
다가 재빨리 다시 나온다. "원 세상에!" 그녀는 겁에 질려 숨
을 몰아쉰다. 캐런은 근심 어린 눈빛으로 그녀 쪽을 돌아본다.
"저기 들어가지 마, 캐런! 가면 안 돼!" 그녀는 한 손으로 블라
우스 자락을 부여잡는다. "100만 명쯤 되는 사람들이 저 욕실

을 사용한 것 같아." 파리 한 마리가 욕실에서 유유히 헤엄치듯 날아올라 그녀의 팔꿈치를 스치고 부엌의 따뜻한 공기 속으로 들어간다. 파리는 신문들과 벽지 부스러기, 양철 캔들, 뻣뻣한 수건들이 어지러이 놓여 있는 금 간 테이블 위를 선회하다가 녹슬고 수도관조차 없는 싱크대에 내려앉는다. 파리는 뒷다리를 비벼 대다가 한 움큼의 순결한 햇빛을 받아 긴 그림자를 드리운 파란 찻주전자 옆으로 기어가 앉는다.

* * *

키 큰 남자는 파이프를 물고 돌난간 위에 한쪽 다리를 걸친 채 햇빛을 받아 파랗게 빛나는 호수를 응시하며 명상에 빠져 있다. 그는 섬이 이렇듯 오래 황폐하게 남아 있었다는 데 깊은 감흥을 느낀다. 이곳은 인간이 만든 인공적인 것이 황폐화되어 문명의 오만이 수그러들었을 뿐 자연은 전혀 황폐해지지 않았다. 오히려 자연은 스스로를 재생시키고 있었다. 심지어 고의적인 훼손조차도 결국은 인위적 질서의 헛된 기교를 향한 본능적인 반응인 것이다. 그러나 그런 추론이 그의 마음을 달래 주지는 않는다. 그는 무릎을 들어 자신의 몸을 지탱하고, 넓게 펼쳐진 야생을 응시하며, 보트가 그곳으로 오기를 열망한다. 파이프에서 담배 연기를 길게 내뿜으며 이성, 인간, 질서에 대해 나름대로 정의를 내린다. 우리 인간은 정녕 아무 의지 없는 정력에 자신을 내맡긴 눈먼 짐승에 지나지 않는 것인가? "그건 아니지." 그가 큰 소리로 부인한다. "우리는 절대로 그렇지 않아."

*   *   *

그녀는 욕실 안쪽을 빠끔히 들여다본다. 과연 그는 그곳에 있다. 털이 숭숭 난 몸을 이상스럽게 웅크리고서, 하지만 그의 눈은 의자 뒤에서 여전히 이글거린다. 그녀는 갑작스러운 그의 신음 소리와 웃음소리를 듣는다. "오, 캐런! 너무 슬퍼." 집 뒤쪽에서 그녀의 언니가 소리친다. 캐런은 욕실 문이 닫히게 놔둔 채 서둘러 복도 쪽으로 나간다. 그녀의 가슴이 쿵쾅거린다.

*   *   *

"오, 캐런, 너무 슬퍼!" 황금빛 바지를 입은 소녀가 다시 한 번 되뇐다. 지금 그녀는 창밖을 응시하고 있다. 바깥은 높이 자란 잡초와 풀, 어린 자작나무가 빽빽이 들어찬 가운데 빨간색 등나무 의자가 심하게 부서진 채 잿빛 소나무를 배경으로 놓여 있다. 그녀는 실패한 세 번의 결혼, 사랑, 그리고 정신적인 황폐함을 생각하고 있는 중이다. 부서진 등나무 의자는 그녀에게 진정한 육체적인 고통을 일깨워 준다. 그 멋진 왕자들은 모두 어디로 사라져 버린 걸까? 그녀는 궁금해한다. "물건들을 훔쳐 간 저속한 인간들을 뜻하는 게 아니야. 파리와 멕시코, 알제리에서 많은 사람들을 보았어. 그들은 하수구에서 썩은 오렌지와 생선 머리를 길어 올려 먹었지. 나는 그들을 비난하지도 혐오하지도 않았어. 오히려 그들이 가여웠어. 설사 그들이 배가 고프지 않은 상태에서 무언가를 훔쳤거나 돈을 내지 않고 물건을 가져갔다 해도 그들에 대한 연민은 여전했을 거야. 사람들은 어떤 물건을 원하거나 필요로 할 때 그것들을 찾는 것이 아니라 필요하지 않은데도 물건들을 감춰. 그것은 파괴를 일삼는 사람도 마찬가지야. 그들은 그저 파괴를 원하기에 파괴를 하는 거야! 기가 막혀서! 일종의 욕정인 거지! 그게 다야, 캐런! 알겠니? 누군가가 이 방에 들어와서 그저 상처를 입히기 위해 벽에 주먹을 날린 거야. 그게 누구건, 무엇이건 상관없어. 그게 아니라면 그는 벽을 발로라도 걷어찼을 거야, 그리고 창문을 깨부수고, 커튼을 찢고 욕실로 들어가 그 모든 더러운 짓을 한 거지! 세상에나! 왜? 왜 사람들은 그런 짓을 하고 싶어 할까?" 캐런이 오랫동안 등지고 있던 바로 앞에 있는 창문만은 유일하게 아직 온전하다. 그 예외적인 널빤지 속에 살짝 금이 가고 그곳에 나비의 날개보다, 은하계보다 더 미세한 거미줄이 넓게 드리워 있다. 마치 그 섬세한 그물 조직이 유리 전체를 둘러싸고 있는 듯 보인다. 아직 어느 것도 걸려들지 않아 거미줄의 원래 구조가 변하지 않은 새 거미줄이다. 캐런은 그쪽으로 손을 뻗으려다 다시 움츠린다. "캐런, 밖으로 나가자!"

* * *

소녀들이 밖으로 사라졌다. 관리인의 아들은 오두막 주변을 뛰어다닌다. 한 손으로 자신을 지탱하고 다른 손으로 벽을 찢으며 창문을 부순다. 그런 행동을 하며 행복하게 중얼거린다. 그는 부엌 싱크대 쪽으로 뛰어 들어가 창문을 통해 두 소녀가 바람을 쐬며 저택을 향해 걸어 올라가는 것을 지켜본다. 그러고는 마치 사랑의 편지가 거기 놓여 있는 듯 즐거이 찻주전자

옆에 쪼그려 앉는다.

* * *

사랑의 편지라! 잠깐만, 이건 제쳐 두고! 그 부지깽이는 어떻게 됐을까, 그 부지깽이에 얼마나 심혈을 기울였던가. 나는 그곳에 무슨 일이 일어나게 하지 않았던가. 고풍스러움과 아름다움, 에로스와 지혜로움, 성적인 것과 민감함, 음악과 신화를 함께 섞어 두었다. 그런데 지금 나는 이 빌어먹을 녹슨 찻주전자에 얽매여 무엇을 하고 있느냔 말이다. 안 돼, 안 돼, 우리 이야기에 불경스러운 것을 집어넣는다면 아무것도 얻지 못할 것이다.

* * *

"고맙군." 그가 미소 지으며 말한다. 그늘진 풀밭 위로 그녀의 엉덩이에서 발하는 찬란한 황금빛. "그런데 나한테 말해 주겠소? 어떻게 키스할 생각을 했는지 말이오." "여자의 직감이랄까요." 그녀가 가볍게 웃으며 감사의 눈길로 대답한다. "하지만 좀 안 좋은 면도 있었어요. 정말 끔찍한 맛이 느껴지던걸요." 그는 사과하고 그녀의 뺨에 부드럽게 입 맞춘다. "제가 느낀 순간의 쓴맛이 당신의 황홀한 달콤함으로 다 상쇄되는 것 같아요." "황홀함? 오, 아니요, 내 사랑, 황홀함이란 없다오. 단지 진보와 소유의 방식이 각기 다를 뿐. 존재하는 것은 모두 마법에 걸린다오." 그녀는 불가사의하게도 그의 발치에 쓰러진다.

*　*　*

캐런은 홀로 저택으로 가다가 길가에서 잠시 멈춘다. 언니
는 어디 있는 걸까? 무언가에 홀린 걸까? 아니면 길을 잃은 걸
까? 아마 일찌감치 먼저 가 버렸나 보다. 글쎄, 그것은 그다지
중요한 문제가 아닌 것 같다. 과연 이 고요한 섬에서 어떤 일이
일어날까? 자매들이야 그 저택에서 으레 만날 것이다. 사실 캐
런이 골똘히 생각하고 있는 것은 언니가 아니라 오솔길에 가로
놓인 초록색 작은 뱀이었다. 그녀는 도취된 듯 숨을 죽이고 그
것을 응시하고 있다. 졸고 있는 걸까? 아니면 대담해서? 아마
전에는 한 번도 사람을 본 적이 없는 듯하다. 그래서 사람이란
존재가 무슨 짓을 할지 모르는 모양이다. 가능한 얘기다. 이곳
은 거의 사람들이 오지 않은 곳이고 이 뱀은 매우 어려 보이
지 않는가. 가느다랗고, 꿈틀거리며, 초록색에 빛이 난다. 아니,
잠이 든 듯하다. 캐런은 미소를 지으며 어린 뱀의 오수를 방해
하지 않기 위해 주위를 빙 돌아 오솔길을 빠져나온다. 오른쪽
길은 작고 다듬어져 햇볕이 따스하게 내리쪼인다. 왼쪽 길은
숲이 우거져 서늘하고 그늘져 있다. 캐런은 나무 아래 서늘한
길을 따라 제멋대로 자란 들꽃을 따며 움직여 간다. 카디건에
들장미 가시와 자작나무 부스러기가 들러붙자 그것을 잡아당
겨 한가로이 어깨너머로 집어던지다가 손가락을 찔린다. 그리
멀지 않은 곳에서 사뿐히 발 디디는 소리가 들린다. 그녀는 이
상하게 여기며 그게 누구인지, 무엇인지 보기 위해 주변을 살
펴본다.

*   *   *

저택으로 이르는 길에는 빛의 잔해조차 없다. 햇빛조차 닿지 않아 어둡고 축축한 냄새가 풍기고 버섯과 귀뚜라미는 흐드러지게 널려 있으며 작은 이파리들이 바스락거리는 소리와 완전히 말라비틀어진 갈색 잎들이 즐비하다. 황금빛 바지를 입은 소녀가 이 길을 지날 때도 마찬가지였을 텐데, 그녀는 도대체 어디 있는 걸까? 그의 작은 눈은 재빠르게 이곳저곳을 살핀다. 여기, 길가, 썩어 넘어진 나무 곁에 묘목과 관목은 움을 틔우고 살거나 죽은 이끼들은 지면을 기어 다니며 부드럽게 퍼져 있다. 이상한 괴물이 이곳에 살고 있다.

*   *   *

"여자의 직감이랄까요."

그녀가 밝게 웃으며 말한다. 그는 그녀의 멋진 자태를 눈여겨본다. 고운 손, 너풀거리는 블라우스 아래 처녀의 부드러운 젖가슴, 그늘진 풀밭 위로 황금빛을 내뿜는 탄력 있는 엉덩이. 그는 부드럽게 그녀를 끌어당겨 일으키고 볼에 입 맞춘다. "당신은 홀리도록 아름답군요, 내 사랑!" 그가 속삭인다. "여기서 잠시 나와 누웠다 가지 않겠소?" "좋아요." 그의 볼에 키스하며 답하는 그녀. "하지만 이 바지는 절대 벗겨지지 않을뿐더러 동생이 우리를 기다리고 있답니다. 가요! 우리 모두 그 저택으로 가는 거예요!"

*　*　*

초록색 작은 뱀이 미동도 없이 길가를 가로질러 누워 있다. 소녀에게는 바로 곁에 있는 뱀이 보이지 않고 단지 습기 찬 공중을 홱 홱 날아다니는 곤충들만 눈에 띈다. 여전히 황금빛을 내는 꼭 끼는 바지를 입은 그녀가 여기 짙게 그늘진 곳에 있다. 날아다니는 벌레들을 쫓기 위해 그녀는 연신 얼굴 앞에서 손부채질을 한다. "캐런, 이 길이 맞니?" 이렇게 말하다가 뱀을 밟을 뻔한다. 뱀은 꾸벅 꾸벅 졸고 있다가 번쩍이는 초록빛 꼬리를 슬그머니 축축한 잎 속으로 말아 넣는다. 갑작스럽게 발치에서 '쉿' 하는 소리가 들려 그녀는 움찔 놀란다. 손으로 위팔을 잡은 채 뭔가 더 나쁜 것을 예상했는지 눈을 크게 뜨고 소리 나는 쪽으로 쏘아보지만 아무것도 보지 못한다. 왜 그녀는 동생이 이곳으로 오는 내내 이야기를 하도록 내버려 두었던 것일까? "캐런!" 그녀는 앞을 가리는 거미줄과 온갖 더러운 곤충들을 무시한 채 동생의 이름을 부르며 길 위쪽으로 냅다 뛰어 올라간다.

*　*　*

관리인의 아들은 이끼가 곱게 덮인 바위 위에 조심스럽게 자리를 잡고 소녀들이 오솔길을 올라오는 것을 가지들 사이로 엿보고 있다. 캐런이 그를 주시한다. 뒤에서 보니 그의 등은 넓게 굴곡져 거의 곱사등처럼 휘어 있고 짙은 머리칼은 수북하게 자라 있다. 그의 머리통은 묵직한 곱사등 위에 떠 있는 털투성이의 작은 뭉치 같다. 팔은 짧은 다리 길이만큼도 채 되지 않아서 팔꿈치가 무릎과 흡사하며 밖으로 틀어져 있다. 엉덩이 사이에는 털이 수북이 자라나 허벅지 아래까지 처져 있다. 그녀는 미소를 지으며 작은 자갈을 집어 그에게 던진다. 그러나 바로 그때 언니가 부르는 소리를 듣는다.

*　*　*

키 큰 남자는 들어 올린 무릎에 몸을 지탱하고 난간에 기대서서 파이프 담배를 피우며 폐허가 된 섬을 찬찬히 살피며 상념에 잠겨 있다. 나무들은 하나씩 썩어 넘어져 한때 인근의 유명한 가든파티 장소로 이용되었던 청명했던 이 섬이 이제는 불모의 지역이 되어 버렸다. 들장미와 풀산딸기나무가 잡초들 사이에서 아무렇게나 나뒹굴고 눈에 보이는 모든 풀들은 이끼로 얼룩져 있다. 지의류(地衣類). 그 상징적인 결합, 그는 균류와 녹조류를 상기한다. 그가 미소를 짓자 마치 그 미소가 불러오기라도 한 듯 정원 쪽에서 소녀들의 목소리가 들린다. 소녀라! 얼마나 매력적인가. 그는 드디어 벗을 얻게 된 것이다! 그것도 둘씩이나. 저택 뒤편 오솔길에서 들리는 목소리. 그가 있는 곳 아래로 나무와 관목을 헤치며 넘어지지 않으려 조심스럽게 발을 디디는 노란 원피스에 베이지 색 스웨터를 걸친 또 다른 소녀. 좀 소박해 보여서 그의 타입은 아닌 것 같지만 이질성도 때로는 짝짓기의 즐거운 요소가 되는 법이다. 그렇지 않은가? 그는 파이프에서 재를 떨어내고 새 담배를 채워 넣는다.

* * *

　가끔, 나는 이 일련의 모든 일들을 내가 꾸몄다는 것을 망각한다. 마치 이 섬이 실제로 존재하는 것 같은 생각이 든다. 단단한 구조물과 섬세함, 황폐한 상황은 다름 아닌 역사적 대단원과 같은 미적 고안물이다. 푸른색 찻주전자를 가만히 훔쳐보거나 거미줄을 툭툭 건드리면서 돌난간 옆으로 자라나고 있는 녹회색 이끼들에 정신이 팔린 나를 발견한다. 만약 다른 사람들이 내 존재를 모른 채 이 섬을 거닐거나 혹은 내가 죽고 저 찻주전자만 남는다면 어떨까 하는 생각이 든다. "바로 내가 이 섬을 만들었고 두 명의 소녀를 데려왔노라." 나는 말한다. 내가 그들에게 호기심, 역사, 흥미, 그리고 수사학적 기교라는 짐을 지우지 않았던가. 만약 그들이 어떤 이름이나 슬픔을 소유했다면 그것은 내가 그것들을 제공했기 때문이다. 나는 덧붙여 말한다. "사실, 내가 아니었으면 그녀들은 성교도 하지 못할 것이다."(내가 마음먹고 했던 모든 일을 당신에게 말하기 위해 여기서 잠시 멈추어야겠다. 나는 이것을 알리려 되돌아 올 것이고, 어쨌든 지금 여기가 그 말을 하기 위해선 적격인 장소로 보인다. 비록 당신은 더 많은 것을 접해야 하고, 나로 인해 많은 고통을 겪을수도 있겠지만, 사실은 이것이 내가 당신에게 해 줄 수 있는 마지막 말이다. 그러나 끝이 중간에 존재할 수 있을까? 그렇다, 그렇고말고, 항상 그런 법이다……) 놀래려고 한 말이 아니다. 명백한 사실을 말했을 뿐이다. 하지만 나 자신은 다소 놀랐다. 하나는 내 엉덩이 사이에 숭숭 자라난 털을 발견했기 때문이고 또 다른 하나는 내가 캐런의 언니가 입은 꽉 끼는 황금빛 바지를 벗기려 하기 때문이다. 이런 환상은 어디에서 오는 걸까? 파란 주전자나 쇠 부지깽이의 단단함, 혹은 황금빛 엉덩이나 녹색 피아노에 관한 감동들 말이다.

* * *

저택의 육각형 회랑에는 밝은 녹색으로 칠해진 그랜드 피아 노가 있다. 비록 세월의 풍화로 부스러지고 금이 가긴 했지만 말이다. 반갑게 금방이라도 칠 수 있을 것 같은 저런 피아노를 보면 누구라도 쉽게 아이를 떠올릴 것이다. 아마도 두 명의 아 이였던 것 같다. 그리고 태양은 밝게 빛나고 있었다. 아니, 호숫 가에는 여전히 폭풍우가 쏟아지고, 하늘은 온통 찌푸려서, 온 사방이 캄캄했기에 아이들은 바람과 폭풍우를 피해 이곳으로 들어왔다. 작은 소녀는 오른쪽, 소년은 왼쪽에서 서로를 조금 씩 밀치면서 피아노 건반 앞에 적당히 자리를 잡고 앉아 있다. 할머니 또는 어떤 숙녀라고 해도 될 법한 여인이 창가 의자에 앉아 공허한 쪽빛 호수를 바라보고 있다. 아이들은 「젓가락 행 진곡」을 연주하며 웃어 대고, 할머니인지 숙녀인지는 자애로 운 미소를 지으며 가끔씩 아이들을 넘겨다보고 있다. 만약 아 이들이 할머니의 표정을 흘긋 볼 기회가 있었다면 말이다. 하 지만, 글쎄, 그것은 단지 상상일 뿐이다. 거기에 진정 아이들이 있었는지 혹은 그들이 그 궂은 날에 낡은 녹색 피아노에 관심 을 가졌는지, 「젓가락 행진곡」을 연주했는지 누가 알겠는가? 그렇다. 그것은 단지 한 조각의 환상에 불과하다. 황금빛 바지 를 입은 소녀가 지금 막 도착해서 피아노 건반을 두드려 보다가 마음속에 떠올린 환상 말이다. 물론 피아노에서는 아무 소리도 나지 않는다. 건반은 부스러져 누렇게 변색되고, 페달은 망가졌으며, 줄은 끊어져서 부식한 머리칼처럼 대롱대롱 매달려 있다. 그녀는 자신의 흐트러진 모습이 못내 불편하다. 앞이마로 머리채가 흘러 내려온 것 같지만 살펴볼 거울이 없다. 누가 훔쳐 갔거나 부서뜨린 것 같다. 그녀는 무슨 이유에선가 알수 없는 향수에 푹 빠져 우아한 나무 지붕의 회랑, 거대한 석조 벽난로, 문간에 놓인 낡은 신발, 깨진 창문을 넘나드는 장수말벌을 응시한다. 그녀는 한숨을 지으며 호수 쪽으로 돌출된 테라스로 걸어 나간다. "이곳은 슬픈 곳이야." 그녀가 큰 소리로 말한다.

* * *

진청색 재킷을 입은 키 큰 남자는 돌난간 위에 한 발을 올려놓은 채 햇빛을 받아 파랗게 반짝이는 호수를 응시하고 있다. 명상하듯 파이프 담배를 피우는 그를 황금빛 바지를 입은 소녀가 스케치하는 중이다. "여기서 뵐 줄 알았어요." 그녀가 말한다. "나는 여기서 당신을 기다리는 중이었소." 남자도 대답한다. 후면에서 4분의 3 정도 보이는 그의 모습은 코끝, 담뱃대의 모서리, 하얀 터틀넥 셔츠 정도만 스케치된다.

"혹시 다른 사람들이 있을까 봐 걱정했어요." 그녀가 말한다.
"다른 사람들?"
"예, 어린아이들 같은. 아니면 뭐 할머니라든가. 제가 이곳으로 오는 길에 벽이나, 문간, 혹은 나무들, 하다못해 녹색 피아노에까지 긁히고 낙서된 수많은 이름들을 보았거든요."

그녀는 진청색 재킷을 어두운 윤곽으로 신중하게 스케치해 나간다.

"그렇지 않소." 그가 말한다. "그 사람들이 누구건 오래전에 다 이곳을 떠난 사람들이라오."

"슬픈 곳이군요. 모두 저와 똑같은 삶을 살았겠죠."

그가 고개를 끄덕인다. "불가사의한 맹목적인 힘에 대항하다가 투쟁할 의지를 잃는 것을 의미하는 거요?"

"맞아요, 일종의 그런 거예요." 그녀가 말한다. "그리고 차이고, 약탈당하고, 더럽혀지는 거죠."

"음." 그가 몸을 일으킨다.

"잠깐만요." 그녀가 말하자, 그는 다시 자세를 취한다. 소녀는 그의 땅딸막한 다리와 털이 숭숭 난 알궁둥이만 빼고는 꽤 흡족하게 키 큰 남자의 그림을 완성시킨다.(그녀는 그림을 중앙에 배치하지 못했기에 종이 바닥까지 그려도 그릴 공간이 부족한 듯하다.)

*   *   *

"이곳은 슬픈 곳이라오."

광활한 야생을 주의 깊게 숙고하며 그가 말한다. 그가 뒤돌아보자 그녀는 그를 향해 귀를 흔들어 대며 씩 웃고 있다.

"캐런, 당신은 나를 놀리고 있군!" 그도 투덜거리며 웃는다. 그녀는 한 발을 돌난간 위에 올리고 떡 버티고 서서 쇠 부지깽이를 입에 문다. 그러고는 호수를 바라보며 상을 찌푸린다. "제발! 그만둬!"그가 웃는다. 그녀는 쇠 부지깽이를 한 모금 빨고 훅 불며 파이프 담배를 피우는 시늉을 하다가, 그것이 지팡이인 양 절뚝거리는 노인이 젊은이를 쫓아가는 흉내를 낸다. 다음에 그녀는 부지깽이를 소총처럼 어깨에 걸치고 테라스에 면한 모든 깨진 창문들을 일일이 검사하며 그 앞에서 상을 찌푸리고 울먹거린다. 테라스 바닥에서 구부정한 자세를 취하고 있던 남자는 웃음보가 터져 몸을 펴지 못한다. 갑자기 캐런은 온전한 창문 하나를 발견한다. 그녀는 펄쩍 뛰었다가 내려와, 재주를 넘고, 발끝으로 돌아, 뛰어 올랐다가 발뒤꿈치를 딱 맞부딪친다. 그녀는 부지깽이를 가리키고, 거기에 키스하고, 다시 손으로 가리킨다. "그래, 그래!"남자가 웃는다. "나도 그걸 알아, 캐런!"그녀는 자신을 가리켰다가, 창문을 가리키고, 다시 자신을 가리킨다. "당신? 당신이 창문 같다고, 캐런?"그는 당황하여 묻고는 여전히 웃어 댄다. 그녀는 힘차게 머리를 끄덕이며 쇠 부지깽이를 그의 손 안으로 쑥 밀어 넣는다. 그것은 더럽고 녹이 슬어 그에게 불쾌감을 준다. "난 이해할 수가 없어……."그녀는 부지깽이를 그의 손에서 다시 빼앗아 쾅! 하고 창문을 후려쳤다. "오 안 돼, 캐런! 안 돼, 안 돼……!"

* * *

"슬픈 곳이야."테라스에서 언니와 마주한 캐런은 함께 발코니로 나와 호수 저편을 응시한다. 외롭고 적막한 이 섬에 존재하는 것은 오로지 두 소녀뿐이다. "슬프지만 모든 것이 나와는 잘 어울려. 나는 그 어떤 것도 후회하지 않아, 캐런. 아니야, 내가 나빴어. 항상 안 좋았지. 하지만 그걸 후회하지는 않아. 무언가에 얽매이거나 마비가 된다는 것은 어리석은 일이지 않니, 캐런?" 그 소녀는 물론 자신의 세 번째 결혼 실패담을 말하고 있는 중이다. "만사는 행해진 다음 원래대로 돌아가고 우리는 다시 그 일을 할 준비를 하지." 캐런은 언니를 수줍은 눈길로 바라보며 호수 저편을, 향해 부드러운 시선을 던진다. 오후의 태양 아래 파랗게 물든 호수의 정취. "태양이야!" 황금빛 바지를 입은 소녀가 외친다. 왜 그녀가 태양을 의식했는지 분명하지는 않지만 그녀는 자신이 태양을 조금은 좋아한다는 것을 납득시키려 애쓰고 있다. 그게 아니면 태양이 마치 자신과 비슷하다는 것을 표현하려는 것인가. 그러나 곧 혼란스러워하다가 마침내 자신의 환상에서 벗어나 불쑥 한마디 던진다. "오, 캐런! 난 정말이지 비참한 것 같아!" 캐런은 근심스러운 듯 올려다본다. 언니의 눈가에 눈물의 흔적은 없지만 그녀의 아랫입술은 고통에 사무쳐 비통하게 일그러져 있다. 캐런은 언니의 그런 태도를 이해할 수 없다는 듯 약간 어색한 미소를 짓는다. 마침내 잠시 눈을 감고 있던 그녀의 언니도 파르르 떨며 눈을 뜨고 힘없는 미소로 답례한다. 자매들 사이에 자애로운 기운이 잠시 맴돌다가 캐런이 서툴게 등을 돌린다. "안 돼, 캐런! 제발, 멈춰!" 테라스 바닥에 쓰러졌던 그 남자가 뺨에 웃음의 눈물을 주룩주룩 흘리고 있다. 캐런은 오래된 신발 한 짝을 발견하여 그것을 팔 높이로 번쩍 쳐들고 마치 신발의 슬픔을 과시라도 하려는 듯 나체 조각상 같은 포즈를 취하며 말없이 서있다. 그녀가 테라스 바닥에 신발을 내려놓고 그 위에 쪼그려 앉자 노란 원피스 자락이 신발을 푹 덮는다. "안 돼, 캐런! 안 돼!"그녀는 펄쩍 뛰면서 발뒤꿈치를 공중에서 맞부딪친 후 신발을 주워 들고 안을 빠끔히 들여다본다. 그러더니 얼굴에 함박웃음을 띠고 신발을 높이 든 채 춤을 춘다. 약간 퉁명스럽게 그녀는 신발을 그 남자에게 내민다. "안 돼! 제발!" 경계하면서도 여전히 웃으며 남자도 신발 안을 들여다본다. "이게 뭘까? 오, 안 돼! 꽃이군! 캐런, 이건 너무 심하잖아!" 그녀는 저택 안으로 뛰어 들어가 녹색 피아노를 등에 지고 다시 되돌아온다. 그러다 피아노를 세게 떨어뜨려 다리 하나가 부러진다. 그때 그녀 눈에 쇠 부지깽이가 띈다. 그녀는 부지깽이를 버팀목으로 피아노를 고정시키고 연주를 위해 마음속으로 상상한 작은 의자에 앉는 시늉을 한다. 손을 머리 높이만큼 들어 올리고 과장된 동작으로 마치 장엄한 곡을 연주하듯 혼신을 다해 몰두한다. 물론 피아노는 완전히 분해되어 아무 소리도 나지 않지만 부서진 건반을 위아래로 두드리는 캐런의 뭉뚝한 손마디는 나비처럼 날아올라 거칠 정도로 강하고 화려한 크레센도로 웅장한 종결부에 이른다. 그녀가 너무 힘을 실은 탓인지 피아노는 나머지 두 다리마저 부러져 테라스 바닥에 와르르 무너진다. "안 돼, 캐런! 원 세상에!" 부서진 잔해들 사이에서 별안간 야생 오리 한 마리가 튀어나와 꽥꽥 퍼덕거리며 호숫가 쪽으로 날아간다. 캐런은 피아노를 다시 안쪽으로 들여놓고 산산조각 난 파편들이 나뒹구는 가운데 휘두르기에 안성맞춤인 부지깽이로 관심을 돌린다. "조심해!" 그녀는 부지깽이를 두 손으로 들어 올리고 춤을 추면서 발끝을 들어 빙그르르 돈다. 테라스 주변을 엉덩이를 빼고 깡충거리며 추는 춤. 그녀는 남자 앞에서 갑자기 멈추어 서서 그의 코앞에 부지깽이를 들이

밀더니 천천히 입술로 끌어당겨 키스하다가 얼굴을 찌푸린다. "오, 캐런! 우우! 제발! 당신이 나를 죽이는군!" 그녀는 부지깽이의 손잡이, 자루, 날 끝에 키스한다. 코를 찡긋거리며 전율하던 그녀는 원피스 자락을 들어 올려 혀를 닦아 낸다. 부지깽이를 매섭게 쏘아본 뒤 마치 그것을 시험이라도 해 보려는 듯 돌난간에 기대 놓고 손잡이를 두어 번 툭툭 쳐 본다. "오, 캐런! 오!" 그다음 머리 높이까지 들어 올려 온 힘을 다해 내동댕이친다. 쾅! 훅! 고통의 신음 소리를 내는 것은 다름 아닌 관리인의 아들이다. 그녀는 멀찌감치 물러서지만 고통에 격노한 그는 그녀에게 일격을 가한다. 그녀는 테라스 한구석에 몸을 웅크리고 울먹이면서 창백해진 얼굴로 공포에 질려 있다. 관리인의 아들은 숨을 무겁게 몰아쉬며 등을 구부리고 엉덩이를 긴장하여 그녀를 던져 버릴 태세다. 그녀는 서둘러 돌난간 쪽으로 달음질쳐 뛰어오르고 관리인의 아들이 그 뒤를 쫓는다. 나무와 들장미 사이를 미친 듯 기어오르는 그들, 하얀 터틀넥 셔츠를 입은 키 큰 남자만이 테라스에 홀로 남아 맥이 빠진 채 웃고 있다.

* * *

호숫가에 폭풍우가 내리친다. 아이 둘이 녹색 피아노로 「젓가락 행진곡」을 연주하고 있다. 아이들의 할머니는 쇠 부지깽이로 불에 올려놓은 호박 수프를 젓다가 창가 쪽에 마련된 자기 의자로 되돌아와 앉는다. 아이들이 할머니를 흘끔 쳐다보자 그녀는 미소를 짓는다. 그때 갑자기 홀딱 벗은 이상한 물체가 우스꽝스러운 미소를 지으며 회랑 안으로 튀어 들어온다. 아이들과 할머니는 무서움에 비명을 지르며 방에서 뛰어나와 살기 위해 저택 밖으로 줄달음친다. 방문객은 피아노 의자 위로 폴짝 뛰어올라 거기에 웅크려 앉아서 의아한 표정으로 상앗빛 건반을 응시한다. 하나를 건드리자 소리가 난다. 그는 겁에 질려 황급히 손을 뒤로 뺀다. 또 다른 하나를 건드리자 다른 소리가 난다. 이제 주먹을 가져와 내리치며 방! 아하! 다시 방! 호기심에 자극된 그는 피아노 의자를 오르락내리락하며 건반을 주먹으로 두들겨 댄다. 피아노 위로 폴짝 뛰어 올라간 그는 안쪽에 있는 선들을 발견하고 잡아 뜯는다. 탕! 탕! 한 손으로 자신의 성기를 붙잡고 다른 손으로는 피아노 줄을 뜯어 대면서 기쁨에 젖어 이상한 소리로 웅얼거린다. 잠시 후 그는 쇠 부지깽이로 시선을 옮긴다. 그것을 쥐어 보고 감탄하더니 방 안을 즐거이 뛰어다니며 창문을 깨부수고 가구들을 박살낸다. 황금빛 바지를 입은 소녀가 들어와 그에게서 부지깽이를 빼앗는다. "욕정! 그건 모두 욕정에 지나지 않아!" 심하게 나무라면서 그녀는 부지깽이로 그의 엉덩이를 후려갈긴다. 그리고 고통에 캥캥 울부짖던 그는 돌난간 위로 뛰어 올라가 황급히 가시덤불 숲으로 자취를 감춘다.

* * *

"욕정!" 그녀가 말한다. "그건 모두 욕정에 지나지 않아!" 그녀의 스케치는 거의 완성되었다. "그들이 가장 나쁜 사람들이라고 할 수는 없어요. 정말 나쁜 사람들은 이런 일을 발생시킨 사람들이에요. 만일 그들이 여기에 계속 관리인을 두었더라면……." 그 남자는 미소 짓는다. "관리인은 결코 존재한 적이 없어." 그가 설명한다. "정말이요? 하지만 내 생각엔!" "아니, 그것은 단지 이 섬의 전설에 불과해." 그녀는 이 새로운 사실에 잠시 놀란 것처럼 보인다. "그렇다면…… 그렇다면 전 이해할 수가 없어요……." 그는 파이프에 다시 불을 붙이고 그녀의 스케치를 감상하기 위해 이리저리 둘러보다가 털이 난 엉덩이를 보자 폭소를 터뜨린다. "훌륭한걸!" 그는 찬탄한다. "하지만 전혀 비슷한 구석은 없군, 유감스럽게도! 여길 좀 봐!" 그는 바지를 내리고 마치 대리석처럼 밋밋하고 영화 속 별처럼 민둥하게 털이 없는 자신의 엉덩이를 보여 준다. 그녀는 그의 털 없는 엉덩이보다는 성기 주변에 난 털에 관심이 간다. 마치 독수리나 야생 오리의 날개처럼 양 방향으로 구부러지며 펼쳐 자라는 털에…….

* * *

두 자매는 회랑으로 되돌아 왔고 그들의 방문도 거의 끝이 보이기 시작한다. 황금빛 바지를 입은 소녀는 여전히 그녀 자신과 태양에 대해, 자신이 외면적으로는 불을 지닌 듯 뜨거워 보이지만 사실 내면은 차가운 냉담함을 품고 있다고 설명하려 애쓰고 있다. 그녀의 시선이 다시 한 번 녹색 피아노로 옮겨 간다. 여전히 무언가 더 할 말이 남아 있음이 분명하다. 그러나 이제 무언가를 토로하려는 이때에 관객이 없다. 캐런은 녹색 피아노 앞에 미혹되어 서성거린다. 주저하는 듯하다가 손가락을 들어 건반을 두드려 본다. 아무 음색도 나지 않고 오로지 둔탁한 굉음만 들린다. 그녀의 언니는 갑자기 그런 약탈이나 터무니없는 파괴가 그런 것을 자행한 사람들 탓이 아니라 그런 일을 발생시킨 사람들, 혹은 그런 걸 보고도 적절한 벌을 내리지 않은 사람들 때문일 거라는 새로운 견해에 사로잡힌다. 그녀는 몇 가지 예를 든다. 일단 캐런도 그 말에 수긍을 하지만 그녀는 지금 오직 자기 생각에 꽉 차 있다. 그녀는 손가락을 들고, 건반을 내리친다. 턱! 다시 턱! 턱! 황금빛 바지와 실크 스카프를 목에 두른 소녀가 몸짓을 할 때나 말을 할 때는 그 자태에서 진정 아름다움이 뿜어져 나온다. 그녀의 두 눈은 우수에 차 있으면서도 명민함이 어려 있다. 턱! 캐런은 건반을 두드린다. 갑자기, 그녀의 언니는 뭔가 전달하려는 것을 중단한다. "미안해, 캐런!" 그녀가 말한다. 그녀는 피아노를 응시하다가 방 밖으로 뛰어나간다.

* * *

나는 사라져 가고 있다. 당신도 분명 알아챘을 것이다. 그렇다. 여기서 발생한 사건과 페이지 수의 공식을 계산한 사람이라면 더욱 의심할 여지없이 내가 곧 사라지리라는 사실을 직감할 것이다. 나는 고백의 한계를 초월하는 곳까지 표류해 왔다.(경고하노니 나는 제노의 거북이처럼 항상 너와 함께 존재한다.) 들어라. 내가 두려워하는 것은 나의 발명품인 이 섬이 지구상의 어느 곳에 실제로 존재하는 듯하다는 것이다. 어째서 이곳은 레이니 호수의 강꼬치물고기섬에 있는 달버그라는 곳과 비숫할까 하고 사람들은 말한다. 그리고 나도 궁금증이 든다. 그런 일이 가능할까? 누군가 나에게 말한다. 최근에 어떤 사람이 이곳을 사들여서 그것을 보수할 계획을 세우고, 아마도 그곳에 리조트나 다른 어떤 것을 만든 것 같다고 말이다. 내 섬에? 정말 탁월하군! 그러나 그런 일이 가능한 것 같다. 나는 지도를 들여다본다. 있다, 레이니 호수도 있고, 강꼬치물고기 섬도 존재한다. 누가 이 지도를 발명했을까? 글쎄, 내가 발명했음에 틀림없다. 달버그도, 역시, 물론, 그리고 그것들에 대해 내게 얘기해 준 사람들조차도 그렇다. 맞다, 아마 내일은 시카고나 지저스 크라이스트 그리고 달의 역사를 발명할 것이다. 내가 당신을 만들어 낸 것과 똑같이, 사랑하는 독자들이여, 여기 오후의 태양이 누워 있는 동안, 청록색 풀숲에 낡은 쇠 부지깽이처럼 깊이 처박혀서…….

* * *

호수에 폭풍우가 불어 수면은 거품이 일면서 캄캄하다. 돌난간 주변으로 바람은 윙윙거리며 불어 대고 소나무가 흔들리며 삐걱거린다. 두 아이는 녹색 피아노 앞에서 「젓가락 행진곡」을 치며 서로 자기 구역을 넓히기 위해 툭탁거리고 있다. "이리로 오렴." 할머니가 창가 의자에 앉아 아이들을 부른다. "내가 '요술 부지깽이' 얘기를 해 주마…….'

＊　＊　＊

옛날 옛적에, 부유한 미네소타 출신의 부자가 캐나다 국경 지대 근처 레이니 호숫가에 섬 하나를 샀단다. 그들은 거기에 집을 짓고 손님용 오두막과 보트 창고, 그리고 전망 탑을 세웠지. 그들은 전기 발전기와 하수 처리 시설을 갖춘 실내 화장실을 설치했고, 관리인을 두었으며, 선착장과 목욕탕까지 만들었단다. 그들이 그곳을 강꼬치물고기 섬이라 이름 붙였거나 또는 그들이 그 섬을 샀을 때 이미 그런 이름이었던 것은 아닐까? 전설은 아무것도 말해 주지 않고, 또 그래서도 안 되겠지. 그러나 어찌 되었건 가족들이 섬을 버리고 떠날 때 그들은 쇠 부지깽이를 거기 남겨 둔 거야, 몇 년 후에 한 아리따운 소녀가 그곳을 방문해서, 비록 공주는 아니었지만 그와 비슷한 상황이었겠지. 부지깽이에 키스를 했어. 그러자 아주 범상치 않은 일이 일어난 거야……

＊　＊　＊

옛날 옛적에 이상한 숲 속 괴물이 살고 있는 황폐한 섬이 있었단다. 어떤 이는 한때 그곳에 관리인이 있었다고 생각했지. 그 사람은 이미 죽었거나 그 섬을 떠나 다른 직업을 가졌을 거라고 말이야. 또 어떤 사람들은 그곳엔 관리인이라고는 존재한 적이 없고 그런 생각은 그저 유치한 전설에 지나지 않는다고 여겼지. 또 어떤 사람들은 그곳에 정말 관리인이 있었고 지금도 살고 있어서 사실 그 섬의 비극적인 상황이 그의 책임이라고 믿기도 했어. 하지만 전설적인 요술 부지깽이를 발견했건 아니면 사랑하는 사람을 잃은 보복으로 다시는 돌아오지 않았건 아무도 그 섬을 방문하지 않는데, 그런 논쟁이 다 무슨 소용이 있었겠니. 단지 벽과 천장 그리고 나무에 서둘러서 갈겨쓰거나 새겨 넣은 그들의 이름만 남았지.

* * *

옛날 옛적에, 두 자매가 황폐한 섬을 찾아왔단다. 그들은 자기들 생긴 대로 자기들 마음먹은 대로 자기들 꿈을 꾸며 자기들 슬픔을 슬퍼하며 길을 따라 걸어갔지. 그들은 뱀과 새 한 마리를 놀래고, 몇 개의 창문을 부순 뒤(깰 만한 창문이 거의 남아 있지도 않았지만) 저택의 테라스에서 명상하듯 호수 저편을 바라보았단다. 그들은 자신들의 이름을 육각형 회랑에 있는 석조 난로에 써 넣고 낡은 녹색 피아노의 소리 상자에 똥을 누었지. 어쨌든 그들 중 하나가 그 짓을 했고 다른 하나는 자기 바지를 벗을 수도 없었단다. 그 섬에서 그들은 아름다운 쇠 부지깽이를 발견했고, 집으로 돌아갈 때, 그것을 가져갔지.

* * *

황금빛 바지를 입은 소녀는 커다란 집에서 서둘러 나와 방금 전 뱀이 잠을 자고 있던 어둑어둑한 오솔길로 내려왔다. 그녀는 파괴된 오두막을 지나 얼룩덜룩한 길을 따라 보트 쪽으로 향했다. 그녀가 택하지 않은 길에는 파리 떼와 벌들이 여름 태양 아래서 한가로이 윙윙거리고 있다. 낮에는 밖으로 나오지 않는 점박이 개구리가 웅크리고 앉아 돌을 응시하다가 트림을 하고는 어둠 속으로 폴짝거리며 뛰어 들어간다. 하얀 나방이 거미줄로 조용히 표류하여 날아들더니 목숨이 다할 때까지 날개를 펄럭거린다. 갑자기 햇빛이 쏟아지는 얼룩진 오솔길에서 소녀는 갑자기 멈춰 서서 주변을 돌아보며 숨을 헐떡거린다. 여기가 아니었나? 아니야, 이곳이 맞아, 맞아! 얼굴에 미소가 번진다. 사실, 그곳이 맞긴 하다! 그녀는 캐런을 기다린다.

* * *

옛날 옛적에 꼭 끼는 황금빛 바지를 입은 아리따운 어린 공주가 있었단다. 그런데 그 바지는 너무 꼭 맞아서 아무도 그걸 벗길 수가 없었어. 그 소식을 듣고 멀고 먼 각지에서 기사들이 몰려와 큰 소리를 치고 득의양양 바지를 벗기려 기운을 몰아쓰며 열망했지만 좀처럼 그 바지는 벗겨지지 않았단다. 한 성급한 기사가 황금빛 바지의 앞쪽을 칼날로 내리쳐서 억지로라도 벗기려고 시도했지. 하지만 칼날은 산산조각 났고, 그가 얻은 것이라고는 일생 동안 안고 살아가야 할 치욕과 불명예뿐이었단다. 드디어 국왕이 선포했어. "누구든지 내 딸의 바지를 벗기는 사람에게 그녀를 신부로 주겠다!"라고. 하지만 그 제안은 그리 구미가 당기는 상은 아니었어. 왜냐하면 이미 공주는 그런 제안 때문에 세 번이나 결혼을 했거든. 왕은 덧붙였지. "공주뿐만 아니라 그 강력한 힘과 불가사의로 널리 알려진 요술 부지깽이가 부상으로 수여될지어다."

"옛 사람이 자기 말 앞에 피 묻은 수레를 가져다 놓았도다." 그 포고를 들은 한 기사가 동료에게 씁쓸하게 불평했어. "만약 내게 그 피 묻은 부지깽이가 있다면 장담컨대 그 피 묻은 공주의 바지를 벗기는 것은 식은 죽 먹기일 텐데!" 그러나 바로 그때 이 경솔한 발언을 길가 덤불숲 속에서 알몸으로 몸을 웅크리고 수염도 깎지 않은 늙은 난쟁이 괴물이 엿듣고 만 거야. 이 말이 떨어지자마자 이 괴물은 자기가 요술 부지깽이를 훔쳐서 미인을 얻어야겠다고 결정했지. 그런 계획은 가장 용감한 기사에게조차 불가능한 것처럼 보이는데 하물며 이 털이 덥수룩한 흉측한 알몸의 짐승 같은 불운아에게야 두말하면 잔소리지. 하지만 사실인즉 진실은 이러했어. 소설보다 더 소설 같은 이야기지만, 그 난쟁이의 아버지는 한때 국왕의 공식 관리인이었던 거야. 그래서 아들인 그는 궁정의 불가사의한 비밀 방들 사이를 누비면서 자라났던 거지. 그러니 상상해 봐. 바로 다음 날, 관리인의 아들이 구부정한 털투성이의 알몸으로 왕 앞에 나타나서 툴툴거리며 과장된 몸짓으로 공주의 바지를 벗기고 상을 타겠노라고 말했을 때 온 궁중의 사람들이 얼마나 기가 막혔겠느냐 말이야! "정말이냐!" 국왕이 말했지. 왕의 박장대소가 온 궁 안에 울려 퍼지고 모든 기사들과 숙녀들까지 합세해서 뒤집어져라 웃어 댔지. "내 딸을 이리로 당장 데려오너라!" 왕은 우스꽝스러운 광경에 즐거워서 큰 소리로 외쳤어. 공주도 웃긴 했지만 그 이상하게 생긴 작은 남자를 보자 겁이 났지. 그녀가 겁을 먹은 채로 앞으로 나서자, 황금빛 바지에서 섬광이 비춰 온 궁 안이 다 환해졌어. 관리인의 아들은 재빨리 요술 부지깽이를 꺼내 그 끝을 공주에게 갖다 댔지. 그러자 픽!

하는 소리와 함께 황금빛 바지가 궁전 바닥으로 쑥 벗겨졌어. "오!" "아!" 이 해괴한 광경에 궁전에 있던 귀족들은 놀라움과 찬탄을 금치 못해 탄성을 질러 댔지. 공주는 얼굴이 달아올라 벌벌 떨면서, 안절부절못하다가 자기도 모르게 요술 부지깽이를 부여잡고 거기에 키스를 했어. 그러자 픽! 하는 소리와 함께 백색과 진청색이 섞인 빛나는 갑옷을 입은 멋진 기사가 그녀 앞에 나타나서 파이프 담배를 피우는 거야. 그는 칼을 뽑아 들고 관리인의 아들을 베었지. 그러더니 벗겨진 바지를 딛고 서 있는 공주를 향해 활짝 미소를 짓고는 파이프에서 재를 떨어냈어. 그리고 왕 앞에 무릎을 꿇고 앉아 "전하, 제가 괴물을 처치하고 공주님을 구해 냈습니다!"라고 말했지.

왕은 음울하게 대답했어. "천만에 너는 내 딸을 과부로 만들었어. 바보에게 키스를 하다니!"

"아닙니다, 제발!" 파이프 담배를 피우던 기사가 간청했지.

"그만두게!"

*　*　*

"봐, 캐런, 여기 좀 보라고! 내가 찾아낸 것 좀 보란 말이야! 우리가 이것을 가져도 될까? 위험해 보이진 않는구나. 뭐 별다른 건 없겠지? 너무나 아름다워서 그냥 녹만 좀 문질러 닦으면 될 것 같지 않니?" 캐런은 풀숲에 있는 부지깽이를 흘긋 보고, 어깨를 들썩인 다음 긍정의 웃음을 짓고는 뒤돌아서 보트를 향해 비탈길을 성큼성큼 내려간다. 길 끝으로 보트의 하얀 고물이 나무들 사이로 언뜻언뜻 보인다. "캐런? 제발 허락해 줄래?" 캐런은 이상스럽다는 듯 머리를 한쪽으로 갸우뚱거리며 언니를 돌아본다. 그리고 까르르 낮은 소리로 웃은 다음 가던 길을 되돌아와 부지깽이를 집어 들고 묻어 있는 곤충들을 손으로 털어 낸다. 그녀의 언니도 기쁨에 젖어 부지깽이를 만지려 하지만 캐런이 그것을 낚아채 웃으며 보트 안에 던져 놓는다. 그녀는 호수의 물을 퍼서 부지깽이를 씻고 모래로 쓱쓱 문질러 닦은 후 원피스 자락으로 물기를 말린다. "네 옷이 더러워지지 않니, 캐런! 어쨌든 녹이 슬었잖아. 집에 가져가서 닦으면 될 걸 가지고." 캐런은 부지깽이를 둘 사이에 잠시 놓아두었다가 보트 안으로 던져 놓는다. 자매는 서로 그것을 보며 웃음 짓는다. 여전히 부지깽이는 젖어 있지만 햇빛에 물방울이 반사되어 무지개 색의 영롱한 빛의 조각들이 반짝거린다.

* * *

키 큰 남자는 한 손을 재킷 주머니에 넣은 채 파이프 담배를 피우며 그녀 앞에 서 있다. 재킷 말고 입은 거라곤 하얀색 터틀넥 셔츠가 전부다. 황금빛 바지를 입은 소녀가 그에게 키스한다. 그의 머리끝부터 발끝까지 입을 맞춘다. 그러나 아무 일도 일어나지 않는다. 그저 지독한 야생 오리의 냄새만 입가에 맴돈다. 무엇인가 이상하다. "캐런!" 캐런은 낮게 키득거리며 웃다가 남자를 붙들고서 자기 치마를 들친다. "안 돼, 캐런! 제발!" 그가 소리치며 웃는다. "그만!" 펑! 치마 속에서 캐런은 쇠 부지깽이를 꺼낸다. 잘 세공된 정교한 손잡이가 달렸으며 길고 얇다. "그건 너무 아름다워, 캐런!" 그녀의 언니는 감탄하며 손을 대려 한다. 캐런은 다시금 키득거리며 웃고 그것을 둘 사이에 잠시 놓아두었다가 바라보며 웃는다. 그것은 햇빛 속에서 반짝거린다. 아름다운 날의 멋진 기념품처럼.

*　*　*

곧 만은 다시 평화로워진다. 은빛 물고기와 잠자리 떼가 돌아오고 최근까지의 부산스러움을 배반이라도 하듯 호숫가에는 물에 흠뻑 젖은 오래된 통나무의 서걱거리는 소리만이 희미하게 존재할 뿐이다. 보트는 이미 호수에서 멀찌감치 떨어져 흐릿해 보이는 고물만이 우리를 향하고 있다. 이 섬을 준비한 가족들은 이곳에 소녀들이 왔다 간 것을 모를 뿐 아니라 설사 안다 하더라도 별로 놀라지 않을 것이다. 사실 부유한 사람들에게 신의 손길이란 너무나 일상적인 것이라서 그들은 자신들이 처음부터 왜 이 섬에 온갖 것들을 지어 놓았는지 잊어버렸을 수도 있고, 그들이 아무리 심각한 걱정거리를 소유했다 해도, 새롭게 공간을 만드느라 이것저것을 선택하거나 대개는 이미 다 된 일을 하느라 상당한 시간을 허비할 것이다. 예를 들자면 쇠 부지깽이 같은 것을 고르느라 말이다. 시야를 벗어난 보트는 너무 멀리 있어 누가 있는지 몇 명이나 탔는지 더 이상 보이지 않는다. 오로지 보이는 것이라고는 기울어 가는 태양빛에 반사되어 호수 표면에 여울지는 희미한 작은 반점뿐이다. 호수는 적막에 휩싸인다. 이제, 몇 개의 그림자만이 길게 드리워져, 개구리가 죽고, 이상스러운 짐승이 죽은 채 놓여 있고, 풍금조가 구슬피 노래한다.

철창에 갇힌 모리스

그를 붙잡다니. 나는 이 사실을 당국에 보고해야 한다. 공공의 이익을 위해 잠도 자지 않고 취조하고, 끈질기게 노력하여 그를 포획한 사람에게 진심으로 감사를 표하나니!

모리스가 드디어 항복했다. 공원의 감시 체제를 총동원하여 밤낮으로 추적한 결과였다. 노련한 두뇌의 모리스는 자신은 그저 공원에 남아 있었노라고 항변했지만 바보, 얼간이 같으니라고! 물론 알고 있지. 너의 죄가 아니라는 것을! 양가죽 창고를 홀딱 뒤져 추적하고 느려 터진 관광객 무리에 섞여 끝까지 매복하여 우리는 너를 잡은 것이다. 심문은 짧았지만 자백은 그리 간단하지 않았다. 지독한 몰염치 같으니라고! 이 같은 일이 반복되지 않도록 대중에게는 알리지 않을 것이다. 모리스는 철창에 있고 그의 양은 사살되었다. 그는 석방을 요청했지만 — 누구나 그렇듯이 — 절대 그럴 수는 없을 것이다.

사냥은 길고 평탄치 않았다. 모리스는 고질인 녹내장을 감수하고 옛길을 밟고 다녔으며 정신병의 일종인 헤베프레니아 상태에서도 잡초가 무성한 습지를 무자비하게 훑고 다녔다. 추적은 우리의 고결한 마음과 관련된 일종의 서사시였다. 반드시 모리스를 사로잡아야 한다는 과제와 포획에 대항하는 모리스의 담력과 교활함이 상황을 더욱 장엄하게 만들었다. 많은 시간이 허비되었으며 물론 과도한 위험도 뒤따랐다. 우리의 근본적인 실수는 아마도 추적 그 자체에 있었던 듯하다. 그러나 일단 그 저명한 박사인지, 석사인지 뭔지 하는 도리스 펠로리스가 책임을 떠맡아 명령을 하자 단번에 결판이 났다. 그녀는 필요한 자료를 모으고 사냥꾼들을 통솔하면서 기계 발판이 있는 덫을 치고 냉혹한 결과를 기다렸다. 모든 찬사를 펠로리스 박사에게! 그녀의 현명함은 국가의 축복이다!

모리스와 맞닥뜨린다는 것이 그리 드문 일은 아니었다. 그러나 모리스는 결코 싸울 틈을 주지 않았다. 겁이 나서? 누가 그렇게 말하던가? 그는 자기 양들을 잘 돌보았다. 날카로운 플루트 곡조의 파편들이 느슨하게 우리 귀에까지 들렸다. 그 흩날리는 곡조를 향해 돌격하고 접근하여 둥그렇게 에워싼 결과 우리는 그의 덥수룩한 수염과 양가죽 상의, 가죽 반바지를 포착했는데, 삽시간에 그가 사라졌다. 이것을 어떻게 설명할까? 양까지 모두 사라진 것이다. 모든 추적자들이 잠시 당황해서 넋을 잃고 기가 죽었다. 그러고 나서 모리스의 피리 소리가 먼 곳에서 들린다는 보고가 있어 다시 추적이 시작되었다. 마치 모리스가 우리에게 도전하고 있는 것 같았다. 과학에 맞서는 것이 단순한 노래라니! 그는 물론 졌다. 잘 알려진 대로 우리 공원은 외부와 연결이 되어 있지 않았다. 그래서 모리스가 어떻게 콘크리트 장벽을 건너갔는지 아직도 분명치 않다. 그러나 달리 생각한다면 그는 도시에 친구가 있는 것이 분명하다. 도무지 알 수 없는 목록들이 계속 열거되고 있다…….

(그들은 칠흑같이 어두운 이곳 배수관 밑을 눈을 깜빡거리며 미끄러져 나갔어 말하자면 서로 몸을 바싹 붙이고서 배설물은 최대한 줄이고 소름 끼치는 수영을 하면서 간 거야 불쌍한 숫양 람세스와 털이 온통 들쥐와 엉켜 버린 암양들이 뭉친 털을 말려 줄 햇빛조차 없는 상황에서 말이야 머리 위에서는 강철 바퀴가 콘크리트 바닥을 긁는 날카로운 쇳조각 소리가 쏙독새 소리처럼 가끔 소름 끼치게 했어 염병할 털북숭이 다리 같으니! 선택은 내 몫이 아니며 내게 그럴 사명도 없다는 것을 신은 알고 있지! 내가 찾는 것은 그저 양들을 먹일 알파파와 연꽃뿐인데 요즘 같은 때에 그것들을 만나기란 젠장 생각지도 못할 일이야 우리는 늙은 양들의 할아버지 양들을 기절시켰어 분명 그 무리들에겐 문제가 있었지 그들 중 아무도 늙은 영웅이 따끔거리는 엉덩이를 쉬게 하거나 깨끗한 상태로 놀도록 허락지 않은 거야 그 빌어먹을 잔디같이 무성한 망할 것들 같으니라고! 축복받은 양 떼들은 병이 나고 은신처의 썩은 먹이통엔 고기 한 점 없었기에 털이 바싹 깎이고 지쳐 빠진 늙은 젖꼭지에서는 시큼한 거품만 나왔지 그럼에도 그들은 우리를 완전히 진절머리가 나게 만들었어 야바위꾼처럼 나쁜 것들이 그 염병할 사업을 빌미 삼아 그런 짓을 한 거야 만약 그게 아니라면 말이야! 그들의 턱주가리를 보았어? 눈깔은? 그들은 농담을 한 게 아니야 그리고 만약 먼저 그들을 압도하지 못하면 늙은 털북숭이 남자와 냉혹한 그의 동료들이 우리를 끝장낼 거야 그래서 염병할 놈이라는 거지 알았어? 염병할 놈!)

처음엔 위기도 있었지만 그것은 모두가 인정한 바였다. 물론 누구도 최후의 결과를 의심치 않았다. 그 싸움은 결국 모리스 대 실수는 결코 용납하지 않는 우리의 완벽한 컴퓨터의 대결이었다. 자료를 잘 모으고 적용하여 조만간 그 교활한 늙은 수탉을 패배시켜야 했다. 초기엔 적의 고집스러운 생명력을 과소평가한 나머지 원정대 모두 우왕좌왕했고, 부인할 수 없는 그 혼란 속에서 우리가 알 수 있는 것은 오직 모리스의 제멋대로이고 서슴없는 침입뿐이었다. 그는 아무 패턴도 없고 책임감 없는 태도로 불쑥불쑥 우리 앞에 나타났다. 바람 따라 머물다가 도시의 벽을 타고 메아리처럼 울려 나오는 가녀린 피리 소리를 흩뿌리면서 눈먼 추적자들을 차례로 미로 같은 골짜기로 유혹했다. 그런 일이 몇 차례 계속되면서 사태는 심각해졌다. 피리 소리는 굉장한 의문을 자아내다 그쳤다. 새로운 양 떼가 형성되었다고 보도되었다. 거기에다 분명 모리스의 탁월한 솜씨와는 비교도 되지 않을 애처로운 피리 소리도 들렸지만 그 오래된 스타일은 의심할 여지가 없었다. 폭동이 임박해 있었다. 도리스 펠로리스가 명령권을 부여받았다.

세계적인 거장 펠로리스 박사는 이제 어떤 공포도 더 이상 존재하지 않을 것이라며 시민들을 안심시켰다. "공포에 대한 모든 가능성은 근절될 것입니다." 그녀는 기계 같은 정밀함으로 단언했고 그녀의 말은 불멸성을 가지고 있었다. "우리는 우상 숭배를 종식시킬 것입니다. 우리 현 정부가 공들여 구성해 놓은 연구 결과들은 절대로 쉽게 무너지지 않을 것입니다."

긴장된 날들이 이어지면서, 펠로리스 박사와 그녀가 엄선한 고도로 훈련된 도시 문제 전문가들은 도시 문제보다 더 시급한 사전 약탈에 대한 조서를 곰곰이 훑어보았다. 폴리와 다른 조직 분석가들은 8진법과 조작 프로그램에 대한 상징적인 수정안을 만들었고 오래된 소프트웨어 시스템을 종식시켰으며 새로운 서술자의 지휘하에 자료를 재조합하여, 일명 양 형상(羊形像) 프로젝트라는, 새롭게 기준이 되는 종합 프로그램을 제안했다. 도면 지휘관 보리스는 순서도를 세분화하고 메르카토르 투영도법인 3차원 가로 횡단법을 공원 전체에 적용하여, 모리스의 움직임을 그려 나갔지만, 그와 박사 둘 다 그것을 계속 진행시킬 수 없음을 인정해야 했다. "우리의 비밀 체계에 걸려들지 않을 행동 방식은 없습니다." 펠로리스 박사는 모든 참석자들 앞에서 자신만만하게 설명했다. "그러나 다른 것과 달리 우리의 주제에는, 명확하진 않지만 어떤 본능적인 것이 대거 관여하고 있는 듯합니다." 그녀의 측근인 낸은 이미 알려진 모리스의 개인 습관을 배제하고, 그가 좋아할 만한 자연적인 대상, 그가 소유한 최소한의 욕구와 동물적 욕구, 명백한 성심리적 행동, 그리고 실시간으로 결과를 도출하는 수리 공식과 같은 새로운 데이터를 재생시켰지만 이러한 산출법조차도 결론에 이르는 답을 제시하지는 못했다. "아니야, 낸." 박사는 연필을 입에 물고 무겁게 말했다. "분명히 그 순간에도 사냥 자체는 계속되어야만 해."

그녀는 긴급 회의에 돌입하기 위해 탐험대를 소집하고, 당면한 어려운 문제에 대해 그들을 다그치면서 오래된 유혹에 대해 솔직히 말했다. "여러분이 비웃겠지만, 인정합시다. 우리는 이미 어느 정도 타락했습니다. 모리스와 마찬가지로 시작부터 우리 자신도 많이 불안정했던 것입니다. 우리는 공원에서 자

행된 독특한 만행을 거의 인정할 수밖에 없으면서도 그 대담
하고 천연덕스러운 출몰을 아직 진압하지 못했습니다. 우리는
아직도 어두운 숲 속에서 뜨겁게 타오르는 형체를 알 수 없
는 희미한 눈빛으로 인해 전율하고 있습니다. 그 영상은 목욕
하는 나이아드*의 맨살의 유방일 수도 있고, 무서운 넓적다리
를 한 개암 색 몸통일 수도 있으며, 독 파이프의 한 번의 호출
일 수도 있습니다. 간추리자면, 우리는 여전히 그 단순한 죄악
으로부터 자유롭지 않다는 것입니다. 그러나 옛 방식으로 말
하자면 그것은 우리가 고려해야만 하는 우리의 아이들인 것입
니다. 그들에게는 오래된 전설과 깨달을 수 있는 현실 사이에
아무런 혼동이 없는 것이 분명합니다. 그들은 우리에게 우리의
불운한 기원의 오염된 씨앗을 한 번에 모조리 근절하라고 강
요하고 있습니다." 열화와 같은 박수갈채. 보리스는 그 강렬함
을 그의 음파 측정기에 녹음하고 낸이 업무 일지에 적어 넣게
수치도 기록했다. 그는 폴리를 향해 고개를 끄덕였고, 둘 다 그
녀의 흔들리지 않는 침착함과 묘한 미소를 언짢은 눈길로 관
찰했다. "우리 전략은 두 부분으로 나뉩니다." 펠로리스 박사가
계속했다. "추적과 덫 놓기입니다. 물론 덫을 놓는 것은 추적에
달려 있겠지요. 이 전략도 본질적으로는 사실을 발견하는 것
이 주요 임무겠지만 동시에 적을 기진맥진 지치게 하는 부차적
인 목적 또한 내재해 있습니다. 여기에 예상할 수 있는 확실한
구도를 들이대면, 적은 지치면 지칠수록 경계를 늦출 거라는
것입니다."

---

* 강이나 호수에 사는 물의 요정.

보리스와 낸은 회의 후에 박사에게 폴리에 대해 얘기했다.

"그녀의 마음이 산란해 보여요." 보리스가 말했다.

"그녀의 엉덩이는 너무 튼실해." 낸은 자기 소견을 말했다. 펠로리스 박사도 수긍하는 듯 고개를 끄덕였다. 폴리는 그녀가 총애하는 직원 중에 하나라는 것은 잘 알려진 사실이었다.

"그녀는 귀여운 새가 되는 꿈을 꾸고 있는 걸까, 아니면 반짝이는 별?" 박사가 한숨을 쉬었다. "글쎄, 그녀가 좀 수그러들면 좋으련만."

(그들은 제3국적이라고 부를지 모르지만 내가 그것을 동경해 왔다는 것은 명백한 사실이야 그렇고말고 그들은 내 발자취를 추적한 것이 아니라 어떤 방법을 써야 나와 그렇게 자주 맞닥뜨릴 수 있는지 그걸 연구한 것처럼 보여 백양나무와 늙고 늙은 너도밤나무는 개암나무, 느릅나무와 한데 섞여 푸른 산들바람 속에서 나부끼고 있고 서풍 속에서 깜빡거리는 그림자와 달빛에 목욕한 청량한 시냇물 그리고 정신없이 뻗은 담쟁이덩굴에 떠 있는 벌레들 디기탈리스와 웃음 짓는 아칸서스와 섞여 있는 계수나무 그리고 30센티미터 정도 되는 해면 모양의 새포아풀이 그곳 바닥에 좍 깔려 있지 가장 행복한 산골짝은 아닐지 모르지만 충분히 행복하고 행복하기에 충분해 그리고 늙은 숫양 람세스는 이곳에 더럽게 흠뻑 빠졌어 만약 그에게 그런 기분이 들지 않는다면 늙어 간다는 증거지 왜 내가 염병할 생가죽 채찍을 옆에 두고 계속해서 그를 이 작고 오래된 협곡에서 캠프를 철수하고 물러나게 해야만 하느냔 말이야 서둘러서 먹이를 먹여야 하는 이 긴 방랑을 누가 좋아 하겠어 그를 힐책하라고 내게 말하지 마 게다가 이곳은 정말 좋은 곳이잖아 수많은 여행객들이 지나다

니고 그들은 절대 우리를 괴롭히지 않거든 그리고 내가 사람을 그리 싫어하는 타입은 아니야 사실 어린아이들을 위해 피리를 분다는 것이 나에겐 기쁨이야 그들을 둥그렇게 모이게 하거나 아니면 둘씩 짝지어 춤추게 하는 거야 아니면 좋아하는 옛 민요를 부르게 하는 거지 그들은 최소한 다른 방법으로 조롱을 하지는 않거든 그런데 이 중요한 상황에서 왜 다시 행복했던 날들에 대해 얘기하는 거야 어떤 때는 경우에 따라 시인이 말한 것처럼 낡은 막대기로 부드러운 풀 사이를 찔러 보는 경험을 가져 보기도 했어 작은 덤불숲에서 허둥대던 한 여행객은 경찰관이 아무 생각 없이 맞아! 젠장할! 여자들이잖아! 라고 말하자 늙은 모리스가 그 위로 지나갔다고 말해 줄 수 없었지 왜 내가 갓난아이나 늙은 송장을 제외하고 모든 것을 떠맡아야 하냔 말이야 사춘기도 지나지 않은 풋내기들의 재미있는 이야기가 있지 햇볕이 내리쬐이는 한낮에 봄이 한껏 부풀어 오른 좀 뜨거운 날이었어 양 떼들을 몰고 오래된 떡갈나무가 울창한 숲으로 들어갔지 나는 단아하고 깨끗한 몸을 길 옆에 흐르는 시원한 시냇물에 담그고 휴식을 취했어 그리고 나서 블라우스를 엉덩이에 두르고 한낮의 포에부스*가 나를 휘감아 말려 주기를 기다렸지 그러면서 갈대 피리를 꺼내 삐걱거리며 한 곡조 뽑으려던 찰나에 위를 올려다보니 이게 웬일이야? 작은 거위 치는 소녀가 내 옆에 큰 대자로 누워 있는 게 아니겠어! 나는 그때까지만 해도 젊었기에 펄쩍 뛰며 내 빛나는 하얀 엉덩이 앞으로 보이는 것을 꽉 움켜쥐고 킥킥 웃었지 그러고는 내 가죽들을 길게 펼쳐 그녀를 그 위에 앉히고 우리는 얘기를 나누기 시작했어 나는 날씨가 너무 좋지 않느냐고 물었고 그녀는 그렇다고 대

_____

* 태양의 신.

답했지 그래서 내가 그녀의 거위들이 정말 예쁘고 하얗다고 말하자 그녀는 내 양들 또한 예쁘고 하얗다고 말하는 거야 그런데 바로 그 때 양 한 마리가 다른 녀석의 등에 올라 탔어 우리 앞에서 그러는 걸 보고 젠장 어떻게 웃음이 안 나오겠어 내가 맹세컨대! 지금 와서 얘기하는 게 우습기는 하지만 그녀는 햇살에 눈이 부시다고 하면서 나를 끌어당겨 그늘을 만들어 달라고 하는 거야 나는 난초 향이 그 윽이 피어오르는 그녀의 숨결에 뜨거운 키스를 하려고 시도했지 초 승달 같은 미소가 그녀의 얼굴에 퍼졌고 몸을 움직이자 풀 먹인 봄 작업복이 접히면서 팔다리가 구부러지는 소리가 들렸어 태양은 그녀 의 발가락 사이를 비추고 산들바람이 불었지 늙은 거위들은 마치 성 스럽고 경건한 백합같이 하얀 손가락들로 내 헐거운 가죽들을 애무 하고 암염소의 부푼 젖가슴을 쥐어짜듯 움켜쥐었어 그녀의 반짝이 는 갈색 눈동자는 나를 유혹해서 흥분한 내 두개골 뒤쪽으로부터 미 친 시(詩)가 지어져 나왔지 안달이 나서 단추를 풀자 꽃 같은 몸통 에서 하얗게 빛나는 젖가슴이 그늘을 드리우며 나타났어 나는 떨리 는 입술을 젖꼭지로 가져가기 위해 몸을 굽혔지 끔찍한 맛! 뒤로 확 물러나며! 거위 냄새 젠장할! 상처가 나고 피가 난 푸르스름한 젖꼭 지는 흥분은 했는데 그 아래 약간의 점액이 말라 비틀어져 있는 거 야 나는 그녀의 가련하고 어리석어 보이는 얼굴 코앞에서 구역질을 해 댔지! 입을 틀어막고 그녀를 떠민 다음 상의를 끌어당겼어 그러자 그 작은 거위 치는 소녀는 산들바람에 멍든 젖가슴을 드러내 놓은 채 시냇가에 굳은 듯 누워 있다가 실성한 큰 치아를 드러내더니 초 승달 모양 미친 듯 히죽거리면서 갑자기 노간주나무 사이를 뛰어다 니는 거야! 나는 너무나 놀라서 양 떼들을 채찍질하여 서둘러서 덤 불숲 밖으로 내몰았지 그런데 바로 왼쪽에 그 거위 치는 소녀가 누위 있고 그 둘레를 거위들이 엄숙할 정도로 둥그렇게 에워싼 채 행진하고 있는 거야 나는 바로 그때 그녀의 배가 미묘한 호를 이루며 불룩하게 부푼 이유를 알 수 있었어 그 길로 나는 빌어먹을 산에서 줄행랑을 쳐서 다음 날까지 도망쳤지 내가 시야에서 보이지 않을 때까지 말이야 젠장할! 그러고는 결코 다시 그곳에 가지 않았어 내가 무슨 짓을 한 건 사실이지만 누가 그걸 알겠어? 그런데 더 나쁜 상황까지 생긴 거야 오오! 이봐 자네도 알다시피 그들이 살찐 정찰병들을 저 둔덕 위에 배치한 거야! 그들이 바로 우리 옆에 있게 될 뻔한 거지 아! 늙은 배우처럼 날 쳐다보지 마! 이건 내 잘못이 아니야! 그리고 우리가 밤새 이러고 있는 걸 봐! 제3국적! 어쨌든 신이 즐거워하시는 홀수잖아! 그렇지 않아?)

펠로리스 박사는 과제에 대한 상세도를 작성하고 기본 방법론을 적용시켜 팀을 교육시켰다. 탐험대가 일을 실행에 옮기기 전에 예기치 않은 일이 발생했다. 폴리가 사라진 것이다. 낸은 저주를 퍼붓고, 보리스는 흰머리가 텁수룩한 머리통을 흔들었다. 수색하는 데 온종일이 걸렸다. 우리는 제3 국립공원의 수로 근처에서 드디어 그녀를 찾아냈다. 그녀의 하얗고 포동포동한 몸은 플라스틱 금잔화 화단 위에 보기 흉하게 늘어져 있었고, 눈은 흐릿했으며, 달아오른 붉은 입술은 희죽 웃고 있었다.

"잔디를 깎아." 낸은 꽥꽥대면서 그 광경을 축사(縮寫) 필름에 찍었다.

"모리스는?" 펠로리스 박사는 그 소녀에게 물었다.

"모리스는 여기에 없었어요." 폴리의 느리고 고르지 못한 목소리는 멀리서 들려오는 공허한 메아리처럼 우리에게 다가왔다. "아니, 그가 없다니." 귀에 거슬리는 발표군! 한 남자가 무릎을 꿇고 상처에서 피를 흘리며 성호를 그었다.

"모리스!" 박사는 말뚝을 박으며 소리쳤다. 그러나 바로 그때 그 남자가 사라졌다.

우울하고 불안한 침묵이 사람들 사이에 자리 잡았다. 이것은 전혀 예기치 못했던 것이었다. 펠로리스 박사는 그 소녀를 탐문하고, 측근에게 명백한 사건 경위가 묘사된 현장 보고서를 작성하게 했다. 박사는 우리 모두에게 들리도록 또랑또랑한 목소리로 결론지었다. "그리고, 오, 낸, 백조 반지에 걸고 약속합시다." 아무 때나 튀어나오는 그녀의 유머가 휴식 시간의 분위기를 깼다. 우리는 서서 열성적으로 실컷 웃었고 준비되기를 기다렸다. 유쾌히, 장비를 받아 근무처로 수송했다. 그것은 늙은 모리스의 종말의 시작이었다.

한편, 수염이 텁수룩한 양치기가 공원에 연이어 나타나기 시작했다. 그는 번번히 우리를 교묘하게 따돌렸다. 그를 관찰하면서, 우리는 대략 네 시간 동안 그의 행동을 기록했고, 그가 다시 종종걸음을 치도록 고의로 모습을 위장했다. 양 떼는 느릿느릿 움직였고, 모두 한가로이 풀을 뜯고 자고 물을 마시고 번식하고 공원 녹지 여기저기 똥을 누면서 오래된 언덕 꼭대기까지 훑고 다녔다. 모리스는 양 떼들 없이 그런 일을 할 수 있었을까? 그 질문은 학구적이다. 모리스는 양 떼에게 속해 있고, 양 떼 또한 그렇기에, 그의 속도는 단지 양들의 속도에 의해 묘사될 뿐이다.

(마치 내가 충분한 고통을 받지 않은 것처럼 늙은 람세스는 반역

을 연출한 거야 개자식 같으니라구! 내가 그를 거세한 이후로 그가
획책한 일이라는 거지 난 정말 그렇게 하기 싫었어 하지만 그렇게 하
지 않으면 그 종족이 번식할 것이기 때문에 난 어느 정도 그것을 저
지해야만 했지 나는 그들을 근처의 조용한 곳으로 끌고 갔어 늙은
숫양에게 그것을 설명하려 했지만 그는 들으려 하지 않아서 그에게
수음을 시켜야 했지 그는 그렇게 했고 내가 어쩌겠어? 나는 젊은 연
인 한 쌍을 꾸짖으면서 늙은 양을 거세했어 그러나 그러지 말았어야
했어 젠장할! 그러지 말았어야 했던 거야! 늙은 람세스! 도대체 무엇
이 나를 이렇게 만든 거지? 만일 내게 차분히 앉아서 생각할 시간이
조금만 있었다면! 만일 그들을 거세할 거였다면 젊었을 때 했어야지
염병할 그리고 여기에서 오후쯤 양 떼를 높은 언덕으로 몰고 가다가
초록 둔덕을 발견한 거야 너무 힘들게 산을 오르느라 지치고 힘들었
던 우리는 한숨 돌리기 위해 잠시 자리를 잡았지 불쌍한 늙은 암양
한 마리는 너무 느려서 그곳에 버려야 했어 나는 그녀를 돌봐 줄 누
군가를 남겨 두지 못한 것이 못내 가슴 아팠지 하지만 바로 그때 해
가 평원 아래로 평화롭게 지기 시작했고 양 떼들은 산의 클로버를
파헤쳐 대는 거야 나도 내 가방에서 구운 양고기 한 조각을 꺼내고
눈처럼 하얀 양젖을 거품이 나도록 가득 잔에 따랐어 그리고 오랜만
에 옛 시골을 꿈꾸며 꾸벅꾸벅 졸기 시작한 거야 반쯤 몽롱한 상태
에서 호리호리한 아름다운 처녀가 내 옆으로 왔어 나는 열네 살밖
에 안 돼 보이는 그 시골 처녀와 퍼져 누워 있는 환상에 사로잡혔지
나는 그녀의 치마 속으로 빠르게 기어 들어갔는데 귀를 핥는 느낌에
깜짝 놀라 깨어 보니 내가 암양 떼들 한가운데 있는 거야 늙은 암양
중 한 마리가 젖은 코를 내 얼굴에 들이밀면서 나를 성가시게 하고
있었지 그리고 늙은 람세스의 방울이 멀지 않은 곳에서 뎅뎅 울리는

데 해는 지고 달은 손톱만 해서 도저히 평원의 지형을 분간할 수 없는 거야 그런데 나참! 그 와중에 양들이 나를 박치기로 밀어 대는 거야 마음은 옛 시골에 온통 빼앗겨 혼미한 상황이라 잠깐 어디가 어딘지 분간할 수도 없었지 그런데 그때 뭔가가 나를 확 쳤어! 절벽이었어! 그 빌어먹을 양들이 나를 절벽 끝으로 내몬 거야! 나는 지옥으로부터 내 발을 끌어 올리려 안간힘을 썼지만 그 미친 것들이 나를 다시 들이받아 버렸지 거의 아무것도 볼 수 없는 상황에서 단지 하얀 유령 같은 양털들만이 달빛 아래서 일렁이고 그들의 발굽과 검은 얼굴들만이 칠흑 같은 어둠 속에서 윤곽을 드러냈어 그들의 울음소리가 금속이 부딪치는 애도곡처럼 계속 내 귀에 점점 더 가깝게 들려왔어 나는 신의 곁에서 죽기를 구하는 가여운 예언자 엘리야처럼 로뎀나무로 뛰어!라고 비명을 질러 댔지 내 심장은 두근거리는데 오 세상에 저 끄트머리에서 소름 끼치는 희미한 불빛이 똑똑히 보이는 거야 평원 저 내리막길 아래로 어슴푸레한 광경이 말이지 늙은 람세스가 천천히 내가 미끄러져 내려갈 공간을 만들면서 양옆으로 자리를 내주고 있는 거야 나는 필사적으로 뭔가를 부여잡으려 안간힘을 썼지 그러나 내가 할 수 있는 것이라곤 그의 빌어먹을 방울 소리를 듣는 것뿐이었어 암양들은 이제 직접 밀지 않았고 늙은 길잡이 숫양은 옆으로 비켜섰지 하지만 그들은 주변을 더듬거리며 우왕좌왕 혼란에 빠진 거야 나는 그때가 가야 할 때라는 것을 알았지 재빨리 나는 가장 근처에 있는 암양의 방울을 낚아채 오른쪽 절벽으로 던져 버렸어 방울 소리가 더 이상 들리지 않을 때까지 양 떼의 반도 넘는 무리들이 암양을 따라갔지 난 늙은 람세스의 뒷발굽을 꼭 붙들고 매달려 있었어 그리고 마침내 끝이 났고 나는 무너진 바위 더미 옆에서 숨을 몰아쉬며 비틀거렸지 람세스는 고삐가 잘린 채 축 늘어져서 근처 덤불숲으로 피했어 밤새도록 나는 잠을 이룰 수 없었지 그러나 아침이 되자 늙은 숫양을 볼 수 있었고 우리는 휴전을 하게 된 거야: 우리 둘 다에게 남아 있는 문제란 없게 된 거지)

자료는 날마다 도리스 펠로리스 박사의 하늘처럼 높은 사령부로 흘러들어 갔다. 모리스가 우리 감시망에서 벗어나는 일은 극히 드물었고 있다 해도 잠깐이었다. 그의 최근 행보는 메모장, 펀칭 카드, 필름, 테이프에 기록되었다. 관찰자들은 그의 소리, 체취, 움직임, 기호, 취득물, 배설물, 사정액, 분노, 꿈까지 기록했다. 그가 모습을 보이지 않는 기간은 길어야 3일이었다. 그 3일째 되는 날 죽은 양 몇 마리가 골짜기에서 발견되었다. 모리스는 한 시간도 채 걸리지 않아 산속에 거처를 마련했다. 그 보고서가 신속히 펠로리스 박사에게 전달되었다.

"별 문제 없어요." 장비에서 몸을 돌리며 온화한 미소와 함께 그녀가 말했다. "이제 그를 잡았으니까요."

지침서에는 몇 시간 기다린 후에 산 아래쪽으로 몰면서 그를 공격하라고 적혀 있었다. 펠로리스 박사는 원정대를 제3 국립공원 안에 있는 야영지로 능숙하게 배치시켰다. 그곳에서 그녀는 늙은 양치기를 위한 리셉션을 준비했다.

그녀는 그날 저녁 보좌관에게 설명했다. "당신도 알다시피, 낸, 이제 모리스가 이 골짜기에서 야영할 것이 확실해요. 이 수로 옆 저 골짜기에 말이에요. 닷새 안에 그렇게 될 거예요. 보리스의 도표와 도출된 자료에 의하면, 그의 마음에 일어나는 무질서의 순서로 보아 그의 마음이 어떻게 움직이든 상관없이, 그는 결국 자기가 생각해서 결정한 곳으로 도달하게 될 거라는 것이지요. 물론 여기서 우리가 자신을 기다리고 있다는 것을 모르는 경우에 말이에요. 그리고 설사 안다고 해도 그의 마음이 바뀌지 않을지 누가 알겠어요? 상황이 그리 급박하지만 않다면 그 실험을 즐겨 볼 만도 하다는 거예요."

낸은 희미하게 미소를 지으며, 박사의 담배에 불을 붙였다.

"어떤 사전 대책이 있어야 우리 일이 좀 더 쉬워질 것 같아요, 낸. 발전기를 돌려서 수로를 흐르는 물의 속력을 조금 빠르게 해 달라고 부탁 좀 해 보세요. 그리고 필요하다면 물의 흐름을 막는 작은 장애물을 설치해도 좋아요. 날이 흐려지기 전에 모리스를 거기서 사로잡아야 해요. 만약 이 명령이 다른 부서와 심각하게 충돌한다면 한밤중에만 뜻대로 할 수 있도록 변경해도 좋아요. 하지만 자정부터 동이 트고 약 한 시간이 지날 때까지는 어떤 경우에도 구름이 끼어서는 안 돼요."

"기온은요, 박사님?"

"약 76도 정도, 습도는 평상시보다 약간 높게 하세요."

"예, 박사님. 뭐 다른 것은?"

"일단 적이 목표 지점에 들어오면, 소나무, 도금양나무, 그리고 히아신스의 향기가 희미하게 방출되는지 한번 살펴보도록 해요. 극도로 주의를 해야 해요. 왜냐하면 도를 넘치면 우리의 사냥감이 경계 태세에 들어갈 테니까요. 해 질 녘에는 반드시 경보 감시 장치를 작동시켜야 하지만 하나씩, 하나씩 작동시켜서 새벽 5시 즈음에야 완전히 가동되도록 하세요. 동시에 공원에 조금이라도 더 머무르지 못하도록 공식 발표를 하세요. 6시에 우리는 포위를 할 겁니다."

낸은 고개를 들어 박사의 회색 눈동자를 응시했다. 그들은

고개를 끄덕이며 서로를 이해했다는 듯 미소를 지었다. 6시가
되었다.

(그렇지만 염병할 이럴 줄이야? 갓 태어난 어린 숫양을 오늘 밤
에 데려와 이지러진 달이 밤새 부드러운 금빛을 빛내는 그때 말이야
어린 암양이라도 좋아 그녀도 처음엔 ─ 그들의 엄마가 처음엔 얼
마나 귀여웠는 줄 알아? 내가 생각하기엔 고통과 공포가 서려 있었
어 ─ 하지만 젠장할! 나도 알아! 세월은 잊히고 또 잊혀서 모든 옛
노래들처럼 나 또한 잊히겠지 마음은 이 저주스러운 방목을 하면서
쇠락해질 테니까! 우리가 그것을 거부할 순 없어 안 그래 람세스? 모
리스 넌 늙어 가고 있어 그렇지 않다는 건 말도 안 되지 뭐 나도 내
안에 활력이 좀 남아 있긴 해 아직 포기하지 않았거든 하지만 내 노
후한 삶의 가장자리가 소멸해 가고 있다는 것은 확실해 맞아 맞아
시간은 모든 것을 앗아가지 정말 그래! 하지만 여기 오늘 밤은 정말
아름답군 하늘에 별이 100만 개나 떠 있는 게 틀림없어! 어렸을 땐
저것들을 다 세어 보려고 했지 어린 마음에 저 별들의 숫자가 언제
나 같을 거라는 바보 같은 생각을 한 거야 믿을 수 있겠어? 정말 아
무것도 아무것도 몰랐던 거지 이봐! 저 귀뚜라미 소리 좀 들어 봐!
왜 나는 어릴 적엔 저 소리를 듣지 못했던 것일까! 저것들이 언젠가
는 사라질 거라는 생각을 했지 하지만 그렇게 쉽게 소멸되지는 않아
뭐든지 그래 그리고 우리는 더욱 그래야겠지 그렇지 람세스? 어쨌든
그 늙은 숫양을 말이야 우리는 여기에 오지 말았어야 했어 나는 뼈
마디마다 재해가 느껴져 하지만 별 상관이 없어 보이기도 해 아니야
만약 그들이 우리를 어떤 한 장소에서 다른 곳으로 데려갔다고 생각
하면 너희들은 오솔길에 널브러진 초록 풀이나 뽑는 척해 무슨 얘긴

지 알겠지? 그리고 이봐! 봄의 냄새를 맡아 봐 늙은 내시야! 음탕한
귀뚜라미 소리를 들어 봐! 옛 노래 중 하나를 피리로 연주하고 싶게
말이야!)

> 그녀의 머릿결은 은달팽이처럼 검었고
> 그녀의 이는 금처럼 하얬다
> 그 작은 숲은 나이팅게일처럼 푸른데
> 마치 본을 떠 만든 것 같은 청량한 시냇물
> 마치 본을 떠 만든 것 같은 청량한 시냇물
>
> 그녀의 귀는 유쾌하게 반짝였고
> 그녀의 눈은 내 모든 말을 경청했네
> 얼마나 사랑스러운 삶인가, 나는 노래했네
> 비록 죽는 존재라 할지라도
> 비록 죽는 존재라 할지라도
>
> 그녀는 완전히 수긍했기에 그녀의 칼로
> 내 피 흘리는 가슴을 푹 찔렀네
> 달콤한 소녀여, 당신이 내게 새 삶을 주었다네
> 희구하나니, 내게 휴식을 허락해 주오
> 희구하나니, 내게 휴식을 허락해 주오
>
> 한 번 그녀를 눕히고, 두 번 그녀를 눕히고
> 세 번째 그녀를 눕혔네
> 비록 그녀는 처녀로 죽었지만

우리는 그녀를 창녀로 묻었네
우리는 그녀를 창녀로 묻었네

이제 모호한 나의 곡조가
아주 긴 의미를 가진 듯 보이겠지만
생각해 보니 삶은 다름 아닌 꿈이고
죽음은 단지 노래에 지나지 않았네
죽음은 단지 노래에 지나지 않았네

5시 55분 동이 텄다. 물가 옆, 포플러와 너도밤나무 숲가에, 그 양치기는 동쪽 하늘을 보며 양 떼들과 누워 있었다. 정확히 새벽 6시, 도리스 펠로리스 박사와 그녀의 참모들이 은신처에서 모습을 드러내 각기 다른 방향에서 양치기를 향해 접근해 나아갔다. 그는 깜짝 놀랐고 박사와 그녀의 일행 뒤로 툭 불거져 나온 호기심 가득한 눈빛의 관광객 무리를 발견했다. 그는 아무 저항도 하지 않았다.

"당신은 양 떼를 몰고 있는 중이었군요." 박사가 말했다.

"당연하죠, 부인, 저는 양치기입니다."

박사의 보좌관은 콧방귀를 뀌었다. "헛된 생태학의 삼단논법이여!"

펠로리스 박사는 미소를 지었다. "내 검정 가방, 낸."

"지금, 여길 보시죠, 박사님, 무얼 말씀하시는 건지……"

"아무거나." 펠로리스 박사가 정정했다. 그녀는 검정 가방에서 청진기와 다른 장비를 꺼냈다. "옷을 벗으시지."

"내 옷을 말이오?"

"뻔뻔스럽게 굴지 마시지! 그것이 당신에게 어려운 것처럼 나한테도 어려운 일이야. 내가 말하는 건 당신이 지금 입고 있는 그 썩은 냄새가 풍기는 역겨운 가죽 옷이야. 당신은 그것을 뭐라고 부르지? 개뼈다귀든, 반장화(半長靴)든 나하고는 상관이 없지만, 당장 벗어!"

모리스는 밀려드는 인파 옆에서 그의 포획자를 날카로운 눈빛으로 노려보았다. 펠로리스 박사는 가방에서 가위를 꺼냈다. 모리스는 신음 소리를 내며 가죽 조끼와 반바지를 벗었다.

낮은 휘파람 소리가 들렸고, 박사의 보좌관들은 소리 나게 숨을 헐떡거렸다.

"그게 뭐지, 낸?"

"그…… 다리, 박사님! 털!"

펠로리스 박사는 웃으며 귀에 청진기를 꽂았다. "당신은 알고 있을 거라 생각했어." 그녀가 말했다.

박사가 진찰을 하는 동안, 그녀의 참모들은 피하주사를 투여하여 조직적으로 양들을 죽이기 시작했다. 짐승들은 빠르게 죽어 갔고 상황은 만족스러웠다. 알몸의 모리스는 점점 무감각하게 변해 갔다. 단지 대장 격의 양이 죽을 때만 움찔했다. 한 줄기 눈물이 그의 황갈색 뺨 위로 흘러내렸다. 박사의 보좌관은 그녀의 검사 기록을 받아 적었다.

검사 자체는 그리 긴 시간을 요하지 않았다. 눈, 귀, 코, 목, 심장, 폐, 혈압, 전립선, 여러 가지 중추 기관의 검사, 엑스레이 촬영, 혈액 채취 그리고 대뇌 촬영이 시행되었고, 그 자리에서 분석되었다.

"이제, 정액 샘플." 박사는 등을 돌리고 청진기를 가방에 도로 집어넣으며 말했다.

야만인이며 냉정한 눈빛의 모리스는 꿈쩍도 하지 않았다.

"낸!" 박사는 포로를 향해 어깨 너머로 고갯짓을 하며 말했다.

그녀의 보좌관은 왼손에 고무장갑을 끼고 오일을 약간 짜 넣었다. 모리스는 마지막으로 필사적인 반항을 했지만, 보리스와 다른 몇몇이 그를 꽉 부여잡았다. 관광객 무리들은 점점 앞으로 몰려나왔다. 낸은 모리스에게 접근하여 전문가답게 숙련된 동작으로 서너 번 일을 실행했다. 모리스의 구릿빛 수염난 얼굴은 붉다 못해 검게 변했고, 눈은 동공이 커진 채 초점을 잃고, 입은 이가 다 드러나도록 헤벌어졌다. 낸은 박사에게 시험관을 건넸다. 펠로리스 박사는 재빨리 그것을 슬라이드에 도포하고, 현미경을 통해 들여다보았다. "2-A!" 그녀는 부드러운 휘파람 소리를 내며 알았다는 듯 외쳤다. "나이에 비하면 꽤 좋군!"

모리스는 이제 두 남자의 팔에 붙들린 채 흐느적거리며 누워 있었다. 그의 뺨은 초월한 듯 축 늘어졌다. 반항은 끝났다. 승리는 우리 것이다!

펠로리스 박사는 모리스를 향해 몸을 돌리며, 부드럽게 미소 지었다. "우리가 사는 세상 어딘가 아직 당신을 위한 장소가 있을 거예요. 사회 복귀를 시도한다 해도 보증할 수 있을 만큼 충분히 건강하군요. 내가 당신에게 일자리를 소개해 주겠어요. 아마 우리가 가진 양 공장 중 한 곳에서 일을 얻게 될 거예요. 관심 있나요?"

모리스는 마비된 듯 박사를 응시했다. 그는 입을 다물었다. 천천히, 무언가 생각하더니, 침울하게, 고개를 내저었다.

"그를 철창에 넣어." 박사는 명령했다. 그녀는 검은 가방을 닫고, 큰 걸음으로 성큼성큼 군중들이 모여 환호하는 곳으로 걸어갔다.

이로써 우리의 보고서를 결론짓는다. 펠로리스 박사는 국가 최고의 영예를 얻게 되었다. 그러나 물론 모든 시민들은 그런 영예도 그녀에게 충분치 않다고 생각할 것이다. 역사는 그녀를 향한 우리의 보답이 얼마나 초라한지 승인할지어다! 비록 모리스는 철창에 갇혔지만 그의 이야기는 끝나지 않을 수도 있다. 그는 도시 문제 전문가들에게 양도되었는데, 어떤 유명한 도시 계획 전문가가 그의 상황에 개인적 흥미를 갖게 된 것이다. 그들은 모리스가 그들의 신흥 과학 분야에 전례 없는 심각한 도전을 했음을 인정했다. 그러나 다시 되돌릴 가능성은 전혀 없는 것으로 보인다. 우리가 혼연일치하여 그러한 사건이 그저 하나의 사례로만 남기를 원하는 것은 어쩌면 당연한 일인지도 모르지 않은가!

(도리스 펠로리스의 합창 소리 그리고 모리스의 낭랑하게 울려 퍼지는 노랫가락 호레이스는 보리스를 노래한다 저 밖에 로뎀나무 옆에 우리를 괴롭히고 욕보이는 그 무엇인가를 만들어야만 하는 것인가 그리고 옛 꽃받침 위에서 잊혀 가고 있는 옛날의 감흥 나는 빌어먹을 아하 람세스다! 왜 그들은 가서 그런 일을 했을까? 광기는 자유라는 것! 그것이 근원이다)

생강빵으로 만든 집

1

느지막한 오후 소나무 숲. 두 아이가 빵 부스러기를 떨어뜨리며 늙은이를 따라간다. 아이들의 입가에서 앳된 멜로디가 흥얼흥얼 흘러나온다. 땅속에서 스며 나온 짙은 녹색은 먼 어둠 속으로 아스라이 퍼져 나가고 칙칙한 숲 사이 얼기설기 투과된 햇빛의 잔상이 빨강, 보라, 연파랑, 태운 오렌지 빛으로 사방에 흩어져 있다. 소녀는 바구니에 꽃을 따 넣는다. 소년은 빵부스러기를 흘리느라 여념이 없다. 아이들은 어린 것들에 대한 신의 보살핌을 노래한다.

2

가난과 삶에 대한 체념이 늙은이의 어깨를 무겁게 누르고 있다. 누덕누덕 기우고 실밥이 터진 그의 천 재킷, 어깻죽지는 빛에 바래 허옇고 팔꿈치는 닳고 닳아 해져 있다. 그는 떨어지지 않는 발을 질질 끌며 먼지 속을 헤쳐 나간다. 흰머리에 바싹 마른 살가죽. 절망과 죄책감이라는 비밀스러운 힘이 그를 땅속으로 잡아끄는 듯하다.

3

소녀는 꽃을 딴다. 소년은 신중하게 그것을 보고 있다. 늙은이는 밤이 웅크리고 있는 숲의 심연을 근심스러운 듯 응시한다. 소녀의 앞치마는 갓 딴 신선한 귤의 생동감이 느껴지는 밝은 주황과 파랑, 빨강, 녹색으로 행복하게 수놓여 있다. 하지만 대조적으로 그녀의 드레스는 가장자리가 나달나달 해어진 평범한 갈색에 발은 맨발이다. 아이들의 노랫소리에 새들은 벗이 되고 나비는 숲의 공간을 장식한다.

4

소년의 행동은 수상쩍다, 오른손을 뒤로 한 채, 빵 부스러기를 흘린다. 얼굴을 반쯤 돌려 연신 빵을 흩뿌리는 손을 뒤돌아보면서도, 시선은 앞서 가는 늙은이의 발치에 주의 깊게 머물러 있다. 늙은이의 신발은 코가 높고 가죽 끈이 달려 있으며 진흙이 묻어 두툼해 보인다. 신발도 늙은이의 피부처럼 바싹 마르고 금이 간 채 깊은 주름으로 고랑이 패어 있다. 소년의 바지는 끝단이 너덜너덜 해진 열은 푸른빛을 띤 갈색이고 재킷은 빛바랜 붉은색이다. 소년 또한 소녀처럼 맨발이다.

5

아이들은 산사나무 꽃바구니와 생강빵으로 만든 집 그리고 자기 몸의 버룩을 먹고 사는 성자에 대해 노래한다. 울창한 숲속 아름드리나무의 나뭇가지 사이로 암갈색 땅거미가 똬리를 트는 어스름한 때, 아이들은 아마도 자신들의 어린 마음을 위로하기 위하여 그런 노래를 부르는지도 모르겠다. 아니면 소년이 흩뿌리는 빵 조각의 비밀을 숨기기 위함인지도 모르지. 그보다는 아무 이유 없는 그저 천진난만한 아이들의 습관인 것 같기도 하다. 자신들의 노래를 듣기 위함일까, 아니면 추억들을 찬양하기 위함일까, 그것도 아니면 늙은이를 기쁘게 하려고, 침묵을 채우기 위해, 생각을 감추기 위해, 그것도 아니면 그들의 기대감을 은폐하기 위해 노래를 부르는가 보다.

6

소년의 손과 손목은 헐거운 재킷(빛이 바랜 빨간 소맷부리는 단이 아니라 그저 헐어 빠진 가장자리일 뿐이며 너덜너덜 닳아서 넝마 같다.) 밖으로 삐죽이 튀어나와 있다. 햇볕에 그을린 황갈색 손은 여느 아이처럼 흙이 묻어 더럽다. 손가락은 짧고 통통하고, 손바닥은 야들야들하며, 손목은 작다. 손가락 세 개를 안으로 우그려, 빵 부스러기를 움켜쥐고, 그것들을 으깨어, 덩어리를 만든 후, 굴리고 부스러뜨리며, 마치 행운이나 기쁨인 양 잠시 즐거이 갖고 놀다가 검지와 엄지로 땅바닥에 조금씩 튕긴다.

7

늙은이의 창백한 푸른 눈은 깊고 어둡게 처진 살 속에 낙담한 듯 둥둥 떠 있고, 무거운 눈꺼풀에 반쯤 덮인 눈동자는 털이 덥수룩한 하얀 눈썹 밑에서 분주히 움직이고 있다. 축축한 눈가에서 깊은 주름이 뻗어 나와 코 쪽으로 기울면서 검게 탄 뺨과 오그라든 입가로 움푹 패어 있다. 늙은이의 시선은 앞을 향해 쭉 뻗어 있지만 과연 무엇을 보고 있는 걸까? 아무것도 보고 있는 것 같지 않다. 어떤 보이지 않는 목적지가 있나 보다. 어떤 돌이킬 수 없는 출발점 말이다. 그의 눈에 관해 한 가지 말할 게 있다면 지쳐 보인다는 것이다. 너무 많은 것을 보아서인지, 아니면 너무 적게 보아서인지는 모르지만, 눈은 이제 더 이상 보려는 의지를 상실한 것 같다.

8

마녀는 고통에 가득 찬 모습으로 검정 누더기를 휘감고 있
다. 그녀의 긴 얼굴은 납빛으로 일그러지고, 두 눈은 작열하는
석탄처럼 이글거린다. 앙상한 몸은 이쪽저쪽으로 뒤틀린 채 누
더기 옷이 펄럭거린다. 암흑의 도가니 속에서 파란 반점들과
자수정이 번쩍거리며 광채를 발한다. 그녀의 마디마디 비틀린
시퍼런 손은 탐욕스레 공중을 움켜쥐고, 옷을 갈가리 찢고, 얼
굴과 목을 잔인하게 할퀸다. 그러고는 숨을 죽이며 째지는 소
리로 킥킥 웃어 대다가, 갑자기 미친 듯 괴성을 지르며, 지나가
는 비둘기를 움켜잡아 심장을 도려낸다.

9

동생인 소녀가 오솔길 아래로 폴짝거리며 뛰어 내려가자 소
녀의 금빛 곱슬머리가 자유로이 나풀거린다. 그녀가 입은 갈색
드레스는 올이 거칠고 남루하지만 앞치마는 화려하고 옷자락
밑으로 하얀 페티코트가 슬쩍슬쩍 엿보인다. 그녀의 보드라운
살결은 투명한 연분홍빛, 무릎과 팔꿈치는 옴폭하며, 뺨은 장
밋빛이다. 어린 눈동자는 경쾌하게 움직이면서 꽃이며, 새, 나
무, 소년과 늙은이, 어둡게 저물어 가는 녹색 숲 까지 다 훑어
본다. 그녀에게는 이 모든 것들이 그저 즐겁기만 하다. 소녀의
바구니는 꽃으로 출렁인다. 그녀는 오빠가 빵 부스러기를 흘리
는 것을 알기나 할까? 아니면 늙은이가 어디로 데려가는지는

알까? 물론 알겠지. 하지만 무슨 소용이 있으랴! 그저 놀러 온
거라 여기는 것을!

10

숲 속 양지바른 곳은 지금 박하나무와 솜사탕 나무, 레모네
이드처럼 신선하고 들뜬 공기가 한창이다. 껌사탕 같은 조약돌
위로 꿀물이 졸졸 흐르고, 데이지처럼 막대 사탕이 자란다. 이
곳은 생강빵으로 만든 집. 아이들이 이곳에 오긴 하지만 아무
도 돌아간 적은 없다고들 말한다.

11

은은한 윤기가 흐르는 하얀 비둘기가, 머리를 높이 쳐들고,
가슴팍은 깃털로 꽉 메운 채, 성긴 꼬리 끝을 땅에서 뗀 채 서
있다. 위에서 보면 ─ 밤색과 회색 그리고 소나무의 날카로운
갈색 삐침이 어우러져 ─ 창백한 길과 대조를 이루지만 측면
에서 눈높이를 맞추어 보면, 그 순수한 백색은 숲 속에 흩어
진 침침한 아욱이나 아스라한 녹색 이끼와 달리 선명하게 도
드라져 보인다. 오로지 작은 부리만이 빵 부스러기 주변을 움
직이고 있다.

12

소녀는 홀로 숱한 전쟁터에서 승리한 위대한 왕들에 대해 노래한다. 늙은이는 뒤돌아서 묻는 듯한 얼굴로 소년을 쏘아본다. 그 눈빛은 무감각하며 전혀 애정이 깃들어 있지 않다. 소년은 더 이상 빵 부스러기를 흘리지 않고 손을 슬쩍 제자리로 가져온다. 아이는 입을 딱 벌리고 겁먹은 표정으로 지금껏 세 사람이 지나온 길을 돌아본다. 왼손은 마치 아무 항변의 기회도 없이 체포되어 끌려가는 것 모양 위로 들려 있다. 비둘기들이 빵 부스러기를 먹어 치우고 있으니 그의 계획은 실패한 것이다. 아마도 늙은이는 짐짓 이 모든 사실을 알고 있었을지도 모른다. 소녀는 시장에서 파는 예쁜 물건들에 대해 노래한다.

13

말뚝 위에 쌓아 올린 검은 넝마와 다를 바 없는 마녀가 창백한 손톱이 달린 손가락으로 자신의 먹이를 주섬주섬 주무르고 있다. 긴 손톱을 가슴 안쪽으로 오므려 물건들을 주물럭거리는 그녀의 머리는 구부정한 어깨 밑으로 푹 파묻혀 있고, 쉼 없이 움직이는 손가락 새로 핏기 없는 매부리코가 콕 박혀 있다. 그녀는 잠시 멈추고, 가녀리게 째지는 듯한 웃음소리를 내더니, 왼쪽과 오른쪽을 차례로 살펴보고 심장을 꺼내 눈앞에 들어 올린다. 루비처럼 빛나는 비둘기의 불타는 듯한 심장이 윤나는 체리처럼, 하트 모양의 혈석처럼, 눈부시게 빛난다.

그것은 여전히 맥박이 뛴다. 연약하게 빛을 내는 팔딱거림. 뼈만 앙상한 마녀의 시커먼 어깨가 환희와 욕정과 욕심으로 전율한다.

14

퍼덕이는 순백의 야성적 얼룩, 비둘기의 날개가 퍼덕거린다! 마녀의 짧고 통통한 손가락이 비둘기의 몸통과, 머리, 목을 움켜쥔다. 비둘기의 날개는 어슴푸레한 암녹색 숲을 배경으로 도리깨질을 치다가 결국 암갈색 땅바닥에 나동그라진다. 비둘기에 걸려 넘어진 소년의 손에 새의 부리와 발톱에 밴 피가 묻는다.

15

생강빵으로 만든 집은 사탕에 절인 과일로 된 정원과 하루 종일 녹여 먹는 막대 사탕이 조르르 산뜻하게 줄지어 있는 행렬을 통과하여 색색의 웨이퍼로 포장된 길을 지나면 다다를 수 있다.

16

이제 소녀의 입가에서는 노래가 아니라 비탄의 울음소리만 흘러나온다. 꽃바구니는 땅에 떨어지고, 왕들과 성자에 관한 이야기도 잊혔다. 소녀는 비둘기를 놓고 오빠와 다툰다. 오빠를 밀고, 넘어뜨리고, 머리를 잡아당기고, 빨간 재킷을 찢는다. 소년은 새를 주섬주섬 챙기면서 팔꿈치로 소녀를 떼어 놓으려 한다. 둘 다 울고 있다. 소년은 분노와 좌절감 때문에, 소녀는 고통과 연민 그리고 멍든 가슴 때문에. 다리가 얽힌 채, 주먹으로 서로를 때리는 그들 곁으로 깃털이 날린다.

17

늙은이의 창백한 푸른 눈은 앞을 보는 게 아니라 아래를 보고 있다. 곁눈질도 슬픔도 싫증도 모두 사라지고 눈빛만이 명료하다. 축축한 눈가에서 퍼져 나와 안으로 파고드는 짙은 주름은, 마치 어떤 내적 고통이나 번민, 혹은 늙은이의 지혜인 양 움찔 움츠러든다. 그는 깊은 한숨을 내쉰다.

18

소녀가 새를 잡았다. 소년은 가슴을 들어 올리고 오솔길에 무릎을 꿇은 채 소녀를 지켜보고 있다. 끓어오르던 화가 사그라진 듯하다. 그의 빛바랜 재킷은 찢어져 너덜거리고, 바지에는 먼지와 솔잎이 잔뜩 묻어 있다. 소녀는 비둘기를 소중하게 치마 아래로 우겨 넣고는 주저않아 무릎에 기대 조용히 흐느낀다. 늙은이는 몸을 구부려 소녀의 밝은 주황빛 앞치마와 스커트, 페티코트를 들추어 본다. 소년은 조용히 외면한다. 비둘기는 소녀의 작고 둥근 허벅지 사이에 둥지를 틀었다. 죽은 채로 말이다.

19

숲에 그림자가 길게 드리워졌다. 밤색과 옅은 자주색 그리고 녹색이던 숲이 회색으로 바뀌었다. 하지만 비둘기의 몸은 아직도 어스름을 머금은 채 빛나고 있다. 순백의 주름진 가슴은 밤의 위협에 도전하는 듯 보인다. 이제 막 시들기 시작한 꽃잎이 흩날린다. 늙은이, 소년, 소녀는 가고 없다.

20

생강빵으로 만든 집의 들보는 감초 사탕이고 땅콩버터가 발라져 있으며, 생강빵으로 된 비 막이 판자는 캐러멜로 코팅이 되어 있다. 초콜릿 지붕 위로는 박하 자루로 만든 굴뚝이 삐죽 솟아 나와 있는데, 창문들은 머랭 크림으로 휘감겨 있다. 아! 얼마나 멋진 집인가! 그중에서도 현관문이 최고로 멋지다.

21

숲은 울창하고 깊다. 나뭇가지들이 팔처럼 뻗어 있다. 갈색 짐승이 종종걸음으로 서둘러 지나친다. 소년은 이제 더 이상 은밀한 행동으로 자신의 생각을 감추지 않는다. 소녀는 꽃바구니를 들고 있지만 더 이상 폴짝거리거나 노래를 부르지 않는다. 그들은 팔짱을 끼고 눈을 둥그렇게 뜬 채 숲길만 응시하며 걷고 있다. 늙은이도 무겁고 낡은 가죽 구두를 질질 끌며 축축한 덤불숲을 앞장서서 터벅터벅 걷는다.

22

햇빛을 받을 땐 창백했던 늙은이의 눈이 저녁 어스름이 깔리자 이제 밝게 빛난다. 석양빛이 축축한 눈에 반사되어 그러리라. 다시 시작된 늙은이의 곁눈질은 지쳐서라기보다는 도전적인 이유라는 편이 나을 듯싶다. 뭔가를 말하려는 듯, 힐난하려는 듯, 입은 벌리고 이는 악문 채이다. 마녀는 몸을 비비 틀고 덜덜 떨면서, 검은 누더기를 휘돌리고, 칭칭 감고, 펄럭거린다. 그녀는 깡마른 가슴에서 비둘기의 펄떡펄떡 뛰는 빨간 심장을 꺼낸다. 어쩌면 그리도 작열하고, 격분하며, 땅거미 속에서 그런 춤을 춰 댈 수 있을까? 늙은이는 이제 저항조차 하지 않는다. 욕정이 얼굴과 늙은 눈에 스며들자, 눈동자에 비친 붉은 심장이 번뜩인다. 늙은이는 얼굴을 찌푸리며 앞으로 뛰어들어 꽥꽥거리는 마녀를 덮친다. 그 바람에 들장미에 걸려 옷이 찢어진다.

23

어스레한 숲의 적막을 깨고 야성적인 비명이 들린다. 새들은 가지에서 날아오르고 짐승들은 겁을 먹고 덤불 사이로 우왕좌왕한다. 늙은이는 잠시 멈춰 있다가 한 손을 들어 앞을 방어하면서, 본능적으로, 다른 손을 뒤로 뻗어 아이들을 보호한다. 소녀는 꽃바구니를 떨어뜨린 채 겁에 질려 울며 늙은이의 품에 와락 안긴다. 소년은 축축한 몸을 휘감는 오싹한 한기에 새파랗게 질려 떨면서도 남자답게 잘 버틴다. 주변의 형상들은 마치 뒤틀리거나 꼬인 듯 보이며, 숲의 바닥에서는 김이 모락모락 피어오른다. 늙은이는 소녀를 바짝 끌어안는다.

24

잠자리는 보잘것없고 딱딱하다. 늙은이가 손수 준비한 것이다. 태양이 비치고 있건만 그들의 공간은 그늘 속에 있고 아이들은 몸을 움츠리며 침상으로 기어든다. 늙은이는 아이들에게 가난한 사람의 세 가지 소원을 들어주는 착한 요정에 관한 이야기를 들려준다. 소원들은 모두 허망하게 사라져 버린다는 그런 이야기이다. 그는 착한 요정이 얼마나 상냥하고 친절하고 예쁜지 길게 늘여서 세세하게 설명하고, 아이들에게 그들의 소원이나 꿈을 덧붙여서 뒷이야기를 완성시켜 보라고 시킨다. 마음 밑바닥에서 야수 같은 욕망이 스멀스멀 그를 덮치며 올라온다. 선량한 소원들은 왜 모두 허무하게 끝을 맺어야 하는 것일까?

25

꽃바구니가 뒤집힌 채 숲 속 길가에 놓여 있고 그 곁으로 시든 꽃들이 흩뿌려져 있다. 바싹 마른 피보다 더 짙은 어둠이 입을 쩍 벌린 채 숲 바닥으로 자욱이 퍼져 나간다. 밤이 내리니 그림자가 길어진다.

26

늙은이가 들장미 덩굴에 걸려 넘어졌다. 아이들은 울면서 그를 구해 내려 안간힘을 쓴다. 그는 숲 속 작은 길에 앉아 소년과 소녀를 지그시 응시한다. 그들이 누구인지 알아보지도 못하는 듯 멍한 표정이다. 아이들의 흐느낌이 잦아든다. 아이들은 바싹 붙어 앉아 늙은이를 바라본다. 그의 얼굴은 상처투성이고 옷은 찢어져 있다. 그는 불규칙하게 숨을 내쉰다.

27

햇빛, 노래, 빵 부스러기, 비둘기, 엎어진 꽃바구니, 밤으로
의 긴 여정, 그 많던 착한 요정들은 모두 어디로 사라진 걸까?
늙은이는 그것이 궁금하다. 그는 나뭇가지들을 손등으로 젖혀
가며 다시 앞으로 나아간다. 아이들은 겁에 질려 말없이 따라
간다.

28

두려움에 얼굴이 창백해지고 가슴은 쿵쾅거리지만, 소년은
남자답게 땅에 딱 버티고 있다. 마녀는 몸을 비틀고 검은 누더
기를 펄럭거리며 엉킨 나뭇가지들을 훑는다. 마녀는 부드럽고
유혹적인 웃음소리를 내며 늙은이 앞에 번쩍이는 체리 빛깔의
비둘기 심장을 치켜든다. 소년은 입술을 훑고 소녀는 뒤로 물
러선다. 심장은 빛을 발하며 부드럽고, 고르고, 자극적으로 고
동친다.

29

착한 요정은 반짝이는 파란 눈과 금빛 머리, 온화하고 상냥
한 입매와 부드럽게 어루만져 주는 손길을 갖고 있다. 잠자리
같이 섬세한 날개가 그녀의 부드러운 등에 뾰족 솟아나 있고

순결한 가슴엔 루비같이 반짝이는 유두가 달린 두 개의 단단한 유방이 있다.

30

마녀는 불길이 치솟는 펄떡이는 심장을 소년 앞에서 거두어들이고, 숲의 심연 속으로 물러간다. 소년은 머뭇거리며 그 뒤를 따라간다. 물러간다. 물러간다. 마녀는 부은 눈을 희번덕거리며 어둡고 밋밋한 마른 가슴 가까이에 루비 빛 심장을 가져왔다가 어깨를 스치면서 소년에게서 멀찌감치 치운다. 마법에 걸려 못 박힌 듯 그것을 쫓던 소년은 마녀와 가볍게 몸을 스친다. 마녀의 옹이 지고 푸르뎅뎅한 손가락이 소년의 남루한 빨간 재킷과 푸른빛을 띤 갈색 바지를 할퀴자 부드럽고 여린 살에 소름이 끼친다.

31

늙은이의 어깨는 땅으로 축 처지고, 얼굴은 슬픔으로 주름져 있으며, 고개는 체념으로 푹 숙였지만, 눈만은 타오르는 석탄처럼 이글거린다. 그는 목까지 갈가리 찢긴 소년의 셔츠를 움켜쥐고 강렬한 눈빛으로 아이를 응시한다. 소년은 홀로 길 위에 서서, 덜덜 떨며, 숲의 끔찍한 어두움을 응시하고 있다. 유령들이 속삭거리다가 몸을 움츠린다. 소년은 입술을 핥으며 앞으로 나선다. 끔찍한 비명이 숲의 적막을 갈가리 찢는다. 늙은이는 인상을 찌푸리고, 훌쩍거리는 소녀를 멀찌감치 밀어내고는 소년을 때린다.

32

이제 더 이상 빵 부스러기도, 조약돌도, 노래도, 꽃도 없다. 때리는 소리만이 끔찍한 숲 속에 울려 퍼지다가 다시 메아리가 되어 돌아와서는 마침내 소곤소곤 깔깔대는 소리로 잦아든다.

33

소녀는 흐느껴 울며 매 맞은 소년에게 키스를 하고, 가까이 몸을 밀착시켜 늙은이의 괴롭힘으로부터 소년을 보호해 주려 한다. 늙은이가 당황하여 무심코 뻗은 손이 소녀의 연약한 어깨에 닿는다. 소녀는 거의 진저리를 치며 그의 손을 밀치고 소년에게로 몸을 움츠린다. 소년은 어깨가 당당히 펴지며, 얼굴색이 되돌아온다. 늙은이의 얼굴에는 나이에 걸맞은 주름과 비탄이 서린다. 그의 창백한 푸른 눈이 흐릿해진다. 그는 눈길을 돌린다. 마지막 황혼이 비치며 날이 완전히 저물려 하자 그는 아이들을 두고 사라진다.

34

생강빵으로 만든 집의 문! 그 문은 하트 모양처럼 생기고 체리처럼 붉은 빛깔에, 항상 반쯤 열린 채로 햇빛이나 달빛을 받아 빛나고 있으며, 봉봉 사탕보다 더 달콤하고 박하사탕보다 더 매혹적이다. 양귀비처럼, 사과처럼, 딸기처럼, 혈석처럼, 장미처럼 붉디붉은 그런 문이라니! 얼마나 감탄스러운가!

35

캄캄하고 낯선 숲 속에 홀로 남은 아이들은 옹이가 많아 울퉁불퉁한 커다란 나무 아래 불쌍하게 몸을 웅크리고 있다. 부엉이는 부엉부엉 울고 박쥐들은 비틀린 나뭇가지 사이를 험악하게 퍼덕대며 날아다닌다. 아이들의 지친 눈앞에 기괴한 형상들이 몸을 뒤틀며 바스락거린다. 아이들은 서로 꼭 부둥켜안고 덜덜 떨면서 자장가를 불러 보지만 불안한 마음은 어쩔 수가 없다.

36

늙은이가 캄캄한 숲을 빠져나와 터벅터벅 걷고 있다. 그는 빵 부스러기가 아니라 죽은 비둘기를 따라 길을 간다. 텅 빈 밤에 유령처럼 하얗게 죽어 있는 비둘기 말이다.

37

소녀는 나뭇잎과 꽃 그리고 솔잎으로 매트리스를 준비한다. 소년은 나뭇가지로 그 위를 덮어 침상을 만든다. 그들의 남루한 의복은 베개가 된다. 아이들이 일을 하는 동안 박쥐는 쩨는 듯한 소리를 내고 부엉이는 유령처럼 하얗게 떨고 있는 아이들의 모습을 지켜보며 눈을 끔뻑거린다. 아이들은 가지 밑으로 기어 들어가 어둠 속으로 사라진다.

38

침울하게, 늙은이는 어두운 방에 앉아 텅 빈 침대를 응시하고 있다. 밤의 신비에 의한 것이긴 하지만, 착한 요정이 온몸에서 번쩍이는 광채를 뿜어내며 나타난다. 휘황한 저 빛은 그녀의 작고 민첩한 몸에서 나오는 자연스러운 광채일까 아니면 그녀의 마술 지팡이 끝에 달려 있는 별에서 나오는 걸까? 누가 구분할 수 있을까? 그녀가 잠자리 날개를 빠르게 파닥거리며 하늘로 날아오르자 루비 같은 젖가슴은 아래로 향하고, 다리는 달랑거리며, 주름진 무릎이 살짝 굽혀지면서 빛나는 궁둥이가 밤의 공간에 저항이라도 하듯 둥글게 아치를 이룬다. 얼마나 아름다운가! 텅 비어 버린 캄캄한 방 안에서, 늙은이는 한숨을 지으며 불쌍한 아이들이 잘 있기를 기원한다.

39

아이들은 생강빵으로 만든 집 가까이로 다가가고 있다. 박하 나무 아래를 지나치다가 솜사탕 덤불에 손가락이 들러붙고, 레모네이드처럼 상큼한 공기에 취하여, 부르던 노래마저 건너뛴다. 노래 가사는 얼토당토않게 얼룩말로 시작하여 용을 죽인 얘기로 넘어간다. 박자를 맞춰 보기도 하고 한가로이 수수께끼를 풀어 보기도 한다. 아이들은 수선화처럼 아무 데서나 자라는 막대 사탕을 따먹으며 사탕껌 조약돌 위로 흐르는 꿀 시냇물을 건너간다.

40

캄캄한 숲 속을 퍼덕거리며 훨훨 날아다니는 마녀의 납빛 얼굴은 불가사의한 상황에 의해 증오로 일그러져 있다. 그녀의 눈빛은 작열하는 석탄처럼 이글거리고 검은 누더기는 맥없이 나부낀다. 마디마디 옹이 진 손가락으로 밤의 휘장 속에 헝클어져 있는 나뭇가지를 욕심껏 움켜쥐고 손톱 밑이 수액으로 흠씬 물들 때까지 나무 줄기를 후벼 판다. 그 아래서 아이들은 지쳐 잠들어 있다. 쭈글쭈글한 무릎에 부드럽고 둥근 넓적다리를 가진 유령처럼 하얀 발 한 짝이 나뭇가지 담요 아래서 불쑥 솟아 나온다.

41

하지만 소원이여 다시 한 번! 꽃들과 나비들! 느지막한 오후의 햇빛이 얼기설기 걸쳐 있는 때, 땅속에서 스며 나온 짙은 녹색이 저 멀리로 퍼져 나간다. 두 아이가 늙은이를 따라간다. 아이들은 빵 부스러기를 떨어뜨리며 노래를 부른다. 늙은이는 무기력하게 걷고 있다. 소년의 행동은 수상쩍다. 소녀는…… 하지만 무슨 소용이 있을까, 비둘기들이 날아와 다 먹어 치울 것을, 세상엔 딱 떨어지게 들어맞는 소원이란 없는 법이다.

42

아이들은 사탕 과일과 하루 종일 빨아먹을 수 있는 막대 사탕이 주렁주렁 열린 정원을 지나, 색색으로 꾸며진 웨이퍼 길을 깡충거리며 생강빵으로 만든 집으로 다가가고 있다. 캐러멜로 코팅된 과자 집의 비 막이 판자도 조금 먹어 보고, 창틈에 발린 머랭 크림도 핥아 보다가, 서로의 달콤한 입술에 키스한다. 박하 자루로 만든 굴뚝을 부수기 위해 초콜릿 지붕으로 올라갔던 소년은 바닐라 푸딩으로 가득 찬 빗물받이 통으로 미끄러져 내려온다. 떨어지는 오빠를 잡아 주려던 소녀도 봉봉 사탕을 밟고 미끄러져 사탕 밤나무 정원에 있는 끈끈한 바위 위로 걸려 넘어진다. 즐겁게 웃으며 아이들은 서로를 말끔히 핥아 준다. 소년이 소녀를 위해 들고 내려온 빨갛고 하얀 줄무늬의 굴뚝 사탕은 얼마나 기막히고 달콤하던지! 하지만 문가에 잠시 멈춰선 아이들은 숨을 죽인다. 하트 모양에 혈석처럼 붉은 그 문은 햇볕을 받아 표면이 번쩍거린다. 얼마나 기막히게 멋진 문이던가! 루비 같기도 하고, 딱딱한 체리 사탕 같기도 한 것이 부드럽게 맥박이 뛰면서 빛을 발하고 있다. 그렇다. 얼마나 신비한가! 얼마나 맛있는가! 거역할 수 없는 그 유혹! 하지만 저 멀리서, 검은 넝마가 푸드덕 날아오르는 저 소리는 무엇인가?

일곱 가지 실험 소설

Dedicatoria y Prólogo a don Miguel de Cervantes Saavedra*

Quisiera yo, si fuera posible (maestro apreciadísimo), excusarme de escribir este prólogo,** 어쭙잖은 습작으로 당신의 품위에 손상을 입히는 것이 외람되기도 하거니와, 책의 한중간에 조금은 부당해 보이는 이런 서문을 쓴 것이 el mal que han de decir de mí más de cuatro sotiles y almidonados,*** 하지만 가장 단순한 의미에서 1580년과 1612년 사이에 쓰인 당신의 소설이 글쓰

---

* 원문에 스페인어로 된 부분으로 '돈 미겔 데 세르반테스 사아베드라에게 바치는 헌사와 서문'이라는 뜻이다. 이후 스페인어로 된 부분은 원문을 살려 본문에, 그 뜻은 각주에 각각 실었다.
** (존경받는 대가시여) 제가 이런 서문을 쓰게 된 것을 용서하여 주시기 바랍니다.
*** 사람들 입에 이러쿵저러쿵 오르내려 그것이 당신께 누가 될까 두렵습니다.

기의 새로운 아이디어를 재현하는 '실험소설'인 것과 마찬가지로 여기에 있는 일곱 편의 이야기와 앞으로 나올 「감각적인 렌즈」라는 세 편의 소설 또한 실험 소설입니다. 이 소설들은 제가 1962년에 썼던 첫 번째 소설을 시작할 때 고안해 냈던 모든 것들을 재현하고 있으며 지금 여기 이런 문구를 삽입하면서도 이것 또한 그런 실험의 일부임을 느끼고 있습니다.

당신이 자신의 이야기들을 실험소설이라 부른 이유는 "si bien lo miras, no hay ninguna de quien no se pueda sacar un ejemplo provechoso",* 제가 이 소설에 이런 부제를 붙인 것 또한 당신과 똑같은 이유 탓으로 돌리고 싶고 또 그렇게 알아주시길 희망합니다. 저는 당신이 가신 길을 벗어나고 싶지 않습니다. 그 길을 그대로 따라 볼까 합니다. 왜냐하면 그렇게 하는 것 또한 실험일 테고 당신의 의도가 "poner en la plaza de nuestra república una mesa de trucos, donde cada uno pueda llegar a entretenerse sin daño de barras. Digo, sin daño del alma ni del cuerpo, porque los ejercicios honestos y agradables antes aprovechan que dañan."** 훌륭하신 돈 미겔! 우리 둘의 친구인 돈 로베르토는 "소설은 우리에게 상상적 행복을 위해서 꼭 필요한 상상적 경험을 제공해야만 한다……. 우리는 우리가 소유한 모든 상상력이 필요하고, 그것을 단련시켜 보다 나은 상

---

* "그 누구의 소설에서도 그런 유형을 찾을 수 없었기 때문이겠지요."
** "공화국 광장에 논쟁의 탁자를 놓고 그곳에서 서로가 허심탄회하게 마음을 터놓고 즐기는 것이었듯 저도 같은 이유에서입니다. 이런 실험이 영혼이나 육신에 손상이 없다고 말한 것은 성실하고 기분 좋은 실험이 상처보다는 이익을 주기 때문입니다."

황에 이르게 할 필요가 있다."라고 말했지요. 이런 면에서 보면
당신의 소설은 그러한 소명에 걸맞게 가장 고매하고 경건한 책
임감의 본보기를 보이고 있답니다. 당신의 소설은 이야기 자체
가 훌륭할 뿐 아니라 그 기법 또한 뛰어나니까요.

그러나 제가 당신의 글을 정확하게 읽어 보니 거기엔 그 이
상의 것이 있더군요. 당신의 이야기들은 모든 훌륭한 서사 예
술의 두 가지 본성을 예시하고 있었습니다. 그 서사들은 인간
의 삶 속에 녹아 있는 무의식적인 신화의 찌꺼기에 대항하여,
통합할 수 없는 것의 통합을 추구하고 있더군요. 설익은 청춘
의 사유와 남루해진 예술 형식으로부터 등을 돌리고 새로운
통합과 함께 고향으로 회항하는 힘찬 항해 말입니다. 사실, 당
신은 시적 유추와 정확한 역사 사이의 결합을 시도(현실과 환
상은 말할 것도 없고, 건전함과 광기, 선정적인 것과 우스꽝스러운
것, 몽상적인 것과 외설적인 것까지)함으로써 소설이라는 장르를
탄생시켰고 ― 그것은 무엇보다도 설화체 소설에 있어 혁신적
인 반향이었으며, 그 혁신은 당신이 그 시대의 상투적인 로맨
스에 의해 모욕을 당한 것과 마찬가지로 ― 바로 지금 시대를
살고 있는 우리들한테까지 영향을 미치고 있습니다.

당신의 예술적 안목을 영원한 가치나 아름다움이 아
닌 ― 성격, 특히 사회 속에서의 인간들의 행위, 혹은 역사의
실례에 맞추도록 한 사람이 에라스무스인지 아리스토텔레스인
지 혹은 기억하기 힘든 어떤 이탈리아 사람인지 마음 쓰지 마
십시오. 왜냐하면 당신의 시대는 새로운 과학의 여명이 동트는
그런 변화의 추세에 있었습니다. 더 이상 도시의 인간들은 도
시의 신처럼 창백한 이미지가 아니고, 대우주에 대한 소우주

적 반영도 아닌, 그 둘 다 아니면서, 그 두 가지의 가능성이 동시에 내재된, 과학을 통해 인간의 마음에 있는 모든 가능성을 성취케 하는 그런 것이었습니다. 대가시여! 당신에게 우주란 그저 활짝 열려 있는 것이나 다름없었습니다. 더 이상 마법적인 운율에 의해 묘사되거나 완벽하고 경이적으로 고안된 우주에 통합될 수 없는 것 말입니다. 라자릴로나 새로운 세계의 모험가들로부터 실마리를 얻은 설화적 소설은, 발견의 진행 과정이 되었고, 오늘날까지 젊은 작가들이 ─ 마치 신처럼 군림하며 ─ 계속해서 그들의 인간됨을 발견하려는 ─ pícaros*를 향한 기운 찬 출격의 계기가 되었습니다.

하지만 돈 미겔, 낙관주의, 순진무구, 당신이 경험한 가능성의 아우라는 많은 부분 사라져 버렸고, 우주는 우리 앞에서 다시 닫히고 있는 중입니다. 당신처럼 우리 역시 한 시대의 종말과 새로운 시대 사이의 문지방에 걸쳐 있는 듯합니다. 우리, 역시 비평가들이나 분석가들에 의해 캄캄한 뒷골목으로 불려 갔던 것이지요. 우리는 또한 '문학의 고갈'로 인해 고통을 겪고 있습니다. 우습게도 우리의 비영웅들은 더 이상 지루하거나 싫증이 난 아마디스들이 아니라 희망 없이 패하고 늙어 침상에 누운 돈키호테들인 것입니다. 우리는 끝이 열려 있고, 인간 중심적이며, 인문학적, 자연주의적, 낙관주의적이기조차 한 출발 지점에서 ─ 인간이 그 자신의 우주를 만들었다고 생각될지도 모르는 범위까지 ─ 폐쇄되고, 우주론적인, 영원한, 초자연적(가장 명민한 의미에서) 그리고 염세주의적인 곳으로 이

---

* 사기꾼, 협잡꾼이라는 뜻과 소설, 허구라는 뜻이 있다.

동한 것처럼 보입니다. 존재로의 회귀는 우리를 구상의 세계로, 대우주의 소우주적 이미지로, 우주의 한계 또는 인간의 숙명 안에서 미의 창조로, 현상적인 것을 초월하여 신화와 전설을 중심으로, 외관을 넘어선, 되는 대로 파악된 사건을 넘어선, 단순한 역사를 넘어선 곳으로 되돌아가게 했습니다. 그러나 이러한 탐사들은 무엇보다도 — 당신의 기사적 돌격과 마찬가지로 — 죽어 가는 시대의 경구들에 대한 도전이며, 시적 이미지에 대한 실험적인 모험, 새로운 세계를 향한 고매한 마음의 여행 그리고 수다쟁이들의 허드레 것들은 신경 쓰지 않는 태도입니다.

당신은 우리에게 가르침을 주셨습니다. 대가시여, 예를 들어, 위대한 서사는 시간이 지나도 언어라는 매개를 통해 세대들 간에 의미를 남긴다는 것이지요. 마치 우리의 양심의 가장자리에서 대항하는 무기처럼, 그리고 현실에 대한 미약한 파악에 신화적 힘을 불어넣는 기운으로 말입니다. 소설가는 그런 형식들의 만족을 저지하고 독자를(lector amantisimo!)*, 미혹과는 먼 명확함, 마법과 동떨어진 성숙함, 신비화가 아닌 드러냄의 현실로 인도하기 위해 낯익은 신화적 혹은 역사적 형식을 사용합니다. 그리고 이것을 위해서는 무엇보다도 새로운 인식의 방식과 내가, 이발사의 면도 대야를 머리에 쓴 채(돈키호테가 황금 투구로 착각한 이발사의 대야) 이야기들을 전달할 때 그것들을 아우를 수 있는 소설적 형식이 절실히 필요한 거지요. 만약 이 지루한 서문이 그런 짐

---

* 풋내기 독자들이여!

을 지기에는 조금이라도 미약하다면, 돈 미겔, 제발 부탁이니
이 서문을 그저 책 속 작은 책에 부치는 모든 꽃들에 대한 서
문으로 받아들여 주십시오. 아니면 이미 앞서간 다른 책들에
관한 서문이나, 이제 앞으로 다가올 모든 것에 대한 것으로 여
겨 주십시오. "Mucho prometo con fuerzas tan pocas como las
mías ; pero ¿quien pondrá riendas a los deseos?"* 저는 단지 당
신이 다음과 같은 사실에 주목해 주시기를 간절히 바랄 뿐
입니다. "que pues yo he tenido osadía de dirigir estas ficciones
al gran Cervantes, algún misterio tienen escondido, que las
levanta. Vale."**

1
패널 게임

상황 : 텔레비전 패널 게임, 실제 청중. 무대 조명 그리고 카
메라들의 배치. 사회자, 자루 모양의 코르셋과 검은 정장을 착
용하고, 연단 뒤, 렌즈와 조명 아래서 겸손한 척 눈을 깜박이
며, 입가를 부드럽게 하기 위해 입술을 오물거리면서, 온화하고
착한 사람이 놀랐을 때처럼 눈썹을 아치 모양으로 만드는 연

---

* "미약한 힘을 지닌 제 입장에서 거듭 약속드리지만, 누가 욕망에 고삐를 맬
수 있을까요?"
** "제가 위대한 세르반테스 님께 이 소설들을 헌정하는 대담한 용기를 지녔
고, 이 소설들을 엮어 내는 신비를 은밀하게 품어 왔음을 말이지요. 그것으로
족하겠지요."

습을 한다. 그의 반대편에 패널 : 나이 지긋한 어릿광대, 사랑
스러운 숙녀, 그리고 대륙처럼 살이 찌고 독수리처럼 대머리가
벗겨진 아메리카 씨. 숙녀와 아메리카 씨 사이에 빈 의자가 놓
여 있고, 즐거워 꽥꽥 소리치는 청중들 중에서 마지못해 끌려
나온 한 관객에 의해 그 자리가 채워진다. 그는 대본에 없는
본의 아닌 참여자로 소개되고 더 단순화시켜 '모자란 놈'*이
라고 지명된다. 청중 : 여느 때와 마찬가지로, 말 잘 듣고, 반응
잘하며, 좋은 성품을 갖추고, 예사롭지 않다. '모자란 놈', 그는
누구인가? 바보! 그대는!

"환영합니다!" 흥에 겨운 사회자가 팔을 크게 벌려 반기면
서 인사를 하고 큐 사인을 받은 청중들은 요청에 따라 우레와
같은 박수를 보낸다. "엄청난 질문으로!"

그는 악의에 찬 숙녀와 계속해서 그를 축복하는 아메리카
씨로 인해 어색해하지만, 그 머뭇거림은 잘못 해석된다. 사랑스
러운 숙녀는 눈썹을 치켜 올리고, 인상을 쓰면서, 마치 빨대로
밀크셰이크를 빨듯이 입술을 오므리다가 자극적으로 숨을 들
이마신다. 사회자는 부드럽게 힐책하듯이 혀를 끌끌 차며 턱
을 흔든다. 그동안 청중은 기쁜 듯이 울부짖고 아무도 그들을
나무랄 사람은 없다. 당신, '모자란 놈', 자신이 평화롭게 테스
트를 통과할 거라는 생각을 포기한 채 청중에게 겁먹은 미소
로 인사를 하며, 더 이상 머뭇거리지 않는다.

잠깐 동안 조용하더니, 늙은 어릿광대가 분위기를 망치며, 늙
은이의 목쉰 소리로 빈정거린다. "정말 '모자란 놈'이야!"

---

* 원문에 'Bad Sport'로 되어 있다.

청중들은 다시 고래고래 소리를 지른다. 카메라는 회전하며, 구부러지고, 앞으로 튕겨 나왔다가, 다시 제자리로 돌아간다. 조명이 들어오고, 흐릿해지더니, 회전한 후, 꺼진다.

"바늘이 세 개 달린 가시고기에 대한 일화를 얘기해 보시지!"

어릿광대가 꽥꽥거린다.

울부짖음과 노랫소리가 들린다. 사회자는 얼굴이 상기된 채 킥킥 웃으며 부드러운 입술에 손가락을 갖다댄다. 안 되죠, 안 되죠! 청중에게 윙크를 한다.

아메리카 씨는 팔꿈치로 당신을 쿡쿡 찌르며 시끄러운 소음 속에서 뭐라 웅얼거린다. "자세히! 자세히! 게임이 시작되었으니, 놓치지 말란 말이야." 결국은 마찬가지죠.

생각해 보세요. 큰 가시고기, 맑은 물에 사는 물고기, 초록 뱃사람, 뱃사람, 정액. 그래요, 하지만 초록색, 날것? 망쳐진? 왕성한? 완강한, 그루터기. 아니면 주저함. 뒤, 독신 남자, 술, 포도주. 산딸기? 딸기? 아마 그렇겠지. 날것의 끈적이는 딸기? 날것의, 있는 그대로의 열매. 또한 월귤나무, 찔레나무, 마가목 열매, 경관, 맞아요, 그 경관은…… 뭐라고? 「실수 연발」! 맞아요! 아니에요.

"그래서 이곳에서 사내 가시고기는 재즈 춤을 추며 여자 가시고기에게 다가가는 거죠. 그리고 여자는 사내에게 그녀의 진홍색 배를 보여 주죠. 후! 사내여! 그거야! 밀어붙여! 그들은 침상으로 돌진해요!"

야유하고 고함친다. 사회자는 가벼운 웃음으로 무너진다. 램프들은 흔들거린다. 사랑스러운 숙녀가 수줍은 듯 복부를 드러낸다. 진홍색은 전혀 아니고 크림 빛이 도는 연어 살빛. 환성을 지르고 휘파람을 분다. 야유하는 소년들과 시끄러움. 연어, 정액. 여기서 다시 시작합시다. 망설임, 간질임. 복부, 가방. 역시 사랑스러운 것.

"저는 정말 믿습니다!" 사회자는 느슨하게 낄낄 웃으며, "우리 시작해도 되죠?"

"너무 늦었어, 꼬마야!" 어릿광대가 쉰 목소리로 말한다. "'모자란 놈'은 이미 시작했어!"

너털웃음과 야유가 들린다. 당신은 더 이상 사랑스러운 숙녀의 배꼽에서 실마리를 찾으려 하지 말고, 소음에 위축되거나, 돌출된 렌즈 혹은 관측 촬영에 신경 쓰지 말기 바랍니다. 전 세계의 눈이 당신을 향하고 있답니다. 바로 당신, '모자란 놈'.

"생각해 봐!" 아메리카 씨가 속삭인다. "그녀가 몸을 드러낸다! 그녀가 몸을 드러낸다!"

돌진, 곤충학. 그런데 뭐라고, 천칭접시? 방패? 뼈 아니면 뿔? 스커트는 꼬리이고 패드는 앞발, 동물! 맞아요! 하지만 진홍색, 그냥 빨간색은 어때요? 왜냐하면 진홍색은 암컷 연지벌레에서 나오기 때문이지요. 곤충, 하지만 더! 말라빠진 암컷 곤충의 몸! 재즈 춤, 슈미즈, 아니면 희미한 불빛. 하지만 패드는 물질인데, 여성의 자궁이 마르고 뭔가로 채워졌다는 건가요? 말라빠지게 꽉 찼다. 그건 가능해요. 망설임, 나무 막대, 막대기, 여기 한편의 시, 그건 명백해요. 그래서 어떤 동물이죠. 빛. 그리고 층층나무?

침묵.

"준비됐나요?" 사회자는 묻고, 청중들은 "그래요!"라고 대답한다.

준비, 주은 비. 주슨 뼈. 초록 정액. 해군, 배꼽. 연어 살빛 분홍색.

"그러면 진행하겠습니다!" 둥근 음절인데, 말리고 꽉 채운다는 뜻. "저는 완전히 믿어 의심치 않아요. 즉 그것은……." 사회자는 기침을 하며 킥킥 웃는다. "저는 믿어요. 제가 그럴 권리가 있을까요?"

"그럼, 그럼요!" 청중들이 소리친다.

"물론 그럴 수 있지." 아메리카 씨가 속삭인다. "그는 악의를 가지고 묻기만 하거든."

"맞아요." 사회자는 한숨을 쉬며, 엄숙하게, "타당한 확실성은 다름 아닌 신념에 대한 반격이거나 반복이지요!"

활기 찬 환호성이 경건하게 퍼져 나간다.

"만세!" 나이 든 어릿광대는 야유를 하고 살찐 남자는 고개를 끄덕인다. 그럴듯하다.

"그러므로, 만약 당신이 나를 인정해 준다면, 나는 믿겠어요." 사회자는 계속 말한다. "거의 명확한 확실성으로 구성된 것인데……." 그는 어린 소년처럼 쉰 소리가 날 때까지 '확실성'이라는 단어를 높은 톤으로 잡아 끌어올린다. 관객들은 기쁨을 이기지 못해 "아하!" 하고 외치고 느슨한 기침 같은 가벼운 웃음이 터져 나온다. "다시 한 번 말씀해 주시죠!"

찬성하는 웃음소리가 잔잔하게 들린다.

"당연히 그래야지, 젊은이!" 나이 든 광대가 지껄인다. 웃음소리. "명확히 해야만 해요!" 천한 웃음소리가 들린다.

"힌트, 힌트!" 살찐 아메리카 씨는 숨을 헐떡이며 말한다.

청순한, 순결한, 처녀. 처자. 아하! 말채나무가 흐드러진 자치 도시? 「즐거운 아낙네들」! 아니에요. 가장자리, 교회 직원, 초록색. 음, 다시 초록으로 돌아갔네요. 초록 방패, 초록 뿔. 깨끗한 자궁. 말채나무 열매의 분홍. 힐끗 훔쳐보아도 돼요. 여전히 거기예요. 좋아요. 하지만 손대지 마세요. 세계의 눈들. 청결을 유지하세요.

"믿어요, 그런 다음, 증명할 수 있는 범주로……."

"그게 더 좋겠군, 젊은이." 웃음과 환호가 더 커진다.

"감사합니다."

"천만에, 젊은이." 어릿광대는 우거지상을 한다. 웃음소리가 들린다.

"우리는 모든 패널들에게 너무나 재미있는 우리 게임의 교훈과 절차에 대해 잘 알려 드렸습니다."

조명 불빛 너머로 꽉 찬 청중들로부터 폭발적인 갈채, 그 항변에 명확히 반대를 주장하는 열광, 하지만 당신은 말한다. "나한테는 아니에요."

침묵. 아마도 적개심이 있는 듯하다.

아무 말 하지 않고 있던 사회자가 믿을 수 없다는 듯 "뭐라고 말했지요?"

"'놈'이 아니라잖아!" 광대가 소리를 질러 대고 당신은 펄쩍 뛴다.

"그러니까 '스포츠'가 아니라는 거죠." 사회자가 정정한다.

"내가 말한 건 그가 아니라고 했다는 거야!" 나이 든 광대가 응답한다. 요란한 웃음소리가 들린다. 아무것도 심각하지 않다. 모든 것이 농담으로 받아들여진다.

"가장 많은 돈을 가진 사람이 승리하는 거야." 아메리카 씨가 숨을 죽이며 중얼거리고, 그 숨소리는 이제 한층 가라앉았다. 흥미롭냐고? 그런 것 같지는 않다. 점차 흥미를 돋울 것이다. '모자란 놈'의 엉덩이가 사랑스러운 숙녀가 앉아 있는 벤치 쪽으로 슬쩍 미끄러져 내려간다. 그녀는 카메라 렌즈를 거울 삼아 코와 가슴에 분을 칠하는 데 열중하고 있다. 세계의 눈들, 하얀 젖퉁이 그리고 나무딸기 같은 핑크 빛 눈동자.

그녀는 돌아서서 코르셋을 올리며 당신에게 미소 짓는다.

"무엇이 아니라는 거죠?" 그녀가 간청하듯 묻는다.

"알 수가 없지!" 그녀 옆에서 늙은 쇼맨이 핀잔을 준다. 그는 자신의 울퉁불퉁한 주먹을 그녀의 다리 사이로 집어넣을 수 있을까? 관객들로부터 일상적인 반응. 관객들은 그를 사랑한다. 시들어 빠진 누런 얼굴에, 주름 지고, 중풍으로 떨고 있으며, 흰머리는 수북하고 갈색 이빨을 가진 광대. 그러나 그리 도움은 되지 않는다.

"무얼 알았나요?" 사랑스러운 숙녀가 다그친다. "어서 말을 해요! 나를 정말 괴롭히는군요! 무얼 알았느냔 말이에요."

"나의 사랑……!" 사회자는 부드럽게 간청하는 표정으로 눈썹을 치켜 올리며 살짝 킥킥 웃는다. 관중들로부터 "와아!" 하는 환호와 휘파람 소리가 들린다.

"어머, 정말이요?" 숙녀는 달콤하게 웃는다. "당신이 내게 말해 보세요! 그것은 내가 입을 수 있는 건가요?"

"당신은 따뜻하군!" 어릿광대가 박장대소를 하며 그녀의 등을 세게 친다.

"당신 일에나 신경 쓰시지!" 아메리카 씨가 속삭이고, 이제 벤치에 몸을 반쯤 묻은 채, 그의 눈은 부푼 살덩이에 푹 빠져, 옷 솔기는 뜯어지고, 단추는 열려 있다. "올 게 왔구나!"

"내가 허리 위쪽에다 그걸 걸치면 더 그럴싸하지 않을까요?" 숙녀가 묻는다. 그런 다음 얼굴에 홍조를 띠고 속눈썹을 내리뜨며 "아니면 더 아래로?"

"네 양심에 맡겨!" 어릿광대는 꽥꽥 소리치고 군중들은 환호한다.

하! 망설임, 망설여짐, 망둥이. 이제 점점 따뜻해지는군. 정말 따뜻해. 사랑스러운 숙녀를 대하니 얼굴이 달아오르네. 그녀의 발가락이 당신의 바지 자락 아래 있을까? 냉큼 결론에 이르게는 하지 마세요. 예를 들어 만약 웃을 일이 없다면 늙은 어릿광대 옆에 그것을 놓을 수는 없어요.

커다란 신음 소리가 희미하게 들리고, 콧방귀 소리 그리고 족발을 쪽쪽 빠는 듯한 소리, 옷이 찢어져 살이 삐져나온다. 입고 찢는다. 입는다, 참는다. 월귤나무, 말채열매, 들장미. 앞발과 꼬리. 하지만 거북이 등딱지에 관한 것은 무엇인가? 들장미 그리고…… 뭐라고? 장미 그리고 양심의 가책, 장미 : 줄들 : 바늘땀. 큰 가시고기. 곡마장으로 가는 것. "그때 그때 달라요!" 아메리카 씨가 숨을 헐떡거린다. 이제 더 지속할 수가 없다. 개정 향풀의 분홍색을 구체화해 보세요. "그때 그때 다르다니까요."

상황에 따라 다르다 : 달려 있다. 그러나 무엇이 달려 있다는 것인가 아니면 무엇에 달려 있다는 것인가?

늙은 어릿광대는 등을 구부리고, 손가락을 자제할 수 없이 떨어 댄다. 우습다.

숙녀 : 아름다움, 홍분, 삶 그 자체.

아메리카 씨 : 추측하기 힘들어함. 아마도 명성, 아니면 정의. 포괄.

그 팀.

그리고 '모자란 놈'은? 아하, 분명히, 그들을 따라 하는 것은 당신 마음입니다. 유머, 정열, 절제, 그리고 진실. 당신은, 그럼, 상황에 맡기겠다는 거죠. 그들도 마찬가지고, 그들 모두 상황에 맡긴다. 아마 그런 것 같다.

이상한 침묵. 당신은 사회자가 망연히 당신을 바라보며 반지 낀 손으로 연단을 두드려 대는 것을 올려다보고 있다. 맞아, 맞아, 그 순간이 드디어 왔다! 그들은 알고 싶어 한다. 카메라가 돌출되었다가 뒤로 쏙 빠진다. 불빛이 번쩍거린다. 당신은 아메리카 씨를 둘러싼 지방질에 한기를 느끼며 연어 살빛 분홍색이 감도는 숙녀에 의해 후끈 달아올라 움직이지도 못하고 땀에 푹 젖어 있다. 들장미 같은 분홍색. 말채나무 같은. 「끝이 좋으면 다 좋다」? 거의 그건 아닌것 같다.

여전히 침묵에 감싸여 있지만 당신이 자신에게 무언가를 말하고 있다는 것이 어떤 희망의 기미를 주는 것 같다. 사회자는 몸을 이완시키고 친절한 미소를 짓는다. 조용한 기대감으로 눈썹을 치켜뜬다. 청중들은 끈기 있게 웅얼거림을 간신히 참고 있다. 그가 답을 말할까? 당신이 답을 말할까? 살찐 남자, 소멸하는, 풍선 그리고 콧바람. 사랑스러운 숙녀는 주시하면서, 경외하는 표정을 짓는다. 용기. 그들은 당신이 필요하다. 당신은 그들의 욕구에서 힘을 얻어, 목청을 가다듬는다.

"오, 드디어 나온다, 나온다!" 사회자가 외친다. "이 오래된 상투어를 헤아려 보는 것이 어때요? 복제를 하면 곧 후회하게 되고 졌다는 것은 덜 떠오르겠죠!" 그가 우쭐거리며 웃자 그의 언변에 환호와 갈채가 쏟아진다. 그런데 그게 무슨 의미죠? 무슨 의미죠? "말을 안 한다는 것은 반항적이며 변덕스럽고 난해한 거죠!" 장엄한 호산나의 물결을 타고 이제 열기를 더해 가는 가운데 사회자는 소리친다. "불변하지 않고 언제나 동일한 게임의 법칙이여!"

아니에요, 아니에요 다시 생각해 보죠. 입고 찢는다. 경계한다. 주저한다. 나무딸기. 빨리! 드라이든의 복부.

군중들은 환호한다. 사회자는 인사를 하기 위해 서 있다. 진홍색 정액 초록 같은 것은? 초록 같은 것? 빨리! 그녀가 그것을 입을 수 있을까? 그것을 참을까? 그것을 폭로할까? 폭로해! 바로 그거야! 계속 간직해! 간직해 — !

"역시!" 아메리카 씨는 숨을 헐떡거리는데, 눈앞이 캄캄하고 힘이 다 빠져서, 얼굴도 들 수 없는 상황에서 숨이 끊어질 듯하다가, 입을 딱 벌리고 무언가를 말하려 애쓴다.

당신은 말한다. "내가 생각하기엔 — ."

"찬탄할 만하군요!" 사회자는 냉혹하게 웃고, 청중들로부터 가식적인 웃음소리가 들린다. "그래서 뭐라고요?"

"…… 그게, 만약 주제가 동물이라면…….'

갑작스럽게 박장대소가 터진다. 숙녀는 얼굴이 붉어지고 속눈썹을 내리깐다. 사회자는 얼굴이 진홍색이 되도록 킥킥대다가 눈가에 눈물까지 맺혀서는 소리를 지른다. "원, 세상에! 그런 생각을 하다니 그것은 어쨌든 좀 곤란한 것 같군요!" 청중들로부터 "와아!" 하는 외침이 들리고, 전에 없던 큰 소리에 카메라들까지 발작적으로 떨린다.

"속좀 차리지, 아들!" 나이 든 어릿광대가 꽥꽥 소리친다.

"그렇지만!"

"내가 말하잖아, 속 좀 차리라고!"

틀림없는 멍청이? 믿을 수 없군!

"……늦었어!" 살찐 남자가 결정을 내리고. 호흡을 길게 방출한 후, 죽음을 맞이한다. 이제 남은 것은 오로지 한 명. 손실감도, 안도감도 없다. 도전은 여전히 동일하다.

"어서요, 어서요, 선생!" 사회자는 즐거움에 푹 빠진 채 이제 몸을 일으켜 앞쪽으로 무게를 실으며 소리친다. "당신은 특징적으로 잘 조합된 명확한 설명으로부터 구체적인 연결 문구를 생각해 내야 합니다!" 귀청이 터질 듯한 환호성이 들린다.

파고들어 봐! 잘 매듭지어 봐! 진실은……. "진실은……."

"진실은 바로……." 사회자는 화난 손가락으로 그를 쿡쿡 찌르며 소리친다. "당신이 졌다는 거야!"

"하지만 나는 대답조차!"

"당신이 왜 여기 있는 건데," 사회자는 화를 억누르지 못하고 폭발한다.

"만약 이 얽힘을 풀어낼 노력을 기울이지 않는다면? 간단히 말해 '모자란 놈', 당신은 '총명함이란 무릇 통찰력의 추구다!'라는 문구를 기억하는 것이 좋을 것입니다!" 거센 박수갈채, 환호, 야유, 고함이 들린다.

"이성이란 지식에 대한 용기를 일컫는 말입니다!" 걷잡을 수 없는 소란이 인다. 사회자는 나비넥타이를 떼어 내어 발을 구르며 야유하는 청중들을 향해 장미를 던지듯 냅다 던진다. 램프가 타오른다. "실패했어! 당신은 실패했어! 그러니 이 결과에 책임을 져야 해!"

"하지만 진실은……."

"진실은……." 늙은 어릿광대는 의기양양 테이블 위로 뛰어
오르고, 사랑스러운 숙녀는 그의 떨리는 손톱을 움켜잡고 함
께 펄쩍펄쩍 뛴다.

"옛날에 말이지, 한 벨리 댄서가 있었어 ─"

숙녀가 슈미즈를 반쯤 벗어 내리자 관중들은 휘파람을 불
며 무대 위로 동전을 던진다. 어디선가 금관악기가 동부 음악
을 연주한다. 그녀는 엄지손가락으로 슈미즈를 엉덩이 위치까
지 벗어 내린다. 옷을 입어, 벗어, 나무열매 같은 화사함, 그리
고 늙은 들장미…….

"그 누가 그녀의 예술 행위가 바로 답이라고 생각했겠는
가 ─"

더 위에 아니면 더 아래? 허리, 허비. 망설임, 연어 살빛 분
홍. 진홍색. 여성의 복부, 창던지기와 찌르기…….

"─ 그러나 어느 날 밤 '쿵' 하고 부딪쳐서
그녀는 그만 엉덩이가 골절되고 말았으니 ─"

사랑스러운 숙녀는 갑자기 멈춰 서서, 무릎을 굽히고, 바보
처럼 입을 실룩거리며, 배꼽을 쑥 내민다. 세계의 눈은 비틀거

리다가 테이블 옆에 '쿵' 하고 부딪혀 눈은 커지고 입은 오므라든다. 전 세계가 격렬한 즐거움에 빠진 그때, 그는 테이블 위로 '쿵' 하고 부딪혀 곤충의 가슴판처럼 납작하게 쓰러진다.

"── 그리고 암에 걸려 괴기스럽게 소멸되었나니!"

숙녀가 카메라 렌즈들을 향해 버티고 서서 마지막 고통과 경직으로 몸을 떨자 관객의 발작은 새로운 광란으로 치닫는다. "그래요, 진실은……." 그가 면으로 된 헝겊으로 눈을 닦아내며 무언가를 말하려 애쓰자 사회자는 실없이 크게 웃으며 숨을 헐떡거린다.

"빙빙 돌리거나 시간을 낭비하거나
빈둥거리지 마시오.
수수께끼를 푸는 동안, 늙은 '놈'──"

사랑스러운 숙녀는 신기하게도 다시 기운을 차려, 세계의 눈에게 윙크를 하고, 당신을 테이블 위쪽으로 꼬여낸다. 폭소가 터진다. 휘파람 소리. 야유, 경멸하는 웅성거림이 들린다. 카메라는 웅크렸다가, 튕겨져 나와, 돌출되더니, 다시 쑥 들어간다. 그 살찐 남자는 아메리카 씨가 아니라 결국 백치 씨였다. 알았어야 했다. 모든 것은 변해 간다는 것을……

"── 명성이나 수치나
결국 그 틀은 동일한 것

그리고 게임의 이름은 ─"

　어릿광대와 숙녀가 각각 팔 한 짝씩 붙잡는다. 올가미가 내려간다. 그렇다, 그렇다, 그건 그때 그때 다르다……

"─ 죽음이다!"

　"나도 생각은 했어." 그러나 청중들은 당신을 몰아낸다. 이제, 그들은, 생각해 보니, 행복하다. 올가미가 꼭 죄어든다.
　"당신이 생각을 했다고?" 사회자는 묻고 관객은 숙연해진다.
　"나는 이 모든 것이 장난이었다고 생각했는데."
　"바꿔 말하자면," 사회자는 녹초가 된 채 웃으며 "헛소동이라는 거죠."
　"맞아요! 맞아요! 그래! 그것이 내가 말하려던 것이었어요!"
　"미안하군요." 그는 턱을 자신의 큼직한 주먹에 얹어 놓고. 지식의 포만감에 사로잡혀 미소 짓는다. 어릿광대와 숙녀에게 무겁게 머리를 끄덕인다.
　"정직해야지, 젊은이!" 늙은 어릿광대는 재잘거리며 기분이 좋은지 팔꿈치로 당신을 쿡쿡 찌른다. 웃음이 터져 나온다. 한결같은 웃음소리다.
　올가미는 깔끄럽다. 그것은 당신의 목을 간질인다. 침을 꿀꺽 삼킨다. 삼킬 수가 없다. 사랑스러운 숙녀의 향기로운 숨결이 당신의 귓가에 머문다. "오래 걸리지 않을 거예요, 내 사랑." 그녀는 달콤하게 속삭이면서 이별의 송가와 함께 올가미에 목을 맨 당신을 처치한다.

법석이 이는 소리! 당신은 목이 매달린다!
그 개는 일어섰고 그곳에 매달려 있던
램프가 확 밝아지면서

　　　　　진홍색 섬광이 터져 나온다…….

　　　　　　　　　　　　　　　그 눈들

잘 가세요, '모자란 놈'.

2
책갈피

　일곱 사람(제이슨, 그의 아내, 경관, 그리고 경관의 보좌관 네 명) 가운데, 단지 제이슨과 그의 아내만이 방 안에 있다. 제이슨은 손에 책 한 권을 들고 안락의자에 앉아, 계속 책을 읽다가, 지금은 잠들 준비를 하고 있는 아내를 지켜보고 있다. 제이슨의 모습을 설명하자면 큰 키에, 남성미가 풍기고, 서른다섯쯤 돼 보이며, 굳은살이 박인 강인해 보이는 손과 예민한 코를 가지고 있다. 그는 아내를 깊이 사랑하는 듯하다. 그리고 그의 아내. 그녀는 아름답고, 자애로워 보이는데, 만약 혹시라도 말하는 것을 들으면 올곧고 매력적인 매너를 가졌다는 걸 알 수 있을 것이다. 그녀는 줄곧 편안해 보인다.

　이제 알몸으로, 그녀는 가볍게 방 안을 서성이다가, 스웨터를 서랍장 안에 개어 넣고, 그가 침대 위에서 건네준 재킷을 벽걸이에 걸고, 화장대에서 마룻바닥으로 떨어진 머리빗을 줍고 있다. 그녀는 우쭐대는 것도 아니고, 그렇다고 부끄러워하는 것도 아닌 동작으로 몸을 움직인다. 그녀의 몸짓에 어떤 의미가 있든 그것은 동작 자체의 신중함에서 나온 것 같지는 않다.

드디어, 그녀는 침대 이불을 들추고, 짧은 금발 머리를 푸하게 부풀린 다음, 손과 무릎을 사용해 보송보송한 이불 속으로 기어 들어가, 부드럽게 베개에 폭 파묻혀, 등을 기대고, 손으로 머리를 받친 채, 맞은편에 있는 제이슨을 응시한다. 그녀는 거의 몸을 움직이지 않은 채 한결같이 밝은 표정으로 그를 지켜보고, 그는 다시 책을 집어 들어, 자신이 읽고 있던 장소를 찾아, 거기에 책갈피를 끼워 넣는다. 그는 웃음기 없는 표정으로 한동안 서서 그녀를 돌아보다가, 테이블 위에 책을 올려놓으면서 미소를 짓는다. 그는 옷을 벗어, 바지는 안락의자 등받이에 걸고, 다른 소소한 것들은 쿠션 위에 살짝 던져 놓는다. 그는 앉아 있던 의자 뒤쪽의 전등을 끄기 전에, 한 번 더 건너편에 있는 아내를 힐긋 바라본다. 볕에 그을린 그녀의 몸은 널따란 하얀 침대 시트 위로 부드러운 곡선을 이루며 율동처럼 펼쳐져 있다. 그녀는 그가 느꼈을 황홀함을 직감한 듯 그를 보며 묘한 미소를 짓는다. 그는 찰칵 불을 끈다.

사방은 캄캄하고, 제이슨은 안락의자 앞에서 잠시 한숨을 돌린다. 방금 본 아내의 영상은 천천히 사라지고(마치 해변에 누워서, 출렁이는 바다에 반사되는 햇빛을 보다가, 눈을 꼭 감았을 때, 반사된 햇빛의 찬란함은 사라지고, 빛이 녹색으로 변하면서, 불확실한 연상이 망각의 수렁으로부터 천천히 피어오르는 것처럼) 세탁된 침대 시트의 상큼함을 훑던 전라의 몸은 심연으로부터 안개가 서서히 뿜어져 나오듯 희미하고 아련한 추상적 아름다움으로 변형되고 그 속에 아내의 황폐한 미소와 음악 같은 눈빛이 어려 있다. 제이슨은, 말없이 침대를 마주하고, 그곳을 향해 천천히 걸어가, 어둠 속에서 오른손으로 앞을 더듬는다. 그는 침대라고 생각한 지점에 도달했지만, 갑자기 자신이 생각한 곳이 아니라는 걸 알고 화들짝 놀란다. 그는 발걸음을 뒤로 물리며, 비틀거리다가…… 뭐지? 서랍장이었구나! 재차 서랍장이라는 걸 확인하고, 다시 자세를 가다듬어, 조금 거리를 둔 채, 벽을 더듬거린다. 그는 아내를 불러 보지만 느닷없이 그녀의 웃음소리만 듣는다. 아내가 어떤 종류의 농담에 사로잡혀 있는 것 같다고 그는 반쯤 미소를 지으며 자신에게 되뇐다. 대담하게 웃음소리를 향해 걸어가지만 — 놀라움에 사로잡혀 — 겨우 안락의자 뒤쪽에 왔을 뿐이라니! 더듬거리며 램프를 찾아 스위치를 당겨 보지만 불은 전혀 들어오지 않는다. 아내가 플러그를 뽑아 놓았을 거라고 그는 혼잣말로 속삭이면서도, 그녀가 플러그를 뽑을 이유를 전혀 상상할 수 없기 때문에 그런 상황은 믿기지가 않는다. 다시 한 번, 안락의자 앞에서 자세를 갖추고 방을 가로질러 침대를 향해 나간다. 그러나 이번에는 뭔가를 기대하긴 하면서도 그리 자신만만하게 걸어가지 못한다. 그리고 자신이 도착한 곳이 침대가 아니라 문이라는 사실에도 그리 놀라지 않는다. 그는 벽을 따라 더듬거리며, 라디에이터와 쓰레기통을 지나, 모퉁이까지 간다. 그는 이제 조금 합리적인 방법을 취해 두 번째 벽을 더듬어 가기 시작하다가, 채 다섯 발자국도 떼지 않아서 오른쪽 귓가로 아내의 부드러운 웃음소리를 듣는다. 주위를 둘러보니 침대가 있다…… 바로 등 뒤에!

비록 이 이상스러운 추적 덕분에 애정 행위를 하고 싶은 욕구는 잃었으나 아내의 행복한 웃음소리와 어둠 속에서 느낀 시원한 넓적다리의 감촉이 그에게 감각을 되살려 준다. 사실, 성욕에 대한 갈망과 그 수수께끼 같은 난해한 경험은 새로운 절박함을 일으켜, 순간 이성과 부적격함은 잠식되고, 열정이 풀려나오면서, 고상하건 그렇지 않건, 동물적인 욕구가 굶주린 듯 치밀어 오른다. 아내가 별로 흥분한 상태가 아니어서 놀라긴 했지만, 삽입 자체는 순조로웠고 그런대로 성공적이었다. 그러나 한순간 그는 이것이 정말 아내인지 의아해지기 시작했다. 그러나 아내가 아닐 가능성은 전혀 없었기에 그런 염려는 터무니없었다. 아내에게 키스하기 위하여 몸을 기울였을 때 그는 이상하고 역겨운 냄새가 풍긴다는 것을 감지했다.

바로 그때, 불이 켜지면서 경관과 보좌관 네 명이 방으로 들이닥친다.

"정말!" 경관은 잠깐 참았다가 소리를 질렀다. "정말 토할 것 같군!"

제이슨이 내려다보니 아내가 자기 밑에 있다. 그러나 그녀는 썩어 가고 있다. 눈은 번쩍 뜬 채 생기 없이, 아무 의미 없이, 공포만이 불거진 채로 그를 응시하고 있다. 얼굴 살갗은 누리끼리해져서 귓가 쪽으로 축 늘어져 있다. 입은 이상스러울 만큼 잔인한 미소를 띠며 벌어져 있는데 씹던 껌이 바싹 마른 채 이에 들러붙은 것이 보인다. 입술은 새카맣고, 길게 엉킨 금발은 소변기를 닦는 대걸레처럼 베개 위에 펼쳐진 채 너저분하게 말라붙어 있다. 오므라든 가슴 젖꼭지 주변은 보풀 같은 것들이 일어나 있다. 제이슨은 필사적으로 그녀의 몸에서 빠져나오려 애썼지만, 결국 알아낸 것은 자신이 깊은 공포에 사로잡혀 있다는 것뿐이었다.

"이 여성은 죽은 지 삼 주나 됐소." 진정으로 불쾌해져서 경관이 말한다.

제이슨이 빠져나오기 위해 넓적다리를 격렬하게 맞부딪치자, 한쪽 다리가 침대 바깥으로 덜렁거리며 나와 흔들거리다가, 나무 바닥에 긴 발톱 자국을 남긴다. 보좌관 네 명이 제이슨을 붙잡아 강압적으로 아내의 시체에서 떼어 내었다. 순간 아내의 시체가 그를 따라 움직이고, 그 과정에서 머리에 꽂혀 있던 머리빗이 무게를 이기지 못해 심하게 손상된 이불 더미 위로 툭 떨어진다. 네 명의 사내는 제이슨을 그가 책갈피를 끼워 놓은 책이 펼쳐진 테이블 곁으로 데려간다. 그들이 제이슨을 테이블 곁에 세우자, 경관은 아무 스스럼 없이, 제이슨의 성기를 꺼내어 테이블 위에 놓고 총개머리로 툭툭 두드린다.

경관은 제이슨이 바닥에서 괴로워 뒹굴도록 놔두고, 돌아서서 보좌관 네 명을 따라 행진해 나아간다. 문가에서 머뭇거리며 제이슨을 돌아본다. 동정의 기미가 그의 얼굴에 교차한다.

"당신을 이해합니다, 물론 그래요." 그가 말한다. "사실인즉 저도, 가장 엄격한 의미에서, 전통주의자는 아닙니다. 전통 그 자체를 위해서 신성화되어 있는 전통은 전통이라 생각지 않는다는 말입니다. 그러나 저는 전통에 어떤 본유의 사악한 악의가 있다고 여기는 사람들이나 모든 관습은 꼭 근절되어야 한다고 간주하는 사람들과 뜻을 같이하지는 않습니다. 개인적으로 확신하건대, 모든 일은 중도가 있고, 그것을 통해 우리는 혁신이란 전통 속에서 가장 좋은 토대를 발견한다는 것을 인식하죠. 그러므로 저는 법과 관습은 꼭 필요하다고 믿고, 그것을 수정하고 고치는 것이 우리들의 끊임없는 임무라고 생각합니다. 하지만 이 모든 것에도 불구하고, 뭔가가 여전히 나를 구토하게 만드는군요!"그는 얼굴이 상기된 채 네 보좌관을 향해 돌아섰다.

"이제 저 구역질나는 시체를 치워!"그가 소리 질렀다.

그는 분홍색 손수건으로 이마를 닦고, 코를 막은 다음 발치에서 침대 쪽을 돌아보며 사내들이 여자의 흐트러진 몸을 끌어내는 것을 지켜보았다. 경관은 테이블 위에 놓인 책으로 시선을 돌린다. 책은 방금 전까지 제이슨이 읽고 있던 것이기에 그는 걸어가서 그것을 집어 들었다. 거기엔 희미하게 피가 튄 자국이 있다. 그는 한 손으로는 서둘러 그것을 훌훌 넘기고, 다른 한 손으로는 여전히 손수건으로 코를 막고 있다. 비록 그의 얼굴에 희미한 호기심이 나타나긴 하지만, 그것을 심각하게 여기는지 아닌지는 알 길이 없다. 책갈피가 제이슨 옆 마룻바닥에 떨어진다. 경관은 테이블 위에 책을 올려놓고 방 밖으로 걸어 나간다.

"책갈피!"제이슨이 필사적으로 숨을 헐떡거리지만 경관은 그의 말을 듣지 않는다, 아니 들으려 하지도 않는다.

3
형

바로 그곳 바로 그곳 그 망할 놈의 들판 한가운데다 형은 그 배를 갖다 놓겠다고 말하고 나는 그 해괴망측한 생각에 기가 차서 "형은 도대체 그걸 어떻게 물에 띄운다는 거야?"라고 물어봐 그러나 형은 새로운 광적인 생각에 사로잡힐 때면 그렇듯 눈동자를 이리저리 굴려 가며 나를 그저 바라볼 뿐이야 그리고 아무 걱정 말고 제발 도와달라고 청하면서 내 도움이 없으면 그 일을 제시간에 마칠 수 없다고 하는 거야 그런 형에게 알았다고 말한 나는 오히려 그보다 더 미친놈일 수도 있지만 나는 어차피 그렇게 타고난 놈이고 항상 형과 비슷하게 미쳐 있었으니 어쩔 수가 없는 노릇이지만 내 평생에 이번처럼 미쳐 본 적은 처음이었어 아내는 "난 당신이 왜 그렇게 항상 어린애처럼 구는지 알 수가 없어요 그리고 그 애늙은이 같은 아주버니가 당신에게 전혀 도움이 되지 않는다는 건 하느님도 알 거예요 당신은 여기서 할 일이 태산이고 농사도 지어야 하는데 삿된 구름처럼 이리저리 떠돌며 눈이 빨갛게 충혈된 아주버니 덕분에 올해도 충분히 힘들었잖아요 그 망할 놈의 배를 왜 마을 한복판에 만든다는 거지요? 그다음엔 무슨 짓을 할 건데요 이제 와 말하지만 당신도 정말 얼뜨기야" 그러고는 우리 형에게 줄 샌드위치와 똑같은 샌드위치를 나에게도 싸 주었어 하느님도 형수와 형이 사이가 좋지 않다는 것을 알고 있어 그가 굶어 죽건 말건 형수가 상관하지 않는다는 사실은 말할 것도 없으니 말이야 형이 형수를 삼 일 동안 계속해서 비가 내리는 둔덕에 앉아 있게 한 이후로 형수는 그에게 매우 질린 상태야 그녀는 그렇게만 하면 신을 볼 수 있다고 그가 말한 것 때문에 그렇게 했지만 결국 아무것도 보지 못한 거야 사실 형수는 딸기 몇 조각과 아들들만 있으면 굶어 죽어도 좋을 만큼 소박한 사람이고 아들들 또한 그리 영특하지는 않지만 최소한 그애들은 자기 아버지가 그 망할 놈의 배를 만드는 것을 도와주기는 해 결국 배를 만드는 그 일이 형과 나 둘만의 일은 아닌 거야 그 점에 대해 하느님께 감사드려 형이 만들고 싶어 하는 것은 단순한 망할 놈의 고기잡이배가 아니라 내가 지금까지 들어 본 것 중에서 가장 거대한 것이야 그리고 지난 몇 주 동안 나는 소나무를 잘라 내는 일과 그것들을 형의 농장으로 옮기는 일 말고는 아무것도 하지 않았어 그것들은 산을 이룰 정도로 꽤나 높이 쌓였지 정말이지 고된 일이었어 아내는 한숨을 쉬며 내게 미쳐도 단단히 미쳤다고 퍼부어 대 나는 하루 종일 목재를 나른 후에 집에 돌아와서도 임신 사 개월인 그녀를 위해 그녀와 내 몫의 일을 모두 해야 해 아내는 지친 나를 위해 어깨와 등을 문질러 주고 따뜻한 식사를 준비해야 했어 그녀의 길고 검은 머리칼은 뒤로 질끈 묶인 채 등 아래로 굽이치고 부드러운 눈은 피곤에 지쳐 있었지 나는 형에게 말해 "이봐 나는 할 일이 너무 많아 그러니 형 이제 이 얼토당토않은 일은 형 혼자서 해 난 정말 혼신을 다해 도와주고 싶지만" 형은 내 시선을 외면하며 "이건 네가 상관할 일이 아니야"라고 말해 그래서 내가 말하길 "어떻게 그런 식으로 생각할 수가 있어? 나와 아내는 어떻게 먹고살라는 거야 우리가 먹는 음식이 어디서 나온다고 생각해? 진절머리 나는 태양 아래서 썩어 가고 있는 저 망할 배를 먹고 살 수는 없잖아" 그러자 그는 긴 한숨을 내쉬며 말해 "그래도 상관할 거 없어" 그러고는 지친 듯 바위에 앉아 먼 곳을 응시하며 마치 울 것 같은 표정을 짓는 거야 나는 다시 목재들을 그에게 갖다주었어 그는 안개 자욱한 곳에서 이미 갑판과 배의 틀 만드는 작업을 시작했어 내가 세상에 태어났을 때 그는 스무 살이었고 어린 시절을 떠올릴 때 제일 먼저 기억나는 것은 유난히 털이 숭숭 난 큰 얼굴에 정상적인 방법으로는 아무것도 할 줄 모르는 형이 빌어먹을 노새에게 차이지 않도록 이리저리 끌고 다녔던 일이야 어쨌든 나는 농장 일을 하기 위해 매일 몇 시간 일찍 일어났고 아내도 그런 식으로 일을 하다간 아이를 잃기 십상일 것 같았어 나는 날이 덥건 건조하건 아랑곳하지 않고 해 질 녘까지 일을 하기 위해 계속해서 배로 갔고 아내도 식사 준비에 여념이 없었어 가끔 확신에 차서 그 모든 일을 걷어치우라고 형에게 말하면 그는 내가 뭐라건 상관없이 그저 "넌 와서 도와주고 나머지 일에 대해선 관심 갖지 마"라고 말해 우리는 계속 뚝딱거리며 망치질을 해 댔는데 그 빌어먹을 배는 최소 100명은 족히 들어가 너끈히 살 만한 크기였어 아내는 오로지 한숨만 내쉬며 아무 쓸데없는 짓을 하고 있다고 넋두리를 하고 내 머리칼을 손으로 빗어 주는 거야 이제 아내는 더 이상 배 만드는 일을 그만 도우라고 말하지 않아 왜냐하면 그래 봤자 소용이 없다는 것을 너무 잘 알고 있기 때문이지 그녀도 근래에 와서는 아예 그 일에 동참했기에 우리는 그 빌어먹을 배 만드는 일에 매달려 하루하루를 보내고 형은 이제 시간이 얼마 남지 않았으니 더욱 열심히 일해야 한다고 다그쳐 그리고 가끔 이웃 부부들을 불러들여 치수 재는 것을 돕게 해 이웃들 중 몇몇은 신기한 배를 보고 농담을 하기도 했지만 하루 이틀 머물고 나면 고개를 절레절레 흔들며 가 버리거나 숨죽여 욕설을 퍼부었어 처음에 그들은 배를 보면 말끝을 흐리면서 역겨워했지 농작물을 반밖에 수확하지 못했기에 시간이 날 때마다 나는 그것들을 돌보러 갔고 아내는 나보다 더 열심히 농작물들을 돌보았어 장담컨대 비만 조금 와 준다면 굶어 죽는 일은 없을 거야 드디어 우리는 그 빌어먹을 것을 다 완성하여 내부와 외부를 뒷손질하고 튼튼한 줄을 매었어 나는 마지막 날 집에 돌아왔고 형에게 다시는 그곳으로 돌아가지 않을 테니 더 이상 아무 말도 하지 말라고 신신당부했지 나는 온통 타르 냄새에 푹 절어 계속 울부짖는 아내에게 다시는 집을 떠나지 않을 테니 걱정하지 말라고 말했어 비록 아내는 눈치 채지 못했겠지만 그녀의 외로움과 고통을 생각하며 사실은 나도 조금 울었어 그날 하루 종일 나는 내내 잠만 잤어 그리고 그 주의 나머지 날들에는 밭일에 매달렸지 어느 날 갑자기 형 집에 들러 보아야겠다는 생각이 얼핏 들었어 나는 형네로 갔고 거기서 남은 목재를 조금 얻었어 그런데 이게 웬일이야? 형과 아이들과 몇몇 여자들이 그 빌어먹을 배에서 살고 있고 게다가 형수는 그 곁에서 불같이 화를 내며 형에게 당장 저주받을 배를 치워 버리고 집으로 돌아가라고 잔소리를 해 대고 있는 게 아냐 형은 기껏해야 하루 정도면 형수의 잔소리가 그칠 테니 그다음에 그녀를 배에 태우겠다고 말해 그것도 위협적인 말투가 아니라 지극히 순한 말투로 말이야 어차피 내일이면 형은 형수를 배에 태울 것이고 집안싸움에 연루되는 것을 원하지 않았기에 목재를 움켜쥐고 돌아온 나는 그것들을 농장에 가져다가 저녁 무렵 작은 동물 형상을 새겨 넣은 멋진 요람을 만들기 시작했어 요람에 윤을 내고 저녁 식사를 한 후 아내에게 깜짝 선물을 내밀자 그녀는 연거푸 소리를 치며 나를 부여잡고 다시는 자기 곁을 떠나지 말고 꼭 붙어 있으라고 말하는 거야 기분이 너무 황홀하고 만사가 따뜻하게 느껴지고 무엇보다 배 만드는 일이 끝났다는 게 기뻤어 그래서 우리는 술을 가져와 앞으로 태어날 우리 아이 이름을 너새니얼이라 지을지 안나라 지을지 정하고는 너새니얼의 건강을 축원하며 한 잔을 마셨어 웃고 한숨 짓고 다시 안나를 위해 또 한 잔을 마셨어 나의 아내는 부드러운 손길로 동물 형상을 쓰다듬으며 그것들이 정말 아름답다고 말해 그러고는 그 재료들을 어디서 났느냐고 묻는 거야 내가 "배 만들고 남은 거야"라고 대답하자 그녀는 잠시 동안 아무 말도 하지 않다가 "그럼 오늘 또 거기 갔다는 얘기야?"라고 묻는 거야 그래서 내가 "그래 그냥 나무를 얻으러 갔을 뿐이야"라고 말하자 "배도 다 만들었는데 아주버님은 어떻게 지내고 있어?" 그래서 내가 말하길 "정말 어이없게도 형님네 가족들은 형수님만 빼고 모두 배에서 살고 있어 형수님은 배 밖에서 형님에게 나이가 몇 살이냐고, 도대체 어디로 항해를 하러 갈 거냐고, 어떻게 그런 터무니없는 짓을 할 수 있느냐고 외쳐 대고 있어 형은 마땅히 집으로 돌아가야 한다고 말이야 물한 방울 없는 그곳에서 그녀는 돌아 버린 것 같아 거의 여섯 달째 계속 같은 말을 해 대고 있거든" 그러자 아내는 큰 소리로 웃어 댔는데 그 웃음은 거의 반년 만에 들어 보는 가장 행복한 웃음이었어 나도 덩달아 웃고 우리는 술 한 잔을 더 마셨지 아내는 "그래서 아주버님은 그 배 안에서 혼자 사신다는 거야?"라고 말해 그래서 내가 말하길 "아니, 형님은 조카들과 그애들의 처 그리고 전에 한 번도 본 적이 없는 몇몇 사람들과 온갖 종류의 동물과 새들을 배에 태우고 있어" 그러자 아내는 "동물들? 무슨 동물들인데?"라고 물어봐 "나도 모르는 온갖 종류의 것들인데 마치 동물원처럼 난장판을 이루고 고약한 냄새가 배 전체에서 코를 찌르더군" 그러자 아내는 다시 웃으며 술을 조금 홀짝인 다음 말해 "설마 돼지를 들여놓지는 않았겠지?" 그래서 "아니야 돼지도 본걸" 내가 대답해 우리는 돼지들이 커다란 여물통을 주둥이로 쑤석거리는 모습을 생각하며 함께 웃어 "갈까마귀는 절대로 아닐 거야" 그래서 내가 말하길 "아니야 그것들 역시 한 쌍 있었어 계속해서 그것들이 울어 대는 해괴망측한 소리를 들었다니까" 그리고 우리는 그 까마귀들과 형수와 돼지들과 다른 모든 것들을 생각하며 함께 웃어 아내가 말해 "아주버님은 이는 절대로 안 들여놓았을 거야 장담해" 그래서 우리 둘은 미친 듯 웃어 대고 내가 다시 "아니야 형님이 거의 목욕을 하지 않았을 테니 이도 있을 거야"라고 말해서 우리는 둘이 눈물이 날 때까지 웃어 젖히다가 술잔을 비웠고 아내가 말해 "아, 이제 진짜 아주버님이 배 안에 들여놓지 않은 것이 무언지 알았어요 흰개미는 아니지" 그래서 내가 말해 "맞아 흰개미는 기억나지 않는데 아마 우리가 형님에게 선물로 주는 게 마땅할 것 같아" 아내가 갑자기 내 옆으로 은밀하게 다가와 말하는 거야 "너새니얼이 움직여 정말 움직여" 그러곤 내 손을 그녀의 둥근 배 위에 올려놓자 작은 녀석이 폭풍 같은 기세로 발길질을 해 대는 거야 내가 근심스러운 투로 "아프지 않아?" 하고 묻자 아내가 "아니 좋은걸" 하고 답해 나는 아내의 배에 손을 올려놓고 "여기에 너 너새니얼이 있구나" 하고 말해 우리 부부는 잔에 남은 술을 다 비우고 다음 날까지 꼭 끌어안은 채 잠을 잤어 다음 날 깨어 보니 비가 내리고 있었지 우리는 제때 비가 내리는 것이 너무 좋아서 신께 감사를 드리고 집 안으로 들어가 주변을 정리했어 비가 때맞추어 내려 주어 너무 행복했고 저녁때가 되자 풀들은 싱그럽고 향기로운 냄새를 풍겼지 여전히 비가 조금씩 내렸지만 그리 심하게 올 것 같지는 않아서 나는 산보 삼아 형님네를 들러 보기로 했어 형님네가 궁금하기도 했거니와 형에게 애완 흰개미 한 쌍을 수집물 중에 포함시키는 것이 어떻겠냐고 물어보기 위해서였지 거기에 가 보니 형수는 이미 배에 올라 있었어 형이 질질 끌고 갔는지 아니면 형수가 자발적으로 올라갔는지는 모르지만 형수는 그 기이한 일에 대해 일언반구 없었고 조카들 또한 아무 말이 없었으며 형도 입을 다문 채 모두 갑판 위에 올라 멍청하게 바깥쪽만 응시하고 있었지 내가 그들에게 "비가 와서 좋지요?"라고 소리치자 형은 빗속에 서서 아무 말 없이 나를 내려다보다가 우스꽝스러운 몸짓으로 손을 들어 올리고는 다시 뱃전에 내려놓기에 나는 흰개미에 대해선 한마디 언급도 하지 않고 비가 좀 세차게 다시 내리는 것 같아 집으로 돌아와서 아내에게 무슨 일이 있었는지 얘기했지 아내는 그저 웃기만 하면서 "그 사람들 전부 돌았군. 아주버님이 마침내 모두를 미치게 만든 거야" 하고는 나에게 신선한 고기를 넣은 특별한 패스트리를 요리해 주었어 그리고 우리는 그들에 대해서 잊어버렸지 다음 날이 되자 비는 전보다 더 세차게 내렸고 온 사방에 물이 차기 시작했어 그리고 일주일이 지나자 농작물들이 거의 망가져 가축들에게 먹이를 주는 것이 어렵게 되었어 아내는 울부짖으며 우리의 불운을 탄식했지 우리도 빌어먹을 배나 만들었으면 좋지 않았을까 생각하면서도 여전히 사태가 어떻게 된 것인지 분간이 안 되

고 태양이 모든 것을 휩쓸 듯 비가 퍼붓고 있는 상황인데도 정
신이 들지 않았어 이제 물은 정말 커다란 웅덩이를 이루며 불
어올라 발목까지 차더니 집 안까지 새어 들어 금방 빌어먹을
집 전체가 물로 가득 차게 되었지 나는 폭우가 걷힐 때까지 형
의 배를 사용하는 것이 나을 것 같다고 아내에게 계속 말했지
만 아내는 "절대 못 해"라고 버티면서 다시 울기 시작하는 거
야 마침내 참다못한 나는 그녀에게 "우리가 그렇게 잘난 척할
때가 아니야 형에게 부탁해야겠어" 하며 폭풍우 속으로 나섰
지만 어디로 가야 할지 알 수가 없어 이곳저곳을 목을 빼고 둘
러보다 배가 있는 곳에 이르렀지 소리를 지르자 형이 밖으로
나와서 내가 있는 곳을 내려다보는 거야 그 개자식이 아무 말
도 하지 않고 나를 보고만 있기에 내가 "이봐 형 나와 아내가
폭풍우가 멈출 때까지 이곳에 와 있어도 괜찮겠어?" 하고 소
리쳤지 형은 여전히 빌어먹을 말 한마디 없이 바라만 보다가
바보같이 손만 쳐들고 있어 내가 "에라 이 나쁜 자식아 나는
이렇게 홀딱 젖고 집은 물이 꽉 들어찬 데다가 곧 아이를 낳아
야 하는 아내가 흠뻑 젖어 뼛속까지 한기를 느끼고 있어서 이
렇게 부탁하는 건데……"라고 말하는 바로 그때 말이 채 끝나
기도 전에 형이 돌아서서 배 안으로 쏙 들어가 버렸어 정말이
지 내가 그의 동생이라는 게 믿어지지 않을 정도였어 형은 다
시 나와 보지도 않는 거야 그래서 나는 배 밑으로 밀고 들어
가 주먹으로 쾅쾅 두드리며 형에게 소리를 지르고 내게 떠오
르는 온갖 이름을 다 불러 보고 형수건 조카들이건 배 안에
있을 법한 아무나 다 불러 보았지만 누구도 나와 보지를 않았
어 "널 저주해" 나는 목 놓아 소리치며 반쯤은 흐느끼며 진저

리를 쳤지 그러고는 뛰는 가슴으로 주변을 돌아보다 집 쪽으로 방향을 돌려 보지만 미친 듯 퍼붓는 비 때문에 사방은 헤엄을 쳐야 할 지경이고 바로 앞도 분간이 되지 않았어 간신히 둔덕이 있던 장소를 떠올려 그 근처를 향해 가 보았지 둔덕에 이르러 그 꼭대기로 기어오르자 바닥은 물에 흠뻑 젖어 진흙처럼 질척거리고 미끄러웠지만 다시 땅을 밟아서 너무 기뻤어 나는 잠시 그곳에서 구토를 하고 더 앞쪽으로 나아갔지 그다음에 내가 알게 된 것은 얼굴로 내리치는 빗줄기 속에서 나는 여전히 깨어 있고 둔덕은 이미 내 쪽을 향해 반 넘어 물이 차오른 상태라는 거야 주변을 둘러보니 형의 배가 떠 있는 것이 보였어 내가 그쪽으로 손을 흔들었지만 아무런 응답이 없었지 그래서 재빨리 우리 집 쪽으로 고개를 돌려 보니 보이는 거라곤 오로지 집의 꼭대기뿐이었어 순간 아내에 대한 걱정과 두려움이 엄습해서 나는 있는 힘을 다해 집 쪽으로 헤엄쳐 가며 소리치고 울부짖었지 비는 계속해서 미친 듯 세차게 내리붓고 집에는 남아 있는 것이 하나도 없어서 나는 다시 둔덕으로 돌아왔어 헤아려 보니 비가 내린 지 하루 정도 지난 것 같았고 그칠 기미는 전혀 보이지 않았지 형의 배도 더 이상 보이지 않았어 정말 그 악한은 어떻게 물이 찰 거라는 것을 알았을까? 이런 상황에서 누가 미치지 않을 수 있겠어 나는 방금 아내를 남겨 두고 떠나온 내 집을 차마 바라볼 수 없었어 집 안을 들여다보았을 때 그녀의 모습이 너무 끔찍했거든

4
기차역에서

　앨프리드는 10시 18분발 윈체스터로 가는 급행열차의 티켓을 9시 27분 역장에게서 구매한다.

　여기에 앨프리드가 있다. 땅딸막하고, 고된 노동으로 허리가 구부정하고, 윗입술 위에 두껍고 하얀 콧수염이 나고, 창백한 푸른 눈, 흰머리에 머리 위쪽은 비고, 얼굴과 목은 햇볕에 타서 거칠며, 대략 52세 정도로 보인다. 그는 유행에 뒤떨어진 회색 양복을 입었고, 옷은 헐겁고, 무릎 아래는 얼룩이 져 있으며, 목에 단추가 있는 파란색 체크 셔츠를 타이 없이 입고 있다. 턱없이 크고 두터운 구두창이 달린 갈색 구두는 진흙이 묻어 굳어 있다. (금반지 낀) 왼손에는 부드러운 챙이 달린 네모진 모자가 들려 있어서 오른손으로 발권을 한다. 그는 외투 주머니에 티켓을 쑤셔 넣고 발치에 있는 작은 가방을 집어 든다.

　10시 18분발 윈체스터행 급행열차. 기차는 지금 역사 안에 없기 때문에 그것에 대해 이야기할 필요는 없다. 그 기차는 주로 여객용이며 전동차이다. 그것은 항상 10시 18분에 2번 트랙에서 출발한다.

　이제, 앨프리드와 급행열차 둘 다 사실이라고 가정하면(티켓 발권은 말할 것도 없고), 앨프리드는 표를 끊은 지 정확히 오십일 분 후에 급행열차를 타고 윈체스터로 떠나야 하는데 이상하게도 그 시간에 앨프리드는 기차를 타고 있지 않다.

　그러면 되돌아온다는 것인가…….

　티켓을 구입한 후에, 늙은이가 주머니 깊숙이 물건을 쑤셔 넣듯, 주머니에 그것을 쑤셔 넣고, 작은 가방을 집어 들고, 앨프리드는 티켓 창구로부터 벤치까지 몇 발짝을 무겁게 발을 질질 끌며 걸어간다. 벤치는 2번 트랙과 마주 보고 있으며 그 위에 시계가 걸려 있다. 그 역은 역장과 앨프리드를 빼고 텅 비어 있다. 천장 램프 두 개가 희미하게 빛을 토한다. 녹색 금속으로 된 우산 모양의 차양이 덮인 알전구가 역장의 작은 사무실을 어지럽게 밝히고 있다. 역에서 케케묵은 냄새가 풍긴다.

앨프리드는 벤치 위에 가방을 올려놓고 앉아 있다. 앉아 있는 단순한 행위만으로도 극도의 긴장감을 느끼는 듯 한숨을 내쉰다. 일단 앉자마자 모자를 무릎 위에 올려놓은 채, 다시 한숨을 내쉬고 앞에 있는 2번 게이트를 똑바로 응시한다.

그의 등 뒤에서, 역장은 커다랗게 늘어진 장부에 뭔가를 기록하며, 언제나 그렇듯이, 2번 게이트 위에 있는 시계를 흘긋거린다. 9시 29분. "좋은 밤이군." 그가 말한다.

"맞아요, 정말 좋군요." 앨프리드가 말한다. "내일 비가 올지도 모르겠어요."

"저기압이 움직이고 있다는 소리를 들은 것도 같네."

"그래요. 농사에는 좋겠네요." 앨프리드가 말한다.

"최근에 낚시한 적 있나?"

"아니요, 없어요. 낚시하기엔 너무 더운 날씨지요."

"주로 무엇을 잡는데?"

"오, 작은 입, 송어요." 앨프리드는 줄곧 몸을 구부정하게 구부리고 모자는 무릎에 올려놓은 채 무표정하게 앉아 2번 게이트 쪽만 응시하고 있다.

"오, 그래? 자네가 송어 낚시를 한다고?"

"예." 앨프리드가 말한다. "그것들은 작지만 먹을거리로는 괜찮거든요."

"음, 그렇군. 그럼 가족들은 어때?"

"불만 없어요. 아내는 좀 가난하게 지내 왔지만 그럭저럭 잘 버텨 왔고 이제 곧 여름이 오고 있으니까요."

"오? 바라던 대로 심각한 문제는 없군."

"없어요." 앨프리드가 말한다. "그저 여자들 문제지요."

"송어는 꽤 좋은 음식이야." 역장은 계속해서 약간 높은 목소리로 말한다. "자네 아내는 자넬 위해 그것들을 저장하나?"

앨프리드는 초조한 듯 그의 가방을 만지작거리다가 기름진 갈색 종이가방을 내놓는다. 그는 거기에서 사과, 달걀, 잭나이프, 그리고 기름종이에 싼 작은 닭다리를 꺼낸다. 그는 모자를 뒤집어 그 안에 사과, 나이프, 달걀을 넣고 종이봉투는 가방 옆에 내려놓은 다음 닭다리의 포장을 벗긴다. 그것은 이미 약간 먹은 상태이다. 그의 손은 떨고 있다. "맞아요." 그가 희미하게 말한다. "그녀는 훌륭한 요리사예요."

그는 주저하다가 결심한 듯 닭다리를 물어뜯는다.

"좋은 아내와 좋은 음식, 좋은 직업을 가진 자넨 정말 행운아군." 역장이 말한다.

앨프리드는 닭다리를 한입 베어 물고 멍한 표정으로 그것을 천천히 씹는다. 한동안 그는 2번 게이트 쪽에서 시선을 거두지 않는다. 시계는 9시 33분을 가리키고 있다. 그는 잠시 씹던 것을 멈추고 무언가를 말하려다가 그만둔다.

역장은 창구를 통해 잠시 그를 올려다본다.

잠시 후 그가 말한다. "그럼 그게……"

"그럼 그게……." 앨프리드는 여전히 반쯤 씹다 남은 닭다리를 한입 가득 문 채 말한다. 하지만 그의 눈은 혼란스럽고 그는 계속 오물거리지 못한다.

"그럼 그게 좋은……. 그럼 그게 좋은 아내군요!" 앨프리드는 소리친다. 두 남자는 웃는다. 앨프리드는 다시 입을 오물거린다.

"자, 오늘 밤 기차는 10시 18분 정각에 올 것 같군." 역장이 다시 장부로 눈길을 돌리며 말한다.

"잘됐어요." 앨프리드가 대답한다. "잘됐어. 집에 늦게 들어가고 싶지 않아요. 토요일 밤에는 안 되지요." 그는 구겨진 기름종이에 먹다 남은 닭다리를 싸서 달걀, 사과와 함께 종이가방 안에 넣는다. 사과는 몇 입 깨물어져 베문 자리가 갈색으로 변해 있다. 그렇게 된 지 꽤 시간이 지나 보인다. 달걀은 아직 입을 대지 않았다. 그는 벤치 위에 놓인 캔버스 가방을 다시 열고 그 안을 빠끔히 들여다본 다음 종이봉지를 쑤셔 넣고 가방을 닫는다. 그는 한숨 짓는다. 그리고 무릎 위 모자 안에 든 잭나이프를 유심히 쳐다본다. 그는 그것을 음울하게 주시한다. 그러더니, 갑자기, 마치 공포스러운 듯, 나이프를 움켜쥐고 가방을 다시 열고, 깊숙이 쑤셔 넣은 다음 가방을 찰싹 닫는다. 심하게 몸을 떨면서, 그는 앉아서 2번 게이트를 한 번 더 응시한 다음 삼키지 않은 닭다리를 기계적으로 다시 씹어 댄다.

두 남자 모두 잠시 동안 말이 없다. 역장은 마침내 장부를 닫고는 9시 42분을 가리키고 있는 시계 쪽을 곁눈질한다.

"올해의 토마토 축제에는 어떻게 지낼 예정인가?" 역장이 묻는다.

"어, 글쎄요. 친척들을 만날 것 같아요. 볼 필요가 있죠!"

앨프리드는 창백한 파란 눈에 눈물까지 글썽이며 갑자기 역장 앞을 얼쩡거린다. "이번에는 제가 친척들을 만날 수 있을까요?" 그가 묻는다.

"좀……." 역장은 부드러우면서도 단호하게 말한다.

앨프리드는 한숨을 쉬고, 게이트 쪽으로 돌아서면서 우물우물 닭고기를 씹었다. "비가 좀 내렸으면 좋겠네요." 그가 음울하게 말한다.

"모든 지역에 비가 좀 필요해." 역장은 대답한다.

바로 그때 9시 44분이 되었고, 역 문이 쾅 하고 열리면서 한 남자가 비틀거리며 들어온다. 그는 큰 키와 마른 몸매에 헝클어진 검은 머리를 하고 수염은 이틀 정도 기른 상태다. 카키색 바지에 회색 내의, 끈도 묶지 않은 망가진 테니스화. 그는 김빠진 술 냄새를 확 풍기며 들어와서는 고뇌에 빠져 초점 없는 푸른 눈빛으로 두리번거린다. 벤치에 앉으려고 몸을 기울이다가 미끄러져 벽에 부딪친다. 벽에 기댄 채, 그는 깊게 숨을 쉬고는 눈을 뒤로 굴린다.

앨프리드는 줄곧 그를 보고 있다. 그의 얼굴은 창백해지고 손은 떨린다. 역장은 그런 앨프리드를 바라본다.

"내 사랑!" 그 난봉꾼은 소리치며, 바보스럽게 웃고, 벽에서 떨어진다. 그는 비틀거린다. "그 주제는 말이야, 내 저녁 식사……." 그는 끊어질 듯 숨을 헐떡거리며 다시 한 번 세차게 몸을 벽에 부딪친다. 앨프리드는 굳어진 채 그 모습을 지켜보고 있다. "주제는…… 그 주제는 말이지…… 으, 젠장!" 남자는 말을 내뱉으며 벽에서 몸을 일으켜 근처에 있던 벤치의 등받이 위로 쓰러진다.

앨프리드는 걱정스러운 듯 쓰러진 남자를 조용히 관찰하는 역장을 힐긋 바라보다가, 시선을 돌려 벤치 위에 엎어진 키 큰 남자를 바라보고, 9시 54분을 가리키는 시계를 올려다본 뒤 다시 남자를 바라본다.

그 낯선 이는 천천히 고개를 들고, 손으로 벤치를 짚은 뒤 몸을 반쯤 일으켜 초점 없는 눈으로 앨프리드 쪽을 멍하니 바라본다.

"우리 아버지." 남자가 소리치고 입술에 묻은 침을 빨아 꿀꺽 삼킨다. "하늘에 계신 우리 아버지…… 우리 아버지……가 그의 빌어먹을 자식들을 잡아먹고 있어!" 그는 아래 있는 벤치를 놀란 듯 뚫어지게 바라보다가 온 사방에 구토를 하고, 바닥을 뒹굴고 양손을 얼굴에 얹은 채 널브러진다.

앨프리드는 입 안에 있던 닭다리를 정신없이 씹어 대고 자기 가방을 만지작거리면서 시계를 올려다본다. 10시 1분이다.

남자는 바닥에서 몸서리를 치더니 아주 힘겹게 발을 디디며 몸을 일으킨다. 술에 취해 눈은 풀려 있고 입에서는 토사물이 조금씩 흘러나온다. 그는 입을 쓱 닦고, 양손을 축 늘어뜨린다. 아직도 게워낼 게 남은 듯 상체를 비비 꼰다. 얼굴은 백지장처럼 질려 있다. 턱수염에서는 섬광이 난다. 그는 앨프리드 쪽을 향하여 불확실하게 걸음을 옮기다가, 잠시 멈추고, 또다시 걸음을 뗀다. 앨프리드는 가방을 연다.

"그러니 날 도와줘!" 키 큰 남자는 순간적으로 앨프리드를 똑바로 노려보며 소리친다. 그런 다음 비틀거리며, 눈을 까뒤집더니, 앨프리드를 향해 푹 쓰러진다. 앨프리드는 가방을 떨어뜨리고, 손을 뻗어, 넘어지는 남자를 붙잡아, 바닥에 등을 대고 눕힌다. 그 와중에 흥분해서 씹고 있던 닭다리를 꿀꺽 삼키고 만다. 그는 죄책감에 휩싸인 듯 자신의 손을, 그다음엔 발을 내려다본다. 그의 아랫입술이 떨리고 있다.

"앨프리드!" 역장이 호통을 치며 꾸짖는다. "앨프리드! 부끄러운 줄 알아야지, 부끄러운 일이야!"

앨프리드의 눈가에 눈물이 고여 있다. 그가 고개를 들어 시계를 향하자 두 줄기 눈물이 주르르 흘러내린다. 10시 13분이다. 그는 고통에 찬 신음을 짧게 내뱉고는 가방을 부여잡은 채 필사적으로 그 안을 뒤진다. 그는 종이 뭉치를 찢어 안을 쑤셔 본 다음 그것을 던져 버린다. 다시 가방 속을 뒤적거려, 잭나이프를 꺼내고, 가방은 내동댕이친 채, 쓰러진 남자 위로 몸을 숙인다. 10시 14분이다.

"그럼?" 역장이 매섭게 쏘아붙이며 물어본다. "이제 어쩔 건가, 앨프리드?"

앨프리드는 눈을 꼭 감고, 절박하게 숨을 길게 내쉰다. 감았던 눈을 뜨면서, 그는 재빨리 바닥에 누운 남자에게로 몸을 숙인다. 그는 찰칵하며 칼을 곧추세우고, 쓰러진 남자의 머리칼을 붙잡는다. 남자는 선잠에 빠져 있다. 하얀 턱수염 아래로 앨프리드의 입이 헤벌어지더니 이내 이를 악물었다. 이 사이로 약한 동물의 울음소리가 새어나온다. 마치 보이지 않는 손에 저항이라도 하듯, 그는 칼날을 아래로 힘겹게 밀어붙여, 마침내 남자의 목에 갖다대지만, 고뇌와 비탄에 찬 외마디 외침과 함께, 다시 그것을 거두어들인다.

"10시 16분이야, 앨프리드." 역장이 조용히 시간을 알린다.

밖에서는 10시 18분발 윈체스터행 급행열차가 역사로 들어오고 있다.

앨프리드의 손에서 칼이 떨어진다. 그는 울고 있다. 그는 손으로 얼굴을 감싸고 흐느껴 운다.

역장은 사무실에서 나와 앨프리드 곁에 무릎을 꿇고 앉아 칼을 집어 든다.

"이제, 봐, 앨프리드." 그가 말한다. "보란 말이야!"

앨프리드는 눈물을 흘리고 구슬프게 흐느끼며 얼굴을 가린 채, 손가락 사이로, 역장이 세 번의 빠른 칼질로 키 큰 남자의 목을 자르는 것을 훔쳐본다. 남자의 눈이 번쩍 떠졌고, 몸은 잠시 동안 발작적인 경련을 일으켰다. 남자의 목에서 피가 콸콸 쏟아져 나와, 바닥에 무릎을 꿇고 있던 앨프리드의 바지를 흥건히 적셨다. 앨프리드는 여전히 미약한 반동으로 경련을 일으키고 있는 기다란 몸뚱이 옆에서 계속해서 흐느끼고 있고, 역장은 머리를 사무실 안으로 가지고 들어간다. 그는 다시 돌아와 시체를 어깨에 짊어지고 문 밖으로 나간다. 시체가 쿵쿵거리며 계단에 부딪히는 소리가 들린다.

역장이 다시 돌아왔을 때, 앨프리드는 여전히 바닥에 무릎을 꿇은 채 울고 있다. 2번 게이트 위에 있는 시계가 10시 18분을 가리키고, 열차가 기적을 울리며 출발하려는 소리가 들린다. 역장은 앨프리드를 내려다보고 짧은 한숨을 쉬고는 고개를 절레절레 흔든다. 그런 다음 2번 게이트 쪽으로 걸어간다. 그는 시계 밑에 의자를 가져다 놓고 그 위에 올라가 시계 바늘을 보호하는 유리를 열고 시침과 분침을 9시 26분에 맞추어 놓는다. 그는 의자에서 내려와 시계를 제자리로 밀어 놓고 사무실로 되돌아간다. 앨프리드는 시계를 유심히 보고, 몸을 떨면서, 지친 듯 흐트러진 소지품을 주워 모아 다시 캔버스 가방에 주섬주섬 챙겨 넣는다. 역장은 장부를 다시 들춰 본다. 앨프리드는 개찰구로 걸어가고 모자가 그의 손에 들려 있다.

5
리 죽다

리, 윌버 리가 죽는다. 아니 오히려 이미 죽은 상태라고 말하는 편이 나으리라. 나는 안다 나는 안다 너무나 빠르다는 것을. 그의 죽음은 간절하고 정교한 일련의 준비 과정 끝에 찾아와야 했다. 그리하여 온화한 강연자, 윌버 리는 숨을 거두었다. 그러나 무엇을 해야 한단 말인가? 그가 이미 가 버린 지금에 와서 말이다. 시청 직원은 의례적으로 점심 시간도 되기 전 재빠르게 그의 파일을 옮겼다. 공휴일에 쓸데없이 방해꾼의 참견을 받거나 거기에 끼어들 시청 직원은 없다. 어떤 종류의 뇌물을 제공한다 해도 통하지 않는다. 심지어 서커스 티켓조차 먹히지 않는다. 공무원들은 한마디로 개자식이며 인간적인 호의조차도 무시한다. 그래서 리는 이제 돌이킬 수 없이 죽게 된 것이다.

어떤 언어로든, 그는 스스로 죽었다고 말할 수 있다. 마치 내가 나 스스로 죽고, 당신도 당신 스스로 죽을 것이듯, 그도 그스스로 죽었다. 자신이 손을 담근 교활한 계획 때문에 말이다. (그냥 지나치며 말하자면, 이것은 윌버 리의 경우와 같은 상황이다.)

그러나 불운하게도 나는 이렇게밖에 이 사건을 지분거릴 길이 없다. 맹세코 나는 내 부족한 영어로 당신의 뒤통수를 칠 생각은 전혀 없고 내가 영어를 안다손 치더라도 특히 어형 변화 같은 것을 잘할 수 있다고는 상상조차 하지 않기에. 어떤 경우건 내 표현은 당신을 웃게 만들어서 리가 죽었고 그것도 완전히 자기 스스로 죽어서 친구, 가족, 연인들, 고용인들, 신들, 국가들, 그리고 그를 고안해 낸 그 밖의 다른 이들과 함께 지옥으로 떨어질 거라는 문제의 본질을 잊게 만들 것이다. 사실 그가 이러한 것들로 방해받는다면 도대체 이 지구상에서 누가 그가 죽었다는 것을 의심할 수 있겠는가?

그러나, 대조적으로, 늙은 밀리션트 지는 자기 손으로도, 남에 의해서도 죽지 않았다. 아마 당신은 밀리션트 지를 모를 것이다……? 물론, 나는 그렇다고 해서 당신을 비난하고 싶지는 않다. 그녀는 살아 있다. 말하자면, 12번가와 14번가 사이에 말이다. 우리 도시의 어르신들은 불운을 염려해서 13번가는 눈에 띄지도 않게 배제시키고 자신들은 보수적인 부유층이 사는 개조하지 않은 다층식 건물에 산다. 다들 약간 비열한 늙은 여인이라고 믿고 있는 밀리는 노망이 든 채 지하방에서 홀로 살고 있다. 그녀가 눈치 없이 로사리오라고 부르는 늙은 숫양과 흐르지 않는 수족관, 매일 돌보아야 한다는 압박감을 가볍게 해 주면서도 소소한 즐거움을 주는 거대한 고양이 집단과 함께 말이다. 작은 멍청이들! 밀리는 가끔 꽥꽥거리며 괴성을 지른다. (그녀의 창문은 겨울이나 여름이나 항상 열린 채이다. 네모난 창이 땅바닥까지 내려와 있지만 안에서 보면 그 창문은 밀리의 손이 닿지 않게 위쪽에 있다. 이것이 그녀가 창문을 닫지 않는 이유이다.

이 변화무쌍한 세상에서 이것이 무슨 고칠 수 없는 결격사유라도 된단 말인가?) 사람들은 그녀가 고양이들을 부르는 거라 여긴다. 어떤 때는 물고기들이 죽어 나갈 때도 있다.

밀리가 지상 몇 개의 층에 무엇을 보관하고 있는지는 추측만이 가능할 거라고 나는 생각한다. 그것은 결국 그녀 자신의 사업이니까. 소문은 무성하지만 진위는 알 수 없다. 무엇보다도 그리 흥미가 일지도 않는다. 헌법에 루머를 퍼뜨리는 것에 대해 충분히 언급하고 있으므로 새삼 여기서 길게 사설을 늘어놓을 필요는 없다고 본다. 헌법을 만든 하느님께 감사한다. 그녀를 거기에 있게 하는 것이 무엇이건 간에, 한 가지 확실한 건, 그것이 사람이거나 사람이었을 리는 없다는 것이다. 밀리가 인간을 상징할 수는 없으니까. 그리고 아마 그 위에는 전혀 아무런 존재도 없을 것이다. 확실히, 우리는 충동적으로 빈 공간으로 내몰려, 어떤 빌어먹을 물건에 탁 던져, 어떤 물건, 실제이건, 상상이건, 아니면 그 밖에 다른 것이건, 행복할 것은 아무것도 없는 그곳에, 오점 없는 평화만이 존재하는 사람 없는 빈 공간, 바로 그곳에 그녀가 숨어 있을 거라고 생각한다. 누가 알겠는가?

그러나 우리의 편견을 개입시키지 않으면, 이렇게 설명하는 편이 나을 것이다. 모든 노력에도 불구하고 여하튼 밀리는 전적으로 인간 존재와는 결별했다고 말이다. 그 이유는 그녀가 지하를 제외하고는 상층부에 그 어떤 공간도 허락하지 않는 데 있다. 그녀의 삶에 아무런 역할도 하고 있지 않은 그녀의 아들은 — 아무도 그녀가 어떻게 아들을 갖게 되었는지는 모르지만 — 자신의 선택대로 더 이상 늙은 밀리와 함께 살지 않고 어딘가 다른 곳에 있는 꽤 괜찮은 아파트에 살고 있다. 그는 가끔 정기적인 자선 행사에 참석하기 위해 여기에 들르는데 아주 유머스럽고 친절하게 행동한다. 그는 굉장히 세련되어 보이는 클로버 빛깔의 녹색 정장에 타조 깃털이 장식된 실크해트를 쓰고 있었고, 권위 있는 소식통에 의하면, 그런 차림이 그의 직업과 연관이 있으므로 비웃을 일은 아니라고 한다. 그에 대해 더 이상 언급할 필요는 없을 것 같다. 설사 내가 그럴 능력이 있다 해도 말이다. 그는 자기 어머니를 방문하는 일이 결코 없으며, 본분이나 봉헌이라는 관념에 대해선 미소만 지었다. 그는 정말 전혀 그녀의 아들 같지가 않았다. 그저 그럴듯하게 고안된 잘못된 풍문의 희생자에 지나지 않는 것 같았다. 진실을 말하자면, 나는 그를 그 첫 번째 장소로 데려갈 의도는 없었다. 제발 내가 그에 관해 언급한 것을 사람들이 기억 못 하기를 바란다. 더군다나 내가 왜 밀리에 관해 당신에게 얘기했는지 그 이유를 나도 모르겠다. 확실히 그녀는 윌버 리와는 아무런 관계가 없다. 사실 그 생각을 하면 웃음이 난다. 아마도 이렇게밖에 달리 표현할 길이 없다. 리를 대면하기 전이라면, 나는 감각적으로 전율할 만한 결말을 내는 주인공 없이도 이야기를 할 수 있다고 말이다. 그리고 밀리를 제외하면 누구라도 주인공이 될 수 있지 않은가? 그리고 어떤 경우라도 내가 이렇게 결론을 내리도록 유도해 줄 것이다. 신은 늙은 밀리션트 지를 보호하신다! 이것이 내가 할 수 있는 최소한이다.

윌버 리에 관해서 말하자면, 나는 그에 대해서도 또한 딱히 할 말이 없다. 당신은 단지 이 사실만 알면 기쁠 것이다. 그가 높은 장소에서 뛰어내려 지금은 죽었다는 것이다. 당신이 내 말을 곧이곧대로 믿을 수 있다고 생각한다. 그 증거는 말하자면 이 푸딩 안에 있다. 내가 당신에게 얼마나 높은 곳에서 뛰어내렸는지 말할 필요가 있을까? 당신의 질문들은, 친구여, 서구 사람들이 가진 고질적인 질병처럼 어리석다. 한편 만약 당신이 인과관계를 추측하려 한다면 고백하건대 그것 역시 내게 수도 없이 떠오른 생각이며 내 전체 서술에 윤색된 것이라고 말할 수밖에 없다. 확실히 거기엔 어떤 상관관계가 있다. 아직도 온기가 가시지 않은 리의 유해는 방금 전에 고층에서 뛰어내린 바로 그 지점에서 산산조각이 되어 흩어졌다. 그러나 내가 그 정도를 아는 것만 해도 감사한다. 나는 국가의 석학들에게 흡수되어 그들을 만족시키는 끝도 없는 논의의 구렁텅이에 빠지고 싶은 생각이 전혀 없다. 인간이란 그가 찾은 것에서 즐거움을 느껴야 한다는 사실을 얕잡아 볼 생각도 전혀 없다. 그저 만약 내가 신중하지 않았다면 그들이 나와 일을 해 보기도 전에 리가 어떤 물리적인 치료 하나 없이 죽었다고 생각할 거라는 뜻이다. 어쨌든 리는 죽었다. 그것도 이견의 여지가 전혀 없이. 그는 결코 예전으로 돌아갈 수 없으며, 그의 미래는 현재 상황으로 인하여 그저 소름 끼치는 최악의 감정만 일으키게 될 거라는 뜻이다. 그래서 여기 리가 죽은 땅에 내가 서 있다. 만약 당신이 나처럼 그가 자신의 생명을 거두어 갔다는 것을 믿기를 원한다면 그 나머지는 당신 스스로 찾아라! 우리가 함께 그 일을 결말짓게 된다면 나는 확실히 더 편안해질 것이다. 어쨌든 나는 독단적이고 싶지는 않다.

누가 리냐고 당신이 물었던가? 나는 모르고, 관심조차 없다. (만약 알고 있었다면, 그깟 어떤 한 남자의 죽음을 가지고 그렇게 호들갑을 떨었겠는가? 정말, 나의 친구여, 당신은 내 진가를 몰라본 데다가 내 맹세까지 잊은 거다. 비록 날 멸시한 것은 아니겠지만 말이다. 하긴 고백하자면 나 자신도 그 일들에 대해 자주 잊는다.) 윌버 리는 윌버 리였고 그게 처음이자 마지막이다. 그리고 이미 내가 너무 지나치게 밀어붙였는지 모르지만, 아마 윌버 리는 전혀 그의 이름이 아닐 수도 있다. 그저 내게 주어진 이름을 도용하는 특권과 원칙에 구애받지 않는 취향으로, 내가 아주 그럴듯하게 조작해 놓은 것인지도 모른다는 뜻이다. 하지만 무슨 상관인가! 그것이 그의 이름이건, 아니건, 다른 것이면 또 어떠랴.

그러나 리라면 충분하다! 일종의 평가의 시간이 왔고 모호한 이야기책 속의 사람들처럼 포장되고 예측되며 이야기는 종결된다……. 그러나 한 가지 떠오르는 것은 오발 눌린 에바셰프스키의 경우에는 어떤 명확한 근거도 없다는 것이다. 약간의 연결고리 혹은 약간의 생각만으로 희망을 가질 수밖에 없다.

오발은 지금으로부터 정확히 사십이 년 전에 태어났다. 그는 펠릭스와 일자 에바셰프스키의 차남인데 그가 태어난 곳은 아버지 펠릭스가 고인이 된 조부모에게 물려받은 동쪽의 작은 농장이었다. 오발의 어린 시절은 평탄치 않았다. 힘은 세지만 평범한 두뇌에 겁이 많았던 그는 체육으로 유명한 포터 컨트리 고등학교를 다니면서도 그리 적극적인 학생은 아니었다. 그 시절 경기는 어려웠고, 세상은 넓었지만 살기가 힘들어서 가족 농장은 빚에 쪼들렸다. 그래서 오발과 그의 손위 형 퍼크, 손아래 동생 윌리는 고등학교 졸업 후 아버지를 도와 농장에 머물렀다.(유일한 여자 형제였던 마르게는 시집을 가서 휴팜에서 좀 떨어진 곳에 살고 있었다.) 늙은 펠릭스는 재봉틀 사고로 오른팔을 잃은 후 농장까지 날리게 되었고 이로 인해 아들들 또한 일할 터전을 잃었다. 어쨌든 몇 개월 후 그들 모두는 전쟁에 징집되어 농부로서의 위상은 잃게 된 것이다. 펠릭스는 망가지고 정신이 혼미해진 상태로 국가의 구제 기관에 의존하다가 이 년 후에 죽었다. 그런 불쌍한 상황인데도 혹자는 그가 국가를 위해 일하다가 죽은 두 아들 퍼크와 윌리의 일을 모르고 일찍 죽은 것이 오히려 다행스러운 일이라고 말하곤 했다. 완전히 온전한 모습으로 온 것은 아니지만 오로지 오발만이 전쟁에서 돌아왔다. 한 똑똑해 보이는 선의의 친구가 그에게 메기 윌슨이라는 여자를 소개했다. 그러나 그녀는 그에게 매독 균을 옮기고 말았다. 치료 기간은 길었고 그는 심적으로 쇠약해졌다. 몇 개월 후 병이 진정된 다음 오발은 밖에 나가지도 않고 면도도 하지 않으면서 어머니의 아파트에서 살았다. (그녀는 펠릭스가 죽은 후 이 도시로 이사를 왔는데) 모든 외부 현상에 완전히 무감각한 상태는 아니었다. 늙은 어머니는 아들이 병적인 우울증에 시달리고 있음을 알았다. 그러나 다행스럽게도 옛 친구 하나가 오발에게 퇴역 군인을 위한 정부 교육 지침 안내서를 건네준 덕분에 그는 경영학을 공부하게 되었고 어쨌든 그로 인해 모든 근심을 잊게 되었다. 학교에서 그는 앤 메디슨을 만났고 단조로운 경영학의 세계에서 그녀를 구출하여 주부의 길로 들어서게 했다. 비록 결혼식 전 얼마간은 낯섦과 이상한 공포심으로 고통을 겪기도 했지만 말이다. 오발과 앤은 소위 사람들이 완벽한 한 쌍이라고 부르는 경지에 도달하고자 고통스럽지만 부단히 노력했다. 그러나 앤은 그 더딘 행로가 너무 지겨워서 자신만의 상상력을 동원하여 해결책을 찾으려 했다. 그러는 동안 오발은 가끔 부도덕한 친구들에게 사기를 당하기도 했지만, 부족한 사업 수완에도 불구하고, 어쨌든 믿을 만하고 양심적인 판매원으로서 회사에서는 흠잡을 데 없는 심복이자 협회에서는 당혹스러울 정도로 정직한 사람으로 인정받게 되었다. 그런 일들이 빈번해지자 오발은 자신감에 넘치게 되었고 아내 앤 또한 명랑한 기분으로 그를 더욱 좋아하게 되었다. 아홉 번째 결혼기념일 밤에 그는 아이가 곧 태어나리라는 낭보에 깜짝 놀랐다. 일종의 열광에 사로잡힌 오발. 그! 아버지! 십육 년 만에 처음으로 그는 자신의 아버지를 떠올렸다. 성미는 까다로웠지만 자랑스러운 노인네였다. 여하튼 앤이 아이 이야기를 한 다음 날 그는 충동적으로 회사의 모든 사람들을 위해 담배를 샀다. 아빠가 되려면 팔 개월이나 남았는데도 말이다. 그런 일은 사업하는 사람들 사이에서는 자주는 아니라도 이해받을 수 있는 일이었다. 그 후 몇 달간 그의 판매 실적은 껑충 뛰었고, 그의 자신감은 새롭고 활기차게 팽배했다. 간단히 말하자면 오발 눌린 에바셰프스키에게 삶은 극도로 아름다워진 것이다……. 어느 날, 어느 늦은 가을날 아내 앤은 출산을 한 달 앞두고 얼굴에 이상한 홍반이 나타났다. 그녀는 별게 아니라고 생각했지만 이튿날 두 번째 홍반이 나타나자 조금 놀라기 시작했다. 그러나 그녀의 놀라움은 오발에게 일어난 일에 비하면 아무것도 아니었다. 두 번째 홍반이 아니라 첫 번째 홍반만으로도 이미 깡그리 잊어버려 고백하고 싶지 않은 고통스러운 과거를 들춰내기에 충분했고, 특히 웃고 있는 메기 윌슨의 유령과 그녀의 매독 균이 떠올랐다. 그는 모자와 서류 가방도 잊은 채 아침 식탁에서 비틀거리며 나와 몇 시간을 눈먼 사람처럼 더듬거리며 도시 주변을 배회했다. 그의 손에는 차갑게 식어 버린 토스트 한 조각이 들려 있었다. 라임 과즙을 탄 진 토닉 세 잔이 해 질 녘 즈음 그를 집으로 돌아가게 해 주었지만 그의 잠은 끔찍하고 생생한 환영으로 인해 산산이 깨져 버렸다. 다음 날, 아내의 얼굴에 난 두 번째 홍반은 보지도 못한 채 그는 모자, 서류 가방, 신용카드, 심지어 타이도 매지 않은 채 집을 나섰다. 그가 사무실에 들렀는지 아닌지는 불행하게도 알 수가 없다. 어쨌든 12시 47분, 오발은 페드럴 빌딩의 37층으로 엘리베이터를 타고 올라가 12시 52분 조금의 망설임도 없이 서쪽 창문으로 뛰어내려 죽음을 맞이했다. 그는 길거리 아래 있는 주차장 계량기에 몸을 관통시켰는데 바로 옆을 지나가던 삼십육 세의 학교 선생인 카라일 스미스는 계량기에 동전을 집어넣다가 기겁을 했다. 그가 죽기 직전, 그의 아내 앤은 산부인과 의사에게 꽤 심각한 전염병에 걸렸다는 진단을 받았다. 의사는 그녀의 엉덩이에 페니실린 주사를 놓고 침대로 가 누우라고 명령했다.

　도시 소방수들의 점심은 뭐라 형언할 수 없는 검은 고기의 혼합물, 녹갈색 그레이비소스, 그리고 뭔지 모를 밀가루 반죽으로 만든 축축한 빵이었다. 그들은 제니 식당에서 트림을 하며 나와 작은 광장을 가로질러 끌칼과 비눗물이 담긴 플라스틱 통을 들고 리의 사고 자국을 제거하기 시작했다. 희망한 대로 한 번에 그리고 한꺼번에 우리의 시야와 마음에서 리의 모든 것이 없어졌다. 푸르딩딩한 굽은 코에 바싹 마른 까마귀 얼굴 그리고 엄격한 법 해석으로 도시 전체에 소문이 자자한 소방 대장은 커다란 확성 장치가 세 개 달린 마이크에 대고 들기 거북한 소리로 군중들에게 꺼림칙한 명령을 해 댔다.(네 번째 스피커가 있긴 했지만 연결이 되지 않았다.)

점점 사고 현장 주변으로 모여든 구경꾼들은 땀에 흠뻑 젖은 검고 얍삽한 소방수들의 얼빠진 얼굴을 놀란 표정으로 응시했다. 제복의 솔기가 사실상 다 터진 커다란 몸집의 소방수는 몰려든 멍한 표정의 군중들에게 항의라도 하듯 거칠게 사고 지점을 닦아 내다가 몸을 구부리며 아무렇지도 않은 듯 상스럽게 방귀를 뀌었다. 군중들에게는 그 모습이 유쾌했을지 모르지만 그 살찐 소방수의 얼굴은 눈에 띄게 붉어졌고, 그는 과장된 흥미를 보이며 자신의 일에 몰두했다. 그는 지금 포장도로에 흩어진 리의 틀니를 작은 주머니에 모으고 있었다. 말하자면 그것은 그의 쪼개진 삶의 핏자국이 어린 모형 이정표라 할 수 있을 것이다.

그러나 세세한 부분에 주의를 기울여 보면, 작은 종잇조각 하나가, 글씨를 전혀 알아볼 수가 없는 아니 거의 백지라고 하는 편이 나을 종이가 손가락 마디에 끼인 채 사고 지점 옆 우리 가까이 놓여 있다. 리의 성격 속에 잠재되어 거의 드러나지 않던 파괴적 성향이 시간이 지나면서 드러난 것일까? 하지만 리는 절망적인 순간에 자신이 적어 놓은 메모를 고집스럽게 지켜 냈다. 그리고 그 메모는 너무나 정직하고, 정말 뭐라 답할 수 없는, 결국엔 그의 갑작스럽고 혼란스러운 필연적인 운명에 결정적으로 공헌하는 그런 것이 아닐까? 으음, 하지만 나는 내 믿음을 버려야 할 것 같다. 그 도로 위에 있던 종잇조각은 멜로드라마처럼 리가 그곳으로 떨어지기 전부터 거기에 놓여 있었는지도 모르고 아무 이유 없이 그저 그렇게 놓여 있었는지도 모른다. 사실 고백하자면, 그것은 영수증과 다를 바가 없다. 거리엔 항상 그런 것들이 잔뜩 뒹굴고, 오늘은 다른 날보다 좀 많은 것뿐이다. 삶이란 결국 생생한 위조품들의 여행 행렬이 아니던가?

리의 모든 것은 이제 다 모여 밀랍을 입힌 쇼핑백에 담겼다. 거기에 꽉 들어찰 정도밖엔 안 되게 작다니 놀라운 일이다. 소방수들은 물청소와 솔질에 여념이 없다. 정말 지루한 일이다. 이런 일은 구경꾼을 오래 붙잡아 두지 못하고, 특히 마을에 서커스라도 있는 날이면 사람들이 모두 그곳으로 몰려가는 것은 말할 필요도 없는 일이다. 우리도 마찬가지다. 그런 날엔 오발 눌린 에바셰프스키만이 우울증과 터무니없는 공포심에 사로잡혀 정신적 혼란을 겪으며 남아 있다. 어찌 되었건 시시 앤의 반점이 그에게서 기인했다는 사실이 공공연하게 밝혀지자 그는 자기 파괴적 성향으로 성급하게 치달았다. 리의 자살이 개인적 이유에선지, 혹은 더 단순히 리의 질병 때문인지, 유감스럽게도, 우리는 결코 알 수가 없다. 그리고 설사 그 이유를 안다고 해도, 그렇게 상상할 수는 없지만, 그때조차도 리에게 아무런 위안이 되지 않을 것이다. 그저 우리가 할 수 있는 최선이란 그 운 없는 불운아의 왜곡된 개성이 그런 일을 불러온 거라고 마음을 진정시키는 것뿐이다. 설사 그가 그랬건 아니건 간에, 이것만이 그를 위해 우리가 할 수 있는 가치 있는 일일 것이다. 맹세코 우리가 단지 위안의 초석을 찾자고 이 모든 일을 시작한 것은 아니었다. 아니, 아니, 결국, 진실을 말하자면 사실상 우리에겐 남은 게 없다. 못 보고 지나친 송곳니 한 개, 쓸쓸하게 남겨진 개인 계산서, 얼룩지고 부러진 타조 깃털, 소방수의 지독한 방귀 냄새 말고는 말이다. 그는 몸을 던졌다. 그리고 십오 분, 이십 분 만에 황천길로 간 것이다.

미안하다. 더 많은 것을 기대했던 내가 무슨 말을 할 수 있겠는가? 당신이 화를 내는 것은 당연하다. 여기, 이 서커스 티켓들을 가져라. 비굴한 시청 직원이 거절한 것이다. 이렇게 하는 것이 당연하다. 나는 당신에게 뭔가 빚졌고 이게 내가 가진 전부니까.

6
요셉의 결혼

예상치 못한 일은 아니었다. 자신에게 닥친 굴욕을 있는 대로 모두 받아들인 끝에 사랑에 대한 황홀한 항변, 두려움, 절망, 그리고 상상할 수 있는 궁극적 행복은 이제 완전히 불가능해진 상황에서(이 모든 것에도 불구하고 그녀는 응답을 했고 비록 강렬함은 아니더라도 줄곧 친절함은 유지했다.) 드디어 요셉은 결정을 내렸다. 아니 어쩌면 그녀와 결혼하리라는 이 결정은 예전부터 그의 마음속에 남은 시구처럼 줄곧 자리 잡고 있었는지도 모른다. 서서히 진행되기는 했지만 명백히 사랑을 철회하고픈 욕구가 치밀기도 했다. 한 가지 이유로 그는 너무 나이가 많았다. 그리고 그녀는 확실히 지적이고 상상력도 풍부한 반면, 그는 전반적으로 교육을 받지 못한 것이 사실이었다. 그런 것은 말할 종류의 것이 아니었지만, 그는 가장 이성적인 순간에 고통 속에서 그것을 자백했다. 게다가 그가 그녀에게 말했던 아름다운 것들의 대부분을 그녀는 직감적으로 받아들인 것이 아니라 오히려 명확한 감정, 다급함, 그 배후에 있는 경배로 받아들였다. 그러면 그는 그녀를 숭배하거나, 숭배할 수 있는 대상으로 객관화시켰을까? 이 문제의 답을 찾는 것에 대해 요셉은 솔직히 자기 자신을 신용할 수가 없었다. 더군다나 더 의미심장하게도, 어떤 존재의 궁극적인 비참함에 관한 숨 막힐 것 같은 공포, 사랑에 대한 피할 수 없는 분열, 육체적 그리고 정신적 부패의 성급한 진행, 인간 열정의 어리석음 같은 것들은 공포 자체보다도 훨씬 더 실제적이었으며, 그것들이 그의 운명임을 요셉은 알고 있었다. 그러나 딱히 죽음 말고는 다른 대안이 없었다. 그래서 그는 그녀와 결혼하기로 결정했다.

그러나 그가 매우 수줍어했음에도 불구하고, 그녀는 그의 청혼에 충격을 받았다. 어쨌든 얼마간 시간을 달라고 요구하기도 했다. 한참이 지난 후에 그는 그녀 마음속에 싹트고 있는 새로운 종류의 두려움을 이해하기 시작했다. 그 두려움은 의심할 여지 없이 계속해서 표층 아래 잠재해 있던 것이었다. 그러나 요셉은 자신이 피상적인 존재가 아닌 것처럼 그의 말들 또한 피상적인 것이 아닐 거라는 가정으로 그 두려움을 달랬고, 그 말들이 때때로 그의 폐부를 찌르고 피를 끓게 하고 고통스럽게 했지만 그 말의 힘과 고통이 실제 피바람을 불러일으킬 수는 없었다.

그녀의 행동을 곡해했을 당시에, 요셉은 어쨌든 너무나 화가 나서 형언할 수 없는 짜증으로 그의 애정을 억누르기도 했다. 그녀는 울부짖었고, 증오에 차서 그를 때렸다. 그는 수그러들긴 했지만 길고도 조금은 마비된 우울함 속으로 무너져 내려, 망치를 들어 올리거나 날을 바꿔 끼울 수도 없었다. 그녀는 그를 찾았다. 그녀는 눈물을 흘리며 그를 포옹하고 애수에 차서 뭔가를 설명하려 했다. 그는 다시 그녀를 오해했고 그녀를 범하려는 공격을 재개했다. 그녀는 공포에 사로잡혀 소리를 지르고 도망쳐 버렸다. 다시 그는 한탄스러운 혼돈에 빠져 들었다. 그가 병이 나자 그녀가 그를 돌보아 주었다. 그리고 그럭저럭 세월이 지나 여름이 될 무렵에야 드디어 그는 비록 그녀가 그를 사랑하고 모성에 대한 건전한 욕구도 갖고 있긴 하지만, 최소한 이론적으로, 성행위 자체에 대해선 공포에 사로잡힌 상태라는 것을 명백하게 알게 되었다.

그것은 무엇 때문이었을까? 고대의 이상한 수다쟁이들이 만들어 놓은 삶에 대한 그릇된 간언, 저승의 피와 고통에 관한 비참한 옛이야기(그 이야기들 속에서 여성의 위치는 마땅히 그래야 한다는 생각들 때문에), 아니면 조금 이른 불행, 어쩌면 지배적인 아버지? 그것은 거의 중요치 않다. 현실에서 일시적으로 일어난 행위로 과거의 모든 복잡한 문제를 끄집어내는 것은 부적절한 일이기 때문이다. 어쨌든 요셉이 믿는 것은 바로 이 점이었고, 그들 사이의 문제가 무엇인지 이미 자명해진 지금 그는 커다란 안도감을 느꼈다. 그의 오만함은 잦아들었고 다른 많은 이유들이 있었지만 이제 그들의 결혼을 방해할 장애물은 없었다. 그들 둘이 존재하는 수준에서, 그는 그녀를 진리로 인도할 거라고 설명했다. 그의 목소리는 상당히 고요했고, 눈빛은 어두웠으며, 이마는 주름져 있었다. 이 단계에서 사랑 없는 성관계는 이해될 수 없지만, 성관계를 언급하지 않고도 사랑은 돋보일 수 있었다. 간단히 말하자면 사랑이 전체이고 성관계는 그저 일부에 지나지 않는다는 뜻이다. 그것은 그저 전체를 완벽하게 하는 데 일조하는 일부분일 뿐이지 꼭 필요한 것은 아니다. 더 정확히 덧붙여 말하자면 그녀의 조건이 무엇이든 간에, 그녀 없는 인생은 상상할 수 없었고, 나중에 진정으로 사랑하는 사람들의 자연스러운 행위를 공유할 수 있는 시간이 온다 해도, 그렇다면 물론 너무 좋겠지만, 단지 그녀가 용기를 내어 그녀 자신의 속도로 원할 때만 그런 합일이 이루어질 거라고 덧붙였다.

(어쨌든 그 당시에는) 그가 말한 모든 것이 사실이었고, 비록 그녀는 그가 그런 인간적인 행동을 하게 된 과정을 이해할 수는 없었지만, 요셉 자신보다도 더 정확하게 의심 없이 그 제안을 받아들였다. 그러나 받아들인 것은 별도로 하고라도 더 중요한 것은 이런 이해가 이성이 아니라 직관에 의해 얻어졌다는 점이다. 다른 사람이 아닌 이 남자와 함께라면 성생활만은 그녀가 좌지우지할 수 있을 거라는 직관 말이다. 좋아요, 그녀가 말했다. 좋아요. 그녀는 그와의 결혼을 원했고 오래지 않아 그렇게 했다.

그들의 결혼식 밤은 진실로 아름다운 것들로 가득했다. 화려한 축하 장식, 충만한 달의 신비스러운 휘황함, 달빛을 받으며 걷는 두 사람 사이에 피어오르던 고요한 친밀감, 묵은 포도주 병에 비친 촛불의 펄럭거림 속에 어리는 환희, 헤아릴 수 없는 심연 속에서 영원할 것 같은 그 밤 내내, 그들은 서로의 팔에 안겨 고요히 흐느껴 울었다. 새벽녘이 가까워 오자 침대 옆에 앉아 있다가(물론 둘 다 여전히 옷을 입고 있었다. 나체의 기교를 체득하려면 처음에는 시간이 좀 걸린다.) 요셉은 깊은 애정이 흘러넘쳐 그녀의 관자놀이를 어루만지기 시작했다. 새로운 날의 희미한 여명을 받으며 그녀는 그의 옆에서 잠들어 있었고 그는 그 잠의 의미와 중요성을 깨닫고 다시 흐느끼기 시작했다.

그의 모든 의심, 공포, 그럴 권리가 있는 숨겨진 조바심, 우주에 관한 그의 일반적 견해는 말할 것도 없고, 보이는 것처럼 확실히 안심할 수도 없는 상황인데도, 요셉은 칠 개월 동안 거의 믿을 수 없을 만큼 행복을 누렸다. 모든 것이 확연하게 그에게 평온함을 주었다. 예를 들어 개미의 행렬, 나무 조각이나 조약돌의 색깔, 먼지에 찍힌 그녀의 발자국처럼 가장 단순해 보이는 존재의 세부 묘사까지도 그에게 어마어마한 즐거움을 선사했다. 그녀의 손이 컵에 닿아 있는 것을 보거나 머리에 빗질하는 것만 보아도 그는 숨이 막혔다. 모든 행동이 오로지 그녀의 존재에 헌납되었다. 그녀를 위해 혼자서 직접 침대를 만들었고, 그녀가 그에게 주는 선물로 가득 찼던 테이블, 작은 피리들, 꼭두각시 인형, 그녀가 앉는 의자, 이 모든 것들 역시 그가 만든 것이었다. 거의 시작부터 그들은 표현할 수 없을 만큼 아름다운 감정적 하모니를 이루었고, 심지어 나중에는 신께서 아시고 그들의 완벽한 행복에 장애가 되는 대수롭지 않은 소소한 것들은 궁극적으로 그들의 절실한 사랑에 길을 내주도록 했다. 비록 나이는 먹었지만 나이에 걸맞지 않게 자신의 성적 매력에 자신 만만했던 요셉은 무수히 참고 또 참았다. 그리고 그녀도 많은 시간, 적절한 때에 초야를 치름으로써 결혼을 완성시키기를 열망하고 있는 것 같았다.

어느 날 저녁 해 지기 직전, 요셉은 우연히 해변 아래로 내려갔다. 자신이 왜 거기 와 있는지 의식하지 못한 채, 그저 저녁 식사 전에 하릴없이 거니는 산책 정도로 여기면서도 왠지 그곳에 꼭 있어야 할 것 같은 생각이 들었다. 바로 그 순간, 끈 적끈적한 붉은색의 해는 음산한 바다 속으로 녹아들어 갔고, 멀리 보이는 산은 황록색을 띠다가 푸른색으로 깜박거렸으며, 그의 머릿속에는 첫날밤의 꿈틀대던 연모의 정이 다시금 깨어났다. 아니, 그것이 아름다운 건 아니었다. 이런 장면에, 또는 다른 자연적 혼합체에, 아름다움을 느끼는 것은 어리석게 느껴졌다. 그것은 아름답지만, 어딘가에 아름다움의 잠재력이 숨어 있지만, 실재 존재하는 어떤 것이 아니라, 결국은 어떤 섬광, 단지 환영에 지나지 않았다. 그러나 바로 그때 뒤를 돌아보자 아내가 길을 따라 내려오는 것이 보였다. 그녀의 우아한 동작에 완전히 압도당하여 그는 말 한마디 못 했고 그녀의 가녀린 몸매를 감싸 도는 옅은 빛, 그리고 무엇보다도 자신이 어색하게 빤히 쳐다보는데도 그녀가 미소 띤 눈빛으로 화답하자, 그는 마비된 듯 그 자리에 얼어붙어 버렸다. 오, 세상에, 나는 당신을 사랑하오! 그녀가 가까이 다가오자 간신히 그가 속삭였다. 그리고 그날 밤 열렬한 환희에 차서 그는 그녀의 가슴에 얼굴을 묻고 어루만졌고 그녀는 그것을 허락했다. 마침내 그는 넘쳐흐르는 감정을 극복한 후에 너무나 황홀한 꿈을 잔뜩 꾸면서 깊은 잠에 빠져 들었다. 그러나 애석하게도 그 후로 다시는 그 꿈을 떠올릴 수 없었다.

애정 행위의 진전 과정은 전진과 반전의 정교한 연속이었고, 그것을 여기에 일일이 열거할 필요는 없을 것이다. 요셉은 자신이 일을 하며 작업대에 엎드려 있는 동안 자기의 벗은 등을 어루만지던 그녀의 행위에 너무나 고무되어 그날 밤 침대에서 옆에 반쯤 잠들어 있는 그녀를 품안으로 부드럽게 끌어당기고 그녀의 가슴을 손으로 살포시 눌러 보기도 했다. 어떤 때는 이런 행동들이 예기치 않게 그녀에게 충격을 주어, 그녀를 울리거나 아니면 방에서 뛰쳐나가게 하기도 했고, 그녀의 허벅지에 너무 오랫동안 손을 올려놓아서 화들짝 놀라게 한 적도 있었다. 그러나 실제 가장 견디기 힘든 공포는 그녀의 침범할 수 없는 육체 곁에서 그 신비스러운 기운을 느끼며 잠 못 이뤄 뒤척이고 괴로워하며 지나간 세월이었다. 그 시절 그는 그녀의 목욕물이나 그녀를 앉히기 위해 자신이 직접 조각해 만든 의자에까지 질투를 느꼈으며 그녀의 옷가지에 얼굴을 묻고 홀로 통렬히 울기도 했다.

어느 날 밤, 저녁 식사를 마치고 침실에 들어간 그는, 아무런 예고도 없이, 그녀가 옷을 벗은 채 침대 옆에 서 있는 것을 발견했다. 그녀의 모습은 그를 가장 미혹시켰던 그 어떤 환상적인 꿈보다도 놀라울 정도로 더 사랑스럽고 아름다웠다. 그는 숨을 몰아쉬고, 믿기지가 않아서, 그녀를 향한 발길을 멈칫거렸다. 그녀는 얼굴에 홍조를 띠고 눈을 내리깔았다. 그는 떨리는 손으로 셔츠를 벗고, 그녀에게 달려가 그녀를 꽉 끌어안았다. 아니었다. 그녀는 단순한 허상이 아니었다. 그는 그녀의 귀, 머리, 눈, 목, 가슴에 눈물 어린 키스를 퍼부었다. 거의 광란 상태였고 두려움에 기절할 것 같았다. 그는 너무나 간절하게 서투른 손놀림으로 그녀의 등을 쓰다듬으며 아래로 파고들었다. 이러지 마요, 그녀가 속삭였다. 제발 이러지 마요. 그것은 언어가 아니었고 명백한 의미도 없었다. 그 말은 마치 숙련된 솜씨로 조각하고 형태를 만들어 그들 사이에 놓아둔 거대한 석상

테이블처럼 단호했다. 당황하여, 더듬거리던 손을 뒤로 물린 채 그가 던진 질문은 "할 수 없는 건가?"라는 말뿐이었다. "아이를 가졌어요." 그녀가 말했다.

그 순간 무슨 일이 일어났고, 몇 주 동안 어떠했는지는 모든 이야기가 그렇듯이 보통의 이야기와 다를 바가 없고 특별히 재미있을 것도 없다. 여하튼 요셉은 병이 나서 극도의 정신착란에 시달렸으며 그녀는 혼신을 다해 그의 건강을 회복시키려 노력했다. 이제 그녀는 그 앞에서 자연스레 옷을 벗었지만, 그의 존재에 대해선 선입관과 무관심으로 일관했고 이것은 요셉을 극도의 혼란에 빠뜨렸다. 그녀는 자신의 임신은 신이 하신 일이라 간단히 설명했고, 그런 그녀의 말이 논리적으로 납득이 되지 않았지만 인정해야만 했다. 하지만 왜 신이 그토록 쓸모없는 일을 하셨는지 그는 상상할 수가 없었고 어떤 면에서는 너무나 저속한 일이었다. 요셉은 항상 모든 것을 신중히 생각했다. 심지어 다른 사람들이 의식적으로 무시하거나, 보고 잊어버릴 사소한 일들도 보통보다 심각하게 받아들였다. 매일 엎드려 자는 동안, 그는 이리저리 몸을 뒤척이며 열에 들뜬 꿈을 꾸었다. 꿈속에서 어떤 신비한 힘이 그의 뇌에 불을 놓았고 그것은 눈 뒤쪽에 작고 고통스러운 폭발을 일으켜 그 여파가 잠에서 깨고 나서도 계속되었다. 그러나 어떤 정신적인 노력도 그에게 의미 있는 답을 제시하지는 못했다. 이같이 지루한 인간적 애정이나, 동물과 다름없는 인간의 일에 신이 관여한다는 것은 인간과 신 둘 다에게 말도 안 되는 일이기 때문이다. 하지만 마침내 그는 남은 인생을 이 알 수 없는 부조리함에 한번 던져 보기로 결심했다. 그때부터 매일 매일이 조금씩 나아지기 시작했다.

　그리고 그의 명예를 걸고 그가 건강을 되찾기 시작한 이유 중의 하나를 꼭 말해야 한다면, 그녀의 상태가 점점 안 좋아지고 있다는 것이었다. 그녀는 그것에 대해 거의 말을 하지 않았고 전처럼 그에게 관대하게 대했다. 웃음을 잃지는 않았지만 고통을 겪고 있음은 확실했다. 말이 없건 그렇지 않건, 편안한 것은 아니었다. 그녀에 대한 동정심이 그에게 자신의 비참함을 잊도록 부추겼고, 날이 감에 따라 조금씩 늙어 가기조차 했지만, 그와 더불어 고매함도 점점 깊어져 갔다. 그는 헌신감을 회복하고 다시 목수 직으로 돌아왔다. 다가오는 겨울을 대비해 그녀를 위해 비밀리에 약간의 음식물을 따로 비축해 놓았고 낮 동안의 많은 임무들 역시 그녀를 위한 것임을 당연하게 받아들이기 시작했다. 마지막 달은 특히 더 고통스러웠다. 너무나 불행하게도 시기를 놓친 여행인 데다 이상스러울 정도로 잔인한 날씨로 인해 여러 가지 난제가 있었지만 그녀는 요셉보다도 더 강단 있게 용기를 가지고 살을 찢는 출산의 고통을 존엄스럽게 겪었다. 마치 죽어 가는 짐승이 바닥에서 몸부림치듯 괴로워했지만 그녀의 출산은 고귀하고 아름다웠다. 그 이상스러운 출생은 요셉에게 가장 신비로운 순간이었다. 또한 그것은 유일하게 그의 전 존재를 파고드는 반박할 수 없는 빛의 섬광이었기에, 시간이 지남에 따라 그는 자신을 포기하고, 점차 긴장과 고통의 견지에서 그 모든 것들을 이해하게 되었다. 그것은 또한 그녀를 향한 그의 사랑의 절정이었다. 그 후로 몇 년 동안 요셉 자신에게나 다른 사람에게 그녀를 묘사하는 것은 불가능한 일임을 깨닫게 되기까지 두 사람은 침묵을 지키며 무감각하게 지냈다.

공식적인 사실로서, 결혼 생활 자체는 요셉에게 마지막까지 지속되었다. 끝이 그리 일찍 오지도 않았고 결혼 생활 내내 그들을 방해하는 것 또한 존재하지 않았다. 소년은 그리 긴 시간은 아니지만 놀기도 하고 물론 엄마의 관심에서 잠시 벗어나기도 했다. 요셉은 소년에게 마음에서 우러난 사랑을 느끼기는 했지만 실제로 어떻게 처신해야 할지 알 수가 없었다. 그리고 어떤 이유에선지 아이는 어린 시절부터 요셉에게 완벽하게 무관심했고 그 또한 어떤 형태로든 괴로움을 당하지 않는 것이 점차 좋아졌다.

한번은 이런 일도 있었다. 비록 여기서 보고하기에는 너무 하찮은 일이기도 하고, 사실이 아닐 가능성도 있기는 하지만, 요셉이 가장 가까운 사람에게 이야기한 것이니 그럴 수도 있다.(그렇지 않으면 아마 그가 꿈을 꾼 것이리라. 그도 그 사실을 부인할 수는 없었다. 그것은 이미 잊었다고 생각했던 신비스러운 첫날밤에 꾸었던 아름다운 꿈들 중 하나였다.) 말인즉슨 그 소년이 태어나고 네댓 달 후에 요셉이 드디어 첫날밤을 치렀다는 사실이다. 솔직히 그는 그렇게 하는 걸 잊고 있었다……. 방 안으로 들어왔을 때 그녀의 젖가슴은 아이에게 수유를 하느라 드러난 채였고, 그런 차림으로 그녀는 요셉 옆에 있는 침대에 걸터앉았다. 그녀는 창백하게 미소를 지었고 어쩌면 그 미소는 그를 향해 지은 것이 아닌 것처럼 보이기조차 했다. 그러나 요셉은 미소의 의미를 확신할 수도 없었고 알고 싶지도 않았다. 잠시 후 그녀는 항상 몸에 지니고 있던 작은 스펀지를 물에 적셔 젖가슴을 닦아 내기 시작했다. 요셉은 무심코 일어서서 그녀의 손에서 스펀지를 가져다가(그녀는 기꺼이 몸을 맡겼고, 졸기까지 했다.) 그녀의 가슴을 씻어 내었다.(그러나 기이하게도 그녀의 가슴은 전혀 그의 욕망을 자극하지 않았다. 그가 최근에 그렇게 열광적인 황홀감을 가지고 거기에 키스한 적이 있었던가?) 그러고 나서 그녀의 목과 등도 닦았다. 그는 지칠 대로 지친 아무 힘 없는 그녀의 몸에서 옷을 벗기고, 우물가로 나와, 자신도 여전히 옷을 벗은 채였음에도, 맑고 차가운 물에 스펀지를 적시어 그녀의 목욕을 끝내기 위해 다시 들어갔다. 습관적인 관례와 다를 바 없이 그는 그녀에게 침투했고, 어느 정도 만족스러운 방사 후에 함께 뒤엉켜 아침까지 잠에 빠졌다. 그녀는 그 전부터 계속 잠에 빠진 상태였다.

몇 년 후 요셉은 선술집 테이블 위에 포도주에 푹 전 보기 흉한 얼굴을 처박고 죽었다. 그리고 그의 죽음과 함께 그의 결혼 생활도 끝이 났다. 죽기 전 몇 년 동안 그는 정말 대단한 술꾼이었다. 그는 옆에 있는 사람 아무에게나 (자신이 떠날 때 자기의 존재를 증명해 줄 아이가 하나 있었으면 하는 끓어오르는 소망을 간직한 채) 삶이 결국 그가 기대했던 것과 별반 다를 바 없었다고 말하곤 했다. 목수 직조차 잘 해내지 못했던 그는 심한 폐병에 걸려 지나간 날들을 기억할 수조차 없는 상태로 흘려보냈다. 그는 시간마다 오줌을 누었고, 때로는 바지에도 오줌을 누었으며, 그의 삶은 부분으로 보나 전체로 보나 그리 특별한 의미를 만들어 내지 못했다. 그리고 어눌한 선술집 말투로, 요컨대, 자신도 정확히 예견하지 못했던 특이한 점을 덧붙였는데 그것이 다른 무엇보다도 중요한 것이었다. 그것은 다름 아니라, 모든 것에도 불구하고 비극은 없었다는 점이다. 비극이 발생할 어떤 조짐조차도 존재하지 않았다. 특별한 사건이 없었음에도 요셉은 몇 년 동안 정신적인 결함이 일상화되어 첫날밤 잠이 들었던 아내의 모습과 신혼 다음 날 아침에 대한 생각에 골몰하였다. 그는 늙은이의 가르랑거리는 소리로 너무 새되게 웃어 듣고 있던 사람을 깜짝 놀라게 했고 위에 묘사한 것처럼 폐병 기침으로 발작을 일으키다 죽었다.

7
도보 여행자

나는 길에서 우연히 그와 맞닥뜨렸다. 차를 길 한옆에 대고, 밖으로 나와 그가 앉아 있는 곳으로 곧장 걸어갔다. 오래된 이정표 위에 앉아 있다고 해야 할까. 그의 길게 엉킨 수염은 누리끼리한 회색을 띠고, 눈은 길거리 먼지로 인해 흐릿했다. 온갖 색이 어우러진 그의 의복에서는 곰팡이 냄새가 피어올랐다. 그리 공감이 가는 대상은 아니었지만 내가 무엇을 할 수 있었겠는가?

나는 손을 엉덩이에 얹은 채 잠시 동안 앞에 서 있었지만 그는 전혀 신경조차 쓰지 않는 듯했다. 나는 이제 그가 몸을 일으킬 거라 생각했다. 그러나 그는 미동조차 없었다. 나는 부츠 끝으로 우리 사이에 일고 있는 작은 먼지들을 걷어찼다. 먼지는 자기들끼리 뭉쳐 있거나 사라졌다. 그러나 그는 여전히 멍하게 응시할 뿐이었다. 혼이 빠진 듯. (내가 생각하기엔) 정신을 잃은 듯. 그러나 가끔 깊은 한숨을 쉬는 걸로 보아 그는 살아 있는 게 틀림없었다. 추론하건대 그는 나를 인식하기가 두려운 것 같았다. 그럴 수도 있고 아닐 수도 있겠지만 그렇게 여기는 것이 당분간은 유리한 전제 조건에 일조하는 것이었다. 태양은 뜨거웠고, 공기는 메말라 있었다. 차들이 지나다니는 소리 빼고는 사방은 고요한 정적만이 흘렀다.

나는 목소리를 가다듬고, 걸음을 옮기며, 가슴팍에서 메모장을 꺼내 연필로 겉장을 세게 두드리면서 한 건 올리려 했다. 나는 아무리 달갑지 않은 일을 맡더라도 임무를 수행하도록 되어 있었다. 다른 사람들이 길가를 지나갔다. 그들은 딱하다는 표정으로 미소를 지었고, 나는 유쾌한 목례로 답했다. 그 도보 여행자는 펄럭거리는 검은 모자를 쓰고 있었다. 누리끼리한 회색 머리칼 뭉치가 마치 땅을 뚫고 나온 죽은 밀처럼 숭숭 솟아 나와 있었다. 의심의 여지 없이 머리털은 꽉 들어차 있었다. 여전히 그는 나를 보려 하지 않았다.

드디어, 나는 몸을 쭈그리고 그가 응시하는 방향으로 얼굴을 들이대었다. 천천히 고통스럽게, 그의 눈이 내 눈을 응시했다. 그의 눈은 잠깐 반짝이는 듯했지만, 나는 이유를 알 수 없었다. 그것은 광적인 즐거움일 수도, 공포일 수도 있었다. 눈은 밝게 빛났지만 얼굴은 힘이 없고 무표정했다. 눈빛은 이글거리는 것이 아니라 한순간 강렬하게 빛을 내다가 다시 희미해졌다. 마치 점액질 같은 것이 스며든 것처럼 흐릿하게 말이다. 그리고 그것은 초점을 잃었다. 나는 그가 순간적인 인식력으로 내 배지를 알아챘는지 아닌지 알 수가 없었다. 그 당시에는 그가 그랬기를 바랐고 거기엔 추호의 의심도 있을 수 없었다. 그러나 솔직히 그가 배지를 보았는지는 의심스러웠다. 그가 먼 곳까지 여행을 했을 거라 나는 생각했다.

나는 그가 나를 두려워한다고 가정하기 시작했다. 대체로 안전한 가정이었다. 이제 나는 나 자신이 의심에 시달리고 있음을 알았다. 안절부절못했고, 추측했으며, 아니면 화를 내거나 심지어 경멸하기까지! 그 생각은 이례적인 것이지만 나를 동요시켰다. 나는 먼지 속으로 물러나 앉았다. 이유 없이 이상한 빛을 느꼈다. 나는 내 메모장을 보았다. 아무것도 적혀 있지 않다니! 세상에! 그것은 백지였다. 황급히 나는 무엇인가를 적어 넣었다. 거기! 이제 좀 나아진 듯하다. 나는 좀 괜찮아지기 시작했다. 다시 한 번 나는 그것이 공포였다고 가정했다. 나는 그렇게 할 수 있었다. 나는 바지의 먼지를 툭툭 털면서 일어선 다음 다시 쪼그려 앉았다. 그리고 바로 지금, 어떤 자신감이 생긴다. 적절한 의미에서 임무란 우리의 최고의 스승이다. 질문이 나에게 다시 돌아오고 있는 중이었다.

나는 그에게 그 자신에 대해 질문했지만 아무런 답도 듣지 못했다. 그가 묵묵부답이라고 내 메모장에 적었다. 그런 상황을 실어증이라 적으려다가 지워 버렸다. 정말 나는 그 상황을 성대의 단순한 변형이라고 결론지을 수밖에 없었다. 그러나 곰팡이 핀 수염 뒤쪽의 움푹 파인 구멍을 내 손가락으로 눌러 보아야 한다고 생각하니 너무나 불쾌했다. 그 질문은 결국 처음의 관심사가 아니었다. 더군다나 두 번째 방법이 떠올랐는데 만약 내가 그에게서 어떤 소리만 유도해 낼 수 있다면 그것은 그의 성대 장치가 아직은 멀쩡하다는 것을 증명하는 셈이 된다. 물론, 그가 아무런 소리도 내지 않는다면 그가 일부러 말을 하지 않는다는 가정도 성립되지 않을 것이다. 그러나 나는 왠지 그에게서 목소리를 이끌어 내어 이 문제를 해결할 수 있을 것 같은 자신감이 들었다.

나는 등 뒤에 있는 소총을 끌러 그의 코밑에 총구를 들이댔다. 그의 시선은 아래쪽에 있는 총구에 전혀 아랑곳하지 않고 내 가슴팍을 투과하여 모호한 공간으로 사라졌다. 나는 그에게 그의 이름을 물었다. 나는 그에게 대통령의 이름을 물었다. 나는 그에게 내 이름을 물었다. 나는 그에게 그가 위반한 것에 대한 중요성과 내가 가진 힘의 위력을 상기시켰다. 나는 그에게 무슨 요일이냐고 물었다. 여기가 어디냐고도 물었다. 그는 철옹성이었다. 나는 총구를 더 낮추어 이번에는 그의 가슴을 겨냥했다. 총구를 그가 입고 있는 두꺼운 외투 속에 푹 들이밀자 뭔가가 쪼개지는 것 같았다. 그러나 그는 아무 말도 하지 않았다. 속삭임 소리 하나 없었다. 꿈쩍도 안 했다. 나는 화가 나기 시작했다. 나는 마음을 다잡았다. 그러나 그 노인은 여전히 날 보려 하지 않았다. 나는 총구를 더 낮추어서 이번엔 그의 성기에 찔러 넣었다. 베개를 찔렀다고 하는 편이 더 나을 것 같았다. 그는 내 이런 행동을 전혀 의식하지 못하는 듯 보였다.

나는 초조하게 서 있었다. 물론 많은 것이 위태롭다는 것을 알았다. 내가 어떻게 알 수 있단 말인가? 지나가는 사람들은 이제 동정은 덜하지만 호기심과 책망은 더하는 것 같다. 내 옷 깃 밑으로 축축하게 땀이 밴다. 나는 타이를 느슨하게 풀고 그에게 소리를 질렀다. 나는 그에게 서라고 명령했다. 나는 그에게 누우라고 명령했다. 나는 소총을 그의 코앞에 대고 흔들었다. 나는 그에게 모자를 벗으라고 명령했다. 나는 그의 머리 바로 위에 총을 발사했다. 나는 그의 얼굴 쪽으로 발길질을 해 대며 먼지를 일으켰다. 나는 그의 오래되어 낡은 신발을 부츠 발로 밟아 댔다. 나는 그에게 나를 보라고 명령했다. 나는 그에게 손가락 하나를 들어 올려 보라고 명령했다. 그러나 그는 그 말조차 듣지 않았다. 나는 소리를 질러 대며 그의 코를 총대로 후려쳤다. 그러나 그는 여전히 낡은 이정표 위에 앉아 있었다. 앉아서 멀뚱멀뚱 앞만 응시하고 있었다. 나는 너무나 화가 나서 울 것만 같았다.

나는 새로운 방법을 써 보기로 했다. 나는 그 앞에 무릎을 꿇었다. 나는 다시 한 번 그의 시선이 닿는 곳으로 몸을 내밀었다. 나는 이를 드러내었다. 나는 그에게 앉으라고 명령했다. 나는 그에게 허공을 보라고 명령했다. 나는 그에게 죽음의 위협에 직면해서도 눈의 초점을 맞추지 말라고 명령했다. 나는 흐늘흐늘한 그의 코에서 피가 흐르게 놔두라고 명령했다. 그는 복종했다. 아니, 그게 아니라 그저 원래 있던 그대로 있었다. 나는 좀처럼 만족할 수가 없었다. 나는 부분적으로나마 내 자신감이 회복되길 기대했다. 그러나 나는 너무나 실망했다. 사실 전보다 더 좌절감을 느꼈다. 나는 더 이상 지나가는 행인을 바라볼 수가 없었다. 나는 비난의 눈초리가 내게 쏟아지고 있음을 알고 있었다. 조소의 강렬함이 내 등줄기를 흥건히 젖게 했다.

나는 이를 악물었다. 시간이 되었다. 나는 그에게 말을 하지 않으면 내 임무를 수행하기 위해 여기서 사살할 수밖에 없다고 말했다. 내 임무에는 비록 이 장소라고 명시되어 있지는 않지만, 엄밀히 말하자면 이곳이 아니라는 조항도 없고, 그리고 만일 그가 꼼짝도 하지 않는다면, 난 무슨 선택을 해야 한단 말인가? 내가 그에게 말을 하라고 요청한다 해도, 그가 그렇게 하지 않을 거라는 걸 나는 알고 있었다. 내가 부탁을 하는 그 순간조차 나는 그 오랜 딜레마에서 빠져나올 수가 없는 것이다. 만약 내가 그의 가슴팍에 총을 쏜다면 혹시 총이 잘못 발사되어 그의 심장을 스치고 지나가는 행운이 일어날지도 모른다. 그는 서서히 죽어 갈 것이고 며칠이 걸릴지도 모른다. 그 생각을 하니 기쁘다기보다는 훨씬 우아해진 느낌이 든다. 달리 생각해서, 만일 내가 그의 머리를 쏜다면 그는 분명히 즉각 숨질 것이다. 하지만 그렇게 하면 그의 얼굴은 엉망이 될 것이고 나는 그런 박살난 머리를 보는 걸 좋아하지 않는다. 나는 그러지 않을 것이다. 나는 가끔 나에게 그런 순간이 오면 어떻게 할까 생각하곤 했다. 그런 경우라면 나는 오히려 가슴을 선택할 것이다. 가슴은 머리에서 멀리 떨어져 있으니 서서히 죽어 가는 것을 즐길 수 있을 것이다. 천천히 꿈을 꾸듯 가슴에서 솟아나는 피를 바라보면서 말이다. 반면에 두개골을 빠르게 강타한다는 것은 나에겐 영원한 고통이었다. 이러한 생각 끝에, 나는 그의 가슴을 쏘았다.

내가 두려워했던 것처럼, 그는 금방 죽지 않았다. 그 순간조차 그의 표정이나 자세에는 변함이 없었다. 그의 외투는 두꺼웠고 여러 겹이었다. 나는 탄환이 뚫고 들어간 구멍을 볼 수 있었다. 그러나 피는 볼 수 없었다. 그것은 무얼 의미하는 걸까? 나는 극도의 초조감에 몸이 떨리기 시작했다. 옷을 찢어 상처 자국을 보고 싶은 열망을 극도의 자제심으로 눌렀다. 만약 당장 피를 볼 수 없다면 나는 기회를 다시 잃게 된다! 나는 온몸이 떨렸다. 나는 손등으로 입가를 훔쳤다. 그런데 바로 그 때 무언가 진한 자국이 그의 넝마 위에 나타나기 시작했다. 아 슬아슬한 순간! 그것은 서서히 퍼졌다. 나는 한숨을 내쉬었다. 등을 기대고 앉아 소총을 무릎 위에 놓아두었다. 이제 기다리 기만 하면 된다. 나는 가끔 길 쪽을 흘끔거렸지만 칭찬의 인사 는 받지 못했다.

그 자국은 점점 번져 나갔다. 시간이 오래 걸리지도 않았다. 나는 앉아서 기다렸다. 그의 외투는 푹 젖었고 피가 그의 다리 사이의 이정표 아래로 주르륵 흘렀다. 갑자기 그의 눈이 내 눈 에 고정되었다. 그의 입술이 움직이고, 이로 수염을 질겅질겅 씹었다. 나는 그가 그 짓을 빨리 멈추었으면 하는 바람이 간절 했다. 그의 머리에 두 번째 총알을 발사할까 하는 생각마저 들 었다. 그런데 바로 그때 그가 말을 했다. 빠르게, 필사적으로, 밑도 끝도 없이, 그저 끊임없이 거의 들리지 않는 웅얼거림을 쏟아 냈다. 별자리, 뼈의 구조, 신화, 그리고 사랑에 관한 얘기 였다. 그는 신념, 림프샘, 구멍, 범주, 예언에 관해서도 얘기했 다. 그의 말은 점점 빨라졌고 그의 눈은 미광을 발했다. 조화 를 이루듯이! 갈라지면서! 어원학! 충동! 고통! 그의 목소리는 점점 날카롭게 올라갔다. 나는 너무나 화가 치밀어서 그의 머 리에 총을 쏘고 말았다. 드디어, 이로써 그는 쓰러졌다.

내 임무는 끝이 났다. 내가 두려워했던 대로 그는 엉망이 되 었다. 나는 그에게서 등을 돌리고, 소총을 안전하게 등에 장 착한 후 타이를 고쳐 매었다. 나는 성공적으로 엉망진창인 그 의 현 상황을 내 마음에서 지우고 예전의 멀쩡한 모습으로 재 정립하였다. 더 나을 것도 없었지만, 이렇게 하는 것이 그를 온전히 잊기 위한 첫 번째 단계임을 인정할 수밖에 없다. 순찰차 안에서 나는 그 사건의 세세한 부분을 전화로 얘기했고 그 장면에 대한 증언을 요청했다. 길 아래쪽으로 좀 더 내려가서, 차를 주차시키고, 내 메모장에 생생한 자료를 간단히 적어 넣었다. 경찰서로 돌아가면 그 보고서를 완성시켜야 한다. 나는 정확한 시간을 적었다.

이것을 마치자, 나는 내 메모장을 가슴팍에 다시 집어넣고, 등을 기댄 채 멍하니 창밖을 내다보았다. 나는 마음이 스산했다. 내 마음은 여전히 그 노인에게서 완전히 자유롭지 못했다. 시간이 감에 따라 그의 모습이 경치보다 더 크게 내 눈앞에 어렴풋이 나타났다. 이러한 현상은 아마도 내가 그와 눈높이를 맞추어 몸을 굽혔기 때문일 거라는 생각이 들었다. 내 동기는 물론 칭찬할 만한 것이었지만 행동의 결과는 너무나 참혹했다. 미래에는 그런 일은 피하고 싶었다. 소총이 내 갈비뼈에 배기는 것이 느껴졌다. 나는 강박감을 덜기 위해 아래로 미끄러져 내려가 머리를 의자 등받이에 기댔다. 차들을 지켜보았다. 점점 나는 그 흐름에 빠져 들었다. 차들은 한결같이 조용히 흘러가면서도 자신의 품위와 정확성을 잃지 않았다. 자세히 보면 차들은 다양하지만 흐름 자체는 하나였다. 그 생각이 내게 온기를 불어넣었다. 차들이 점점 멀어져 가듯 내 마음을 괴롭히던 불유쾌한 상상도 점점 멀어져 갔다. 나는 몸을 일으켜, 차의 시동을 걸었다. 그리고 그 대열에 합류했다. 평온함과 행복감이 밀려왔다. 끼어드는 사람, 나는 내 일을 즐긴다.

엘리베이터

1

아침이 되면 마틴은 예외 없이 14층에 있는 자기 일터로 가기 위해 엘리베이터를 탄다. 그는 오늘도 물론 그렇게 할 것이다. 하지만 어쩐 일인지 오늘따라 로비는 텅 비어 있고 낡은 건물은 옅은 그림자를 드리운 채 소리에 굶주린 듯 음울하고 황폐하여 평소와는 다르게 느껴진다.

새벽 7시 30분경이라 매우 이른 출근이어서 엘리베이터는 물론 온통 그의 차지이다. 그는 안으로 발을 들여놓는다. 꽉 조여드는 듯 갑갑한 감방! 그는 섬뜩한 기분을 느끼며 숫자판 앞에 마주 선다. 1에서 14 그리고 지하층을 가리키는 B. 그는 충동적으로 B를 누른다. 칠 년이나 지났는데도 지금껏 지하층 한 번 안 내려가 보다니! 그는 자신의 소심함에 콧방귀를 뀐다.

잠시 침묵의 순간이 지나자, 엘리베이터 문이 덜컥거리며 닫힌다. 밤새도록 이 순간을 위해 귀를 쫑긋 세우고 기다린 것 같군! 엘리베이터는 천천히 지하로 침잠한다. 오래된 빌딩에서 풍기는 퀴퀴하고 음울한 냄새가 두려움과 상실감을 불러일으켜 마틴은 불쑥 지옥으로 하강하고 있는 듯한 상상에 사로잡힌다. 그래! 미세한 전율이 그를 흔든다. 하지만 마틴은 굳건하게 자신의 결정을 따른다. 낡은 승강기가 갑자기 멈춰 선다. 자동문이 입을 쩍 벌린다. 아무것도 존재하지 않는다. 그저 평범한 지하실일 뿐이다. 텅 빈 데다 캄캄하다. 침묵과 무의미만 한가득이다.

마틴은 내심 미소를 지으며, 14 버튼을 누른다. "가자, 늙은 카론*." 그는 호통을 친다. "지옥은 저쪽이야!"

2

마틴은 처량한 기분으로 방귀 냄새가 코를 찌를 때까지 기다렸다. 항상 있는 일이다. 범인은 분명 캐러더일 거라고 생각하지만 그걸 증명할 길은 없다. 고자질을 해서가 아니라 그가 있는 곳에는 항상 방귀 냄새가 났고, 다른 얼굴들은 바뀌어도 캐러더만은 항상 냄새의 한가운데 있었다.

엘리베이터 안에는 일곱 명이 있었다. 남자 여섯 명과 엘리베이터를 작동하는 소녀였다. 그녀는 전혀 관여하지 않았다.

---

* 그리스 신화에 나오는, 죽은 자들이 저승의 강을 건널 때 노를 저어 주는 나루지기.

확실히 불쾌했겠지만 결코 내색을 하지 않았다. 그녀는 캐러더의 어떤 상스러운 수작에도 넘어가지 않을 초연함을 지니고 있었다. 남자들의 조잡한 장난질에도 거의 걸려들지 않았다. 그러나 분명, 그들 때문에 괴롭기는 할 거라고 마틴은 생각했다.

그리고, 맞았다, 그가 옳았다. 어떤 냄새가 처음엔 희미하게, 달콤한 듯 스며들다가, 천천히 끈덕지고, 고약스럽게 확 피어올랐다.

"이봐! 누가 쐈어?" 캐러더가 말문을 트며 소리쳤다.

"마틴이 뀐 게지!" 무정한 대답이 툭 튀어나왔다. 그러고 나서는 폭소가 터졌다.

"마틴이 또 뀌었어?" 두터운 입술 사이로 이를 드러내며 또다른 남자가 버럭 소리를 지르자 주변은 썰렁하게 얼어붙었다.

"어휴 제발, 마트! 방귀 좀 뀌지 마!" 또 다른 이가 말한다. 그런 상황은 사람들이 엘리베이터를 나갈 때까지 계속된다. 비좁은 엘리베이터는 사람들의 웃음소리로 꽉 찼다. "인정을 베풀어, 마틴! 그런 방귀는 뀌지 말고!"

내가 아니야, 내가 아니라니까, 마틴은 주장했다. 하지만 그저 혼잣말을 했을 뿐이다. 아무 소용이 없었다. 그것은 운명이었다. 운명과 캐러더. (더 커지는 웃음소리, 더 잔인한 상황.) 두 번이나 그는 항의를 했다. "아우, 마티, 자네는 인정할 건 좀 인정해야 해!" 거구인 캐러더가 벼락 치듯 소리를 지른다. 마틴은 그가 싫었다.

한 명씩, 각기 다른 층에서 사람들이 올라타서는 코를 틀어막았다. "끈질긴 방귀쟁이 마티!" 그들은 엘리베이터에서 내릴 때마다 마주치는 사람들에게 한마디씩 내던졌고, 그로 인해 항상 아래위층에서 웃음보가 터졌다. 엘리베이터 문이 열릴 때마다 공기는 조금씩 깨끗해졌다.

마지막에는 언제나 마틴만이 엘리베이터를 작동하는 소녀와 단둘이 남았다. 그가 내릴 층은 건물의 제일 꼭대기 층인 14층이었다. 예전부터 이런 소동이 있을 때는 소녀에게 계속해서 사과의 눈빛을 보냈지만 그녀는 항상 그를 외면한 채 등을 돌리고 서 있었다. 아마 마틴이 수작을 건다고 생각했던 모양이다. 결국 그는 고개를 숙이고 가능한 한 빨리 그곳을 빠져나갈 수밖에 없었다. 그녀는 어떤 경우라도 그가 범인이라고 여길 테니까.

물론, 캐러더에 대한 해결책은 있었다. 마틴은 그것을 알고 있었고 수도 없이 되풀이해서 연습까지 했다. 그에게 대항하는 유일한 방법은 그의 집에서 만나는 것이다. 그러면 그자는 거기서도 역시 그 짓을 할 것이다. 기별이 오면 말이다.

3

마틴은 안내양인 어린 소녀와 엘리베이터에 단둘이 남게 되었다. 그녀는 마른 것도 살이 찐 것도 아니라서 연보라빛 유니폼이 매력적으로 잘 맞는다. 마틴은 평소처럼 친근한 태도로 인사를 건네고 그녀 또한 미소로 화답한다. 그들의 눈길이 순간 마주친다. 그녀의 눈동자는 갈색이다.

마틴이 엘리베이터를 탔을 때 그 안은 실제로 일곱 사람이 붐비고 있었지만, 엘리베이터가 사향내 나는 낡은 건물을 타고 올라가면서, 사람들은 홀로 혹은 떼를 지어 내린다. 마침내 마틴만이 그녀와 단둘이 남게 된다. 그녀는 레버를 붙잡고 거기에 기댄 채 서 있고, 엘리베이터는 한숨을 쉬며 위로 올라간다. 그는 엘리베이터에 관한 가벼운 농담을 던지며 그녀에게 말을 건넨다. 그녀는 웃고.

소녀와 단둘이 엘리베이터에 남자, 마틴은 이런 생각을 한다. 혹시 엘리베이터가 추락이라도 한다면, 나는 목숨을 바쳐서 그녀를 구하리라. 곧게 뻗은 그녀의 등이 미묘하다. 연보라색 스커트는 몸에 착 달라붙어, 만개한 엉덩이를 팽팽하게 밀어 올리면서, 그 밑으로 움푹한 홈을 드리우고 있다. 바깥은 아마도 밤인 것 같다. 그녀의 장딴지가 팽팽하게 긴장되고 단단해 보인다. 그녀는 레버를 잡고 있다.

소녀와 마틴만이 엘리베이터 안에 있고, 지금 상승 중이다. 그녀가 낌새를 채고 뒤돌아서 그를 쳐다보기 전까지 마틴은 그녀의 둥근 엉덩이를 뚫어져라 바라본다. 그의 응시는 무심결에 배에 머물다가, 바짝 조인 허리 벨트, 봉긋한 가슴을 지나 그녀의 흥분한 시선과 마주친다. 그녀는 입을 벌린 채 숨을 깊이 들이마신다. 그들은 포옹한다. 여자의 가슴이 부드럽게 그의 몸에 닿는다. 그녀의 입술은 달콤하다. 마틴은 엘리베이터가 상승 중인지 아닌지 기억이 나지 않는다.

4

어쩌면 마틴은 엘리베이터에서 죽음을 맞이할지도 모른다.

어느 날 오후 점심을 먹으러 나가다가 아니면 담배를 사러 상
점에 가다가 말이다. 그는 14층 복도에서 버튼을 누를 것이고,
문이 열리면서, 어두운 미소가 손짓할 것이다. 엘리베이터의
수직 터널은 깊은 암흑에 싸인 침묵의 공간이다. 마틴은 그의
침묵으로 죽음이 찾아왔음을 알 것이다. 그는 항의하지도 않
을 것이다.

그가 항의할 거라고요! 오, 신이시여!

숨결 아래에서 그 어떤 공허감이 꾸물꾸물 올라와도

통로가 아무리 길고 좁아도. 어둠에 휩싸여도.

그는 절대 항의하지 않을 것입니다.

5

마틴은 여느 때와 다름없이 자동적으로, 그가 일하는 14층
까지 엘리베이터를 탄다. 다른 사람에 비해 좀 이른 편이지만
단지 몇 분 상간이다. 다섯 명이 그와 합류하여, 인사가 오간
다. 지하층에 가고픈 유혹을 느끼면서도 그는 B라고 쓰인 버튼
대신 14를 누른다. 칠 년째 계속되는 일이다.

자동문이 닫히면 엘리베이터는 천천히 불만에 찬 상승을
시작하고, 마틴은 멍하니 이 생각 저 생각에 빠진다. 너무나 평
범하고 너무나 답답한 작은 틈바구니에 공간, 시간, 원인, 운
동, 크기, 계층과 같은 개념이 꽉 들어차 있다는 것에 대해 그
는 다소 우울한 만족감을 느낀다. 그냥 내버려 두어도, 우리는
그런 개념들을 발견할 것이다. 다른 승객들은 독선적인 미소를

지으며 날씨나 선거, 오늘 그들을 기다리는 일거리에 대해 수다를 떤다. 그들 자신은 분명 움직이지 않고 서 있으면서도, 그들이 존재하는 공간은 여전히 움직이고 있다. 움직임, 아마도 종국엔 그것이 전부가 아닐까. 움직임과 매체, 에너지와 중량이 나가는 입자들, 힘과 물질. 그런 상상이 그를 순수하게 사로잡는다. 원자의 상승과 수동적인 재조합.

7층에서, 엘리베이터가 멈추고 한 여자가 내린다. 그녀의 향수 냄새만 그윽하게 남는다. 다시 상승이 시작되자, 마틴은 혼잣말로 그녀의 부재를 되뇐다. 한 명이 줄었다. 하지만 우주의 총체는 변함이 없다. 어디에 있건 각각의 사람들이 모여 전체를 이루기 때문에, 상실이란 상상할 수조차 없는 일이다. 그렇지만 혹시라도 그런 일이 생긴다면 ─ 마틴의 온몸은 전율감으로 차갑게 떨린다. ─ 총체성이란 헛된 것에 지나지 않을 것이다. 마틴은 남아 있는 네 명의 동료를 바라본다. 전율감을 뒤로 하고 동정심이 왈칵 솟구친다. 사람이란 모름지기 어떤 행위의 가능성에 대해 경각심을 지니고 있어야 한다고, 그는 스스로 되새긴다. 하지만 그가 오늘 다른 이를 위해 일을 해 줄 수 있다 해도, 그들에게 단 하루 명상을 할 수 있는 영광스러운 시간을 줄 수 있다 해도, 그들 중 아무도 그것을 필요로 하지 않을 것이다…….

엘리베이터가 10층에서 진동을 하며, 걸려, 멈추어 선다. 두 남자가 내린다. 두 번만 더 멈추면 마틴은 혼자가 된다. 그는 사람들이 안전하게 내리는 것을 본다. 비록 여느 때처럼 냉혹한 우울증에 갇혀 있긴 하지만, 14층에 도착해 엘리베이터에서 걸어 나오며 그는 미소 짓는다. "같이 일하게 되어 기쁩니다." 그는 충만한 목소리로 큰 소리를 친다. 하지만, 등 뒤에서 엘리베이터 문이 닫히며 텅 빈 채 하강하는 소리가 들려오자, 그는 의아해진다. 엘리베이터의 총체성은 지금 어디에 있는 걸까?

6

엘리베이터 줄이 13층에서 끊어진다. 끔찍스러운 정지의 순간에 이어 돌연 숨 막힐 듯한 하강! 소녀는 공포에 사로잡혀, 마틴 쪽으로 돌아선다. 그들 둘밖에 없다. 비록 그의 심장은 공포로 인해 흉곽 밖으로 터져 나갈 것 같지만, 겉으로는 침착한 척한다. "눕는 게 더 안전할 것 같아요." 그가 말한다. 그는 바닥에 쭈그려 앉지만 소녀는 공포로 못 박힌 듯 서서 움직일 줄을 모른다. 둥글고 매끈한 그녀의 허벅지가 연보라색 스커트 그늘 속에 묻혀 있다. "어서." 그가 말한다. "당신이 내 위에 누워요. 내 몸이 충격의 일부를 흡수할 거요." 그녀의 머리칼이 그의 뺨을 애무하고, 그녀의 엉덩이가 스펀지처럼 그의 사타구니를 누른다. 그의 희생정신에 감동하여, 사랑에 빠져, 그녀는 눈물을 흘린다. 그녀를 진정시키고자, 그는 그녀의 살짝 나온 배를 껴안고, 달래듯 어루만진다. 엘리베이터가 쌩 떨어진다.

7

마틴은 다음 날까지 처리해야 할 문제들을 해치우느라 늦게까지 사무실에서 일했다. 매일 똑같은 업무지만 그의 일상생활에서 중단될 수 없는 중요한 것들이다. 클 필요도 없고 크지도 않은 사무실, 책상 위가 적당히 어지럽혀져 있는 것을 빼고는 대체로 말끔했다. 가구라고는 책상과 의자 두 개, 한쪽 벽면에 늘어선 책장, 그리고 다른 쪽 벽면에 붙은 달력뿐이다. 천장 전등은 꺼져 있고, 그의 책상 위 형광 램프만이 사무실을 밝히고 있었다.

마틴은 마지막 서류에 서명을 하고, 한숨을 쉬고, 미소를 짓는다. 그는 재떨이에서 반쯤 타다 남은 담배를 집어 들고, 깊이 빨아들여 길게 내뿜고는, 검은색 재떨이에 꽁초를 꾹 눌러 비벼 끈다. 그래도 계속 꺼지지 않자, 재떨이 속 뭉겨진 필터 더미 사이에 꽁초를 쑤셔 박으며, 한가로이 시계를 들여다본다. 시계는 12시 30분을 가리킨 채 멈춰 있다! 벌써 자정이 지났다니!

그는 벌떡 일어나, 소매를 내려 단추를 채우고, 의자 뒤에 걸쳐 놓았던 양복 상의를 낚아채어 팔에 꿰어 넣는다. 젠장 12시 30분도 늦은 것인데! 도대체 얼마나 더 늦은 거지? 상의를 등의 4분의 3 정도만 걸치고, 타이는 비스듬하게 맨 채, 그는 서둘러 책상 위에 흩어진 서류들을 주섬주섬 쌓아 놓고는 램프 스위치를 끈다. 그는 어두운 방에서 노란 전구 하나가 희미하게 밝혀져 있는 복도로 비틀거리며 나오면서 등 뒤에 있는 사무실 문을 꽉 잡아당긴다. 텅 빈 복도에 둔탁하고 단단한 걸쇠 걸리는 소리가 공허하게 울려 퍼졌다.

그는 셔츠 칼라의 단추를 채우고, 오른쪽 어깨 위에 겹쳐진 타이와 상의의 옷매무시를 정돈한 다음, 이미 문이 닫힌 14층의 다른 사무실들을 지나 엘리베이터 쪽으로 걸어 나온다. 그의 구둣발소리가 대리석 바닥의 정적을 깨뜨린다. 왠지 모르게 그는 떨고 있었다. 낡은 건물의 심원한 침묵이 그를 잡아 흔들었다. 마음을 편안히 먹자, 그는 자신을 다독였다. 금방 몇 시인지 알게 될 거야. 그는 엘리베이터 버튼을 눌렀지만 아무 응답이 없다. 나보고 걸어 내려가라는 건가! 그는 침통하게 혼자 웅얼거리며 버튼을 다시 한 번 꾹 눌렀다. 그러자 이번에는 저 아래서 묵직하게 덜커덕거리면서, 둔탁한 쿵 소리가, 희미하게 갈리는 듯한 삐걱거림이 점점 가까이 다가온다. 소리가 멈추고 엘리베이터는 문을 열어 그를 받아들인다. 안으로 발을 들여 놓다가 불쑥 어깨 너머를 흘끗 돌아보고 싶은 충동을 느끼지만 애써 그 감정을 외면한다.

일단 안으로 들어가자, 그는 숫자판에서 1을 눌렀다. 그러나 문이 닫히자 이상하게도 엘리베이터는 아래층으로 내려가는 게 아니라 계속해서 위로 올라갔다. 젠장, 이 고물 덩어리 웬수! 마틴은 분이 나서 욕설을 퍼부으며, 계속해서 1이라는 숫자를 툭툭 쳐 보았다. 하필 이런 한밤중에! 엘리베이터가 멈추고 문이 열려서 마틴은 밖으로 걸어 나왔다. 잠시 후 그는 자신이 왜 그곳으로 걸어 나왔는지 이상스러웠다. 문이 등 뒤에서 스르르 닫히고 본체가 아래로 하강하면서 엘리베이터의 즐거운 덜컹거림이 그의 귓가에서 아스라이 멀어져 갔다. 비록 내린 곳은 완전히 깜깜하여 아무 형체도 분간할 수 없었지만 그는 왠지 자신이 혼자가 아니라는 생각이 들었다. 그는 벽을 더듬거리며 엘리베이터 버튼을 찾아 헤맸다. 차가운 바람이 그의 발목을 물어뜯으며, 목덜미 뒤까지 타고 올라왔다. 어리석

군! 비참할 정도로 어리석어! 그는 눈물이 났다. 이 건물엔 15
층이 없지 않은가! 그는 온몸으로 벽을 누비며 찾아 헤맸지만
버튼도 엘리베이터 문도 찾을 수가 없었다. 단지 밋밋한 벽만
이 가로막고 있을 뿐이었다.

8

캐러더의 추상같은 호통이 작은 공간에 울려 퍼졌다.

"마트가 뀌었어!" 정해진 대답이 튀어나왔다. 다섯 남자는
폭소를 터뜨렸다. 마틴의 얼굴은 벌게졌다. 지독한 방귀 냄새
가 좁은 엘리베이터 안에 피어올랐다.

"마틴, 정말 장하군, 그만 좀 해!"

마틴은 차가운 눈초리로 그들을 쏘아보았다. "캐러더는 제
어미를 욕보였어." 그가 단호하게 말했다. 캐러더가 마틴의 얼
굴에 정면으로 한 방 먹이자, 안경은 쪼개져 바닥으로 떨어지
고, 그는 비틀거리며 벽 쪽으로 나동그라졌다. 두 번째 공격을
예상했지만 그렇지는 않았다. 누군가가 그를 팔꿈치로 쿡쿡 치
자, 마틴은 슬그머니 주저앉아 무릎을 꿇고는 눈물을 삼키며
더듬더듬 안경을 찾았다. 코피가 목으로 넘어가는지 피 맛이
느껴지고 입가에서도 피가 흘렀다. 안경은 찾을 수도 없고, 앞
도 제대로 보이지 않았다.

"조심해, 꼬마!" 캐러더가 버럭 소리를 질렀다. "방귀쟁이 마
트가 짓궂게 아가씨의 예쁜 속옷을 살짝 훔쳐보려 하고 있잖
아!" 폭소가 터졌다. 마틴은 소녀가 그를 피한다는 것을 느낄

수 있었다.

9

그녀의 보드라운 배가 스펀지처럼 그의 사타구니를 누른다.
아니, 눕는 게 더 안전해요, 내 사랑. 이렇게 말하고 싶지만 그
는 그 생각을 떨쳐 버린다. 그녀는 무서워서 눈물을 흘리며, 뜨
겁게 젖은 입술로 그의 입술을 누른다. 그녀를 진정시키려, 그
는 그녀의 보드라운 엉덩이를 어루만지며 달래듯 톡톡 두드린
다. 너무나 급작스러운 급강하로 인해 그들은 마치 공중에 대
롱대롱 매달려 있는 것 같다. 그녀가 스커트를 걷어 올린다. 어
떤 느낌일까? 그것이 궁금하다.

10

마틴은 아무 생각 없이 자동적으로 그가 일하는 14층으로
가기 위해 엘리베이터를 탄다.
그는 조직화라는 것이 사람들을 망치는 나쁜 것이라고 결론
짓는다. 지각을 했지만 단지 몇 분 상간이다. 그와 함께 탄 일
곱 명의 사람들은 왠지 불안해 보이고 땀에 젖어 있다. 그들은
초조한 듯 시계를 흘끗거린다. 아무도 지하층은 누르지 않는
다. 허둥지둥 인사가 오간다.
그들의 바보 같은 불안감이 나쁜 영혼처럼 기어 나와 마틴

에게로 스며든다. 그 또한 시계를 계속 흘긋거리며, 엘리베이터의 상승과 함께 초조함이 고조된다. 마음을 편히 먹자, 그는 자신에게 주의를 준다. 그들의 멍한 얼굴이 그를 압박한다. 황폐하고 유령 들린 모습. 그들 스스로 만든 시간의 속박에 휘둘리는. 스스로 초래한 괴로움, 그러나 탈출 가능성은 전혀 없다. 엘리베이터가 덜컥거리며 3층에서 멈추자 그들의 창백한 얼굴살이 파르르 경련을 일으킨다. 그들은 인상을 찌푸리고 있다. 아무도 3층을 누른 이가 없다. 한 여인이 탄다. 그들은 모두 고갯짓으로 인사를 하고 헛기침을 하며 신경질적인 작은 손놀림으로 문을 닫으라는 시늉을 한다. 모두 그녀가 시간을 지체하게 만든 것을 언짢아하며 힐난하는 눈치다. 그러나 마틴만은 엘리베이터가 다시 올라가려 고투하는 순간 그녀의 완전한 존재에 진정으로 주목한다. 비극의 가속화. 그것이 계속 진행되어, 언제까지나 비극이 비극을 낳겠지. 오르락내리락, 오르락내리락. 그 끝은 어딜까? 그는 궁금하다. 그녀의 향수 냄새가 혼탁한 공기속을 우울하게 떠다닌다. 이 흉측하고 위협적인 심상을 가진 짐승들. 고통을 당할 운명이건만 참을 수도 없다. 오르락내리락. 그는 눈을 꼭 감는다. 사람들이 하나 둘 그의 곁을 떠난다.

그는 홀로 14층에 도착한다. 낡은 엘리베이터를 뒤로하고 걸어 나오다가 뒤를 돌아 빈 공허함을 응시한다. 저곳에만, 오로지 저곳에만 평화가 있구나. 그는 피로에 지쳐 결론을 내린다. 엘리베이터 문이 닫힌다.

11

여기 이 엘리베이터에서, 나의 엘리베이터, 내가 창조한, 내가 움직이는, 나로 인해 운명 지워진, 나, 마틴은, 내 전지전능함을 선언하노라! 종국에는, 모든 것이 내 뜻대로 되리니! 내 뜻대로! 내가 그렇게 할 것이다! 떨리도다!

12

광기 어린 비명을 지르며 엘리베이터가 곤두박질친다. 맨살의 배는 서로 부딪쳐 철썩거리고, 두 손을 꼭 부여잡은 채, 그녀의 질구는 스펀지처럼 그의 딱딱한 기관에 밀착된다. 입술은 서로에게 잠식되고 혀는 얽혀 있다. 그들은, 그들의 육체는 어떤 상태로 발견될까? 내심, 그는 웃는다. 그는 곤두박질치고 있는 바닥을 박차고 벌떡 일어선다. 그녀의 눈동자는 갈색이고 눈물이 어려 있으며 그를 사랑한다.

13

하지만 ─ 아하! ─ 숙명이었군요, 늙은이여, 그럴 운명이었던 겁니다! 그들이 우리에게, 혹은 나에게 무엇이란 말입니까? 전부랍니다! 우리는, 나는 사랑합니다! 그들이 살이 축 늘어지든 턱밑 군살이 터덜거리든 그냥 내버려 두십시오. 역겨운 냄새를 풍기며,

잔인하게 사지가 절단되어, 자신들의 어리석음에서 놓여나지 못한
다 해도 그냥 놔두십시오. 설사 웃는다 해도 말입니다, 아버지시
여! 영원히! 그들이 울도록 놔두십시오!

14

하지만 이봐! 이 친구가 그 빌어먹을 엘리베이터를 타는 걸
좀 봐 그리고 그가 가진 2미터짜리 거시기가 얼마나 유명한지
알아 내가 놀리려고 하는 말이 아니야 2미터나 되는 것을 가
지고 올라타다니 야! 그런 물건을 가지고 공공 엘리베이터를
타는 개자식을 상상이나 할 수 있어? 하! 아니야 나도 그의 이
름이 멜트인지 몰트인지 생각이 나지 않아 하지만 핵심은 그
가 옛날 라합이 보았던 손가락 굵기만큼 커다란 것을 가졌다
는 거지 그걸로 할까? 나도 모르겠어 내가 생각하기엔 다리
에 감거나 어깨에 짊어지든가 하겠지 어랍쇼! 문제될 게 뭐 있
어! 장담컨대 그자는 내가 빈약한 물건으로 찔러 본 것보다 훨
씬 더 많은 불쌍한 갈보들을 죽여 줬겠지! 한번은 — 잘 들어
봐! 캐러더가 이건 진짜 사실이라고 말한 건데 — 내가 보기엔
그가 난봉꾼 마트를 존경하는 것 같더라고 — 마트가 얼간이
신 중 하나라는 거야 거기 이탈리아 사람들은 뭐라고 부르는
지 모르지만 말이야 큰 전쟁이 있은 후 어느 날 사람들은 그
얼간이가 2미터나 되는 자기 호스를 죽 펴는 것을 보고 말문
이 막혀 버렸다지 뭐야 — 그는 단지 그 빌어먹을 뭉치를 꺼내
려고 한 것뿐인데 말이야 캐러더가 말해 주더군 — 왜 사람들

이 그자를 빌어먹을 얼간이 신이나 뭐 그 비슷한 거라고 생각했는지 그리고 그를 고용해서 신이 하는 그런 일을 하게 만들었는지 그리고 왜 모트는 그렇게 하는 것을 비참하다고 생각지 않았는지에 대한 얘기 말이야 자네는 그것으로 아라비아에서 석유를 캐거나 네덜란드에서 제방 구멍을 틀어막는 것보다 더 좋은 쓰임새가 있을 거라고 생각하지는 않겠지 그래서 그자는 잠시 그곳에 머문 거야 그리고 이탈리아에 살던 자그마한 체구의 헤픈 여자가 돼지 기름인가 올리브 기름인가를 발라 주었어 그러자 제의(祭衣)를 입은 처녀들이 모두 그를 들판으로 끌고 나와 곡식들에게 흠뻑 물을 주라고 한 거지 그리고 모트 말로는 그때가 최고로 가장 끝내 주게 좋았다는 거야 나참 기막혀! 웃음도 안 나온다니까! 그리고 그들은 그자에게 늙은 아줌마나 할망구는 모두 데려다 주었어 그러자 그는 아줌마들을 벌려 놓고 경이에 가까운 안락사를 시켰지 그리고는 거시기에서 흘리는 땀방울로 그들의 생식을 축복해 주고 옆쪽에 잘 파묻어 주기까지 한 거야 그런데 할례를 받지 않았다고 로마 교회와 문제가 생겼지 교회는 그것을 확 까 버리자고 했지만 모트는 안 된다고 하고 그렇게 큰 성벽 파괴용 무기를 가진 그에게 접근할 사람은 아무도 없었던 거지 그래서 그들은 모트에게 약간의 기적이 일어나게 했어 성수를 뿌려 그의 음경을 쭈글쭈글하게 만들고 정액에 열을 가해서 들판을 태워 버리고 심지어 어떤 날은 화산까지 불붙게 한 거야 젠장! 그는 지체하지 않고 얼른 그 물건을 어깨에 걸머지고 줄행랑을 쳤지! 하지만 내가 말하건대 그들에게 목가적인 날들은 죽어 사라져 버리고 이제 모트는 우리처럼 여기 이 빌어먹을 닭장 같은 엘리베이터를 타고 오르락내리락하는 거야 우리 같은 얼간이 떼거리는 그 따위 작은 어쭙잖은 물건을 가지고서 혹시라도 엘리베이터를 조종하는 그녀의 부푼 엉덩이를 스칠까 하여 그 곁을 얼쩡거리는데 젠장 환장하게도 그녀는 안달이 나서 몸이 달아오른 채 우리를 밀어내는 척하면서 잡아당기다가 레버를 너무 급상승하게 작동시킨 거야! 엘리베이터는 고층 건물을 씽 날아오르는데 그 와중에 가끔 너를 열 받게 하는 캐러더 그 미친 자식이 아가씨의 손바닥만 한 치마를 들출 줄 누가 알았겠어! 아니 그런데 이게 어쩐 일이야 그 아가씨가 속옷을 입지 않았던 거야! 한데 그게 기가 막히게 아름다웠단 말이지 이 친구야 내 말은 어느 외국 과수원에서 갓 따온 달콤한 향기가 물씬 나는 쪼개진 복숭아 같았단 얘기야 그때 가엾은 모트가 괴로워하면서 낄낄 웃어 대는 거야 우리 나머지 사람들은 그가 왜 그리 흥분하는지 잠시 영문을 몰라 지체하는데 갑자기 믿기지 않을 만큼 커다란 물건이 빌어먹을 하느님 눈깔처럼 그의 턱밑에서 부들부들 떨다가 확 튀어 오르는 거야 그러자 옷이 쫙 찢어지면서 맙소사! 삼나무도 쓰러뜨릴 만큼 엄청난 기세로 솟아오르는 거야 그러고는 늙은 캐러더를 죽어라 쳐 대는 거였어! 녹아웃이 될 때까지! 그의 가장 친한 벗이자 작은 음부를 가진 그녀는 바로 옆에서 거대한 장대가 윙윙거리며 벽을 후려치는 그 황당한 장면에 졸도하고 말았지 그런데 맙소사! 그녀가 쓰러진 곳은 바로 엘리베이터 조정 레버 위였어 그러니 친구여! 그 순간 나는 우리 모두 이제 죽었구나 하는 생각이 퍼뜩 스쳤지

15

그들은 젖은 몸으로 엉겨 붙은 채, 공포와 열락으로 펄떡거리는 심장을 안고 곤두박질친다. 그 충격은

나, 마틴은 파괴할 수 없는 종자로 운명 지워진 것들에 대항하여

선언하노니

마틴은 평상시처럼 엘리베이터를 타고 14층으로 올라가는 대신, 잠시 생각한 끝에 이상한 예감이 들어, 14층까지 날아가지 않고 걸어가기로 결정한다. 반쯤 올라갈 즈음 엘리베이터가 그의 곁을 쏜살같이 지나쳐 아래로 떨어지며 산산이 부서지는 소리가 들린다. 그는 계단에 가운데 서서 잠시 주저한다. "수수께끼야." 그는 마침내 그 말로 결정을 내린다. 그는 그 말을 다시 한 번 큰 소리로 되뇌고, 희미하게 미소를 지으며, 슬픈 듯, 다소 지친 듯, 계속해서 끈질기게 계속 오른다. 가끔씩 뒤에 남겨 둔 계단을 흘끔흘끔 바라보면서 말이다.

마른 남자와 살찐 여자의 로맨스

마른 남자와 살찐 여자의 로맨스는 수없이 이야기되고 노래로 불려 왔다. 그 둘 사이엔 뭔가 코믹한 요소가 존재할 뿐 아니라 키 크고 꼿꼿하며 앙상하게 뼈만 남은 남자와 장밋빛 살덩이가 터지도록 부푼 여자의 사랑은 그 자체로 어설프고 뭔가 빗나간 것을 표현하는 명확한 비유이기 때문이다. 평범한 사람이라면 으레 살찐 남자와 마른 여자의 사랑을 상상할 것이다. 그런 상황은 익살맞지도, 불쾌한 감정을 주지도 않는다. 하지만 그게 아니다. 마른 남자와 살찐 여자의 계속되는 짝짓기는 서커스에나 있는 전설적 진리라고 여길 테지만 사실 솔직히 고백하자면 우리가 일상에서 만나는 사랑은 다름 아닌 그런 우스꽝스러운 로맨스이다. 우리는 모두 마른 남자들이고 당신들은 모두 살찐 숙녀들이다.

그러나 그런 단순성이 한편으로는 다루기 애매한 것이 된다. 그 비유는 결국 우리 자신을 향하고 있고 인간의 배후에 잠재된 강박관념과 이상심리를 보여 주기 때문이다. 그런 심리를 한번 관찰해 보자. 마른 남자는 흐리멍덩한 눈빛에 어깨가 구부정하지만 병자처럼 말라 보이지는 않는다. 그리고 불룩 삐져나온 살을 가진 살찐 숙녀는 가만히 음침하게 웅크리고 있다. 지나가던 사람이 엄지손가락으로 여자의 허벅지를 꾹 찌르자 아무 뜻 없는 흔해 빠진 일인데도 여자는 날카롭게 남자의 눈을 쏘아본다.

"이봐, 숙녀!"

"여자가 남자 눈을 똑바로 보다니! 나는 그녀를 보았어!"

"어쨌든 이것도 일종의 서커스지?"

"살이 찐 것이 아니라 마치 부푼 풍선 옷을 입은 것 같군!"

"이리 와요, 내 사랑, 그 살찐 여자 옆에 가까이 가면 안 돼요. 해코지할지 모르잖아요."

아이들이 울어 젖히고, 연인들은 이상스럽게도 불안해하며 재빨리 그들로부터 멀리 떨어져 원숭이 우리를 찾아 헤맨다. 우우……! 실로 모든 로맨스의 이미지는 다 이렇지!

아마도 아직은 — 왜 아니겠어! 물론 그렇지! — 그 이미지들은 절대 틀리지 않는다. 제3의 인물이 출현한다.

뱀을 부리는 마담 코브라?

음경을 두 개 가진 굉장한 사내?

인간과 유인원 사이의 중간자?

아니, 세 번째는 훨씬 더 사악한 천재지. 우리의 악당은 바로 서커스 단장이야.

"우리는 그가 이해했을 거라고 생각했어. 우리 둘의 사랑에 대해 다 얘기했거든. 서커스에서의 삶은 꽤 괜찮지. 하지만 고된 삶이기도 해. 인간이란 모름지기 인간다워야 하잖아."

"다이어트는 중단하시지, 살찐 숙녀, 그는 말하지. 돼지. 좋아요, 좋아, 나는 이렇게 말해. 하지만 그는 나를 믿지 않아. 그가 우리를 공격하다니! 상상이나 할 수 있는 일이야?"

"나는 스트롱 맨의 천막 속에 있었어. 공중에서 25파운드 이상 나갔지. 마른 남자치고는 그리 나쁜 편이 아니었어. 나는 그것을 꽤 자랑스러워했는데 내가 그 말을 하는 도중에 그가 들어왔지. 어이! 이 근육 좀 봐! 내가 근육을 보여 줄게. 그가 말했어. 그러고는 내 가엾은 엉덩이를 그 천막 안에서 마구 걷어차는 거야. 그는 그런 짓을 해서는 안 되었어. 나는 등뼈가 꽤 약하거든."

"줄자, 칼로리 차트, 저울, 뭐 그런 것들. 구슬같이 반짝이는 그의 작은 눈은 밤이고 낮이고 우리를 감시하느라 여념이 없었어. 나는 땀나는 것조차 허락되지 않았지. 내 남자는 그 자신을 소진시켜서는 안 되고 말이야. 우리가 어떤 취급을 받았는지 알아?"

"동물 취급, 그것이 서커스 단장이 우리를 대하는 방식이지. 가축에게 하듯이. 그녀의 치아를 검사하고, 무게를 달고, 그녀가 저울에 올라갔을 때 알궁둥이를 철썩 때리는 것. 자비심이라곤 전혀 없어. 그녀가 울더라도 그가 상관할까? 먹어! 그는 말하지. 먹으라니까! 하지만 여자는 여자다워야 하잖아. 나는 그걸 믿어."

그리고 상황은 이렇게 되어 간다. 타고난 영웅조차도 패션에서 자유롭지는 못하니까. 마른 남자는 근육을 도드라지게 만들어 살찐 숙녀를 더욱 자극하길 원하게 된다.

"역시 정력을 길러야 해, 기도 살리고."

그리고 숙녀는 그녀의 남자를 더 매료시키려 시도했다.

"나는 내 심장이 뭔가를 생각하도록 시키겠어. 당신도 알다시피."

그 당시, 서커스 단장이 철학자였다면 그는 파국을 피했을지도 모른다 — 왜냐하면 모든 진정한 로맨스는 정말 진실할수록 반드시 파국이 있기 마련이니까. 그는 단지 엉터리 삼단논법으로 그 커플을 확신시킬 수 있었다 — 정말 바로 그 모순으로! — 그들 각자의 바람으로 말이야. 하지만 철학자이기는커녕, 그는 가장 기본적인 상거래에 빠져서는(최고의 악당이 된 거지!) 거래업자, 사업가, 전주, 더 신성한 책의 소유자가 된 것이다.

"철학! 당신이 철학을 원한다고? 내가 당신에게 철학을 주겠어! 좋아, 좋아, 그래서 그들은 로맨틱한 상징인 거지. 나도 그걸 이해해. 난 어리석지 않으니까. 하지만 친구여, 그들이 상징하는 것은 아름다움이 아니라네. 그것은 마치 늙은 요술쟁이 멀린이 나에게 아첨할 때 하는 말과 비슷한 거야. 그들이 자기 자신을 외부에서 비추는 상징으로 보지 않는다고 해서 누가 그들을 탓하겠어? 분명 우리 모두에게 그런 점이 있어. 서커스 단장은 그것을 극단적인 반역이라고 말하겠지만 말이야. 젠장, 나도 그걸 따를 수 있어. 그리고 상징이 된다는 것. 어쨌든 누가 그것을 원하겠어? 나르시시즘, 결국 그게 다지. 하지만 서커스는 다름 아닌 바로 그런 거 아냐? 철학이라! 철학 우라질! 인간의 본성도 결국은 마찬가지지! 내가 이 빌어먹을 사업을 망치길 바라? 잘 들어! 만약 살찐 숙녀가 세상에서 제일 뚱뚱한 게 아니고, 마른 남자도 세상에서 제일 마른 게 아니라면 말이야, 이봐, 친구. 아무도 그들에게 관심을 두지 않을 거야. 서커스가 망해서 우리 모두가 길거리에 나앉게 되면 너의 빌어먹을 고상한 추상주의가 존재할 곳이 있을 것 같아? 적응, 소년 소녀들이여! 편의에 따라 이익을 추구하라는 거야! 그리고 본성 따위는 별 볼 일 없는 거지!"

하지만 모든 일은 서커스 단장이 예상했던 대로 진행되지 않는다. 우울에 빠진 살찐 숙녀는 식욕을 잃어 살이 빠지기 시작했다. 마른 남자도 함께 먹지를 못해서 하루 종일 몸을 꼿꼿하게 유지하기 위해서는 버팀대에 의존해야 했다. 평소에는 아무리 화가 나도 눈 하나 깜작 안 하는 서커스 단장조차 어떤 이유에선지 안절부절못하고 괴로워하는 연인들의 침상 곁에서 긴 밤 내내 헛손질을 해 댄다.

"그녀는 잠을 이루질 못해, 가여운 내 사랑. 밤새도록 훌쩍이고만 있지. 나는 그녀를 달래려 뭐든 다 하고 싶지만 내 손이 묶여 있는걸."

"침대에서 삐걱거리는 소리가 나면 불을 켜겠어!"

"미치광이 같으니!"

"그는 내 남자를 내려다보며 말하지. 근육이 너무 많잖아! 그 위에 찬물을 끼얹어."

"좋아, 이 차갑게 젖은 침대에 말이지!"

드디어 서커스 단장은 아주 유리한 계약 조건으로 경쟁 서커스 단과 협상을 하는데, 조건은 '화성에서 온 대사(大使)'와 이미 쓸모가 없어진 '살찐 숙녀'를 돈을 조금 얹어 교환하는 것이다. 이 주 정도만 지나면 그녀는 가치가 없어질 것 같다고 그는 생각했다. 후 히! 기적 같은 거래, 탁월한 작업! 혼자서 야비하게 킥킥거리며, 그는 그날 밤 안락한 잠 속으로 빠져 드는데, 그 주의 첫날, 이별의 회한에 젖고 괴로움에 사무친 연인들은 서커스 단장이 잠든 침대 곁에서 초조하게 몸을 일으킨다.

"그건 살인이 아니야. 그것은 혁명이었어."

"사랑의 혁명!"

하나로 인해서 전체 서커스 단이 한밤중에 들고 일어선 것이다.

"지금이야!"

"자유!"

"평등!"

"저 저질스러운 색욕을 몰아내!"

서커스 단장은 즉석에서 처형되어 외딴 시골 길가에 매장된다.(서커스 단원들이 상징 기호로 태어나는 동안 그는 상징적으로 거세당한다!) 그리고 살찐 숙녀와 마른 남자는 공동 경영자 대표로 취임한다.

"우리 모두는 진작 동의했어요. 마른 남자와 살찐 숙녀만이 사실, 제일 나중에 안 거죠."

"화성에서 온 대사는 정말! 우리가 아무 자존심도 없다고 생각했던 걸까?"

몇 주 동안 서커스에는 즐거움만 가득했다. 모든 공연은 파티로 끝났다. 두 연인의 행복은 매혹적인 빛을 발하며, 새로운 수많은 관객들을 매료시켰고, 논쟁거리는 모두, 그들의 행복에 관한 것이었다. 정말 천국이 따로 없었다. 마른 남자는 아무 양심의 가책 없이 운동을 해서 금방 탄탄한 이두박근을 갖게 되었다. 살찐 숙녀는 너무 흥분한 나머지 칼로리 차트를 마른 남자와 바꾸는 바람에 일주일도 안 되어 살이 쭉 빠졌다. 마른 남자를 포함해서 모든 사람들이 그녀의 아름다움을 칭송했다. 사랑이 그날의 언약이었다. 서커스 사람들은 기본적으로 착한 사람들이다. 예전 서커스 단장에 대한 증오는 점점 사그라지고 그에게서 빼앗은 전리품들은 모두 사자의 먹이가 되었다. 그리고 그는 곧 모두에게서 잊혔다. 새로운 날이 오자, 예전의 분노가 머무를 곳은 존재하지 않게 되었다.

"내 말은, 알다시피 우리가 지난 몇 년 동안 서커스 단장이 으레 꼭 있어야 된다는 생각을 가지고 지내 왔다는 거야. 서커스 단장이 없는 서커스를 본 적이 있어? 없다는 거지. 이 말은 역사가 얼마나 우리를 기만해 왔는지를 보여 주는 거야!"

"서커스 단장이 없이도 서커스는 아름다웠어. 모든 일은 단지 해프닝이었거든! 여기서, 저기서, 자연스럽게 해프닝이 일어나고, 생동감 있고, 재밌고, 예측 불허야!"

"갑자기 이런 생각이 번뜩 스치는 거야. 서커스에서 본 모든 삶 자체가 바로 서커스라는 거지. 하지만 만약 그렇지 않다면? 그 모든 빌어먹을 신화가 서커스 단장의 각본이었다면 어떻게 하겠어? 무덤을 팔 건가? 만약 모든 것이 상황에 따라 바뀔 수 있고, 원한다면 사랑도 하면서 살 수 있다면 어떻게 하겠어?"

"우리는 서로서로의 공연을 즐기기 시작했어!"

"나는 코끼리를 탄 적도 있지!"

"광대가 계속해서 엉덩방아를 찧는다고 누가 뭐라겠어? 나는 악단에서 연주하는 것과 곰을 훈련시키는 것, 말을 타고 불붙은 굴렁쇠 속을 통과하는 것을 배웠어!"

그러나 분위기가 가장 무르익었을 때, 안 좋은 소식이 들린다. 마른 남자와 살찐 여자를 보러 오는 1등석 관객이 명백히 줄어들기 시작한 것이다. 바로 옆을 지나치면서도 서두르기만 할 뿐 아무도 그리 관심을 갖지 않는다.

"좋아, 그들은 너무나 행복해. 그들은 사랑에 흠뻑 빠져 있어. 그래서 뭐가 어쨌다는 거야? 당신은 연인 한 명을 보고, 그들 모두를 본 거야."

처음에, 모든 사람들은 완강하게 표지판을 무시한다. 파티가 시작되고, 노래와 춤이 나온다. 마른 남자는 평상시처럼 체중을 올리고, 살찐 여자는 다이어트를 한다. 그들의 기쁜 심장은, 염려 때문에 졸먹는 대신, 사랑과 즐거움으로 달아올랐다. 그것은 로맨틱한 사랑의 전설이 실현된 것이라 말할 수 있었다. 그러나 시간이 지나자 그들은 더 이상 자신들이 지배하는 서커스 본연의 흑백 진리를 무시할 수 없게 되었다. 어딘가 분명 더 살찐 숙녀나 더 마른 남자가 있을 것이다. 그들의 새로운 세계가 붕괴될 위험에 처한 것이다.

"우리는 그들의 감정에 상처를 입히기를 원하지 않았어. 우리는 그들이 눈치를 채길 바라면서 그들을 조금씩 놀리기만 했지."

"왜 그들은 단지 그들 자신만을 위해서 사랑할 수 없는 거지?"

"서커스 전체의 이익을 위해서라고, 우리가 말했어."

어느 날 밤 서커스 마차 안에서, 의심이 정열의 불꽃을 잠시 잠재운 동안, 살찐 숙녀는 다시 비만해지고, 마른 남자는 다시 힘센 남자에게 역기를 돌려주기로 모든 이가 동의했다. 그들은 칼로리 차트를 재교환했다. 그들은 애정의 결합체로서 다시 대중들의 인기를 되찾기를 간절히 원하게 되었다.

그것은 쉽지 않았다. 흥행이 안 될까 걱정스러워서, 살찐 숙녀는 두 배로 살을 찌우려 노력해야만 했다. 그리고 마른 남자는 근육의 마디가 사라지는 대신 불룩하게 늘어지는 것을 발견했다. 그들은 가장 심각한 결정을 내릴 수밖에 없었다. 서커스에서 수많은 눈들이 그들을 주시하고 있었다. 순간적인 상황 반전은 그들로 하여금 임무에 더 무감각하도록 만들었다.

"초콜릿! 나한테? 정말 오랜만이네요!"

"사랑을 담아서 주는 거요."

"하지만 당신이 보는 바로 지금의 이 모습처럼, 내가 다시 살이 쪄도 나를 정말 사랑할 수 있겠어요?"

"솔직히 내 사랑, 내겐 차이가 없소."

저울에 올라가야만 하는 최악의 날이 살찐 숙녀에게 찾아왔다. 살이 혐오스러움에도, 그녀는 조금이라도 살을 찌워서 혐오스러움을 당해야 한다. 마른 남자는 의무적으로 매일 그녀의 체중을 기록하고, 그런 그의 존재가 더욱 그녀를 화나게 한다. 그녀가 체중 증량에 실패하면 그는 끌끌 혀를 차고 그녀가 성공하면 안도의 한숨을 내쉰다. 그녀는 조금이라도 무게가 많이 나가게 하기 위해 눈물조차도 아껴야 했다. 그녀는 땀이 나는 어떤 행위도 거절해야 했으며 심지어 매일 공연 마차를 탈 때도 들어 올리고 내려 달라고 요구한다.

마른 남자는 매일 전신 거울 앞에 선다. 그는 자신이 너무 마른 것이 혐오스러웠지만, 그의 살갗에 찰싹 달라붙는 축 처진 옷을 입음으로써 혐오스러움을 당해야 한다. 그는 단순히 마르기만을 원한다. 재미있으면서 끔찍한 깡마른 뼈. 살찐 숙녀는 잔소리를 하며 한때는 근육이었던 작은 살덩이를 꼬집는다. 그는 자신이 그녀를 미워하게 될지 아닐지 궁금하다.

"당신 팔을 거기로 들어 봐요, 사랑스러운 소년, 당신 군살을 느끼게요. 헤이! 얼마나 귀여운지! 작은 굴 같아!"

"뭐? 뭐 같다고?"

"그게, 굴들은 호사스럽고 머리가 벗겨졌잖아요. 사람들은 그것들을 먹기 위해 돈을 내야 할지 몰라요. 하지만 보기만 하는 건 돈이 안 들지요!"

살찐 숙녀는 마른 남자의 헐렁한 바지를 가리키면서, 그의 결정이 확고한지 의심하고, 숨겨 놓은 음식이 있는지 살펴본다. 그 남자는 매일 저울 위에 올라간 숙녀를 엄격하게 검사하고, 그녀가 그의 등 뒤에서 칼로리를 소비하는지 의심하기 시작한다. 그들은 낮 동안 서로의 일터로 몰래 들어가 식사 시간을 감시하고, 밤에는 공연 마차 속에서 사업 장부를 들추며 말다툼을 벌인다. 살찐 여자가 마른 남자보다 동전 한 닢이라도 더 벌어들이는 날이면 남자는 반드시 자신의 의지박약에 대해 설명을 해야 한다. 만약 어린아이가 살찐 숙녀의 옆을 지나치다 웃거나 손가락질하지 않으면, 마른 남자는 그것을 그녀가 속임수를 쓴 증거로 이용한다. 어린아이조차 깔깔대게 만들지 못한다면 그녀가 이 서커스에서 무슨 소용이 있단 말인가? 또 동전 한 닢 벌어들이지 못하는 헐렁이 마른 남자보다 더 무용지물이 있을까?

"미안해, 나는 이 빌어먹을 이두박근을 하룻밤 새에 만든

게 아냐. 그러니 하룻밤 새에 오므라들게 할 수도 없다 이 말이야. 운동을 거꾸로 할 수는 없어. 나는 그녀에게 말하지. 당신은 그저 멍하니 앉아서 잘되기만을 바라고 있는 거야. 하지만 내가 말을 해 봤자 그녀는 나를 비웃기만 해. 내가 생각하기에 그녀가 그 무모할 정도로 대담한 딕에게 마음을 빼앗겨 눈길을 주고 있는 것 같아."

"내가 얼마나 신경이 쓰일지 생각해 보라고 나는 그에게 말해요. 그러면 그는 만약 사람들이 살찐 것에 관심이 없어지면 나는 쓸모가 없어진다는 거예요. 하루 종일, 그는 나에게 음식물을 쑤셔 넣지요. 필요하다면 혈관주사까지 추가할 태세예요. 하루는 그가 집에 아령을 가지고 왔어요. 그는 야비한 눈빛을 반짝였지요. 그게 무슨 소용이냐고 내가 말하니까, 그는 어떤 생각이 떠올랐는지 내가 임신을 했어야 했다고 말하는 거예요. 그럼 아홉 달은 일할 수 있겠지만 그다음엔 어떻게 하느냐고 내가 물었지요. 그랬더니 그가 이상한 표정을 짓더군요."

상황은 빠르게 악화된다. 마른 남자는 시무룩하고 침울해져 어깨는 구부정하고 머릿속은 깊은 상념에 빠져 있다. 살찐 숙녀는 몸을 움직이지도 않고 우울하게 앉아 있다가 지나가는 사람이 이제 정말로 그녀가 더 이상 살이 찌지 않는다는 얘기를 꺼내면 추잡하게 트림이나 하는 몰골이 되었다. 그들이 끊임없이 싸웠기 때문에 서커스 전체는 젖은 톱밥처럼 우울하게 되었다. 매표 수입은 감소하고 땅콩 판매까지 부진했다.

그러던 어느 날 밤, 마른 남자는 직접 어떤 거래를 하고자 돌연 예전 서커스 단장의 거처로 갔다. 한동안 낙타 한 쌍을 놓아두는 장소로 사용되었던 곳이다. 살찐 숙녀는 그가 나서는 것을 보고 내심 기뻐하면서 고함을 지르며 그를 따라나선다. (무모할 정도로 대담한 딕에 대한 얘기는 사실이 아니다. 도대체누가 사랑에 대해 이런 식으로 생각하는가?) 그는 셔츠 아래 장부를 몰래 숨기고 잔뜩 심술이 난 표정으로 쿵쿵거리며 그녀의거처에서 나온다. 그는 무슨 일이 일어났는지 누가 눈치 채기전에 라이벌 서커스 단과 오래된 거래를 성사시킨다. 화성에서온 대사는 그들 가운데 서 있고 살찐 숙녀는 사라진다. 어디선가 불평불만의 웅얼거림이 들리기 시작했지만 아무도 악명 높고 부패한 서커스 단장을 둔 라이벌 서커스 단에 팔려 가길원하지 않았기 때문에 그런 불평은 곧 신중한 한계에 봉착하게 된다.

"자, 결국 위기였던 거야. 그는 자신이 반드시 해야만 하는일을 했어. 경쟁자를 생각해야지. 그들은 우리 모두를 쫓아내려 하고 있어. 모든 이를 위해서 그것만이 최선이었어."

"그녀는 나의 가장 좋은 친구였지. 모든 사람이 그녀를 사랑했는데. 아무도 신경을 쓰지 않는군. 난 외톨이가 됐어. 무슨말을 해야 할까?"

"삶 속에서는 이런 모든 것에 익숙해져야 해."

마른 남자는 힘을 얻는다. 어깨를 활짝 펴고 서커스 단을다시 그의 발아래 복종시킨다. 그는 다른 사람에게 당했던 무자비함을 반추하여 자신도 무자비해진다. 열심히 일을 하면할수록 더 빨리 가혹해진다. 그는 몸이 마르게 될 것이고, 세상을 저주하게 될 것이다! 몇 킬로미터 떨어진 곳에 있는 불쌍한 살찐 숙녀조차도 괴로움에 지쳐 그녀의 운명에 항복하고, 그럼으로써, 다시 한 번 부풀어 오르는 것이 쉬운 일임을 알게 된다.

하지만 기다려라! 우리에게 무슨 일이 닥쳤는지 보라! 살찐 숙녀는 결코 뗄 수 없는 사이인 마른 남자와 헤어졌다! 결론은, 모든 마른 남자의 찬탄할 만한 의지는, 반드시 실패할 수밖에 없다는 것이다. 그것이 바로 서커스에는 즐거움이 없다는 진리이다. 세 개의 고리의 결정(決定)은 무엇인가? 이것들은 참담한 어둠의 장막이다. 그리고 누가 두려움을 맛보지 않고 하품하는 손짓으로 방황할 수 있단 말인가? 아니, 아니, 마른 여자가 살찐 남자와 쌍을 이루었다는 것은 신화학적으로 더 나쁠 수도 있다! 우리의 은유는, 시간이 감에 따라, 더 혼란스러워졌으니까! 거기서 빠져나와야 한다!

이렇게 가정해 보자. 시간이 조금 지나자 마른 남자는 돌연 지위를 박탈당한다. 이유도 방법도 모른 채로 말이다.

"혼자서 모든 것을 떠맡았어."

"콧수염까지 기르기 시작했는데, 그에게 채찍을 선사하다니!"

"우리는 회의를 했고 그리고……."

신경 쓸 것이 없었다. 화성에서 온 대사가 의외로 인기가 좋아서, 마른 남자가 하던 일을 떠맡았다. 마른 남자는 '물갈퀴 난쟁이들'과의 교환 조건으로 라이벌 서커스 단으로 쫓겨난 것이다.

그리고 여기 우리가 간다! 마른 남자, 온몸을 떨며 눈물을 펑펑 쏟으며, 여기 그가 온다. 양피지 두루마기를 감아쥐고 살찐 숙녀의 텐트 속으로 돌진한다! 모든 서커스 사람들, 찾아온 관객들, 동물들이 뒤따라 달려간다. 씩씩거리며, 소리를 질러 대며, 눈앞이 아뜩하도록 웃어젖힌다. 와락! 그녀 품으로! 그리고 그녀는 열성적으로 용서하듯이 요동치는 가슴에 그를 꼭 끌어안는다. 관객들은 기쁨에 겨워 눈물을 흘리고! 이 모든 이미지들이 하나를 이룬다!

"아름다워! 모든 사연에도 불구하고!"

"기쁨의 눈물을 흘리는 그들을 좀 봐!"

"오! 나는 온통 눈물범벅이 되고 너무 흥분했어!"

"그가 그녀의 무릎에 머리를 묻는다!"

"나를 잡아 줘!"

나중에, 전 세계적인 사랑이 순간적으로 사라지고 관객들도 슬슬 빠져나가자, 그녀는 자신의 작은 거처에 공간을 마련한다. 그곳은 낡은 서커스 단처럼 볼품없지만, 행복을 위한 한쪽 귀퉁이는 여전히 남아 있다. 이곳의 서커스 단장은, 모두가 단언하듯, 부패하고 독선적인 악한에다, 신념보다는 욕심을 채우기에 여념이 없다. 그러나 매우 살이 찌거나 매우 마른 몸매를 유지할 줄 알기에, 서커스 사람들은 각자, 낮 동안의 괴롭힘을 감수하고, 밤에는 장부에 푹 빠져 있는 그에게서 자유로울 수 있는 것이다.

그러므로, 비록, 적잖이 희생이 따를지라도, 정말 거역할 수 없는 것이라면, 갈림길 속에서 순결한 아픔에 복종하고 우리의 귀중한 은유를 빨리 받아들이는 수밖에 없다.

그러나, 약간, 이상하게도, 오래된 매력은 사라졌다. 우리는 살찐 숙녀와 마른 남자를 보러 서커스에 가서, 그들에 의해 마음이 훈훈해지고, 여전히 즐기며 자극을 받기조차 하지만, 그럼에도 집으로 돌아올 때는 무언가 불만족스러운 상태가 된다. 살이 찐다는 것, 그래, 가장 뚱뚱하다는 것, 그리고 말랐다는 것. 하지만 그게 뭐란 말인가? 단지 그것은, 항상 그렇듯이 그들이 우스꽝스럽다는 것인데, 이제 재결합을 위한 긴 여정이 다 끝나 버린 지금, 우리는 그들의 한계를 보고 격분하게 되고, 결국 알게 된 것이라곤 우스꽝스러움 또한 아름답지는 않다는 것이다.

"그들은 우리를 위해서 무언가 좀 더 했어야만 해. 그런 것 같아."

"결국 우리가 그들 좋은 일만 한 꼴이 됐군!"

"마른 남자, 살찐 숙녀, 좋아. 그건 멋져. 어느 정도 재미도 있어. 하지만……"

자, 우리 인정하도록 하자, 어쩌면 타락한 것은 우리 자신일지도 모른다. 우리는 수많은 서커스 단장을 보았고 바로 우리 자신이 그가 돼 보기도 했으며, 수많은 퍼레이드를 관람하면서, 편안하게 앉아 넘치는 스릴을 맛보고, 수많은 책들도 죽 훑어 보았다. 이미 우리는 이 당황스러울 정도로 단순한 세상 속에서 단순함의 묘미를 잃어버린 게 분명하다. 그렇기에, 보라, 거기? 마른 남자의 긴장된 미소를 보고 깔깔대는 어린아이가 있다. 그리고 기름기가 반지르르하게 도는 살찐 숙녀 앞에서 킥킥대는 젊은 커플도 있다.

그러니, 그 빌어먹을 서커스 음악을 제발! 몇 마리의 성난 사자와 하얀 말들과 검은 채찍이 휘둘리는 소리! 설탕에 버무린 과자! 땅콩! 깃대에 꼬리를 감싸 두른 원숭이!

기억을 위하여. 이 두 개의, 마법적인 은유는 서커스에만 국한되거나 서커스만의 문제가 아니라 ── 가장 곰팡내 나는 흥미 거리에서 빌려 온 — 삶에 관한 것이다. 종이 세 번 울린다.

"신사 숙녀 여러분, 절대적이고 유일무이한 것, 이것은 예술의 후원자, 황량한 황무지, 깊은 상처를 입은, 늑대들에 의해 길러진, 벌거숭이와 털복숭이……."

"여러분! 그녀는 반은 인간이요 반은 파충류! 당신은 눈을 의심해야 할 거요!"

"진짜 사나운 것들을 한시적으로 보여 드립니다. 그 멋진 쇼에 입장하려면 티켓을 여기서 구입하세요. 그가 인간의 몸을 갖고 사는 것을 볼 기회는 더 이상 없을 겁니다. 옳게 들으셨군요. 그가 얼마나 살지는 우리도 모르거든요."

그리고 그것 말고도 많은 것이 있다. 누가 그걸 다 파악하겠는가? 그리고, 누가 그걸 다 쥐고 있겠는가! 아무도 없다. 우리는 많은 것들을 잃었고, 지금도 잃는 중이고, 아직 더 많이 잃어야만 할 것이다. 마른 남자가 나이가 들어 등이 굽으면, 살찐 여자는 쭈글쭈글해져서 죽을 것이다. 아무것도 의지할 수가 없다. 가장 단순한 진리.

"신사 숙녀 여러분, 곧 멋진 쇼가 시작됩니다. 아직 좋은 좌석이 많이 남아 있으니 서둘러 입장하세요. 오래 기다리셨어요. 얼마나?"

"여기 솜사탕 팝콘 소다수 있어요!"

"기다리는 동안 기념 소책자 하나 가져가세요. 50센트, 1달러 반. 아름다운 스타들이 당신을 짜릿한 곳으로 데려갈 거예요!"

"그들이 온다! 퍼레이드야!"

"지금이 당신에게 말하는 마지막 찬스예요! 빅 쇼를 하는 동안만 느낄 수 있죠. 부인 잘 들으시고 마지막 1쿼터를 빨리 내십시오. 서두르세요! 오싹한 전율이 느껴지는 색색가지로 된 커다란 서커스 천막으로, 1쿼터, 25센트면 특별 보너스로 땅콩 도 드립니다! 거기!"

그러나 들어 보라! 거기 사망자들! 이런 것들이 우스꽝스럽 지 않아? 이런 것들이 바로 코미디의 일부지, 그렇지? 고리들 주위에 한 개의 고리! 그래서, 젠장, 야유하고 소리치고 전율하 고 땅콩 먹고 응원하고 아이스크림 먹고 웃고 고함지르자! 어 서! 우리 마른 남자들도 모두! 당신네 살찐 여자들도 모두!

"이제 신사 숙녀 여러분 젊은이들! (쾅) 모두들 기다려 왔 던 첫 번째 곡예 2인조 공중제비 (쾅!) 도와주라고 이보게들! (쾅!) 두 번째 공연은 처음으로 대서양 이쪽 편에서 (쾅!) 외바 퀴 자전거를 타고 (쾅!) 어떻게 그런 로켓을 타고 거기까지 이 봐 조심해! (쾅) 그물도 치지 않은 그 높은 곳에서 죽음을 무 릅쓰고 농탕질을 치다니 (쾅!) 중력의 법칙도 무시한 채 (드럼 소리와 채찍 휘두르는 소리!) 당신은 그것이 정부를 위한 새로운 비밀 무기라고 말하지 친구? 그래 뭐면 어때? (쾅!) 그녀와 다 른 세계 사이에 그녀의 치아만이! (팡파르!) 그리고 잘 훈련된 아라비아의 말들! (쾅!) 이제 나에게 저 커다란 것을 말에서 내 리겠다고 말하지 마 친구! (쾅!) 마른 남자와 살찐 여자가 타고 있어 그들을 왕창 도와주라고 친구 (쾅!) 조심해!"

퀸비와 올라, 스웨드와 칼

호수에 밤이 내린다. 낮게 깔린 구름. 보트 한 척이 엔진이 꺼진 채로 까딱거리며 침묵 속을 움직여 간다. 먼 하늘엔 아직 아스라한 빛이 남아 저 멀리 섬의 둔덕이 희미하게 보인다. 그러나 둔덕 위쪽은 밤에 잠겨 있다. 아무것도 존재하지 않는다. 둔덕이 있는 섬까지 이르는 중간 중간 다른 섬들이 있다. 그러나 윤곽이 뚜렷하지 않아서 보인다기보다는 느껴진다는 편이 나을 듯싶다. 사실 보트도 마찬가지이다. 보트의 양 끝이 어둠 속에 녹아내린 듯하다. 비가 내릴 것 같다.

* * *

퀸비와 올라가 바비큐 탁자 앞에 있다고 상상해 보라. 그들의 얼굴은 저녁 어스름에 창백해 보인다. 침묵을 깨는 것은 축축한 풀숲에서 갑작스럽게 날아 들어온 모기의 애처로운 울음

소리뿐이다. 퀸비는 집을 등지고 앉아 있는 올라의 관심을 돌리려고 무던히도 애쓰는 게 분명하지만 올라는 그녀의 어깨너머만 응시하고 있다. 무엇을 보고 있는 걸까, 스웨드 아니면 고양이? 그녀가 어느 쪽이든 볼 수 있을까?

* * *

뱃머리에 칼이 앉아 있다. 도시 출신인 그는 여름이면 한두 주 낚시를 하기 위해 북쪽에 있는 이 호숫가로 왔다. 가끔은 다른 친구들과 함께 오기도 했지만 이번에는 혼자다. 그는 고된 업무에서 벗어나 호숫가에 있는 것이 좋다고 함께 일하는 동료들에게 항상 입버릇처럼 말해 왔다. 그러나 그도 확신하지는 못한다. 어쩌면 호수를 좋아하지 않을지도 모른다. 지금처럼 아무것도 보이지 않는 칠흑 같은 어둠 속에서 멈춰 버린 보트에 앉아, 춥고, 배고프고 하루 종일 물고기 한 마리 구경 못했다면, 이런 상황을 좋아할 리 만무하지 않은가.

* * *

당신도 알다시피 섬은 기껏해야 200미터 정도밖에 떨어져 있지 않다. 날이 밝을 때는 훤히 보인다. 하지만 지금 당신 눈에 보이는 것은 여기저기 내깔려진 희미한 자작나무 줄기뿐이다. 그곳엔 가문비나무와 소나무 그리고 발삼전나무와 하얀 히말라야 삼목, 노르웨이 소나무, 단풍나무, 낙엽송까지 널브러져 있다. 숲 위에 숲이 부식되어 쌓인 곳이 바로 이 섬이다.

* * *

오래된 샘들은 붕괴되어 마치 부러진 새의 날개, 비바람에 닳고 닳은 나무, 물가에서 뒹구는 바위, 마른 나뭇가지들과 솔잎 사이를 바스락거리는 호숫가의 바람결처럼 덧없어 보인다. 그녀는 따스하고, 촉촉하고, 풍성하고, 부드럽게 펼쳐져 있다. 준비가 다 되었다. "오, 그래!" 그녀가 속삭인다.

* * *

섬들을 거닐다 보면 범의귀풀과 초롱꽃, 클린토니아, 워터그린 그리고 굽 없는 여자 슬리퍼 등을 발견하게 된다. 옛날 옛적 수(Sioux) 족의 나라와 알곤킨, 크리와 오지브와라는 원주민 부족 이야기를 들은 적이 있을 것이다. 아니면 가문비나무 홍뇌조, 위스키 잭, 미국산 세발 딱따구리, 파란 머리 때까치, 풍금조 같은 새들의 이름을 들은 적이 있거나, 하지만 다 쓸모없다. 이 고요한 정적을 깨는 찌르는 듯한 이상스러운 울림이 무엇에 의한 것인지 당신은 모를 테니까.

* * *

"저 울리는 듯한 소리는 뭘까, 스웨드? 빌어먹을 교통 호루라기 소리 같군!" 꽤 특이한 소리였지만 스웨드는 웃지 않았다. 아무 말도 하지 않았다. "내 생각엔 무슨 새 같아, 그럴까, 스웨드? 어떤 이상스러운 새 말이야."

"다람쥐들이야." 참고 있다가 드디어 스웨드가 말했다.

"다람쥐들!" 스웨드가 뭐라 말을 한 것이 칼은 너무 기뻤다. 이제야 그는 자신이 그곳에 돌아와 있음을 실감했다. 원 세상에, 어둠이 내리는군! 스웨드가 뭔가 다른 얘기를 해 주길 희망하며 그가 다시 말을 건넸다. 그러나 스웨드는 아무 말도 하지 않았다.

"매일 뭔가 새로운 것을 배워 봐."

* * *

올라는 이야기를 들려주며 활짝 웃었다. 다른 사람들도 그녀와 함께 웃었다. 그녀가 그날 밤 본 것은 무엇이었을까? 그건 오래전 일이니 중요하지 않다. 더 많은 레몬 파이와 더 많은 고양이들이 있었다. 그녀는 좌중 한가운데서 아버지의 간결한 서술어법을 흉내 내며 이야기를 즐거이 잘도 풀어낸다. 얼굴을 잔뜩 찌푸린 채 흥미로운 고양이 흉내를 내며 거실 마룻바닥을 긴 보폭으로 성큼성큼 가로지른다. 주황색 셔츠 안쪽에 꽃같이 놓인 가슴, 지난해에 산 밝은 하얀색 반바지 속에 아늑하게 꽉 찬 엉덩이, 부드럽고 여성스러운 허벅지, 가녀린 종아리. 이것들은 스웨드의 것은 아니었다.

* * *

만으로 쏟아져 부서지는 달빛과 어우러져 그녀는 아스라하고 자극적인 형상이 된다. 물가 쪽으로 가는 걸까, 아니면 집

쪽으로 가는 걸까? 아니다. 그녀는 그림자에 흠뻑 젖어 선착장 끝에 있는 배 근처로 가고 있다. 우리도 뒤따라간다.

* * *

낮에는 소나무와 그늘진 덤불의 깊고 짙은 초록으로 온통 녹음이 가득하고, 바위와 물에 떠다니는 나무는 푸르고 창백한 유약을 발라 놓은 듯 하얀빛으로 번들거린다. 밤에는 오로지 어둠뿐이다. 때때로 오두막 지붕 위에 부드럽게 널브러져 있는 나뭇가지 위로 다람쥐들이 날쌔게 지나다닌다. 새들이 서로를 부르는 소리, 개구리들의 노래, 사향들쥐의 바스락거림, 그리고 이따금 사슴이 나뭇가지 밟는 소리, 바람 소리, 빗소리, 만을 잠식해 들어오는 파도 소리도 들린다. 그러나 본질적으로 깊은 정적이 더 압도적이다. 가끔 몇 킬로미터 떨어진 호수 저 멀리서, 마치 바로 문 밖에서 들리는 듯한 두런거리는 소리가 들려온다. 고기잡이배에서 사내들이 이야기를 나누는 소리다.

* * *

"글쎄, 나는 자네가 이 호수 주변을 꽤 잘 알고 있다고 생각하는데. 그렇지, 스웨드?"

"오, 예."

"네 손바닥 보듯 하잖아." 스웨드의 응답에 칼은 다소 용기가 생긴다. "오, 예."라는 말은 스웨드가 즐겨 쓰는 표현이다. 그는 좀처럼 말을 하는 편은 아니지만 혹시라도 누가 말을 걸면 대개는 "오, 예."라는 대답이 흘러나왔다. '오'라는 말은 높은 억양으로 '예'라는 말은 낮은 억양으로. 스웨드는 모터 쪽으로 몸을 굽히고 있다. 그런데 그는 무엇을 보는 중일까? 모터를 보는 중일까, 아니면 길을 돌아보는 중일까? 그건 말하기가 어렵다. "모든 것이 내겐 비슷하게 보여. 그저 수많은 나무와 물, 하늘뿐이군. 지금 너에겐 그리 많은 것이 보이진 않을 거야. 저 빌어먹을 다람쥐들이 엄청 시끄럽게 구네, 그렇지?"

그들은 꽤 먼 곳까지 온 것 같다.

칼은 한숨을 쉬면서 손마디를 꺾어 우두둑 소리를 낸다. "여기서 오리 사냥을 할 수 있을까?" 가을이나 겨울이라면 오히려 나을지도 모른다. 비록 날씨는 춥겠지만 꽤 재미날 것이다. 지금 날씨도 충분히 춥지 않은가. "글쎄, 잡을 수 있을 것 같기도 해. 그렇고말고, 왜 못 잡겠어?"

* * *

퀸비는 바비큐 화덕에서 스테이크를 굽고 있다. 그가 이 주 동안이나 멀리 떠나 있다가 돌아왔기 때문에 두꺼운 티본스테이크를 준비했다. 그는 위스키를 직접 한 잔 부었다. 퀸비를 위해서 희석된 술을 만들려고 물을 섞다가 물방울이 조금 튀었다. 그는 그녀에게 술을 건네고 잔디 의자에 몸을 편안히 기댄다. 불꽃은 이글거리며 스테이크를 잠식하고 화덕에서는 기름이 타면서 소용돌이치는 연기가 올라온다. 퀸비는 색이 바랜 편안해 보이는 청바지에 부드러운 가죽 재킷을 입었다. 어스름한 저녁 햇빛이 그녀의 가죽 재킷에 스며 부드럽고 풍성한 빛을 발한다. 퀸비에게는 무언가 단아하면서도 편안한 면이 있다. 여자들은 대개 사냥 여행에 대해 불평을 한다. 퀸비는 귀환을 축하하기 위해 레몬 파이를 굽고 있다. 부젓가락으로 스테이크를 뒤집을 때 그녀의 풍만한 엉덩이가 부드러운 청바지 속에서 굽이친다. 상상해 보라.

*　*　*

그녀의 엉덩이는 뱃전 끝에 포개지고, 당신의 젖은 몸도 파르르 전율하며, 함께 미끄러진다. 두 사람의 입술이 부딪치자 당신은 그 열기 속에서 섬이 남자에게 무엇을 할 수 있는지, 혹은 여자에게는 무엇을 할 수 있는지에 관한 생각에 골몰한다. 나중에 만을 다시 가로질러 섬으로 되돌아올 때 속옷이 사라지고 없다는 것을 알게 되리라. 바로 이 길목, 바로 이 나무 옆이었는데…… 속옷만 사라지다니. 유치한 농담이라 여기는가? 그러나 그녀가 줄곧 당신과 함께 있지 않았던가. 저 아래쪽 개집 옆에서 개들이 컹컹 울부짖는다.

*　*　*

스웨드는 거의 원주민이나 다름없었다. 그와 아내 퀸비는 호숫가 위쪽에 있는 여기 이 섬에서 거의 일 년 내내 살았다. 그들은 도시에서 낚시나 사냥을 즐기기 위해 찾아오는 사람들을 위해 시골풍의 작은 오두막을 운영했다. 스웨드는 손님들을 최고의 장소로 안내하고 퀸비는 요리를 하며 오두막을 정돈했다. 그들은 한 번에 방문객 여덟 명을 받을 수 있었다. 그들은 결혼하자마자 이곳으로 이주해 왔고, 이제 세월이 흘렀다. 이 섬에서 태어나 여기서 자라난 진짜 원주민은 그리 흔하지 않다. 그들의 열네 살짜리 딸 올라가 바로 그런 드문 경우 중 하나다. 스웨드의 섬은 여기서 얼마나 멀까? 그건 "스웨드가 누구인가?" 하는 질문보다 훨씬 멋진 질문이지만 대답하기는 한층 더 어렵다. 당신은 하루 종일 낚시를 했고 다른 것에는 그리 관심을 두지 않았다. 아무 데도 빛이 보이지 않는데, 스웨드는 항상 선착장에 등불을 밝혀 둔다. 집에서 몇 미터밖에 떨어져 있지 않은데도, 울창한 솔숲에 가려, 당신은 그의 섬 뒤쪽에 있을지도 모른다. 아니면 몇 킬로미터 밖에 있거나. 얼추 몇 킬로미터는 될 것 같다.

* * *

운 나쁘게도, 비가 올 것 같았다. 칼은 뱃머리에서 맥주를 들이켰고 스웨드는 조용히 배 뒤편의 기계를 어루만졌다.

무엇이 이 남자를 이곳으로 오게 만들었을까? 칼은 궁금했다. 한두 주라면 모를까 이곳에서 마냥 머물 수는 없는 노릇이니까. 글쎄 물론 낚시나 사냥이 너무나 좋아서 도시로 다시 돌아갈 마음이 없다면 어쩔 수 없는 일이지만 말이다. 스웨드의 아내나 그의 딸에게는 그런 상황이 응당 불편할 것임에 틀림없다. 칼은 자신의 아내가 그런 상황은 참지 못한다는 것을 잘 알고 있었다. 스웨드는 이제 나이를 먹을 만큼 먹은 퀸비를 꽤 잘 견뎌 내고 있었다. 스웨드에게는 선택의 여지가 없었을 것이다. 그것은 칼의 생각이다.

칼은 맥주 캔을 뒤집어 내용물을 비운다. 김이 빠져 뜨듯하다. 그것은 그를 역겹게 만든다. 빈 깡통을 들어 어둠 속으로 던지자 검은 호수 저편에서 철퍼덕 소리가 들린다. 깡통이 물에 잠겼는지 그냥 떠 있는지 보이지 않는다. 아마도 잠기지는 않은 듯하다. 그는 이제 소변을 보아야 할 것 같다. 배가 움직이기 전에 볼일을 보아야만 한다. 배에서 소변을 보는 것은 신경 쓰이는 일도 아니고 어느 땐 그것을 즐기기도 했지만 지금은 사방이 너무 고요하고 적막하여 그런 마음이 들지 않는다.

잠시 후 그는 호수에 빈 맥주 캔을 던지지 말걸 그랬다고 후회했다. 그런 곳에도 나름대로 법이 있을 수도 있고, 보트의 모터를 망가뜨릴 수도 있지 않은가, 안 그런가? 제길, 어쩌면 지금 이 보트에 생긴 말썽도 그런 일 때문일 수 있다. 그는 방금 또 한 번 자신의 무지를 드러냈다. 이렇게 무지를 드러내는 것은 그가 가장 혐오하는 일이다. 여럿이 모여 있다면 그리 신경 쓸 일도 아니었다. 모두 그저 농담이나 주고받으면 그만일 테니까. 하지만 이번 여행에서 칼은 오로지 혼자이다. 이런 일은 결코 다시는 없을 것이다.

* * *

콜먼 랜턴이 밝혀진다. 그녀의 살갗은 아른거리는 불빛 속에 작열하고 풀 먹인 하얀 리넨 위로 그들의 절제된 그림자가 음울하게 살아 움직인다. 그녀는 깨끗한 수건을 가져왔다. 수건이 아니면 커피 혹은 책일 수도 있다. 그녀가 여기 이 아래 앉아 있는 동안은 비록 날카로운 빛의 동요는 있을지라도 등불이 꺼지는 것은 볼 수 없을 것이다. 소나무 가지가 지붕을 긁는다. 스프링에서는 삐걱거리는 소리가 들리고 무엇인가가 오두막 아래서 급히 움직인다. "서둘러요!" 그녀가 속삭인다.

* * *

"저, 스웨드, 도움이 필요한 거야?" 스웨드가 대답이 없자, 칼은 몸을 웅크리고 서서 한 걸음 뒤로 물러나며 손을 내미는 동작을 취한다. 스웨드를 그곳으로 되돌아가게 할 수는 없을 것 같다. 그는 조심스럽게 보트 한가운데 서 있다. 완벽하게 어리석지는 않으니까.

스웨드는 신음 소리를 낸다. 칼은 그 소리를 도움이 필요없다는 뜻으로 해석하고 물러나 다시 자리에 앉는다. 의자 밑에 맥주 캔 하나가 더 있지만 마실 마음이 내키지 않는다. 불룩하게 솟아오른 그의 바지가 축축하게 젖어 빳빳하고 성가시다. 그러나 너무 늦었다. 사실 그는 보트 모터에 대해 아는 것이 없었다.

* * *

스웨드에 관해선 이런 일화가 있다. 올라는 그걸 이야기하는 것을 좋아했고 또 곧잘 떠들어 대기도 했다. 한 삼 년 전쯤 올라가 열한 살 무렵에 스웨드는 북쪽으로 이 주 동안 사냥 여행을 다녀왔다. 오리 사냥이었다. 올라는 아버지가 돌아왔을 때 그의 수염에 관해 허풍을 떨었고 그녀의 엄마 또한 우스갯소리를 했다.

퀸비는 스웨드를 환영하기 위해 저녁 식사로 커다란 스테이크를 구웠다. 두꺼운 티본스테이크와 포일에 싸서 화덕에 구운 감자, 수북이 쌓아 올린 그린 샐러드였다. 게다가 레몬 파이까지. 세상 어느 곳에도 퀸비가 집에서 만든 레몬 파이만큼 훌륭한 것은 없었고 그녀는 그것을 오직 스웨드를 위해서만 구웠다. 훌륭한 저녁 식사였다. 올라는 세세한 것은 다 건너뛰었지만 한 가지는 기억했다. 저녁을 먹은 후 아빠가 파이와 커피를 가져오겠다고 말했다는 것이다.

부엌으로 들어간 스웨드는 올라의 고양이가 파이에 온통 발자국을 남긴 것을 발견했다. 그것도 정가운데 말이다. 온통 고양이 발자국투성이였고 벤치나 마룻바닥에 레몬 파이가 사방에 널려 있었다. 아빠가 이 주 동안이나 레몬 파이를 고대하며 기다려 왔는데 그걸 고양이가 발로 다 짓이겼던 거예요. 올라는 이렇게 얘기했다.

그는 뒷문 옆에 있던 총을 집어 들고, 재킷에 있던 탄환을 꺼내 장착했다. 그리고 앞발과 수염이 온통 파이로 범벅이 된 고양이를 세탁실에서 찾아 목덜미를 잡아 밖으로 끄집어냈다. 날이 점점 저물고 있었지만 하늘이 훤해서 시야는 그리 어둡지 않았다.

그는 바비큐 화덕 옆을 지나쳤다. 이제 날이 완전히 어두워져 석탄에 불이 붙어 이글거리는 것처럼 보였다. 화덕 바로 옆에서 그는 멈춰 섰다. 그는 완만한 곡선을 그리며 팔을 휘둘러 고양이를 공중에 높이 던졌다. 고양이의 사지는 허공에 퍼졌다. 그는 어깨에서 총을 내려 고양이의 머리에 발사했다. 그녀의 아버지는 훌륭한 저격수였다.

*　*　*

그녀가 고양이 흉내를 내느라 입을 비쭉거리며 방을 가로질러 활보하는 것을 보면 웃음이 나온다. 그녀는 새 바지가 필요하다. 작년 것은 너무 헐거워져서 허리 부분은 쭈글쭈글 뭉치고 가느다란 허벅다리 사이로 골이 파였다. 하지만 또래 아이들이 다 그렇듯 그녀도 눈에 띄게 성장했다. 셔츠가 허리 위로 들춰 올라가면 엉덩이뼈 위에 브이 자 모양으로 열린 지퍼가 눈에 띈다. 탄탄한 엉덩이를 감싼 하얀색 옷이 팽팽하게 번들거린다. 유일한 주름은 오직 그녀의 다리 사이에 있는 애처로운 주름뿐이다.

*　*　*

칼은 수염을 북북 문질렀다. 갓 난 수염이라 그런지 꽤 껄끄러웠다. 그는 아내가 무슨 말을 할지 상상할 수 있었다. 그는 장난꾸러기처럼 얼굴을 잔뜩 찡그리며 지금처럼 수염을 계속 기를 거라고 말했다. 하지만 물론 그건 그가 원하는 바가 아니다. 사무실에서 그렇게 수염을 기른 사람을 보면 바보 같다고 느꼈기에 그냥 아내를 놀리려고 그런 말을 한 것뿐이었다. 흉측하긴 하지만 그는 수염을 즐겼다. 함께 일하는 사람들이 더 많이 수염을 길러도 좋을 것 같았다. 손등이나 팔목에 수염을 문지를 때 얼마나 좋은가.

"이 마지막 맥주 마실 거야, 스웨드?" 그가 물었다. 그는 대답을 들을 수 없었다. 스웨드는 너무나 조용했다. 그는 조용한 타입의 사내였다. 과묵함이야말로 그의 처세술이라고 칼은 생각했다. "아마 퀸비가 파이를 구웠을 거야." 그는 속이 빤히 들여다보이지 않기를 희망하며 말을 꺼냈다. 확실히 정말 오랜 시간이 걸렸다.

* * *

그가 티셔츠를 가슴까지 들어 올리자 털이 숭숭 난 배가 드러난다. 그녀는 잠시도 기다릴 수 없는지 조급하게 허벅지를 들어 올려, 발목으로 그의 엉덩이를 꽉 옥죈 다음, 침대로 무너진다. 오래된 스프링은 정오를 달리는 빠른 지하철처럼 삐걱거리고 덜커덕거린다. 창백하고 약해 보이는 그의 다리와 엉덩이는 하얗게 풀 먹인 이불에 대조되어 어두워 보이고, 콜먼 랜턴의 어지러운 불빛을 받아 그녀의 요동치는 몸은 빨갛게 달아오른다. 이상스럽게도, 그들이 랜턴을 계속 타오르게 할 것만 같다. 그는 짧고 까칠한 수염으로 그녀의 목덜미를 부벼 대며, 커다란 손으로 떨리는 육체를 어루만진다. 그녀의 몸이 그의 몸과 리드미컬하게 부딪치자, 그녀는 숨을 몰아쉬고, 흐느끼며, 보챈다. "그래!" 그녀는 쉰 목소리로 외친다.

당신은 창가에서 조용히 몸을 돌린다. 집에 도착하자, 올라는 설거지를 하고 있다.

*   *   *

퀸비는 무슨 이야기를 했을까? 아마 정원, 파이 굽기, 이웃들에 관한 이야기일 것이다. 그가 여행을 가고 없던 어느 날밤 갑자기 바람이 불어와 그녀가 몇 척이나 되는 보트를 어떻게 주변으로 옮겨 놓았는지 하는 이야기 말이다. 그녀는 이 주동안 기른 그의 수염이 마치 커다란 빗자루 같다면서 만약 당장 깎지 않으면 개들과 자야 한다고 으름장을 놓았다. 올라는 아버지가 개들과 함께 자는 것을 상상하며 낄낄거렸다. 그리고 기억이 난다. 퀸비는 아마도 그가 떠나 있는 동안 올라가 한 일이나, 올라가 했던 얘기를 들려주었던 것 같다. 그녀가 6학년에서 무엇을 했는지, 그녀의 애완동물이나 친구들 그리고 주변을 도와준 이야기 말이다.

퀸비는 바비큐 화덕 옆에서, 그를 완전히 등지고, 스테이크쪽으로 돌아앉아, 위스키를 홀짝거리며, 섬 생활에 대해 얘기를 하고 있었다. 그것 말고는 전혀 이야깃거리가 없었다. 그저 스테이크만 바라보며 앉아 있을 수밖에. 올라는 안쪽에서 상을 차리고 있거나 선착장 근처에서 수영을 하고 있겠지. 여기선 그게 최고였다. 태양은 솔숲 뒤로 주황색 공처럼 걸쳐 있었다. 선착장에는 물길이 휘감겨, 호숫가의 배들에 부딪혀 만곡을 이루었다가 시간이 감에 따라 아스라이 멀어졌다. 불꽃이 일고 연기가 났다. 개집 아래쪽에서 개들이 소란스럽게 왕왕거렸다. 아마 올라의 고양이가 이 길을 따라 어슬렁거렸던 모양이다. 고양이들은 그들의 우리 밖에서는 개들을 괴롭히는 습성이 있었다. 개들은 열심히 일을 했으니 쉴 만했다. 마음속으로,

그는 고양이에게 장화 한 짝을 슬쩍 던져 주었다. 개들은 이미 먹이를 먹었지만, 나중에 스테이크 뼈를 가져다줄 작정이었다.

* * *

퀸비가 걸음을 걸을 때면 그녀의 허벅지가 서로 스친다. 청바지 속에서, 낡아 버스럭 소리가 들린다. 올라의 바지는 그렇지 않다. 드문 일이긴 하지만 올라는 무릎을 붙이고 걸을 때조차 허벅지 부근에 공간이 생긴다. 서로 부딪는 압박감이, 틈이 아니라, 어색함을 일으키는 듯하다.

역시, 섬에서 태어나서 그런지, 그녀의 걸음걸이는 좀 유별나다. 그녀 엄마의 무게중심은 엉덩이 바로 아래에 확고하게 고정되어 있다. 그녀는 엉덩이 아래로, 편안하게, 조용히, 중량감 없이 움직인다. 올라의 중심은 아직도 그녀의 좁은 어깨 사이, 덜 여문 아름다운 가슴의 중간 어디쯤인 듯하다. 놀라서 빠르게 활보할 때는 톡 튀어나온 엉덩이뼈, 무릎, 발끝이 움직임을 좌우한다. 퀸비의 두터운 검은 쿠션은 움직임의 중심부이지만, 그녀의 딸은 아직 어눌하게 궁형을 이루고 있어서 하얀 반바지 안쪽 틈새에서 삐죽 나온 가냘픈 털의 기묘한 노출로부터도 요원하다.

남자가 이 초록빛 섬에 홀로 존재하기란 어렵다.

* * *

칼은 담배가 있었으면 했다. 처음에는 담배를 갖고 있었지만 그 빌어먹을 물고기를 낚고 너무 흥분해서 갖고 있던 것을 젖은 보트 바닥에 모두 쏟트리고 말았다. 설상가상으로 그 커다란 북쪽 물고기가 낚싯줄을 끊고 도망갔다는 스웨드의 말에 그의 기분이 더 나빠졌다. 젠장할, 하루 종일 그는 한 방 먹기만 하고 모든 것은 엉망이 된다! 스웨드는 두 마리를 잡았다. 둘 다 놓어다. 모든 것이 한심한 날. 스웨드는 담배를 피우지 않는다.

사실 담배는 둘째치고라도 좋은 독한 술이라도 있다면 얼마나 좋을까. 따듯한 저녁 식사. 잠자리. 곰팡내 나는 소나무 향과 차갑고 습기 찬 이불 그리고 끔찍한 갈망으로 그를 채우던, 특이한 소음이 들리는, 산들바람이 부는 스웨드의 오두막이 그립다. 텔레비전, 브리지나 포커를 하러 건너오는 친구들, 전기담요가 있는 진짜 집이라면 말할 것도 없겠지.

"정말 끔찍하게 어둡지, 안 그래?" 칼이 말했다. "안 그래."라는 말은 스웨드에게는 공손한 말이 아니다. 스웨드는 항상 "안 그래."라는 말을 사용했지만 칼은 그가 배 위에 있을 때만 그런 식으로 말하는 걸 좋아했다. 그는 맥주 마시는 것과 "안 그래." 혹은 "안 했어."라는 식의 말을 즐겨 했고 무거운 부츠 발로 주변을 쾅쾅거리며 돌아다니는 걸 좋아했다. 그는 가끔 자신이 스웨드가 하는 것처럼 "오, 예!"라고 말하고 있는 것을 알게 된다. '오'라는 말은 상승조로 올리고 '예'라는 말은 하강조로 내리는 억양이다. 칼은 자신이 사무실에서조차 그런 억양으로 말하는 것이 의아해질 때가 있다. 사무실 사람들은 그 억양으로 그를 알아보곤 한다. 만일 그가 죽는다면 사람들은 "그 착한 오랜 친구인 칼이 평상시 하던 말처럼, '오, 예!'"라고 말할 것이다.

*　*　*

그의 마음은 온통 오리들이 총에 맞아 떨어지던 장면에 대한 기억뿐이다. 그는 위스키를 마시고 스테이크를 바라보며 퀸비의 말에 귀를 기울이지만 오리 사냥 생각에 빠져 있었다. 오리들은 수직으로 급강하하는 것이 아니라 퍼덕거리다가 쿵 떨어졌다. 가끔 수직으로 급강하할 때도 있지만 그의 기억 속에는 날려고 계속 퍼덕거리던 놈들만, 그 끔찍한 상황이 무엇인지 알려고 발버둥치던 놈들만 남아 있다. 거친 퍼덕거림과 완만하고 부드럽게 물이 튀는 낙하로 인해 그는 오리 사냥을 즐겼다.

*　*　*

스웨드, 퀸비, 올라, 칼…… 저녁 식사 후에 불을 피우지 않은 난롯가에서 술을 마시고 있다. 올라는 물론 술을 마시지 않는다. 그녀는 아버지와 고양이에 관해 이야기하고 있다. 웃음이 터져 나온다. 그녀는 귀여운 여자다. "자, 이제 자러 가지, 친구들. 훌륭한 저녁 식사 정말 고마워. 아침에 다시 만나, 스웨드." 퀸비는 말한다. "스웨드 아니면 내가 깨끗한 수건을 가져다줄게, 칼. 오늘 아침에 수건 넣는 걸 잊었거든."

*　*　*

여기서 무슨 일이 일어나고 있는지 당신은 잘 알고 있다, 그렇지 않은가? 당신이 그리 어수룩한 사람이 아니라면 말이다. 왜 배의 모터가 꺼졌는지, 왜 오갈 데 없이 뱃길에서 벗어났는지 말이다. 침묵의 이유도 알고 있다. 기다림을 위해서라는 것을. 시간을 끌고 있는 것이다. 당신에게 느낌을 주기 위해서. 결국 잃어버린 속옷은 거기 있었다. 대낮같이 밝은 아침에도 찾을 수 없었는데 말이다.

하지만 남자가 할 수 있는 게 뭐가 있단 말인가? 개헤엄을 치며 멀어져 갈 때 눈을 자극하던 그녀의 엉덩이, 뱃전 끝에서 그녀의 젖은 배에 키스할 때 느껴지던 맛, 쓰러질 때 튀던 물방울을 당신은 생생히 기억한다. 당신은 낚싯줄을 드리웠다. 시장기가 돌았기에 배를 근처 물가로 노 저어 가서 두 마리의 농어를 요리하고픈 유혹을 느꼈다. 낚싯줄이 이상하게도 묵직하게 느껴졌다. 갑자기 줄 끝에 기다랗고 차가운 물고기가 뺨을 바늘에 꿰뚫린 채, 흐릿한 눈으로 어리석은 몸뚱이를 흐느적거리는 모습이 보인다. 그런 모습을 보면 어떻게 해야 하는가? 생각이 나지 않는다. 당신은 생각하려 애를 쓴다.

*　*　*

그들은 저녁 식사를 하러 안으로 들어간다. 그는 가는 길에 술을 두 잔 더 섞는다. 위스키는 병 밖으로 찰랑찰랑 흔들린다. 바깥엔 태양이 비치고 있다. 올라의 고양이는 발로 몸을 문지르고 있다. 아마 오리 사냥이 끝난 후 자신에게 떨어질 커다란 먹잇감을 의식하고 있는 듯하다. 아첨꾼 같으니. 그는 한 발을 들어 구두 끝으로 고양이의 귀를 간질인다. 목덜미의 풍성한 털. 그는 태평스럽게 웃으며 술잔을 들고 저녁 테이블에 앉는다.

퀸비는 마을에 떠도는 소문들을 얘기하고, 올라는 학교와 스카우트에 대해 이야기하며, 그는 오리 사냥에 관해 떠들어 댄다. 꽤 행복한 상황이다. 그는 흥분에 들떠 식사를 한다. 그는 어떻게 첫 번째 새를 잡았는지 얘기하고, 올라는 금문교와 이화작용 그리고 학교에서 읽었던 이야기들과 톰 소여에 관해 설명한다.

그는 접시 가득 쌓여 있던 음식들을 차례차례 다 먹어 치운다. 퀸비는 그가 먹는 것을 웃으면서 지켜본다. 파이 먹을 배는 남겨 두라는 그녀의 경고에 그는 코끼리 한 떼를 먹어 치우고도 파이 열 개쯤은 먹을 공간은 남아 있다고 대답한다. 올라는 그런 농담에 즐거이 웃는다. 그녀의 웃음은 정말 보기 좋다. 방금 전까지는 다루기 힘들었지만 이제 귀여운 여자가 될 것 같다는 확신이 든다. 그는 위스키를 단숨에 비우고 자기가 파이와 커피를 가져왔노라고 사람들에게 자랑한다.

* * *

얼마나 감미로운 느낌인가! 오두막에서 풍기는 곰팡내와 까칠한 이불의 생경함에도 불구하고, 콜먼 랜턴의 번지르르한 광휘 아래 성급한 갈망, 서늘한 바람이 당신의 음모를 간질이고,

지붕 위를 달음질치는 다람쥐, 서둘러 전희의 단계를 지나쳐 (한 번의 갑작스러운 키스, 조급하게 셔츠와 재킷 그리고 바지를 벗기고, 당신은 티셔츠와 양말을 걸린 채 허물어진다.) 일단 사랑이 시작되자, 너무 좋다! 그 따뜻한 부드러움 속으로 자신을 계속 밀어붙이며, 당신의 외로운 손은 그녀의 몸을 탐식한다. 그녀의 육중한 넓적다리는 위로 솟고 또 솟으며 당신의 무릎 뒤로 세게 부딪친다. 엉덩이는 시트 바깥으로 들어 올려져 나오고, 그녀의 들뜬 숨 가쁜 목소리. "더!"─모든 것이 무로 환원되는 상황, 얼마나 좋은가, 얼마나 좋은가!

잠시 후 그녀가 사라진다. 그리고 당신은 티셔츠와 양말을 걸친 채 누워서, 반쯤 몽롱한 상태로 콜먼 랜턴을 바라보고 있다. 담배를 피우며 내일 있을 낚시 여행을 생각하다가 축축해진 가랑이를 태평스럽게 속옷으로 훔친다. 담배를 비벼 끄고, 아직 흥분이 가시지 않은 맨살을 긁적이며 황갈색 바지를 당겨 입고는 소변을 보기 위해 문 밖으로 빠져나간다. 꼭 닫힌 창문 밖으로 새어 나오는 불빛이 당신의 시선을 사로잡는다. 그곳에 잠시 서 있다가 깨진 창틈으로 침대를 응시한다. 똘똘 말린 이불, 거기서 당신 자신을 바라본다. 좋아, 좋아. 솔숲을 통해 집 쪽을 응시하며 벽에 소변을 본다. 흐릿하지만 부엌 창가를 서성이는 올라의 머리가 보인다.

당신은 알고 있다. 당신은 알고 있다.

* * *

"이봐, 으, 스웨드……."

"왜?"

"오, 아무것도 아니야. 내가 말하려던 것은 말이야, 내가 처음에 발 벗고 나서는 게 훨씬 좋았을 거라는 거야. 자네가 뭐라고 비난하든 말이야. 나는…… 뭐, 자네 생각이 그렇지 않다면 할 수 없고."

"오, 예. 나도 그렇게 생각해."

"글쎄……."

* * *

스웨드, 칼, 올라, 퀸비…… 이들 중 한둘은 곧 죽을지도 모른다. 예를 들어 스웨드나 칼은 복수 아니면 욕정, 아니면 자기 방어 상태에 있게 될 것이다. 그리고 이들 중 누구라도 다시 이 섬에 되돌아온다면 여기에서 무엇을 발견하게 될까? 어쩌면 스웨드가 죽은 지 오랜 시간이 지난 후에 칼은 단지 그가 세상에 존재했다는 사실만 상상할 것이다. 남자는 깜깜한 밤 낯선 호숫가에서 홀로 많은 것들을 상상할 수 있으니까.

* * *

칼, 퀸비, 스웨드, 올라…… 거실에서 술을 마신다. 저녁 식사를 한 후라 올라를 제외하고는 모두 졸리다. 훌륭한 저녁 식사였다. 호수에서 갓 잡은 신선한 농어만 한 것은 없다. 그리고 퀸비의 레몬 파이 또한 일품이었다. "아빠와 고양이에 관한 이야기를 들은 적 있나요?" 올라가 묻는다. "아니!" 모두 웃는다.

올라는 방석 위에 앉아 자리를 차지하고 있다. "글쎄, 아빠는
이 주 정도 멀리 떠나 있어서……."

* * *

들어 보라. 아내와 멀리 떨어져 외롭게 홀로, 포커를 칠 친
구조차 없는 사내라면 가끔 바보 같은 짓을 한다. 당신은 잠자
리가 편치 않아 한밤중에 속옷 속을 긁적인다든가, 오두막 밖
에서 들리는 사슴 발소리, 아니면 다람쥐가 내달리는 소리, 물
새의 울음소리 때문에 화들짝 잠이 깨어 끝내 잠을 이루지 못
한다. 당신은 오두막 앞 담벼락에 소변을 보기 위해 맨발로 바
깥으로 나가 본다. 누군가 이곳을 가로질러 선착장 근처를 지
나 만 아래쪽으로 헤엄쳐 가는 것 같다. 이제 집 안에서 반짝
이던 불빛도 모두 사라지고, 오로지 한 줄기 희미한 전구 불빛
만 저 멀리 선착장 끝에서 흐릿하게 반짝거린다. 어디에도 빛
은 드리워 있지 않고 달만 휘황하다.

당신은 개들이 깨지 않게 개집을 멀리 돌아서 선착장 쪽으
로 조용히 터덜터덜 걸어간다. 그녀는 이쪽 방향으로 헤엄쳐
오고 있는 중이다. 당신과 맞닥뜨리는 근처 바위에 다다르자
그녀는 바위 위로 올라와 몸을 떨면서. 가녀린 등을 당신을 향
해 돌리고, 배들과 선착장과 달빛이 아롱지는 물 위에 웅크리
고 있는 묵직한 건물들을 응시한다. 밝은 달빛이 돌기처럼 쏟
아져 내려 그녀의 머리 위에서 왕관처럼 번뜩이고, 그녀의 어
깨와 어깨뼈, 볼록한 엉덩이, 종아리와 뒤꿈치까지 쏟아진다.

생각할 겨를도 없이, 당신은 속옷을 벗고, 집 쪽을 한 번 흘

굿 바라본 다음, 바위 위로 기어올라 그녀 곁으로 간다. "물은 어때?" 당신이 속삭인다.

그녀는 움찔 놀라 가슴을 움츠리며 당신을 향해 미소 짓는다. "바깥보다는 나아요." 그녀는 한기로 턱을 덜덜 떨면서 대답한다.

당신은 부풀어 오르는 흥분을 감추려 몸을 숙이면서 손가락을 물에 담가 본다. 물이 차가울까? 당신은 그것이 차가운지 어떤지 알아채지 못한다. 달빛으로 인해 마치 부드러운 솜털에 보석이 박힌 듯 보이는, 작은 물방울이 튄 그녀의 소중한 부분과 반짝이는 납작한 배, 그리고 긴장한 팔꿈치, 어린 소녀의 떨고 있는 새파란 입술에 온통 넋을 빼앗겼기 때문이다. 그녀 역시 당신처럼 의식적으로 몸을 움츠리고 앙상한 무릎과 어깨를 내보이며 몸을 떨면서 미소 짓는다. "괜찮아요." 당신이 말한다. "나한테는 네 또래의 딸이 있어." 이 말은 꽤나 바보스럽다.

*　*　*

두 남자는 두 개의 어두운 섬 사이를 표류하고 있었다. 칼은 눈을 가늘게 떠서 집중해 보지만 호숫가는 보이지 않고, 섬에서 얼마나 멀리 나왔는지 가늠하기조차 어려웠다. 어쨌든 상관없었다. 섬에는 아무도 없으니까. "이봐, 스웨드, 불빛이 필요한 거야? 여기 내게 성냥이 좀 있어. 젖지만 않았다면 불이 붙을 거야."

"안 돼, 앉아. 잠깐만⋯⋯."

자, 말도 안 된다. 잠시 쉬면서 생각해 보라. 빌어먹을, 가솔린 모터 주변에서 어떻게 성냥불을 켜겠다는 걸까.

"글쎄, 난 그저 생각만……."

칼은 왜 스웨드가 손전등을 준비하지 않았는지 의아했다. 수년간 이 호숫가에 사는 사람이 그 빌어먹을 손전등 하나 가져올 생각을 못 하다니, 결국 그는 너무 멍청했던 것이다.

그는 스웨드의 아내가 지금쯤 그들 걱정을 하고 있지는 않을까 궁금했다. 그녀라면 손전등을 사용했을 것이다. 좋은 여성이고, 친절하며, 요리 솜씨도 훌륭하다. 전혀 칼의 타입은 아니지만 자신의 삶을 꽤나 잘 이끌어 가는 여자이다. 그에 비해 그녀의 딸은 축 늘어진 반바지에, 바싹 마른 데다 스웨드와 많이 닮았다. 이야기에 살을 붙이자면 말이다. 이 년이면 아마도 귀여운 소녀가 될 듯싶다. 칼은 스웨드의 아내인 퀸비가 이 섬이 너무 외롭다는 이런저런 이유로 이곳을 그다지 좋아하지 않았다는 생각이 어렴풋이 떠올랐다. 그녀를 나무랄 수는 없었다.

그는 별난 생각이라는 건 알지만 주변에 빌어먹을 네온 불빛이나 그 비슷한 다른 불빛이라도 있었으면 하는 바람을 떨쳐 버릴 수가 없다. 그는 맥주가 더 있는지 의자 밑을 더듬거렸다.

* * *

"저는 아빠한테 왜 제 고양이를 총으로 쏘았는지 묻는 거예요." 그녀가 말했다. 거실 반대편 끝에 서서, 주황색 셔츠와 밝은 흰색 바지 차림에 깡마른 다리로 그들을 마주 보면서 말이다. 그것은 슬픈 질문이지만 그녀의 입술은 미소 짓고 있고 작고 하얀 치아가 유쾌하게 반짝인다. 그녀는 아버지가 고양이를 허공에 집어던지고 머리를 날려 버리던 것을 흉내 낸다.

"저기, 애야, 난 고양이에게 정정당당하게 기회를 주었단다." 그가 말했다. "내가 고양이를 허공에 던졌을 때, 만약 고양이가 멀리 날아갔다면, 총을 맞히지 못했을 거야!" 그녀는 다른 이들의 웃음에 동조하며, 소녀답게, 어색하게 웃다가 말다가 하다가 사람들이 모여 있는 곳으로 되돌아갔다. 좋은 이야기였다.

*　*　*

그녀는 말 한마디 없이 물속으로 스르르 미끄러져 들어가 개헤엄을 치며 나아간다. 그녀의 조그만 엉덩이가 물 밖에 나왔다 들어갔다 하며 시야에서 멀어져 간다. 집은 어둠에 감싸이고 개들은 침묵하는데, 당신 또한 물속으로 침잠하여 — 와우! 순간적으로 숨이 멎을 듯한 오싹한 한기가 온몸을 감싸고! 우와! — 달빛이 드리워진 물살을 가르며 자극적인 어두운 형체를 따라간다.

당신은 그녀가 호숫가로 방향을 바꾸기를 기대한다. 집을 향해 가다가 갑자기 밝은 만의 한중간에 다다르자 노출된 벗은 알몸에 바보가 된 듯하다. 그녀를 다시 보고 싶은 열망에도 불구하고, 물 밖에서, 당신은 잠시 멈추고, 그 지점으로 되돌아갈 준비를 한다. 하지만, 아니다, 그녀는 그림자에 휩싸여 보일 듯 말 듯 선착장 끝에 있는 보트 옆에 다다라 있다. 당신은 밖에서 안 보이게 물속에 잠겨 당신 나이에 걸맞게 길게 몸을 뻗어 선착장으로 헤엄쳐 간다. 그리고 그곳에서 그녀의 아버지가 수많은 관광객들을 안내하기 위해 사용하는 긴 사다리 밧줄을 붙잡고 있는 그녀를 발견한다. 집이 시야에서 멀어지자 경계심도 마음에서 멀어진다.

그녀가 물 밖으로 나와 사다리 밧줄 위로 올라가자 당신도 바짝 뒤따른다. 그녀의 다리가 당신의 얼굴과 어깨를 스친다. 그녀가 뱃전 끝에서 달빛에 푹 젖은 채 나타나 몸을 앞으로 굽히며 배로 기어오르자, 당신은 황홀감에 도취하여, 그녀의 반짝이는 엉덩이에 키스를 하기 위해 몸을 기댄다. 당신의 고동치는 마음속에서 한 가지 아이디어가 떠오른다. 만약 그녀가 거절하면 당신의 수염에 대해 몇 가지 농담을 할 거라고 말이다.

* * *

그가 깡통에 구멍을 내자 맥주가 분출한다. 재빨리 입을 갖다대지만 일부는 그의 귓가로 흘러넘친다. "이봐! 내가 자네를 붙잡은 건가, 스웨드?" 그는 웃는다. 스웨드는 아무 응답이 없다. 제길, 묻는 게 바보지. 맥주는 분출하여 그의 어깨너머 뱃전을 지나 스웨드의 맞은편까지 튄다. 그는 그저 습관처럼 질문을 한 것이었다. 왜냐하면 침묵이 너무 싫었으니까. 그는 두 번째 구멍을 뚫고 깡통에 입술에 갖다댄다. 처음엔 거품뿐이었지만 약간 기울여 단숨에 입 안에 부어 두 모금을 꿀꺽 삼킨다. 첫맛은 그런대로 좋았지만 잠시 후 김이 빠져 미지근한 맛이 입가에 감돌자 두 번째 깡통을 딴 것을 후회한다. 그는 기분이 상하여 남은 맥주를 호수에 던져 버리려 하지만 스웨드가 그런 행동을 이상하게 여길까 봐 그렇게 할 수도 없다. 이번에는 그는 생각만 할 뿐 빈 깡통을 던지지 못한다.

* * *

스웨드, 퀸비, 칼, 올라…… 이야기하고 웃고 침실로 간다. 소녀는 그녀의 이야기 가운데 한 가지 세부 사항을 빠뜨렸다. 그녀의 아버지가 총을 쏜 후 고양이는 땅으로 수직 강하했다. 그러나 잠시 후 고양이가 떨어진 곳에서 무언가 퍼덕이는 소리가 들렸다. 여전히 밤이 깊었기에 그녀는 그 소리의 정체가 궁금했다. 나뭇가지들은 지붕 위를 부드럽게 간질인다. 다람쥐들은 휙 소리를 내며 질주한다. 비버, 여우, 스컹크, 호저의 스산한 몸놀림. 한때의 깊은 정적은 머지않아 빗소리에 깨질 것이다. 그리고 호수 저편에서는 고기잡이배 안에 있는 사내들이 다투는 소리, 두런거리는 잡담 소리, 맥주 깡통을 여는 소리. 이야기가 술술 풀려 나온다.

감지 렌즈

1
'겨울' 장면

아무 소리도 없다. 이따금 거의 감지할 수 없을 정도의 우지직거리는 가녀린 소리 말고는 짙은 침묵만이 점점 깊어 간다. 달리 정적이라고 할 수밖에 없는 이 상황에서 혹시 그 정적에 흠집을 내는 작은 소리라도 들릴까 하여 귀를 기울여 보지만 들리는 것은 소리가 아닌 소리의 부재, 오로지 고요함뿐이다. 그리고 한 줄기 바람조차 없이 그렇게 시작된다. 고운 분말 같은 눈발만이 아주 세밀한 빛의 파편처럼 소리 없이 골고루 떨어져 얼음 먼지인 양 고요한 숲에 차갑게 내려앉는다. 눈은 스스로 바람에 날려 쌓이고, 굴곡진 대지의 바닥은 아마도 쓰러진 나무와 죽은 잎들의 둔덕에 의해 울퉁불퉁 이랑이 져 있는 듯하다. 사실 땅속 일을 우리가 알 수는 없기에 그저 표면을 보면서 확신할 뿐이고, 나무의 검은 그림자는 빙퉁그러지고 금이 간 채 복잡한 무늬로 세공되어, 복잡하지만 차분하게, 잘 안착된 채로, 사색하듯 어리어 있다. 얽힌 그림자와 밝은 여명에 비친 눈의 다변형 입자들은 빛의 진동하는 고정성, 그림자의 감지할 수 없는 폭력성과 움직임을 제시한다. 그 쌓인 눈발에 가까이 다가서면 나무 전체는 보이지 않고 단지 눈을 가득인 나뭇가지와 흰빛으로 얼룩진 두껍고 검은 나무줄기만이 대지에 빼곡히 쌓인 하얀 눈 덩이를 위험스레 휩쓸고 있다. 우리는 땅 위에 곱게 쌓인 순결한 눈밭 위로 나무줄기 곁을 미끄러지듯 지나쳐 그것들을 밟고 지나간다.

짧고 날카로운 금 가는 소리! 우리는 잠시 가만히 멈춘다. 정적과는 다르다. 또 한 번! 우리 바로 곁에서, 가까운 곳 위에, 커다란 소나무의 원통형 줄기, 숲 속에서 들리는 무언가 쪼개지는 소리. 그렇다, 다시! 나무가 얼어붙는 듯한, 미묘한 물어 뜯는 듯한 목소리. 우리는 그 소리를 다시 들으리라 기대하면서 잠시 멈칫거린다. 그러나 우리의 관심은 새로운 소리에 이끌려 갑자기 흔들린다. 불규칙하게 우두둑 후려치는 듯한 소리가 네다섯 번 반복되다가, 멈추고, 다시 들린다. 그렇다, 물론! 발아래 짓뭉개져 튀어 올라 흩날리는 눈! 그 움직임! 이제 우리는 그를 본다. 그곳에서! 분명 하얀 무엇인가가 후딱 스치는데. 토끼다! 달치락, 달치락, 달치락, 달치락, 달치락. 멈추다가. 밀치락, 달치락, 밀치락. 멈추다가. 귀를 기울인다. 커다란 콧구멍을 노심초사하듯 실룩거리며. 사라진다! 사라지며 밀치락, 달치락 뛴다. 멈춘다. 그리고 나서 다시 좀 더 크게. 멈춘다. 아! 바로 그 소나무 뒤에! 그러고 나서 다시 멀리서, 쿵, 쿵, 쿵,

쿵, 마침내. 침묵. 갑자기 깜짝 놀랄 만큼 가까이 다가온 개의 머리, 작고 검은 반짝이는 눈, 하얗게 눈 덮인 대지를 쿵쿵거리는 길고 까만 코, 쫑긋 솟은 날카로운 삼각형 귀, 이제 우리는 깡마르고, 성글게 털이 나고, 귀족 혈통의, 긴장된 몸집을 한 그 개의 전체 모습을 본다. 코를 아래로 내리고, 부드러운 눈발이 가볍게 흩날리는 한적한 숲 속을 소리 없이 미끄러져 나가는 모습을 말이다.

우리는, 개를 잊어버리고, 개방된 작은 공간이 나타난 곳에 이른다. 거의 평평하면서, 곧추세운 뾰족한 형상으로도 깨지지 않을 낯익은 명암법을 도용한 윤곽이다. 여기서 우리는 잠시 멈춘다. 우리의 응시는 위쪽으로 표류하며, 사라져 가는 눈을 통과하여, 닿을 듯 뻗쳐 있는 아치 모양의 나뭇가지를 지나, 하늘을 향해, 마치 그 속에 소유된 듯 안쪽으로 기울어진 우듬지 위로, 어떤 전능한 소실점을 향해 이끌린다. 그러나 우리는 소실점을 볼 수 없을 뿐만 아니라 하늘조차도 볼 수 없다. 눈은 우리에게 무너져 내리고 흩날리면서 모든 것을 지워 버리고 오로지 검은 나무의 정지된 윤곽만 드러내기 때문이다. 뒤를 돌아 아래를 내려다보면 이 펼쳐진 지대가 견고하면서도 뭔가 수수께끼 같은 가로등이 버티고 서 있는 진짜 공원임을 알 수 있다. 눈을 수북이 뒤집어써서 베개같이 부풀어 오른 널따란 벤치가 발치까지 두텁게 쌓인 눈 위에 뻗어 있고, 비바람에 칠이 벗겨진 빛바랜 작은 표지판 하나가 불쑥 솟아 올라와 있다. 아주 가까이서 잘 들여다보면 '사람들'이라는 단어가 적혀 있는 것을 간신히 볼 수 있지만 어디로 가야 그들을 찾을 수 있는지 화살표는 없다. 가로등엔 아직 불이 밝혀지지 않았다. 지금이 하루 중 가장 밝은 때이기 때문이다.

길 하나가 공원을 지나간다. 거칠 것 없는 눈벌판 속으로 희미하게 보이는 그 길은 약 3미터 정도 너비의 조금 후미진 평원처럼 보이며 무한히 쭉 뻗어 있다. 사실 우리는 그 길 한가운데 서 있다. 그리고 우리가 응시하는 것은 끝없는 수평선을 향해 뻗어 있는 그 길의 자취인데 ── 그 수평선은 윤곽이 정확한 것이 아니라 울창한 숲으로 뒤범벅이 되어 있다 ── 짙은 색 말 두 마리가 끄는 썰매 한 대가 가까이 다가온다. 아무 소리도 내지 않고, 빠르게, 접근한다. 들끓는 구름의 소용돌이 속에서 무심한 눈발을 걷어차며 달리는 말발굽, 우리를 향해 맹렬히 달려오지만 아무 소리도 들리지 않는다. 휘날리는 갈기와 견고하면서도 유연한 몸, 땀에 젖은 어깨, 부르르 떨리는 근육, 거품이 이는 입을 가진 멋진 말들. 갑자기 썰매에 매단 종은 포효하듯 앞을 가로막고, 천둥이 치는 듯한 말발굽 소리와 함께 우리에게 달려와, 우리를 지나쳐 앞이 보이지 않는 눈의 교란 속으로 사라진다.

그 소음은 시작되자마자 갑자기 멈춘다. 잠시 모든 것이 희미해진다. 차가운 눈의 고운 입자들이 우리 주변으로 내려앉으면서 썰매가 지나간 자리에 한 남자가 서 있는 것이 보인다. 그는 서서, 웃으며, 마치 썰매를 잘 아는 듯 손을 흔들고 있다. 이제 그는 썰매 몰이꾼이 남겨 놓은 두 개의 좁다란 자취 중 하나를 따라 천천히 보조를 맞추며 걸어간다.

남자의 얼굴은 낯설지가 않다. 마치 우리가 알고 있는 누군가처럼 보이기도 하고, 전에 본 적이 있거나, 혹은 우리가 전에 만났던 사람을 닮은 듯하다. 그는 막일을 하는 사람처럼 우락

부락한 얼굴에 한번 깨졌던 듯한 커다란 코 위로 울퉁불퉁한
이마, 매듭이 진 듯한 얇은 눈썹, 주름진 이마 옆으로 번뜩이
는 설광(雪光)과는 대조적으로 옹색해 보이는 창백한 사팔뜨
기 눈, 거기엔 놀라 당황한 빛이 드리워져 있고 화가 잔뜩 난
듯하며, 관자놀이 주변은 까마귀 발처럼 시커멓게 타 있고, 앞
으로 밀려 나온 턱, 볕에 바싹 말라 올이 굵은 부푼 머리를 하
고 있다. 먼 지점에 못 박혀 있는 그의 시선은 어쩌면 소리 없
이 지평선 너머로 사라진 썰매에 고정되어 있는 듯도 하고 결
연하게 그저 지평선 자체를 보고 있는 듯도 하다. 남자는 연신
미소를 짓고, 그 미소는 그의 시든 뺨 위로 우스꽝스러운 깊은
주름을 지게 한다. 태양의 빛나는 광선이 계속 내리쪼인다. 남
자의 뺨에는 짧은 수염이 다보록하게 자라고 작고 뻣뻣한 털
은 마치 끈질긴 기생생물처럼 어두운 모낭 밖을 비집고 나와
있다. 개미 머리만 한 크기의 까만 사마귀가 미소에 의해 움푹
파인 주름살 근처에 돋아나 수염의 성장을 방해하고 있다. 미
소는 사라져 가고 주름은 깊어지지만 그것이 활기찬 남자다운
결단력 있는 주름이라는 것을 재빨리 알아챌 수 있다. 한 가
지 특이한 점은 그의 얇은 입술이 이상스럽게도 어두워, 거의
검은색에 가깝다는 것이다. 그리고 그의 눈썹은 너무 두드러
진다. 의심의 여지 없이 어떤 특이한 기술이 만들어 낸 사소한
실수 같다. 우리는 그것을 위치가 잘못 놓인 단어나, 불필요한
눈물, 혹은 뒤축이 부러진 신발처럼 무시한다. 그 남자는 가슴
과 탄탄한 어깨를 덮는 짧은 가죽 재킷을 입고 있으며 큼지막
한 손은 눈길을 힘차게 걸을 때 규칙적으로 널따란 호를 그리
며 흔들거린다. 그의 다리는 거친 회색 정강이 보호대 속에 단

단하게 싸여 있다. 그의 장화는 눈 더미를 박차며 당당하게 걷고 있지만 흩날리는 눈발에 의해 시야가 흐려져 장화가 마치 검은 신발 모양의 의족처럼 보인다. 그것은 단지 어떤 개인의 구두끈이나 단추 걸이의 번뜩임으로밖엔 이해되지 않는다. 아니 전체적으로 조망해 보면, 움직이지 않는 순백의 공간 안팎으로 눈이 흩날리도록 검게 파헤친다고 하는 편이 나을 것이다.

저 먼 곳으로부터 한 남자가 우리 쪽을 향해 걸어오는 것이 보인다. 그의 턱은 화가 잔뜩 나서 어쩔 줄 모르는 분노로 일그러져 있다. 그는 광활한 눈빛의 고독 속에 완전히 홀로 존재한다. 더 이상 눈은 내리지 않는다. 하늘이 맑게 개었다. 그곳엔 나무도, 그림자도, 사라진 썰매의 자취도 존재하지 않는다. 오로지 그림자 하나 없이 경사진 광활한 불모의 공간을 가로질러 바람에 머리를 흩날리며 성난 걸음을 걷고 있는 얇은 가죽 재킷의 남자만이 존재할 뿐이다. 그 남자는 이따금 큰 보폭의 걸음을 멈춘다. 고민이 있는 듯도 하고 불안하게 흘긋거리는 걸 보면 무언가를 잃은 듯도 하다. 그는 걸음을 멈춘다. 그러더니 초조한 듯 세 번 불안스레 걸음을 뗀다. 그는 다시 멈춘다. 주변을 둘러본다. 우리는 점점 그곳으로 끌린다. 그는 햇빛을 가리기 위해 넓적한 손을 눈썹 위에 갖다대고 허리를 조금 내밀면서 완벽한 햇무리 속의 지평선을 찾는다. 그는 손을 내려 바지를 끌어 올리고 한숨을 쉬며 눈살을 찌푸린다. 그러곤 점퍼 주머니에서 담배가 한 개비밖에 들어 있지 않는 구겨진 담뱃갑을 꺼낸다. 담배 한 개비를 꺼내서 손등으로 재를 다져 넣고 거만하게 입에 갖다 물고는 익숙한 솜씨로 재빠르게 빈 담뱃갑을 뭉개 눈밭에 던져 버린다. 이제 담배를 꺼냈던 주머니에서 종이 성냥을 꺼낸다. 성냥 한 개비를 뜯어 불을 붙이고 손을 둥그렇게 오므린 후 바람을 막아 담배 끝에 불을 붙인다. 코에서 담배 연기가 솟아 나온다. 그는 성냥을 툭 쳐서 던져 버리고 연기를 깊이 들이마신다. 그의 얼굴은 뭔가 의도한 것이 있다는 듯 과단성 있게 굳고, 긴장된다. 천천히 연기를 내뿜으며, 입술은 굳게 다문 채, 시선은 멍하니 저 먼 곳을 가늠하고 있다. 이제 담배까지 툭 쳐서 먼 곳으로 날려 버리고 급하게 주위를 훑어본 후 머리를 앞으로 내밀며 다시 앞으로 돌진한다.

그는 서너 걸음도 가지 못하고 멈추어 선다. 입술을 핥으며 주변을 응시한다. 그는 오른손 끝으로 자신의 성기를 꾹 누른다. 한 번 더 용의주도하고 다소 품위 없는 모습으로 사방을 휘둘러보고, 짙은 속눈썹이 난 눈 위로 왼손을 올려 얼굴을 가린다. 분명 아무도 없다는 것을 확인한 후 만족감에 젖어 앞단추를 끄르고 소변을 볼 준비를 한다.

그의 왼쪽 어깨 너머, 홍조 띤 왼쪽 귀를 지나면 우리는 그 앞에 현란하게 부서져 내리는 오줌 줄기를 볼 수 있다. 왼쪽 관자놀이가 임무에 열중하느라 긴장되었다가 서서히 풀린다. 우리가 그의 얼굴에서 본 것은 말하자면 만족감이다. 그러나 이것은 왼쪽 면만을 보았을 때의 상황이다. 그 반대편은 빛의 그림자로 인해 어둡게 보일 뿐이다. 그는 오줌을 방출하면서 눈 위에 글씨를 쓴다. 우리는 순백의 벌판에 레몬 자국이 번지는 것을 따라가 보지만 어떤 글자인지 알 수도 없고 설사 그 의미를 알 수 있다 하더라도 폭포수같이 쏟아지다가 약해져서 가느다란 줄기로 마지막 세 번만 똑 똑 똑 뿜어 나오고 시들어 버린 상황에서 그가 자신이 의도하던 글을 마무리했는지 아닌 지는 기억할 수조차 없다. 남자의 어깨가 떨리면서 웃고 있는 것이 보인다. 그는 자신의 역할을 하면서도 계속 웃고 있었고 그 웃음은 거의 통제할 수 없을 정도이지만 우리에게는 아무 소리도 들리지 않는다. 여전히 침묵만이 우리 의식을 지배하고 있으며 가끔 예기치 않은 정적인 음향만이 줄곧 들려오는 듯 하다.

남자는 마지막 오줌 방울을 털고 단추를 채운다. 머리를 뒤로 젖히고, 입은 벌린 채, 흰 이를 드러내고, 가느다란 눈을 더 꽉 감고 눈 언저리에 주름이 진 채 줄곧 웃고 있다. 이제 그는 무릎을 꿇고 눈밭에 손가락으로 무언가를 휘갈겨 쓴다.

나는 이것을 했다!

그러나 금세 격한 웃음소리와 함께 그는 거꾸로 눈 속을 곤두박질치며 구르기 시작한다. 그 웃음소리! 지금 들리기 시작하는 소리! 강하고, 괴롭히는 듯한, 광란에 사로잡힌, 솟구치는, 느슨한 듯, 심술궂은 듯, 점점 커지는 요란함. 비록 웃음소리는 부풀어 오르지만 남자의 얼굴은 진지할 정도로 깨어 있지 않은가! 눈을 주섬주섬 주워 모아 공포스러운 눈 덩이를 말아 올리는 그의 주름진 두 눈은 축축이 젖어 있고 뺨은 마치 밀가루를 흩뿌린 듯 하얗다. 우리는 처음으로 그의 미소를 보지만 그 미소는 진짜 웃음이 아닌 마치 그림 같은 미소다. 웃는 동안 아래로 축 처진 그의 실제 입 모양을 보고 우리는 그가 웃는 것이라 여기고 그 미소는 눈물 어린 얼굴에 완고하고 비정한 인상을 더한다. 광란의 웃음소리가 천둥소리 같은 절정을 지나 산산이 부서져 저 멀리로 사라져 간다. 공허하면서 이상스럽다. 그 소리는 이제 메아리에 지나지 않는다. 그리고 다시 침묵이 찾아든다. 우리가 알고 있는 침묵이다. 남자의 얼굴에 가식적인 웃음이 퍼지고 음침한 입술은 무언가 끔찍한 음절을 되뇌며 움직이기 시작한다. 거기서 무언가 듣기를 기대하지만 아무 소리도 들을 수 없다. 바로 그때 놀랍게도, 무언가 다른 것과 구별되는 어떤 소리, 새로운 소리, 깊은 목구멍을 통해 질식하듯 흘러나오는 익살스러운 소리가 들려온다.

꾸물거리는 듯 재빠르게 우리는 그 남자와 소리를 뒤쪽에서 급습하여, 뒤집혀 무기력해진 딱정벌레 같은 그를 눈 속에 처박아 놓고, 광활하고 아득한 평원에서 미끄러져 내려와, 눈을 한가득 뒤집어쓰고 낮게 휘어진 나뭇가지들이 차양을 이루고 있는 안락한 숲의 그늘로 기쁘게 되돌아온다. 짧지만 그 놀라운 순간, 우리는 갑자기 남자의 신경질적인 얼굴을 다시금 본다. 그것은 차갑게 냉기가 도는 원치 않는 전율로 우리를 내모는 듯한 기억, 갑작스러운 끔찍한 회상이 내재된 듯한 표정이다. 그러나 우리는 점점 그것이 전혀 사람이 아니라 다름 아닌 커다란 콧구멍을 벌름대는, 몽롱한 설치류의 눈, 냉소적으로 웃는, 윗입술이 찢어진 하얀 토끼의 얼굴임을 알게 된다. 우리가 미끄러져 되돌아올 때, 그 토끼는 여윈 개의 아가리에 물려 있었다. 조심스럽게 귀를 기울이면, 연약한 도자기 위를 군인들이 행군하듯이 딱딱 리듬에 맞춘 금 가는 소리를 들을 수 있다. 그 소리는 개와 토끼가 시야에서 사라지고 한참이 지날

때까지도 잦아들기는커녕 점점 커진다. 드디어, 이 소리조차도
희미해지면서, 겨울의 초월적인 침묵 속으로 사라져 버린다. 눈
이 다시 내리기 시작한다.

2
사마니에고의 젖 짜는 여자

우유 항아리를 머리에 이고서
우유 짜는 여인이
잘 보이지 않는 앞을 보고 있네.

  어떤 상상의 나래를 펴도록 허락받는다 해도 우리에겐 달리
표현할 길이 없다. 그 시골 어딘가에 희미하게 무언가가 존재
한다는 확신 말고는 말이다. 다소 말이 안 될 법도 하지만 그
럼에도 그것은 사실이다. 비록 지금 우리 눈에 보이지는 않지
만 우유 짜는 여자가 다가오고 있다. 그녀가 다가오는 것이 그
남자의 표현에 의한 것인지 아니면 남자의 위치에서 그렇게 보
이는 것인지는 알 수 없다. 그저 한 남자가 홀로 앉아 있듯이,
그는 작은 아치 모양의 다리 끄트머리에 나름대로 홀로 앉아
시냇물이 소용돌이치는 것을 한가로이 응시하면서 무릎에 놓
여 있는 빵 덩어리를 조금씩 뜯어 누런 이 사이에 우겨 넣고
있을 뿐이다. 그가 아무 관심도 없다는 듯 빵 조각을 우물거
리자 면도도 하지 않은 거무스레한 뺨이 두꺼운 롤빵으로 인
해 번갈아 부풀어 오른다. 그러나 무엇보다도 젖 짜는 여자가

다가오고 있는 것만은 사실이다. 시장에 내다 팔 신선한 우유가 가득 찬 둥글고 키 큰 주전자를 머리에 이고서 말이다. 비록 더 묘사되어야 할 미진한 구석이 있긴 하지만 어쨌든 그 장면은 그런대로 이해하기 쉬운 도입부로, 아무렇게나 만들어진 묘사가 아니라 사전에 미리 결정된 정확한 구조의 이미지이며, 우리의 감각이 조합한 그녀의 현재 모습과 색상의 결합을 능가하는 기본적인 영상이다. 바로 그때 우리는 부인할 수 없는 그녀의 접근과, 다소 가늘고 우아한 주전자, 목에 두른 빨간 손수건, 풀 먹인 하얀 블라우스 그리고 밝은 꽃무늬 스커트, 먼지를 뽀얗게 일으키며 길을 따라 내려오는 그녀의 강건하고 기쁨에 찬 발걸음, 아치형 다리로 이어지는 먼지가 피어오르는 길, 떡갈나무와 삼나무를 지나, 뒤틀린 나무 담장, 양 떼와 소 떼들로 어수선한 풍경, 별장과 방목장을 따라, 클로버와 양배추, 아재비풀이 가득한 들판, 그리고 길가 자갈밭을 헤집는 닭들을 지나, 제어되지 않는 여름 햇빛의 열정에 파묻힌 그녀의 모습을 감지한다.

반면에 우리는 남자는 염두에 두지 않았던 것 같다. 예를 들어 참나무, 사이프러스, 나팔수선화, 양배추 들을 배치하듯 공간이 허락하는 한에서 모호한 기대감으로 그에게 약간의 공간을 허락했는지는 모르지만, 젖 짜는 여자에 대한 우리의 관심이 그 사나이로 인해 분산될지도 모르는 안 좋은 상황을 가늠해서 그를 바로 그 교각 위에 존재토록 하지는 않았다. 그리고 더군다나, 그의 누더기 같은 모자, 햇볕에 그을린 목둘레와 귀 근처에서 곱슬거리는 머리, 고정된 채 부어 오른 눈, 나머지보다 유독 짧은 두 개의 손가락. 이것들은 우리에게 일종의 또 다른 교각 혹은 또 다른 젖 짜는 여자를 찾을 수 있다는 용기를 주고 그런 행복한 선택이 가능하다는 놀라움을 준다. 그러나 우리가 자신의 갑작스러운 침입에 불안해하리란 것을 의식하면서도, 그는 불현듯 시냇가의 한가로운 사색을 멈추고 조심스럽게 머리를 꼿꼿이 세운 다음, 음탕한 눈빛을 과시하며, 천천히, 숙고하는 듯, 오른쪽 어깨로 시선을 돌림으로써, 몇 백 발자국 멀리서 이제 간신히 길모퉁이를 돌아 눈에 띌 듯 말 듯 오고 있는 젖 짜는 여자 쪽으로 우리의 눈길이 향하도록 인도한다.

처녀는 우아하게, 흐트러짐 없이, 분명 우리 쪽을 향해, 이 무더운 날에는 절대 존재할 수 없는 산들바람을 싣고 오듯 움직여 온다. 밝은 꽃무늬 앞치마에 살포시 얹어 있는 그녀의 섬세한 손이 가볍고 사뿐한 걸음걸이를 위해 앞치마가 둘러진 치마를 살짝 들어 올린다. 머리 위엔 신선한 우유를 시장에 나를 때 사용하는 길쭉한 하얀 주전자가 계속 얹어 있다. 그녀의 발걸음은 길가에 작은 먼지 소용돌이를 일으키며, 한여름의 몽롱한 기운을 배가시킨다. 하얀 암탉이 목청을 돋우며, 날개를 펄럭거리다가, 길 한옆에서 자갈을 헤집어 파던 것을 멈추고, 그녀 앞에 난 길에서 서성거리고 있다. 이렇게 멀리 떨어져 있는데도 그녀의 환한 얼굴에 번지는 미소와 목에 묶은 붉은 담황색 손수건, 풀 먹인 하얀 블라우스를 비집고 나온 기대보다 훨씬 풍만한 가슴을 식별할 수 있다.

그녀가 천천히 길모퉁이를 한 바퀴 돌아 곧장 우리 앞으로 다가올 때면, 그녀의 엉덩이는 함지박만 하고, 치마는 더 풍성해진다. 쪼뺏한 입을 가진 길고 완만한 곡선의 도자기 주전자는 부드러운 하얀빛을 머금은 계란 껍데기 같은 연회색이다. 주전자는 그녀의 다갈색 머리 위에 고정된 듯 올라앉아 있고, 그것을 머리에 이고서 그녀는 미끄러지듯 몸을 움직여, 먼지가 이는 바퀴 자국 난 길을 따라 순수한 직선의 움직임으로 내려온다. 붉은 연지를 바른 입가엔 묘한 미소가 흐르고, 눈은 왼쪽도 오른쪽도 아닌, 바로 몇 발자국 앞에 고정되어 있다. 그녀가 걸을 때, 치마는 펄럭거리며 마치 산들바람에 붙잡힌 듯 비비 꼬인다. 비록 산들바람 같은 것은 존재하지 않지만 말이다. 그녀, 아니, 남자가, 누더기 모자에 부어 오른 눈을 하고 서 있다. 아니. 아니다! 처녀다, 처녀!

그녀의 발치에서 소용돌이치는 먼지 회오리 너머로 이따금 그녀의 발목이 보인다. 발목은 두껍다기보다는 어두운 치마와 밝은 체크무늬 앞치마 아래로 비쳐 드는 여름 햇빛 속에서 재빠르게 반짝이고 있다고 하는 게 나으리라. 그녀는 비록 거칠고 투박한 손을 가졌지만, 그것들은 검게 못 박힌 강인하고 자신감 넘치는 젖 짜는 여자의 손이다. 그 손으로 가축을 치고, 부푼 젖꼭지를 쥐어짜며, 삽으로 사료를 퍼서 저장소에 보관한다. 그녀의 목덜미엔 메역취 빛깔의 풍성한 스카프가 둘러져 있고, 그 위로 크고 고른 이와 건강미를 드러내는 천진한 미소가 함빡 피어난다. 코는 약간 왼쪽으로 비뚤게 뻗어 있고, 오른쪽 콧구멍 위에는 사마귀처럼 보이는 작고 거무스레한 점이 있다. 그녀의 쪼뺏한 검은 눈은 오른쪽도 왼쪽도 아닌 몇 발자국 앞 허공을 응시하고 있다. 변덕스러운 여름 땡볕에 그을린 그녀의 고귀한 얼굴 위로, 기다란 주전자가 흑단 같은 머리에 살포시 얹어 있다. 그녀의 우아하고 육중한 걸음걸이에도 전혀 흔들림이 없다.

주전자 자체는 창백한 회색이지만, 목 부근엔 그늘이 져 더 어둡고, 녹슨 쇠붙이 색깔의 정맥처럼 복잡한 그물 무늬가 퍼져 있다. 아주 가까이에서 보아도 빛깔과 짜임새가 하얀색 달걀 껍질과 너무 흡사하여 보는 이를 놀라게 한다. 사실 더 자세히 보면, 그것은 전혀 주전자가 아니라, 마치 한 개처럼 보이는, 진짜 달걀들이다. 최소한 여섯 꾸러미 혹은 일곱 꾸러미쯤 되는 달걀이 라피아 잎으로 만든 커다란 바구니에 가지런히 놓여 있는 것이다. 신선한 달걀을 시장으로 나를 때 사용하는 바구니이다. 갑자기, 우리 눈앞에서, 달걀은 그 속에 뭔가 내적 힘이 작용하는 듯 바구니 속을 이리저리 뒹굴다가, 부딪쳐 깨지더니, 백 마리 정도 되는 병아리들이, 아니! 그보다 더 많은, 확실히 더 많은 병아리들이 노란 솜털을 부스스 펄럭거리며, 쾌활하게 흥분되어 씨앗을 뿌리고 있는 젖 짜는 여인의 밝은 꽃무늬 앞치마 속으로 종종대며 들어온다. 병아리들은 그녀의 가느다란 발목 주변을 불안한 듯, 맹렬하게 허둥대며 다니고, 빠르게 종종거릴수록 점점 커진다. 금방 그들은 살찐 하얀 암탉이 되고, 금방 더 포동포동한 암컷이 되어, 배로 땅을 긁으며, 가냘픈 아가씨가 여물통에 던져 준 양배추, 밀겨, 도토리 들을 뾰족한 부리로 게걸스레 쪼아 댄다. 그리고 우리가 처음 보았을 때처럼 더 많은 암컷들, 닭들, 하다못해 새끼 송아지를 거느린 소 떼까지 달걀 껍데기 같은 하얀 주전자를 머리에 인 행복한 젖 짜는 여자 주변을 영광스러운 듯 에워싼다.

열두 걸음도 안 되는 곳에, 번뜩이는 갈색 눈매, 야무진 입, 검은 피부와 훌륭한 골격을 가진 키 큰 소년이 가슴팍이 두툼한 칠흑 같은 빛깔의 억센 황소를 빗질하고 있다. 그러다가 금세! 갑자기 머리를 들어 올려, 서로 시선을 주고받고, 미소를 짓고, 여인은 눈길을 아래로 떨군다. 광포한 여름 태양에 그을려 적갈색으로 반짝이는 그녀의 아름다운 머리털, 살포시 달아오른 고운 뺨, 풀 먹인 하얀 블라우스와 꽃무늬 치마 속에 숨은 부드러운 여체에 마비가 된 듯 소년은 경이에 차서 물끄러미 바라본다. 말빗이 땅에 떨어진다. 그는 암탉들을 제치고 어린 송아지를 밀치며 그녀를 향해 돌진한다. 그의 입가에는 미소가 사라지고, 두 눈은 놀란 듯 커져 있으며, 콧구멍 또한 팽창해 있다. 그는 손으로 그녀의 가슴을 만지고, 얼굴을 만지고, 옷을 찢고, 머리칼을 헝클어뜨린다. 안 돼요, 절대! 그녀가 도망치려 몸을 비틀자, 갑작스러운 불빛과 함께, 어떤 감각이 솟구치면서, 신선한 우유 주전자가 앞으로 기울며, 흔들리다가, 소년의 비틀거리는 어깨 위로 부딪쳐 튀면서, 흐릿하게 사라져 가는 발치의 먼지 속으로 갑자기 주르륵 떨어진다. 하얀 액체가 주전자의 좁은 주둥이 밖으로 보글거리며 나와 작은 아치모양 다리 옆 바퀴 자국 난 길가의 메마른 노란 먼지 속으로 무의미하게 스며든다.

처녀는 주전자를 똑바로 하려고 몸을 낮추어 보지만 너무 늦었다. 모두 엎질러진다. 우유, 달걀들, 닭들, 배가 통통한 암탉들, 소들과 송아지들, 그 촌스럽고 어리석은 소년까지 모두 사라진다. 처녀의 검게 탄 얼굴 위로 눈물이 주르륵 흘러내린다. 사라지다니, 사라졌다! 너무나 고뇌에 차서 처음엔 도자기 우유병을 지탱해 주던 마르고 튼 자신의 손을 의식하지 못한다. 그러나 마침내 어리던 눈물이 가시자 그녀는 금세 주변 상황을 파악한다. 넝마 같은 검정 모자와 깎지 않은 머리, 짙은 수염이 난 얼굴에 툭 불거진 충혈된 눈, 땀에 전 셔츠가 벨트 아래까지 내려와 있는 한 남자가 보인다. 그녀는 두려움에 움찔 뒤로 몸을 빼고, 오른손으로 쩍 벌어진 입을 틀어막는다. 그녀는 발을 오므린다. 그녀의 왼손은 마치 어떤 타격을 막으려는 듯 위로 번쩍 올라간다. 그런 다음 뛰어가려는 듯 뒤로 한 발 물러선다. 그 남자는 주전자를 교각 옆 풀숲에 내려놓고, 그녀를 돌아보며 미소 짓는다. 그녀도 희미하게 미소를 띠지만 뺨에 흐르는 눈물을 닦으며 도망치려는 듯 한 발을 뒤로 물린다. 그는 자신의 찢어진 노란 셔츠와 흙이 묻은 신발을 내려다보며 쑥스러운 듯 허리를 굽혀 인사한다. 그녀도 고개를 끄덕여 인사하고, 양손으로 체크무늬의 앞치마를 가볍게 거머쥐고는, 다시 미소를 짓고, 머리를 가로저은 다음, 더 이상 뒷걸음치지 않는다. 그는 태양을 향해, 다리 옆에 놓인 주전자를 향해, 풀숲에 있는 빵을 향해, 어깨를 으쓱거리는 몸짓을 한다. 그녀는 커다랗고 하얀 이를 드러내며 활짝 웃고는 높이 떠 있는 태양과 그녀가 걸어왔던 길을 향해 똑같은 행동을 한다. 그는 길게 먼지 낀 길 아래쪽을 진심 어린 동정심으로 응시하다가 그녀의 몸짓을 따라한다. 그러고 나서 다시 빈 주전자를 응시하고, 주저하더니, 마침내 주머니를 뒤져 동전 몇 개를 끄집어낸다. 그는 동전을 처녀에게 보여 준다. 그녀는 동전을 좀 더 자세히 보기 위해 앞으로 다가선다. 몇 개 안 되지만 금과 은으로 되어 있다. 진실을 말하자면 그것들은 소년의 강하고 검은 손바닥 위에 존재하는 한여름의 태양처럼 독자적이고 완벽한 우주처럼 보인다. 그녀는 미소를 지으며 눈길을 아래로 떨군다.

교각 옆 풀숲에 안전하게 놓여 있을 거라 생각했던 주전자는, 우리가 지금 보니, 약간 솟아 오른 언덕 위에 있다. 그것은 비틀비틀 좌우로 흔들리다가, 기우뚱거리고, 마침내 부드러운 호를 이루며 굴러 떨어지고 녹슨 쇠붙이 빛의 정맥들이 마치 하얀 계란 껍데기처럼 수천 개의 작은 파편으로 산산이 부서진다. 부서진 조각의 대부분은 교각 옆 풀숲에 남고, 나머지는 소리 없이 언덕 아래로 굴러 떨어져 시냇물의 소용돌이 속으로 침잠한다.

3
문둥이의 소용돌이

처음엔, 순간적으로 반은 실제인 듯 반은 회상인 듯, 문둥이가 쉬고 있다. 잠시 후 그는 움직이기 시작하고, 서둘러 그곳을 가로지르는데 — 아니야, 아니야! 불가능해! 그는 항상 시작하는 중이고, 항상 다가오는 중이건만, 그것은 일종의 섬광, 오로지 환영만을 일으키는 섬광일 뿐. 햇빛이 절정에 달해 있는 그때 문둥이는 오고 있는 중이다. 절름발이 새처럼 고독하게 펄럭거리면서, 외로움을 비집고 비틀거리며 마치 기쁨에 찬 듯, 즐거운 듯, 믿을 수 없다는 듯, 여기 들끓는 외로운 태양 아래, 바싹 마른 황폐한 지표면을 가로질러 기민한 몸짓으로 몸을 꼬아 우리를 향해 비틀거린다. 풀 먹여 여민 하얀 겉옷이 꿈틀거리자, 기이한 그의 몸짓이 드러나고, 복부를 중심점으로 한

힘겨운 이동, 마치 중심점이 결여된 듯한 이상스러운 걸음걸이, 빨갛게 녹은 듯한 평지를 가로지르는 어렴풋한 하얀 형상에 눈이 부셔, 그의 윤곽은 야만적인 섬광에 부옇게 흐려진다.

한편, 우리의 진행은 시작부터 정밀하고 계획적이었다. 조롱 섞인 의미에서 우리는 이것을 능동적인 원칙이라 부를지도 모른다. 우리는 나침반의 방위가 가리키는 대로 문둥이의 출발 지점인 사막 표면에 커다란 원을 그리는 중이다.(그렇게 함으로써, 인정하자면, 첫 나태한 순간의 현실에 대해 한 번 더 재고하기를 강요하면서. 훌륭한 신이시여! 우리는 영원히 그런 수수께끼의 오명에 빠져야만 합니까?) 문둥이는 항상 접근하는 중이고, 항상 접근해야 하기 때문에, 우리는 이 부자연스러운 여행을 하는 그가 소용돌이를 향해 어리석은 질주를 하도록 내몰고 있다. 만약 그가 우리의 출발점에서 비틀거리거나, 바보처럼, 넘어지지만 않는다면 (그리고 그는 넘어지지도 않고 넘어지려 하지도 않지만) 그의 도착에 맞추어 우리의 속력도 그렇게 조절할 것이다.

그는 우리의 움직임에 당황한 듯 보인다. — 하하! 그에게는 우리가 나는 듯, 뒷걸음질치는 듯 보였음에 틀림없다. 그런 분리 상태에서 그는 우리의 자질에 대해선 아무것도 상상할 수 없을 것이다. — 그러나 오, 불변성이여! 그는 오로지 목적에만 전념하기 위해 더 많은 힘을 내어, 실패에도 불구하고 더 많은 힘을 쏟으며, 비둘기 같은 발가락을 이리저리 벌리고, 찢어진 돛대를 부여잡듯 팔을 허비적거리며, 때로는 골반을 앞으로 내밀었다 한쪽으로 꼬았다 하며, 그의 여위고 하얀(이 비참한 행보를 늘이는 것이 예술을 위한 예술인가? 말도 안 돼! 예술이라니, 아니지. 그에게 차라리 끝을 알려라! 이것과 비견되는 충격을 어떻게 획득할 수 있단 말인가?) 목 위로 머리를 불안하게 흔들어 댄다. 뜨거운 태양 아래서 이렇게 보기 흉한 몰골로, 다리를 높이 쳐 든 채, 사지가 비뚤어진 채 춤을 추며 다가오는 그의 모습은 다른 상황이었다면 우스꽝스러운 코미디에 딱 알맞을 것이다. 그것은 그만의 고립된 우스운 장면이다. 하지만 거기에 무언가 심각한 것이 있다면, 그것은 바로 그 자신임에 틀림없다.

우리의 속도는 일정치 않다. 그렇다. 비록 일정하다 해도 종국에 우리는 그를 뒤에 남겨 두어야만 할 것이고, 둔하고 무의미한 전략이지만 배후에서 그를 잡기 위해 또 다른 원을 추가해 그려 넣어야 할 것이다. 그렇게 함으로써 우리의 속도는 의심의 여지 없이 계산할 수 있는 비율로 줄어들 것이다. 그는 그것을 모른다. 그는 단지 춤을 추며, 팔다리를 흔들고, 무기력하게 춤을 춘다. ─ 여전히 희망에 가득 차, 그 오래된 질병 ─ 황량한 바닥을 가로질러 우리의 완벽한 원보다는 덜 사실적인 그의 나선을 할퀴고 있다. 그러나 불볕에 그을린 붉은 평원 위로 김이 모락모락 올라오는 하얀 나선은 훨씬 더 아름답기조차 하다. 그의 겉옷은 다름 아닌 담요를 둘둘 만 것에 지나지 않는다! 죽음! 우리는 마음속으로 울지만, 어리석음을 (경적을 울리며!) 격퇴한다. 햇빛이 가득하다. 단지 햇빛만이, 이글거리며 뜨겁다. 하지만 오로지 한순간뿐이다! 하얀 튜닉을 입은 문둥이의 종말이 올 것이다. 그리고 우리가 아닌 그가, 죽을 것이다.

마지막으로 굴곡진 구획으로 미끄러져 내려가, 막다른 곳에 이르면 우리의 임무는 3분의 2 정도 마무리되고 가장 최악의 상황이 끝나게 된다. 우리의 속도는 늦춰지고, 천천히, 그는 우리가 그의 열망에 가득 찬 미소를 볼 수 있을 만큼 가까운 거리로 바짝 다가온다. 이상스러운 미소! 입의 양 모서리가 찢어진 듯, 확실히 미소 같지도 않은 미소를 짓고 있는 것 같다. 빛나는 하얀 광대뼈 위로 딱지 앉은 눈이 불쑥 불거져 나오고, 퍼덕거리는 옷깃인지 너덜너덜 해진 하얀 살덩이인지 혼동되는 것들이(특히, 아마도, 이 감각적인 탈선, 그리고 바로 이 순간, 바로 거기에, 그 안에 내재된 일종의 희열, 도달되어 가는 욕구) 그의 윤곽을 부옇게 흐리면서 비늘 먼지 속에서 벗겨진다. 그리고 그 살비늘들은 심하게 비틀거리며 우리에게 다가오는 그의 주변에서 가볍게 춤을 춘다. 그 살비늘, 그 살비늘은 돌비늘을 연상시킨다. 죽은 비늘 덩이의 반투명한 켜들, 여기저기 반들거리는 혹들 속으로 응어리지고, 여기저기 깊은 구멍에 의해 교란된다. 이 구멍들 밑바닥에는 검은 물질, 핏덩이와 다름없는…… 똥덩이가 들어 있다. 어쨌든, 단순한 환영, 햇빛에 달궈진 피와 고름으로 범벅이 된, 바로 그것이다. 그의 맨발은 이 끈적이는 갈색의 긴 발자취를 남긴다.

그러나 지금 — 원 세상에! — 단지 우리와 몇 발자국 상간으로, 우리의 처음 시점에서 — 끝이 났다! — 바로 보이는 눈앞에서, 그 괴물과 우리는 실제로 감각의 장벽 앞에서 맞부딪쳤다. 그 만남은 이제 필연적이다! 그저 시야에 보이는 것이나, 의미 없는 수학적 계산, 단순한 행위나 정력에 대한 쾌락주의자의 즐거움에만 푹 빠져 — 우리가 이 모든 것을 어떻게 허비할 수 있단 말인가! — 우리는 종국에 맞닥뜨리게 될 것을 잊었던 것이다! 우리는 생각을 했고, 단지 생각만으로, 두 개의원 아니 열 개라도 그릴 수 있었고, 이 궁극적인 경험을 연기한 채, 그러나 그 선택은 단 한 번만 우리 것이었고, 우리의 충동적인 첫 번째 행동은 ─ 아! ─ 주어진 것, 모든 남아 있는 것들에 대한 무정한 통치자, 그렇지 않다면 문둥이가 우리를 줄곧 통제해 왔단 말인가? 그의 속도가 두 개의 원을 허용했던가? 그러면 그것이 문제인가? 그런 충돌이 반드시 있어야만 했기에 일어난 것일까? 한 개의 원이든, 두 개든, 아니면 열 개든?

그런 결론은 필요 없다. 우리는 선택의 여지 없이 그 상황을 받아들여야만 한다. 우리는 문둥이를 반기게 된다.

우리의 손들, 불그스레하고, 털투성이며, 양질의 피가 용솟음치는 두툼한 근육질의 손목을 가진 내 손들을 지금 포옹을 위해 앞으로 쭉 뻗었다. 손들은 떨지 않는다. 끔찍하게도! 문둥이가, 거의 시커먼 대롱거리는 혀가 입가에 거품을 일으키고, 눈은 퀭한 채, 우유 같은 땀이 스며든 비참한 몸뚱이를 우리 품에 내던져, 우리를 숨 막히게 하면서, 빨간 진흙을 우리에게 내던지며, 그의 끈적이는 차가운 살덩이를 우리에게 문지르며, 나에게, 시커먼 혀로 내 얼굴을 핥고, 먼 눈, 애처로운 흐느낌 소리! 그의 악취가 우리를 숨 막히게 하고, 우리는 눕는다. 나는 무기력하게 그의 소멸해 가는 육체의 구역질 나는 무게 아래로 눕는다. 그러자, 즉각적으로, 상황이 종결된다. 모든 혐오감은 정화되어, 우리는 붉은 대지 위에 부드럽게 그를 눕히고, 그의 마지막 황홀한 눈물을 닦아 낸다. 처음에는, 손가락으로 붉은 대지를 후벼서, 썩은 고름 덩이를 은폐하기에 충분한 구멍을 만들려고 애쓴다. 그러나 우리는 지쳐 버렸다. 대지는 그 오래된 영상을 매장하기엔 너무 단단하다. 우리는 그를 눕

혀 놓은 채 기다림을 위해 그 곁에 앉는다. 황량한 태양 아래
말이다. 우리는 그가 우리, 혹은 당신을 기다릴 때처럼 기다린
다. 처절한 욕구였으나 두렵다. 우리와 함께 이 끔찍한 게임에
동참하고 싶지 않은가? 나와 함께.

도보 사고

폴은 보도를 벗어났다가 트럭에 치였다. 처음에는 자신에게 무슨 일이 일어났는지조차 알 수 없었다. 그러나 트럭 밑에 이렇게 깔리고 보니 의심할 여지는 아무것도 없다. 이게 나인가? 그는 의아해한다. 땅을 걷고 있던 내가 왜 여기 있는 걸까?

그는 부딪치자마자, 트럭 앞쪽으로 튕겨져 나갔고 마치 도깨비가 널뛰는 듯한 고통과 공포 속에서 바퀴 아래 깔린 채 전에도 이런 일이 일어났던 것 같은 묘한 기분이 들었다. 목은 금이 갔고, 머리 뒤쪽에선 갑작스러운 섬광과 함께 불길이 치솟는 듯했다. 거의 향기로울 정도로 뜨거운 고통은 신선하기까지 했다. 그에게는 지금 누워 있는 이 고통의 장소가 마치 자신이 언젠가는 돌아와야 할 장소 같았다.

그는 두 번째 바퀴 바로 뒤쪽 트레일러 밑에 트럭과 직각을 이루게 누워 있었다. 그의 몸은 머리와 어깨를 빼놓고 모두 트럭 밑에 있었다. 아마 내가 다시 태어나고 있는 모양이야. 그는 그렇게 추론했다. 그는 트럭 측면 사이로 구름 한 점 없이 창백한 푸른 하늘을 똑바로 응시한다. 초고층 빌딩의 꼭대기들이 그의 시야 중심으로 가깝게 들어왔다. 그제야 그는 지난 수년 동안 마천루들을 거의 한 번도 올려다본 적이 없다는 것을 깨달았고, 그것들이 이제 곧 기울어져 무너질 것 같은 환각을 느꼈다. 트럭에는 빨간 바탕에 하얀 글자가 쓰여 있었지만 시야가 심각하게 가로막힌 바람에 글자들을 제대로 읽을 수 없었다. 대문자 K가 보였고 숫자 14처럼 보이는 글자가 눈에 띄었다. 그는 개인적으로 14라는 그 숫자에 매료되어 있었기에 이런 아이러니한 상황에 내심 웃음이 나왔다. 14라니! 분명 신호등이 초록색이었던 것이 생각났지만 이제 그것은 중요한 일이 아니었다. 증명할 방법도 없었다. 게다가 순간적으로 바뀌었을지도 모르는 일이었다.

"저 빌어먹을 바보가 내 앞에서 걷고 있다가 앞뒤 보지 않고 갑자기 뛰어들었어!"

다소 귀에 익은, 가성처럼 들리는 쉰 목소리가 그의 오른편 위쪽에서 들려왔다. 사람들이 몰려들어 그를 내려다보고는 고개를 절레절레 흔들었다. 마치 선택받은 듯한 기분이 들었다. 그는 목소리가 나는 방향으로 고개를 돌리려 했지만 목에서 다시 뜨거운 섬광이 뿜어져 나오는 느낌이 들었다. 상황이 좋지 않았다. 선택의 여지 없이 가만히 누워 있는 편이 나을 듯싶었다. 어쨌든 곁눈질을 해 보니 트레일러처럼 빨간 트럭의 운전수가, 창밖으로 고개를 삐죽 내민 채, 햇빛 아래서 커다란 머리를 이리저리 흔들고 있는 모습이 보였다. 운전수는 트위드 천으로 만든 모자를 쓰고 있는데 머리가 상대적으로 너무 커서 모자를 썼다기보다는 머리 꼭대기에 걸쳐 놓은 듯 보였다.

"아 좋은 시절은 다 갔지만 신이시여 이 불쌍한 노동자 계급을 가엾게 여기사 이 비천한 악운에서 벗어나게 하소서!"

트럭 운전수는 과장된 몸짓으로 눈동자를 이리저리 굴리며, 발육 불량처럼 보이는 상반신을 차창 밖으로 내민 채 작은 손을 난폭하게 흔들어 댔다. 폴은 여전히 신호등 걱정에 가득 차 있었다. 그것은 중요한 문제였지만 그가 알 방법이 있을까? 세상은 부질없는 장소이며, 순식간에 덧없이 사라질 수 있는 곳이었다. 운전수는 빨간 매부리코와 밀짚처럼 덮여 있는 거칠고 굵은 머리칼 그리고 딱딱하게 빛나는, 마치 또 하나의 매부리코가 내려붙은 듯한 턱을 갖고 있었다. 폴의 눈은 긴장감으로 극도로 피로해져서 이제 그만 보아야만 했다.

"아줌마 아저씨들 좀 들어 보시구려 나는 겸손한 마음으로 열심히 일하며 정직한 월급을 받아 착한 마누라와 칠 년 동안 책임감 하나로 살아온 기독교인이라오 한데 저 빌어먹을 젊은 놈이 갑자기 내 이 낡은 트럭으로 곧장 걸어 들어왔다 이 말씀입니다!"

어떤 이는 얼굴에 동정심을 띠었고, 그게 아니면 최소한 중립적인 호기심이나 한가로운 흥미를 보였지만, 대다수의 얼굴에는 비난의 기미가 역력했다. 사람들 중에는 이 상황을 목격하는 것을 주춤거리는 이도 있었고, 이해하는 표정을 짓는 이도 있었지만 어쨌든 나머지는 ─ 대부분은 ─ 야유하는 표정이었다.

"그가 자처한 일이야, 만약 내게 묻는다면 말이야!"

"그것은 바보와 노동자를 목매다는 한가한 자들의 유희야!"

"저런 사람이 거리를 활보하게 두어선 안 되는 거였어!"

"잘못된 길에 이미 서 있는데 뛰는 것이 무슨 소용이 있겠어?"

사태는 악화되었다. 그들은 점점 언성을 높이며 함께 이리저리 뛰어다녔다. 연설을 하고 깃발까지 흔들어 댔다. 폴은 의아해졌다. 그가 뭔가를 들고 있었던가? 아니, 아니다. 그는 그저, 잠깐만! 책인가? 그런 것 같지만…… 글쎄. 아마 그렇다면 여전히 들고 있는 중일 것이다. 손가락엔 아무 감각이 없었다.

사람들은 그의 주변으로 파리 떼처럼 몰려들었다. 불평이 일고, 편이 갈라졌으며, 소동이 일어났으나 경찰이 도착하자 잠잠해졌다. "좋아요, 여러분! 뒤로 물러서세요, 제발!" 경찰관이 소리쳤다. "이 사람에게 환기를 좀 시켜 줘야 해요! 그가 상처 입은 것이 안 보입니까?"

드디어 폴에게 어떤 생각이 들었다. 그는 긴장을 풀었다. 잠시 동안 낯선 적국에 와 있다는 생각이 들었지만 이제 고향으로 온 것 같은 안도감이 느껴졌다. 심지어 다시 살아날지 모른다는 믿음까지 들기 시작했다. 하지만 진정으로 살아날 것을 의심한 적이 있었던가?

"모두 뒤로, 뒤로!" 경찰관은 능숙했다. 군중들은 조용해졌고 육중한 발소리로 폴은 그들이 뒤로 물러나고 있음을 알아챌 수 있었다. 경찰관의 행위가 숨 쉴 틈을 주었다기보다는 그만큼 걱정을 덜었다는 편이 옳을 것이다. "지금." 경찰관은 부드럽지만 확고하게 말했다. "여기서 무슨 일이 일어났던 거죠?"

그 말과 함께 모든 소란스러움이 일거에 다시 시작되었다.

왜자지껄, 격분, 논쟁, 지적인 인용문, 그러나 전보다 한층 더 시끄럽고 소란스러웠다. 나는 다쳤어요, 폴이 말했다. 아무도 듣지 못했다. 경찰관은 질서를 지키라고 소리를 질렀고, 천천히, 그의 외침과 야경봉, 위협으로 인해 다시 군중들은 잠잠해졌다.

한 동떨어진 말소리가 군중들 끝에서 떠돌았다. "다음번에는, 선생님, 내 엉덩이를 찌르지 마세요!" 모든 사람이 웃었고, 분위기가 풀어졌다.

"그녀를 찌르지 마시오, 선생!" 경찰관이 턱을 앞으로 단호하게 내밀면서 명령했고, 모든 사람이 다시 웃음을 터뜨렸다.

폴은 거의 웃을 뻔했지만 전혀 웃을 수가 없었다. 게다가 이런 상황, 이런 컨디션에서 웃을 일은 아니었다. 그가 눈을 떴을 때 경찰관은 몸을 굽히고 그를 들여다보고 있었다. 그의 손에는 수첩이 들려 있었다.

"이제, 내게 말을 해 보시오, 젊은이, 무슨 일이 일어난 거요?" 경찰관의 얼굴은 공부하는 학생처럼 마르고 창백했으며 여윈 콧마루 아래로 검은 콧수염 뭉치를 달고 있었다.

"나는 방금 이 트럭에 치였어요." 폴은 설명하려 했지만, 그가 깨달은 것은 자신이 한마디 말도 할 수 없다는 사실이었다. 말은 더 이상 그가 구사할 수 있는 기교가 아니었다. 그는 직설적으로 트럭 운전사에게 눈길을 던졌다.

"잘 들으라고, 내가 당신한테 지금 무슨 일이 일어난 거냐고 물었잖아! 혓바닥은 고양이가 물어 간 거야, 젊은이?"

"빌어먹을 미친 바보가 내 앞에서 얼쩡대다가 앞뒤 보지 않고 몸을 앞으로 들이밀었어요!"

경찰관은 폴에게 몸을 숙였다가 다시 고개를 들어 트럭 운전사를 보았다. 그는 커다란 청동 단추가 달린 빛나는 파란 제복을 입고 있었고 거기엔 금 견장이 달려 있었다.

"좋은 시절은 다 갔지만 신이시여 이 불쌍한 노동자 계급을 가엾게 여기사 이 비천한 악운에서 벗어나게 하소서!"

경찰관은 폴을 내려다본 뒤 다시 트럭 운전수에게 몸을 돌렸다.

"나도 트럭 운전수들에 대해선 좀 알아." 폴에게 그가 하는 말이 들렸다.

"아줌마 아저씨들 좀 들어 보시구려! 나는 겸손한 마음으로 열심히 일하며 정직한 월급을 받아 착한 마누라와 칠 년 동안 책임감 하나로 살아온 기독교인이라오 한데 저 빌어먹을 젊은 놈이 갑자기 내 이 낡은 트럭으로 곧장 걸어 들어왔다 이 말씀입니다!"

구경꾼 무리 여기저기에서 킥킥 웃어 대는 소리가 들려왔지만 경찰관의 찡그린 얼굴과 곤봉이 그것을 저지했다. "자네 이름이 뭔가, 젊은이?" 그는 폴에게서 등을 돌리며 물었다. 처음으로 경찰관의 얼굴에 미소가 번졌고, 이제 누가 트럭 운전수이고, 누가 폴인지 알았다는 듯, 미소 속에는 일종의 안도의 의미가 내재되어 있었다. 그러나 그것도 점차로 사그라졌다. "괜찮아, 괜찮아, 젊은이! 두려워하지 마!" 그는 윙크를 하면서 팔꿈치로 그를 슬쩍 부드럽게 찔렀다. "우리가 여기 자네를 도와주러 왔잖아."

폴, 폴은 대답을 하려 했다. 그러나 못 했다. 의심의 여지 없이 그곳은 너무나 혼잡하여 말을 입 밖에 낼 수가 없었다.

"자, 자네가 나를 도와주지 못하겠다면, 나도 자네를 도울 수가 없어." 경찰관은 토라져서 코를 실룩대며 말하였다. "누구 이 남자를 아는 사람 있나요?" 그는 구경꾼들에게 소리쳐 물었다.

다시 한 번 시끌시끌한 소란과 고함치는 소리가 사방에서 들려왔다. 그를 아는 사람이 있는지 없는지 그것조차 알아내기가 힘들었다. 그러나 바로 그때 모든 소란을 압도하는 하나의 목소리가 들려왔다.

"어머나, 세상에! 이 가엾고 가엾은 사람!" 한 여성의 히스테릭한 목소리가 가까이 다가왔다. "내 사랑! 무슨…… 당신에게 무슨 일이 일어난 거죠?"

폴에게도 그 소리가 들렸다. 잘못 안 게 아니었다. 그는 자신의 영민함에 깜짝 놀랐다.

"이 젊은이를 아시오?" 경찰관은 수첩을 들며 말하였다.

"뭐요? 그를 아냐고요? 사라는 아브라함을 알았을까요? 이브가 카인을 알았나요?" 경찰관은 불편하다는 듯이 목기침을 했다. "카인이 아니라 아담이겠지." 그는 부드럽게 정정했다.

"당신이 아는 사람을 당신이 알듯이 나도 내가 아는 사람을 알겠지요?" 그녀가 낮은 소리로 킬킬거리며 말했다. 구경꾼들은 포복절도하며 웃어 댔다.

"하지만 이 사람은 젊은데!" 경찰관은 당황한 표정으로 그 점을 강조했다.

"누가요, 당신이요 아니면 내 연인이요?" 여자가 소리쳤다. "난 믿을 수가 없어!" 구경꾼들은 웃고 경찰관은 자기 입술을 깨물었다. "내 사랑! 이게 웬 날벼락이죠?" 그녀는 폴의 바로 위에서 아우성을 쳤다. 나이가 꽤 들어, 일흔이 다 돼 보이는, 살이 찌고, 가슴은 풍만하고, 창백한 얼굴에, 빨간 립스틱을 두껍게 칠하고, 엉성한 주황빛 머리가 후광처럼 둘러싸인 모습이었다. "불쌍한 내 사랑!" 그렇게 말한 뒤 그녀는 폴의 몸 위에 주저앉았다. 폴은 머리를 숙이려고 했지만 오히려 목에서 뜨거운 피만 쏟아 냈다. 그녀의 숨결에서 싸구려 술 냄새가 풍겼다. 도와줘요, 폴이 말했다.

"잠깐만요, 부인! 멈춰요!" 여자의 소매를 잡아당기며 경찰이 소리쳤다. 그녀는 뒤쪽으로 비틀거리다 자신의 얼굴 앞으로 팔을 내밀며 일어섰다. 폴의 시야는 그녀의 불룩한 가슴과 배에 가려져 그녀가 무슨 짓을 하는지 더 이상 볼 수가 없었다. 그러나 웃음소리는 들을 수 있었다. "모든 걸 차근차근 순서대로." 경찰관은 수첩을 두드리며 투덜거렸다. "이름이 뭐죠, 제발…… 아, 아가씨, 부인?"

"내 이름이요?" 그녀는 통통 부은 한쪽 발목을 품위 없이 비비 틀며 구경꾼들을 향해 소리쳤다. "내가 말해야 하나요?"

"말해! 말해! 말해!" 군중들이 리듬에 맞추어 박수를 치며 소리쳤다. 폴도 그들을 따라 거기에 몰입했다. 결국, 그것 말고는 달리 할 수 있는 일도 없었다.

경찰관은 리듬에 맞추어 파란색 수첩을 연필로 두드리고 폴에게 몸을 기대면서 속삭였다.("내 생각에 저들을 이제 우리 편으로 끌어들인 것 같은데!")

폴은 현기증을 느끼며 경찰관의 여위고 하얀 얼굴과 끝 모를 파란 아지랑이에 잠긴 빨간 트럭의 옆면을 바라보다가, 과연 이런 동맹이 이 모든 일의 해결책이 될지 의심스러웠다. 그들 없이 내가 무엇을 할 수 있단 말인가? 죽을 수도 있지 않은가? 갑자기 온 세상이 뒤집힐 것 같았다. 그는 발을 늘어뜨리고 머리를 쳐들었다. 빨간 트럭은 그의 몸 밑으로 윤활유와 오물을 쏟아 내고, 트럭 운전수는 그의 머리 위에서 법석을 떨고, 땅은 그의 등을 밀어내고, 초고층 빌딩들은 감각 없는 손가락처럼 앞쪽으로 삐죽 나와 있었다. 그 길을 그는 아무 생각 없이 거닐었음에 틀림없다. 그는 모든 사물을 다시 한 번 정확히 보기 위해 눈을 꼭 감았지만 트럭 밑으로 미끄러져 이제 다시는 영영 아무것도 못 보게 될까 봐 겁이 났다.

"내 이름은……!" 여자는 크게 소리를 지르고, 군중들은 조그맣게 킥킥거리며 숨을 죽였다. 폴은 눈을 떴다. 그는 다시 반듯이 누워 있었다. 경찰관은 연필을 들고 입을 쩍 벌린 채 폴의 머리맡에 서 있었다. 여자의 살찐 얼굴은 땀으로 얼룩져 습기를 머금은 장식용 금속판 같았다. 폴은 자신이 그녀를 보지 못한 동안 그녀가 무슨 일을 했는지 궁금했다. "내 이름은, 경관님, 그룬디예요."

"뭐요?" 경찰관은 신경질이 났을 때 으레 그렇듯 콧수염을 질겅질겅 물어뜯으며 되물었다.

"그룬디 부인이라니까, 귀여운 꼬마, 당신은 내가 누구라고 생각했는데?" 그녀는 경찰관의 여윈 뺨을 톡톡 두드리며 코를 잡아당겼다. "하지만 나를 '자비로운 사람'이라고 불러도 괜찮아, 멋진 양반!" 경찰관은 얼굴이 붉어졌다. 그녀는 검지로 작은 콧수염을 빙빙 잡아 돌렸다. "쿠치, 쿠치, 쿠!" 우레와 같은 함성이 쏟아져 나왔다.

경찰관은 간지러워 재채기를 했다. "제발!" 그가 항의했다.

그룬디 부인은 왼발을 뒤로 빼고 허리를 굽히며 경찰관의 열린 앞 지퍼에 대고 절을 했다. "안녕! 모든 이의 집!"

"그만두시지!" 포복절도하는 환호 속에서 경찰관은 날카롭게 소리를 질렀다. 이상해, 내가 이 상황을 즐기고 있다니, 폴은 생각했다.

"이야기를 끄집어내 보시오, 끄집어내 보라니까. 무엇이든 말이오!"

"이야기!" 경찰관은 아수라장 속에서 고집스럽게 말했다.

"이야기? 무슨?"

"이 젊은이 말이오." 경찰관은 연필로 폴을 가리켰고 앞 지퍼를 올린 뒤 코를 풀었다.

"이름이, 음, 이름이. 웨스터맨……이라고 당신이 말한 이 사람 말이오."

"누구라고요?" 여자는 늘어진 턱살을 당황스럽게 흔들었다. 그녀는 폴을 보고 눈살을 찌푸렸다가 활짝 웃었다. "아 그래! 내 사랑!" 창백한 그녀의 얼굴이 괴로운 듯 보였다. 웃을 수만 있었다면 아마 폴은 웃었을 것이다. "좋으신 하느님!" 그녀는 자신이 본 것에 아연실색하는 표정을 지으며 안타까워했다. 그러더니, 한 번 더, 오페라 가수 같은 자세로 가슴을 떠받치고 비틀거리며 한 발 뒤로 물러섰다. "오, 죽을 운명이여! 피할 수 없는 불운! 다되었네! 이 고귀한 사람이 뻣뻣하게 누워 굳어 있구나! Delenda est Carthago! Sic transit glans mundi!*" 그녀

---

* 라틴어로 "카르타고는 멸망해야 한다! 세상의 영화는 이렇게 사라지는구나!" 는 뜻이나, glans는 gloria를 잘못 말한 것으로, 그녀의 라틴어가 엉터리임을 나타낸다.

는 엉터리 라틴어를 중얼거렸다.

영화 말이군, 폴은 그녀의 말을 수정했다. 아니, 그대로 두었다.

"더러운 벌레처럼 짓이겨졌어!" 그녀는 울부짖었다. "인생의 절정기에!"

"거기서, 잠깐만!" 경찰관은 항의했다.

"마지막 종말이여! 마지막 이별! 여행의 마지막! 저 언덕 너머! 마지막 점호!" 각각의 문구에 뒤이어 군중들로부터 행복한 대꾸가 이어졌다. "요단 강 건너! 모든 살아 있는 것들이 가야 할 곳! 마지막 집회!" 그녀는 훌쩍거리고 폴을 다시 한 번 내리 누르면서 그의 귀를 잡아당기며 속삭였다. 그러고는 그의 왼쪽 코, 왼쪽 뺨, 그리고 왼쪽 눈가에 시큼한 눈물이 범벅이 된 키스를 퍼부었다. 이번만은 경관도 개입하지 않았다. 그는 그저 수첩에 적느라 바빴다. 경관님, 폴이 말했다.

"음." 경찰관은 중얼거리며 쓰기만 했다. "구르나, 음, 그런딕, 그런딕, 드, 맞아, 딕. 지금 뭐라 하셨죠?"

여자는 애써 힘겹게 발을 옮겨, 경찰관 뒤쪽에서 터덜터덜 걷다가, 곁눈질로 어깨너머 그가 적고 있는 글귀를 흘긋 보았다. "이봐, 여기에 '이'라고 적어야지." 그녀는 진홍색으로 두껍게 칠한 손가락으로 수첩 위를 찔렀다.

"그룬디기?" 경찰관은 불신에 차서 물었다. "무슨 이름이 이래요?"

"아니지, 아니야!" 그 늙은 여인은 과장된 몸짓으로 펄럭거리며 투덜거렸다. "그룬디! 그룬디! '디기'가 아니라고, 알겠어?"

"아, 그룬디! 이제 알겠어요!" 경찰관은 연필 꼭지로 수첩에 적힌 것을 문질러 지웠다. "망할 지우개 같으니. 다 닳았네." 종이가 찢어졌다. 그는 짜증스럽게 그것을 바라보았다. "그룬디기라고 쓰면 안 되나요?"

"그룬디." 여자는 냉정하게 말했다.

경찰관은 수첩에서 그 페이지를 확 찢더니 화를 내며 구겨서 길거리에 던져 버렸다. "좋아요, 다 됐어요!" 그는 격분해서 글씨를 휘갈겨 썼다. "그룬디. 그렇게 썼어요. 이제 계속 얘기해 보시죠, 부인!"

"경관님!" 그녀는 코를 훌쩍거리며 손수건으로 목을 꼭 누른 채 말했다. "당신의 본분을 지키세요, 만약 그렇지 않으면 당신의 상관에게 보고하겠어요." 경찰관은 바짝 얼어서는, 얼굴이 창백해진 채, 입술을 물어뜯었다.

폴은 무슨 일이 일어날지 눈치 챘다. 그는 이 두 사람을 책처럼 훤히 읽을 수 있었다. 나는 그들에게 타인일 뿐이야, 폴은 생각했다. 그는 그들의 얼굴을 보기를 원했지만 그가 누워 있는 지면에서는 그들의 턱 아랫부분만이 잘 보이는 각도였다. 특히 가랑이 부분이 툭 불거져 나와 보였다. 궁둥이와 복부, 짓이겨진 곤충의 시야로 본 것. 그리고 그것은, 또한 이상하기도 했다. 왜냐하면 그가 보고 싶어 했던 것은 그들의 얼굴이었으니까.

경찰관은 그의 창백한 손을 꼭 쥐어짜며 자비를 간청했다. 군중들 틈에서 뱀처럼 희미하게 나무라는 소리가 기어 나왔다. "닥쳐, 우라질 놈." 동정심 많은 그룬디가 마침내 말했다. "당신은 도가 지나쳤어." 경찰관은 콧수염을 질겅질겅 씹으면서, 겸연쩍게 수첩을 내려다보았다. "당신은 이 불쌍한 시골뜨기가 누군지 알고 싶다는 거지, 맞지?" 경찰관은 고개를 끄덕거렸다. "좋아, 준비됐어?" 그녀는 다시 한 번 두 팔로 가슴 양옆을 눌렀고 군중들은 침묵에 휩싸였다. 경찰관은 수첩을 들고 펜을 고쳐 쥐었다. 그룬디 부인은 코를 훌쩍거리며, 폴을 한번 내려다본 후, 잠시 주춤거리더니, 그 광경을 외면하며 울기시작했다. "경관님!" 그녀는 숨을 헐떡거렸다. "그는 내 애인이었답니다!"

군중들로부터 들리던 야유와 환호가 폭소로 바뀌었다. 경찰관은 웃음을 머금고, 눈을 껌뻑거리며 그룬디 부인을 한 번 휘둘러보고는, 콧수염을 실룩거리며, 억지로 웃음을 참았다.

"우리는 바로…… 일 년 전 오늘 만났어요. 오, 운명적인 시간이여!" 그녀는 용감하게 미소를 짓고는, 흐르는 눈물을 손등으로 훔치면서, 아랫입술을 벌벌 떨었다. 그러다 갑자기, 두 손을 애처롭게 얼굴 앞에 모아 쥐면서, 폴을 내려다보며 윙크를 했다. 그 윙크는 폴을 어느 정도 납득시켰다. 아마도 내가 결국 그 사람이었나 보다. 그럼 안 될 게 뭐 있나? "그는 이 집 저집 금고를 팔러 다니고 있었어요. 지금도 그 모습이 선해." 그녀는 마치 폴이 앞에 서 있기라도 한 듯 그를 잠시 내려다보았다. 그러자 급격한 감정의 물결이 그녀의 얼굴을 휩쓸고 지나갔다. 이 모습은 오히려 웃음을 자아냈다. 그녀는 시선을 피하며, 입술을 오므리고, 눈을 휘둥그레 뜨고는, 한 손을 흐느적거리며 흔들었다. 군중들은 그녀와 혼연일체가 되었다.

"그룬디 부인, 제발……" 경찰관이 속삭였다.

"그래요, 그는 거기에 있었어요. 폴이 죽어 혹사당하면서,

탐욕스러운 세상의 고아처럼 말이에요. 순수하고 오염되지 않은 채, 거기, 내 문가에 있었어요! 그 무거운 금고에 짓눌려 몸은 완전히 굽어지고, 땀으로 번뜩이는 남자다운 이마, 상처 입은 눈, 잔뜩 구겨진 셔츠."

"신중하세요!" 경관은 자신의 수첩에서 고개를 들어 올리며, 신경질적으로 경고를 주었다. 그는 그때쯤 이삼십 페이지 정도 조서를 채워 넣었음에 틀림없었다.

"간단히 말하면, 내 마음은 온통 그에게 가 버린 거죠!" 심장이 밖으로 빠져나가는 시늉을 한다. "하지만 슬프게도! 금고에 대한 내 욕구에는 한계가 있었죠."

구경꾼들은 이 대목에서 뭔가 웃음거리를 발견했는지 알았다는 듯이 킥킥댔다. 그녀가 이야기해 나가는 방식은 폴이 짐작한 대로였다. 이야기가 진실이든 아니든 그것은 전혀 폴을 괴롭히지 않았다. 마치 그 자신의 상상력이 빚어낸 얘기 같았다. 그는 이야기가 어디로 가든 상관이 없었다. 사실, 그도 이야기에 빠져 있었던 것이다.

"나는 그를 안으로 불러들였죠. 그 진절머리 나는 궤짝은 내려놓구려, 내 사랑, 그리고 이리로 들어와요, 나는 울먹거렸죠, 따스하고 순종적인 자애로움, 사랑 속으로 들어와요, 들어와서 차 한 잔 마시고, 쉬어요, 쉬게 해요, 당신의 귀여운 작은 어깨, 귀여운 작은 등, 귀여운 작은 그……." 그런디 부인이 잠시 하던 말을 멈추고, 눈썹이 활 모양으로 휘면서 희미한 미소를 띠자, 구경꾼들은 또 다른 폭소로 응답했다. "그리고 정말 꽤 작았어요, 괜찮아요." 그녀는 낮은 소리로 투덜거렸고, 구경꾼들은 다시 함성을 질렀다. 그동안 그녀는 목으로 킥킥 소리를 냈다.

이제 어떻게 되는 걸까? 폴은 궁금했다. 사실, 그는 줄곧 그 것이 궁금했다.

"그리고, 자, 경관님, 그가 한 일은 바로 이런 것이랍니다, 그는 궤짝을 내려놓았는데…… 아! 말하려니 슬프네요, 내 불쌍한 고양이 라스푸틴 바로 위에, 한낮의 태양 아래서 졸고 있었던 거예요, 신이 그의 영혼을 쉬게 한 거죠. (다시 한 번 불쌍한지고!) 가련한 영혼!"

그녀는 거대한 관중을 거느리고 있었다. 관중들은 결코 그녀를 배반한 적이 없었고 지금도 역시 그러했다.

경찰관은, 급기야 무릎을 꿇고 쪼그리고 앉아 조서를 쓰다가, 벌떡 일어서서 질서를 지키라고 소리를 질렀다. "조용하세요! 조용!" 그의 콧수염이 뒤틀렸다. "여러분은 이것이 심각한 문제라고 생각지 않으십니까?" 경찰관 또한 웃기는 존재라고 폴은 생각했다. 구경꾼들도 역시 그렇게 생각했는지, 웃음소리가 고조되다가 점차 사그라지기 시작했다. "그러고…… 나서 무슨 일이 일어났나요?" 경찰관이 속삭였다. 그러나 폴은 경찰관이 즐거움에 들떠 아무렇게나 이야기하는 소리와, 조잡한 경찰관의 질문과는 대조되는 새로운 외침이 쏟아져 나오는 소리를 들었을 뿐이다. 경관의 창백한 얼굴이 후끈 달아올랐다. 그는 연민 어린 미소를 지으며 잠깐 폴을 내려다보았다. 그가 어깨를 들썩이자 견장이 펄럭거렸다. 폴은 아무렇지도 않다고 몸짓으로 표현하고 싶었지만 전혀 표현할 길이 없었다.

"다음엔 무슨 일이 있어났느냐고 물었나요, 당신, 짓궂은 양반?" 그룬디 부인은 몸을 흔들며 꿈틀거렸다. 갈채와 환호가 뒤따랐다. 그녀는 통통한 손을 동그랗게 말아 가슴 아래를 떠받치고 풍만한 엉덩이를 무겁게 한쪽으로 들썩했다. "당신들은 이해 못 해." 그녀는 군중을 향해 말했다. "나는 그저 그 젊은이의 엄마가 되기를 원했을 뿐이에요." 떠드는 소리와 날카로운 휘파람 소리가 들렸다. "하지만 나는, 그가 그 불쌍한 고양이 라스푸틴 위에 짐을 내리던 덧없는 비극의 순간, 내가 그의 어리고 결백한 심장을 동강동강 갈라 놓는 줄도 모르고 있었다는 걸 깨달은 거예요! 오, 맞아요, 나는 알아요, 나는 알아요."

"이건 여태껏 들었던 얘기 중에 제일 바보 같은 얘기구면."

급기야 경찰관이 말을 끊었지만, 그룬디 부인은 전혀 개의치 않았다.

"내가 늙고, 살찌고, 그 장엄한 갱년기를 지나왔다는 것을 알고 있어요!" 그녀는 군중들의 애달픈 웃음소리에 윙크를 했다. "첫 꽃의 신선한 향기는 영원히 사라지나니!" 그녀는 짐짓 수줍은 체하며 살찐 어깨 너머로 꽥꽥거리는 군중들을 훔쳐보면서 주름진 손바닥으로 통통한 엉덩이를 부드럽게 감싸 쥐었다. 경찰관이 폴의 발을 밟았지만, 폴을 제외하고는 아무도 눈치 채지 못했다. "나는 알아요, 나는 알아요. 하지만 어쨌든, 약간의 동정심을 가지고 얼굴과 얼굴을 맞댔을 때, 그의 숙련되지 않은 허리에서 분출하던 원색적인 뭐라 이름 붙일 수 없는 급박함, 그의 너무나 작은……."

"그만 해요!" 경찰관은 적시에 소리쳤다. "갈 데까지 충분히 갔어!"

"그리고 다음에 무슨 일이 일어났느냐고 물었나요? 내가 말해 주겠어요, 경관님! 왜 당신에게 그걸 비밀로 하겠어요?"불안해 하면서도 경찰관은 솔직히 그녀의 이야기 방식을 내심 기뻐하는 듯 보였다. "그래요, 더 얘기할 것도 없이, 그는 귀엽고 작은 머리를 내 젖가슴에 묻었어요."(폴은 질식할 것 같은 비탄을 느꼈지만 어차피 그것은 지금까지 계속 그를 따라온 감정이었다.) "그리고 그는 거기서 나를 덮쳤어요, 그래요 그랬어요. 금고를 옆에 내려놓고 현관 앞에서, 내 죽어 가는 라스푸틴 앞에서, 거기 태양 빛 아래서, 신 앞에서, 이웃들 앞에서, 잘 듣지 못하는 우편배달부 던레비 앞에서, 거리 아래로 지나쳐 가는 아이들 앞에서……."

"빌어먹을 미친 바보가 내 앞에서 얼쩡대다가 앞뒤 보지 않고 몸을 앞으로 들이밀었어요!" 낯익은 목소리가 말했다.

그룬디 부인의 커다란 얼굴은 두 줄기 눈물 자국으로 얼룩지고 분홍빛으로 상기된 채 무섭게 노려보는 표정이었다. 길고 힘든 침묵의 순간이 흘렀다. 잠시 후 그녀는 눈을 게슴츠레 뜨고, 희미하게 미소를 띠고, 어깨를 가지런히 하고, 손수건으로 눈가를 찍어 누른 다음, 그것을 다시 가슴팍에 쑤셔 넣고는, 또 이야기를 시작했다. "간단히 말하면, 그 법석대는 세상 앞에서, 서구 색욕의 역사상 유래 없이 부적절한 짝짓기를 한 거예요!"몇몇 사람들이 굉장한 박수갈채를 보내자 그녀는 거기에 답례했다. "강간이었지요, 그래요, 고백하자면…… 강간이었어요, 하지만 흥분이 되더군요, 내가 그를 떠올리면……."

"내 좋은 시절은 다 갔지만 신이시여 이 노동자 계급을 불쌍히 여기사 이 비참한 악의 구렁텅이에서 구해 주소서!"

피로에 지친 눈동자를 어렵사리 오른쪽으로 돌리자, 폴의 눈에 트럭 운전수의 건들거리는 커다란 머리통이 들어왔다. 그 룬디 부인은 폴을 세게 밟고, 두꺼운 목에 핏대를 세운 채, 재 빨리 커다란 호를 그리며 팔을 힘껏 휘둘러 핸드백을 내던졌 다. 그러자 트럭 운전수는 비아냥거리는 웃음소리를 내며 얼른 차 안으로 머리를 집어넣었다. 그러더니 금세 빨간 매부리코가 달린 머리통을 바깥으로 톡 내밀고 눈동자를 굴리며 말했다. "아줌마 아저씨들 좀 들어 보시구려! 나는 겸손한 마음으로 열심히 일하며 정직한 월급을 받아 착한 마누라와 칠 년 동안 책임감 하나로 살아온 기독교인이라오 한데 저 빌어먹을 젊은 놈이 갑자기 내 이 낡은 트럭으로 곧장 걸어 들어왔다 이 말 씀입니다!"

"책임감이라니, 우라질!" 자비심 많은 그룬디 부인은 악을 쓰며 다시 한 번 핸드백을 날렸고 이번에도 운전수는 음란하 게 낄낄거리며 민첩하게 머리를 숙였다. 양쪽에 자리를 잡고 선 군중들은 아까보다 더 이성을 잃었다. 환호성이 높아지고 내기까지 걸렸다.

또다시 운전수의 건들거리는 머리가 튀어나왔다. "인간이여 그리고 신이여." 그는 시작했고, 이번에는 그녀가 그를 기다렸 다. 그녀의 커다랗고 묵직한 핸드백이 그의 빨간 매부리코를 정통으로 내리쳤다. 아아아아악. 트럭 운전수는 기절해서 차문 밖으로 축 늘어졌다. 땅딸막한 짧은 팔들이 흐느적거리며 머 리 아래로 간신히 매달려 있을 뿐이었다. 폴은 힘이 닿는 데까 지, 트위드 모자는 떨어지지 않았다고 말하고 싶었지만, 피로 에 지친 눈이 경련을 일으켰기 때문에, 트럭 운전수의 머리가 문 쪽으로 까딱거리는 것을 멈추기에 앞서 눈꺼풀이 닫히고 말았다.

인간과 신이라! 그는 생각했다. 물론! 끔찍했다! 그것이 무얼 의미한단 말인가? 아무것도 아니었다.

경찰관은 무언가 관여하려는 헛된 몸짓을 해 댔지만 명백히 그룬디 부인의 핸드백이 행한 일에 대하여 적잖은 존경심을 느낀 듯 보였다. 핸드백은 볼링공이 들어갈 만큼 큼지막했으며, 어쩌면 넣을 수도 있을 것 같았다.

그룬디 부인은, 혓바닥을 날름거리고 숨을 심하게 헐떡이며, 한 손으로는 자신의 가슴팍을 팍팍 내리치고, 다른 손으로는 손수건을 들고 부채질을 해 댔다. 폴은 그녀의 다리로 땀이 뚝뚝 떨어지는 것을 보았다. "그래서, 푸우, 나는…… 나는, 휴우! 나는 그에게…… 아아! 권했죠, 차 한 잔!" 그녀는 숨을 헐떡거리고, 잠시 멈춘 후에, 침을 꿀꺽 삼키고, 이마를 닦은 다음, 공기를 폐 깊숙이 들이마시고, 천천히 내뿜었다. 그런 다음 기침을 하여 목을 가셨다. "그래서 나는 그에게 차 한 잔을 권했어요!" 그녀는 예전 스타일을 회복하고 한쪽 팔을 웅장하게 휘두르며 고함을 질렀다. 산발적으로 아부하는 박수갈채가 터지자, 그녀는 잠깐 머리를 끄덕이며 답례를 했다. "우리는 안으로 들어갔죠. 기대감과 함께 향기로운 고양이 똥 냄새가 진동했어요. 누구라도 라스푸틴의 마음이 그런 쪽으로 기운 것에 즐거웠을 거예요."

"이제 제발 그만!" 경찰관이 소리쳤다. "이건……."

"난 차를 따랐고, 우리는 그 유명한 듀엣곡 「당신의 바지 앞섶을 여며요! 앞섶을 여미라고요!」를 노래했죠! 나는 그를 위해서 춤을 추었고, 그는……."

"그만 하라고 했소!" 경찰관은 분이 나서 콧수염을 벌벌 떨면서 소리를 질렀다. "이건 터무니없어!"

당신은 따뜻한 분이군요, 폴이 말했다. 하지만 그것으로는 충분치 않았다.

"터무니없다고?" 자비로운 그룬디가, 소스라치게 놀라며 울부짖었다. "터무니? 당신 지금 내 춤이 터무니없다는 거야?"

"나는…… 그 말이 아니라……."

"그로테스크하다거나, 맞아, 약간 멋지다면 몰라. 그런데 터무니가 없다니!" 그녀는 그의 멱살을 잡고 땅바닥에서 들어 올렸다. "춤에 무슨 억하심정이 있는데? 당신 벌레야? 우아함에 무슨 억하심정이 있느냐고?"

"제, 제발! 나를 좀 봐 주시지!"

"아니면, 내가 춤을 췄다는 것을 못 믿겠다는 건가?" 그녀는 그를 놓았다.

"아니, 그게 아니라." 그는 자기 몸을 툭툭 털고, 견장을 죽 훑어 내리며 꽥꽥거렸다. "아니! 나는……."

"보여 줘! 보여 줘!" 군중들은 합창을 했다.

경찰은 군중 주변을 뺑뺑 돌았다. "그만두시오! 법의 이름으로!" 그들은 굴복했다. "이 남자는 다쳤소. 죽을지도 몰라요. 그는 도움이 필요해요. 농담할 문제가 아니잖소. 협조를 부탁드립니다." 그는 호응을 바라며 잠시 기다렸다. "좀 낫군." 경찰관은 다소 우쭐대면서 콧수염을 툭툭 쳤다. "자, 여기 의사 있습니까? 의사, 있나요?"

"오, 경관님, 당신은 멋져! 정말 멋져!" 그룬디 부인이 태도를 바꾸었다. 군중들이 킬킬거리며 웃었다. "여기 의사 있어요?" 그녀는 흉내를 냈다. "의사요, 제발?"

"이제 그만 입 좀 닥치시지!" 경찰관은 폴의 몸통을 사이에 두고 그룬디 부인을 성난 듯 노려보며 명령했다. "이제 지긋지긋 하군. 그 입에서 나오는 대로 지껄여 대는 것은 그만두시지. 무슨 일이 일어날지 두고 봅시다!"

"아우, 당신 질투를 하는군요!" 그룬디가 외쳤다. "그리고 불쌍하게 널브러진 가여운 라스푸틴! 내 사랑." 관객들은 다시 굉장한 활기를 찾아, 폭동이 일어날 것 같은 위험스러운 상황이 되었고, 경찰관은 진퇴유곡에 빠졌다. "자, 질투를 하면 안 되지, 사랑스러운 꼬마!" 그룬디는 울부짖었다. "자비심을 베풀어 짓궂은 비밀을 조금 얘기해 줄 테니."

"멈춰!" 경찰관은 훌쩍거렸다. 발걸음을 좀 조심해 주세요, 폴이 아래쪽에서 말했다.

그룬디 부인은 위험스럽게 폴 곁에 몸을 숙이고 경찰관의 귀를 잡았다. 그는 몸을 움츠렸지만 어떤 시도로도 빠져나올 수가 없었다. "저애는 정말 끔찍한 상대였어!"

그녀의 이야기에 군중들이 들끓었다. 군중들은 긴 줄을 이루며 그녀를 따랐고 그녀는 영광스럽다는 듯 몸을 흔들면서, 이가 다 빠져 축 늘어진 입으로 싱글대며 사람들이 던지는 동전을 받아 챙겼다.(폴은 자기가 그들이 던진 동전에 맞고 있다는 것을 알았다. 그것들 중 하나가 그의 윗입술 위에 떨어졌고 세상 이곳저곳을 흘러 다닌 동전이 으레 그렇듯 익숙하고 고약한 냄새가 풍겼다.) 그녀는 젖가슴 사이 계곡에 동전을 받기 위해 가슴을 앞으로 쭉 내밀었다. 그녀가 몸을 흔들자 동전이 딸랑거렸다. 그녀는 경찰관의 손을 붙잡고 그를 앞으로 잡아끌며 구경꾼들에게 절을 했다. 경찰관은 어색하게 웃으며 콧수염을 실룩거렸다.

"의사를 찾으셨나요." 나이가 들었지만 온화한 목소리가 들렸다.

군중의 소란이 좀 가라앉았다. 폴이 눈을 뜨자 구겨진 회색 정장을 입고 그의 몸 위로 허리를 굽힌 노인이 눈에 들어왔다. 머리는 헝클어진 백발이었고, 얼굴은 건조해 보였으며 나이 탓에 주름살이 져 있었다. 그는 테 없는 안경에, 검정 가죽 가방을 들고 있었다. 그는 마치 고통을 이해하고 경감시켜 줄 것 같은 미소로 폴을 내려다본 뒤 경찰관을 올려다보았다. 미묘하게도, 공포의 물결이 폴을 흔들었다.

"의사를 원했지요?" 늙은이가 되물었다.

"그래요! 그래요!" 경찰관은 거의 울음 섞인 목소리로 외쳤다. "오, 신이시여, 감사합니다!"

"오히려 내가 당신의 직업 정신에 감사해야겠어요." 의사가 말했다. "자, 문제가 뭐요?"

"오, 선생님, 정말 끔찍한 일이에요." 경찰관은 그의 손에 들려 있는 수첩을 거의 망가질 정도로 우그러뜨렸다. "이 남자는 이 트럭에 치였나 봐요, 그래서 이런 몰골인 것 같아요, 아무도 모르는 끔찍한 미스터리예요, 한 여자가 있는데, 지금은 안 보이네요? 전 지금 그의 이름이 뭔지도 확실히 모르겠어요."

"상관없습니다." 의사가 나이가 들어 보이는 머리를 끄덕거리며 친절하게 끼어들었다. "누구냐 하면 그는 그저 한 명의 사람이군요. 그거면 충분합니다."

"선생님, 그렇게 말씀하시다니 정말 좋은 분이군요!" 경찰관은 훌쩍거렸다.

나는 곤경에 처했구나, 오, 어쩌면 좋을까, 내가 정말 안 좋은 상황인가 보다, 폴은 생각했다.

"자, 이제, 잠깐 봅시다." 의사는 폴에게 몸을 웅크리며 말했다. 그는 엄지손가락으로 폴의 눈꺼풀을 들어 올리고 조심스럽게 들여다보았다. 폴은 도움이 되기를 갈망하며 눈동자를 양옆으로 이리저리 굴렸다. "그냥 편안히 있어요, 청년." 의사가 말했다. 그는 가방을 열어 그 안을 샅샅이 뒤지더니 손전등을 꺼냈다. 폴은 의사가 그다음에 무엇을 하려는지 정확히 알 수가 없었지만, 아마도 귓속을 들여다보려는 것 같았다. 머리를 움직일 수가 없어요, 폴이 말했지만 의사는 이런 질문만 했다. "왜 코밑에 동전이 붙었지?" 의사는 대답을 기대하기는커녕 들으려고도 하지 않는 태도였고 아무런 답도 듣지 못했다. 부드럽고, 능숙하게, 그는 폴의 입을 벌리고 나무 압자로 혀를 누른 다음 목구멍을 살폈다. 폴의 머리는 고통으로 불이 붙는 듯했다. "아아, 그렇군." 그는 중얼거렸다. "음, 음."

"어떻…… 그는 어떻습니까, 선생님?" 경찰관은 두려움과 존경심으로 말문을 막혀서 더듬거리며 물었다. "그가…… 그가……?"

의사는 경관을 조소하듯 바라보다가, 가방에서 청진기를 꺼냈다. 그는 그것을 귀에 꽂고, 폴의 셔츠 안쪽에 청진기를 넣어, 집중해서 귀를 기울였다. 그의 나이 든 머리는 마치 새가 벌레를 잡기 위해 귀를 기울이듯 한 방향으로 쏠렸다. 완벽한 침묵의 시간이 흘렀다. 폴은 의사의 호흡 소리와 경찰관의 가녀린 탄식 소리를 들을 수 있었다. 의사가 자기의 가슴팍을 한두 번 진찰하는 듯싶었지만 그는 아무런 감각을 느낄 수 없었다. 입을 닫고 있는 편이 머리의 고통을 한결 완화시키는 듯했다. "음음." 의사는 무겁게 입을 열었다. "그래요……."

"오, 제발! 문제가 뭡니까, 선생님?" 경찰관이 소리쳤다.

"문제가 뭐냐고? 문제가 뭐냐고?" 의사는 갑자기 격분해서 소리를 질렀다. "문제가 뭔지 내가 말해 줄까!" 그는 노인치고는 민첩하게 벌떡 일어섰다. "자네가 내 옆을 그렇게 기웃거리며 불량 학생처럼 징징거리는데 내가 어떻게 진찰을 할 수 있겠나, 그게 바로 문젤세!"

"하, 하지만 저는 그저……." 경찰관은 뒤로 주춤거리며 말을 더듬었다.

"그리고 자네는 이 빌어먹을 트럭에 반쯤 깔려 있는 이 남자를 내가 어떻게 진찰하길 바라나?" 의사는 몹시 성난 기색이었다.

"하지만 저는……."

"빌어먹을 것 같으니라고! '하지만 저는'이라니, 이 천치야! 트럭을 치워야 내가 이 사내의 상처가 얼마나 깊은지 진단을 내릴 것 아니야! 내가 트럭을 치워야 하는 거였나?"

"알, 알겠어요! 하지만…… 하지만 제가 무엇을 해야 한단 말입니까?" 경찰관은 두 손을 꼭 쥔 채 울면서 말했다. "저는 그저 단순한 경찰일 뿐입니다, 선생님, 신과 법 앞에서 임무를 다하는……."

"간단하게도, 말하는군!" 의사가 거칠게 말했다. "나는 자네에게 무엇을 해야 할지 말했네, 신인지 씹할인지 이 멍청아, 당장 트럭을 옮겨!"

신인지 씹할인지! 지금 와서 다시 그게 뭘까? 폴은 생각했다.

경찰관은 비참하게 수첩의 모서리를 질겅질겅 씹으며, 처음엔 폴을, 다음엔 트럭을, 그리고 군중들과 트럭의 뒤편을 차례로 돌아보았다. 폴은 이제 트럭 옆면에 K 다음에 오는 글자가 무엇인지 잘 볼 수 있었다. 그것은 I였다. "저보고 이 트럭 밑에 깔려 있는 사람을 꺼내란 말입니까?" 경찰관은 여윈 턱을 덜덜 떨면서 조심스럽게 입을 열었다.

"원 세상에나, 그게 아니라!" 의사는 발을 구르며 호통을 쳤다. "이 사람은 목이 부러졌는지도 모르네! 옮기다가 죽을 수도 있어, 그게 안 보여, 이 찔찔 짜는 천치야? 이제, 젠장, 질질 흐르는 코나 닦고, 가서 그 공범자를 깨워, 그리고 지금 당장! 그의 트럭을 뒤로 빼라고 해."

"뒤, 뒤로 빼라고요! 하지만…… 하지만 그러다가는 그를 다시 차로 치게 될 텐데요! 그는……."

"그를 다시 차로 치라는 게 아니야, 이 한심한 검은 제복 입은 월급쟁이야. 내가 네 계급장을 뗄까!" 의사는 청진기를 휘두르며 소리 질렀다.

경찰관은 주저하다가 잠시 폴을 내려다보고는 돌아서서 트럭 앞쪽으로 달음질쳐 갔다. "어이! 이봐, 당신!" 그는 곤봉으로 운전수의 머리통을 쳤다. 돌대가리 울리는 소리 텅텅! "차를 빼!"

"저 빌어먹을 놈이 어떻게 했냐면" 하고 트럭 운전수는 정신을 잃을 듯이 난폭하게 악을 쓰고 머리를 흔들며, "그가 내 이 불쌍한 트럭 앞으로 곧잘 돌진해 들어왔단 말이야, 아니 그게 아니라 트럭으로!" 군중들은 오랜만에 다시 큰 소리로 웃었다. 하지만 의사가 발을 쿵하고 구르자 금방 소란이 그쳤다.

"이제, 시동을 좀 켜시지, 당신, 당장 말이야!" 경찰관이 콧수염을 툭툭 치며 명령했다. 그는 침을 조금 뱉고는 손등으로 쓱 문질렀다. 그는 곤봉으로 손바닥을 두세 차례 두들겨 댔다.

트럭 운전수가 시동을 켜자, 폴은 그의 등 밑에 있는 도로가 진동하는 것이 느껴졌다. 그가 있는 위치보다 약간 위에 있는 하얀 글자가 빨간색 바탕에서 마치 나비처럼 펄럭거렸다. 그 바깥으로, 파란 하늘은 깊이를 더하고 흰 구름이 그 속에서 만개했다. 초고층 빌딩들은 존재를 감추려는 듯 회색으로 변해 있었다.

트럭의 소음에 묻혀서 잘 들리지 않았지만, 폴은 의사와 경찰관의 대화를 드문드문 들을 수 있었다. 의사는 호통을 치고, 경찰관은 애원을 하고, 그리고 중량, 무게, 부피, 방향 같은 말들이 오갔다. 차의 앞쪽에는 바퀴가 두 세트 있고 후면에는 한 세트밖에 없는 이유로(친절하고 인간적인 온정을 끝내 잃지 않는군, 폴은 생각했다.) 결국 트럭은 앞으로 가기로 결정이 내려졌지만, 바보같은 운전수는 이 말을 이해하지 못하고, 그만 차를 뒤로 빼고 말았다. 때문에 중간에 달려 있는 바퀴가 폴의 몸 위를 굴렀다.

"멈춰! 멈춰!" 경찰관의 날카로운 고함에 트럭 모터는 털털거리다 멈추었다. "앞으로 가라고 했잖아, 이 못된 인간 같으니라고, 뒤가 아니야!"

운전수는 머리를 창밖으로 내밀고, 탁구공 같은 눈을 부라리며, 작은 손을 귓가에 대고 경멸적으로 웃었다. 경찰관은 숙련된 빠른 손놀림으로 운전수의 커다란 머리에 한 방 먹이려 했지만, 운전수는 재빠르게 피했다. 그는 기형적으로 생긴 뭉

툭한 손으로 쾅 소리를 내고는 차 안으로 휙 들어갔다.

"무슨, 오, 우리가 지금 무슨 짓을 한 거야?" 경찰관이 울부짖었다. 의사는 오만상을 찌푸리고 경찰을 바라보며 노골적으로 혐오감을 드러냈다. 폴은 질식할 것 같은 느낌이 들었지만, 목을 지나가는 특별한 고통을 감지할 수는 없었다. "하늘에 계신 하느님! 그 양옆에 바퀴가 있고 중간에도 바퀴가 있다니!"

"가관이로군!" 의사가 코웃음을 쳤다. "이 사태는 당신 혼자 해결하시지! 아니면 누구 도와줄 사람이라도 있나?"

"농담이시죠." 경찰은 하소연하였다.

"당신은 이 남자를 죽였어!" 의사는 냅다 고함을 쳤다. 경찰은 근심에 가득 찬 외마디 울음소리를 내며, 트럭 앞으로 다시 달음질쳐 갔다. 군중들은 적대감으로 술렁였고, 폴은 그것을 들을 수 있었다. "좋아, 좋아!" 경찰은 소리쳤다. "뒤로 빼든, 앞으로 가든, 제발, 난 상관없으니, 어떻게든 해 봐, 서둘러! 서두르라고!"

시동이 다시 걸렸고, 삐걱거리는 기어 갈리는 소리가 들리면서, 서서히 서서히 서서히 폴의 몸을 누르고 있던 중간 바퀴가 뒤로 빠지며 내려갔다. 그리고 다음 바퀴들이 그의 몸을 타고 오르기 전에 잠시 짧고 긴장된 중간 휴식이 있었다. 마치 유원지의 회전식 관람차가 꼭대기에서 하강하기 전 멈칫거리듯, 바퀴는 폴의 몸뚱이 위에서 잠시 주저하다가 지면에 내려앉았다.

몇 시간이 지나갔다.

그는 눈을 떴다.

트럭은 멀리 후퇴하여, 시야에서 사라져, 어쨌든 폴의 위치에서는 보이지 않게 되었다. 그의 눈꺼풀은 무겁게 닫혀 있었다. 의사가 넝마같이 너덜너덜 해진 옷을 주섬주섬 그에게 덮었던 것이 기억났다.

한참이 지난 것인지, 아니면 얼마 안 된 것인지는 모르지만, 여하튼 그는 다시 한 번 눈을 떴다. 의사와 경찰관이 폴을 내려다보며 서 있고, 다른 사람들도 몇몇 서 있었다. 다들 누군지 알 것 같았지만, 폴은 그들이 누군지 도무지 알아볼 수가 없었다. 그런디 부인이 거기 있었다. 사실, 그녀는 마치 세상 사람들을 위해 매표소를 세우고 입장료를 받으려는 것처럼 보였다. 어린아이의 손을 잡고 보러 온 사람들도 있었다. 온화한 얼굴에 따스함과 동정심이 배어 있었다. 어느 정도는 그랬다. 기자들은 사진을 찍고 있었다. "당신 유명세를 탔군." 그들 중 하나가 말했다.

"저 빌어먹을 몸뚱이는 푹 짓이겨졌어." 의사가 기자에게 말하는 중이었다.

경찰관은 머리를 절레절레 흔들었다. 얼굴이 거의 새파랗게 질려 있었다. "무슨 생각을?"

"내가 무슨 생각을 한다는 건가?" 의사가 물었다. 그러더니 늙은이 특유의 가랑거리는 소리로 웃기 시작했다. "이봐, 자네는 내가 이 청년이 죽을 거라고 생각한다는 건가?" 그는 다시 웃었다. "기가 차서, 자네 눈으로 한번 잘 보게! 이 청년에게 남은 것이 있는지, 그는 쓸모없는 고깃덩이에 불과해, 그 누구의 식욕도 불러일으키지 못할 고깃덩이어리 말이야!" 그는 폴의 몸을 손가락으로 찍어 핥아 보고는 인상을 찌푸렸다. "젠장!"

"이 청년에게 담요를 갖다 주는 게 좋을 것 같아요." 경찰관이 가냘픈 소리로 말했다.

"물론 그래야지!" 의사는 검정 가방에서 꺼낸 자그마한 하얀 수건에 손가락을 닦으며 냅다 소리를 질렀다. 그는 테 없는 안경 너머로 폴을 빠끔히 들여다보다가 미소를 머금었다. "자네, 아직 거기 있는 건가?" 그는 폴 옆에 털썩 주저앉았다. "미안하군, 청년. 내가 할 수 있는 것이라곤 빌어먹을 아무것도 없다네. 자, 그래, 자네 입술 위에 얹어 있는 그 동전은 내가 치워야겠어. 별로 필요치 않을 것 같아서 말이야. 그렇지?" 그는 부드럽게 웃었다. "이제, 보자고, 아무 쓸모가 없어, 쓸모가 있나? 아니야, 필요 없고말고, 거기에 그냥 있기만 한 거지." 의사는 동전을 던져 버리려다가 대신에 주머니에 넣었다. 눈알은 아직 멀쩡해. 사람들이 이것들을 안구(眼球)로 사용할까? "그래, 그것도 좋겠군. 하지만 진실을 말하자면 지금 그게 문제는 아니지. 안 그래?" 동전이 얹어 있던 자리가 근질거렸다. "아니야, 나는 자네에게 아무 소용이 없다네. 마취제조차도 처방할 수가 없어. 이제 빌어먹을 성직자 몫이야, 그렇지? 히 히 히! 미안해, 청년! 성직자를 불러올까?"

고맙지만 됐어요. 폴이 말했다.

"말을 할 수가 없겠지, 그렇지?" 의사는 폴의 목을 진찰했다. "으음. 못 하지. 못 하고말고." 그는 어깨를 움찔했다. "좋아 어쩔 수 없지. 자네가 무슨 말을 할 수 있겠나, 응?" 그는 건조하게 소리를 내어 웃고는, 아직도 담요를 찾으러 가지 않고 머뭇거리는 경찰관을 올려다보았다. "그냥 거기 서 있지만 말고, 이 사람아! 이 청년에게 성직자를 데려다 주란 말이야!" 경찰관은 입을 틀어막고, 서둘러서, 폴의 시야에서 사라졌다. "나도 죽음을 받아들이기가 쉽지는 않다는 걸 알아." 의사는 계속해서 얘기했다. 그는 손을 다 닦고 수건을 검은색 가방 속에 던져 넣은 다음, 딱 소리를 내며 가방 문을 닫았다. "우리 모두는 죽음에 맞서 발버둥을 치지, 청년, 그건 살아 있는 존재의 본질이야, 이 떠들썩한 소란, 이 의미 없는 죽음과의 하잘것없는 싸움 말이야. 사실, 자네에게 얘길 하자면, 이봐, 삶은 이게 다란 말이지." 그는 손가락을 흔들며 마침표를 찍고, 끝으로 폴의 코끝을 누름으로써 마무리를 했다. "그것이 비밀이야, 그것이 나의 행복한 진통제이지! 히 히 히!"

KI, 폴은 생각했다. KI과 14라는 숫자. 그게 뭐였더라? 지금은 결코 알 수가 없다. 그것들 중 하나도 말이다.

"하지만 죽음이 삶을 잉태하지, 그게 그런 거라네, 젊은이, 절대 잊지 말게나! 생존과 죽음은 동의어야, 이봐, 그게 우주의 첫 번째 오류지! 히 히 히, 오! 미안하네, 젊은이! 농담할 시간이 없구먼! 내가 말한 것은 잊어버리게나!"

괜찮아요, 폴이 말했다. 의사의 말에 귀를 기울이느라 그나마 입술 위가 간지러운 것을 잊었다. 가려움은 사라졌다.

"새 생명은 부패한 것 가운데서 움트는 거야, 새로운 식솔들은 오래된 유기체를 먹고 소비하지, 아버지는 오르가슴을 느끼며 죽고, 어머니는 생명체를 탄생시키다 죽는 거야, 오로지 두 짝의 젖퉁이와 간지러운 자극을 일으키는 늙은 여자의 몸뚱이만이 영속하는 거지, 그녀의 몸이 쪼개져 순수한 빛과 탄소로 변화되는 그 긴 느림의 과정을 견디면서 말이야! 히 히 히! 얼마나 유연한 생각이냔 말이야! 동의하지 않나, 젊은이?"

의사는 허공을 응시하며 그 과정을 행복하게 음미했다.

내가 당신에게 하고 싶은 말은 말이죠, 폴이 말했다, 그런 것은 잊어버리라는 거예요.

바로 그때, 경찰관이 커다란 누비이불을 가지고 돌아와서는, 의사와 함께 그것을 폴의 몸에 부드럽게 덮었다. 얼굴만 내놓은 채 말이다. 사람들이 구경하려고 몰려들었다.

"뒤로! 뒤로!" 경찰관이 소리쳤다. "죽어 가는 사람에게 예의도 없어요? 뒤로 물러나라고 말하잖아요!"

"오, 자자." 의사가 꾸짖으며 말했다. "사람들이 원한다면 보도록 놔두게. 이 불쌍한 친구에게는 그리 문제될 게 없을 테니까, 설사 문제가 된다 해도 얼마 안 걸릴 거야. 파리 쫓는 데도 도움이 될 테고."

"저, 선생님, 그렇게 생각하신다면……." 그의 목소리가 희미해졌다. 폴은 눈을 감았다.

그런 기묘한 상황 속에 누워 있으니, 갖가지 요상한 생각들이 폴의 마음속에 역병처럼 일어났다. 그는 사람들이 아무 도움도 되지 않는다는 걸 알았지만, 그 상황에서 벗어날 수가 없었다. 책이라, 예를 들어, 그는 책을 들고 있었을까? 그리고 만약 그랬다면, 무슨 책이며, 그 책에 어떤 일이 일어났던 것일까? 그리고 신호등은 어떻게 된 것일까? 왜 아무도 신호등 문제를 제기하지 않는 걸까? 순수한 탄소라면 그도 이해할 수 있었다. 하지만 빛은? 그것의 순수성은 무엇으로 구성될 수 있을까? KI. 14. 전에도 일어났던 것 같은 그 인상. 그렇다, 이것들이 미스터리이다, 그렇다, 그의 머리가 그런 생각들로 지끈거렸다.

사람들은 담요 아래 있는 폴을 보려고 이따금씩 접근해 왔다. 어떤 사람은 들여다보기만 하고 돌아서서 가 버린 반면, 어떤 사람들은 꼬치꼬치 캐기 위하여 잠시 머물렀다가 상처에 손을 대 보기도 했다. 사람들은 기삿거리가 된다는 것에 더욱 흥미를 느끼는 것처럼 보였다. 약간의 논쟁이 일어나기도 했고 가끔 소란스럽기도 했지만 의사와 경찰관은 별로 개의치 않았다. 만약 누군가가 거들먹거리며 라틴어 문구를 과감하게 읊조린다 해도, 의사는 그것을 화장실 벽에 쓰여 있는 비속어 정도로밖에 여기지 않을 것이다. 그러나 그럼에도 어린아이들과 어린 소녀들을 위해서 자신의 순수성은 가장 감미로운 부분으로 남겨 두었다. 그는 몇 가지 의학 진술서를 작성했다. 경찰관은 불안해하면서 그 곁을 서성거렸다. 한번은 잠깐 동안 그들이 가까이 다가왔을 때 폴이 눈을 번쩍 뜬 적이 있었는데 경찰관은 그를 보고 따뜻하게 미소를 지으며 이렇게 말했다. "걱정하지 마요, 착한 친구. 내가 이렇게 여기 있으니까. 될 수 있는 한 마음을 편안히 가져. 내가 마지막까지 여기 있을게. 당신은 나만 믿으면 돼요." 허풍이라고 폴은 생각했다. 비록 감사하지 않은 것은 아니었지만 아까 잠이 들려 할 때 의사도 똑같은 말을 되풀이했던 것이 기억났기 때문이다.

그가 깨어났을 때, 거리는 텅 비어 있었다. 그들 모두는 지쳐서 돌아간 것 같았다. 구름이 끼어 있었고, 하늘은 어둑어둑했다. 아마도 밤이 된 듯싶었고 비까지 추적추적 내리기 시작했다. 그는 이제 왼편에 있는 트럭을 똑똑히 볼 수 있었다. 아까는 사람들에 가로막혀 보이지 않았던 것이 틀림없었다.

마법의 키스 립스틱(KISS LIPSTICK)
14가지
다른 빛깔

결코 아무 생각도 떠오르지 않았다. 그저 삶에서 진짜 이런 일이 발생할 수 있다는 것밖에는.

오른쪽을 흘끗 쳐다보다가, 폴은 옆에 한 노인이 앉아 있는 것을 보고 흠칫 놀랐다. 의심할 것도 없이 성직자였다. 결국 그가 왔구나……. 검정 모자, 긴 회색 수염, 이제 막 거리에 생기기 시작한 흙탕물 속에서 다리를 꼰 채 그는 앉아 있었다. 그냥 가요, 내 상황에 괴로워하지 말고, 나를 기다리지도 말고, 폴이 말했다. 하지만 노인은 그대로 남아 있었다. 말없이, 얼굴이 일그러진 채. 모자와 얼굴, 수염, 옷 위로 비가 줄줄 흘렀다. 인내심의 의인화. 성직자. 하지만, 옷이라는 것이, 글쎄, 옷이 아니라 넝마였다. 조각조각 찢어지고 너덜너덜 해져 있었다. 모자 역시 그렇다는 것을 폴은 그제야 알아 차렸다. 짧은 간격으로, 노인은 머리를 꾸벅거리면서, 눈은 초점이 교차된 채, 몸을 기우뚱하게 기울이기도 하고, 움찔 놀라기도 하며, 투덜대기도 하고, 폴을 의심스럽게 바라보며, 뒤로 물러났다가, 마침내 다시 긴장을 푸는 행위를 반복했다.

폴의 눈은 피로했다. 빗물이 눈에 튀어 더욱 그런 증상이 나타난 것이기에 그는 한 번 더 눈을 꼭 감고 가만있었다. 그러나 늙은 성직자의 영상이 자꾸 아른거려 마음이 편하지 않았다. 그는 다시 눈을 뜨고 곁눈질로 트럭이 있는 왼쪽으로 눈을 치떴다. 털이 뻣뻣하고 노란 작은 개 한 마리가 흙탕물 속을 터덜터덜 걷고 있었고 녀석의 털은 비에 젖어 처지고 뭉쳐 있었다. 개는 트럭 타이어에 코를 박고 킁킁대고, 발을 올려놓고 다시 킁킁거리면서 그 언저리를 얼쩡거렸다. 개는 폴의 주변을 뱅뱅 돌면서도, 그의 존재는 안중에도 없다는 듯 이곳저곳에 코를 쑥 밀어 넣고, 바싹 다가가 주위를 맴돌았다. 노인 옆을 지나면서, 으르렁거리고, 반 바퀴를 더 돌고는 왼편에 있는 폴에게 접근했다. 젖은 개의 지독한 냄새가 질식할 것같이 진동하는 가운데 녀석은 폴의 머리 근처에 멈춰 서서 냄새를 맡고 얼굴을 핥았다. 노인은 그저 앉아서, 다리를 꼰 채, 그 광경을 수동적으로 바라볼 뿐 아무것도 하지 않았다. 물론…… 전혀 성직자가 아니었다. 늙은 거지였다. 그가 죽기를 기다렸다가 무언가 남은 것이 있다면 옷을 가져갈 심산인 것 같았다. 어서 지금 가져가세요, 난 괜찮으니까, 폴이 말했다. 그러나 거지는 그냥 앉아서 바라보기만 했다. 폴은 발치에서 개가 으르렁거리는 소리를 들으며 뭔가 잡아당기는 느낌을 받았다. 몸 전체가 위로 들리면서 목에서 또 다른 뜨거운 무엇인가가 확 터지는 듯했다. 녀석은 뒷발을 폴의 머리에 단단하게 고정시켰고, 가끔 오른발이 균형을 잃으면서 폴의 얼굴을 신경질적으로 찼다. 목과 눈 뒤편에서 뜨거운 고통이 용솟음쳤다. 마침내 무언가가 떨어져 나갔다. 개는 노란 털에서 물을 툭툭 털고, 입에 신선한 고기 덩이를 문 채, 유유히 사라졌다. 거지는 눈을 잔뜩 찌푸리고, 머리를 가슴팍으로 깊이 숙인 채, 꾸벅꾸벅 졸다가, 화들짝 깨어 정신을 차리고, 깊은 숨을 들이마신 뒤, 꼰 다리를 풀고, 다시 반대 방향으로 다리를 꼬았다. 그는 주머니에서 오래된 담배꽁초를 꺼내 노란 손가락 사이에 끼워 넣고는 입에 물었다. 그러나 불을 붙이지는 않았다. 순간 폴은 땅이 갑자기 뒤집혀 자신이 길거리에 매달린 채 이 밤 누군가에 의해 수백만 개의 비 창살을 맞고 있는 표적인 듯한 느낌이 들었다. 그러나 그곳엔 아무도 없었고, 그 사실을 자신에게 인식시키는 순간 땅은 다시 똑바로 제자리를 찾았다. 거지는 침을 뱉었고, 폴은 눈꺼풀로 떨어지는 비를 막았다. 그는 다른 개들의 소리를 들었다. 얼마나 오랫동안 이런 상황이 지속되어야 할까? 그는 궁금했다. 얼마큼이나 오래?

베이비시터

　그녀는 십 분이나 늦은 7시 40분에 도착했지만 지미와 빗시라는 그 집 아이들은 아직 저녁 식사를 하는 중이고 그들의 부모는 나갈 준비조차 하지 않은 상태이다. 어느 방에선가 아기 우는 소리, 물 흐르는 소리가 들리고 텔레비전에서는 무언가 미끄러지는 형상을 떠올리게 하는 춤곡이 흘러나오고 있다. 터커 부인은 머리가 헝클어진 채로 부엌으로 서둘러 들어와 뜨거운 물이 담긴 냄비에서 우유가 가득 담긴 젖병을 꺼내 움켜쥐고는 다시 나간다. "해리!" 그녀가 남편을 부른다. "베이비시터가 와 있네요!"

* * *

　그것은 내 바람이었을까? 그 곁을 얼쩡거리고 싶었던 것이? 그는 이를 드러내며 씩 웃고, 고갯짓으로 희미하게 신호를 보내면서 단단해 보이는 대머리 정수리를 벅벅 문지른다. 혹시 마법에 홀린 것이 아닐까? 그렇지 않다면 이유가 뭘까? 그는 바지를 바짝 추켜올리고 자기 엉덩이를 찰싹 때려 본다. 아기는 한동안 앙앙 울어 대다가 조용해진다. 지난번에 그들의 욕조를 사용했던 이가 이 사람이었나? 유감스럽게도 그렇다.

* * *

잭은 자신이 무엇을 하고 있는지도 모른 채 그저 도시 주변을 배회하고 있다. 그의 여자 친구는 터커 씨 집에서 베이비시터를 하고 있고 나중에 아이들이 잠자리에 들면 그가 잠깐 그곳에 들를지도 모른다. 차가 없는 그로서는 그녀가 아이들을 돌보는 날 살짝 그 집에 가서 함께 텔레비전을 볼 때만이 잠시 애정 행각을 벌일 수 있는 유일한 기회이다. 그러나 대부분의 사람들은 베이비시터가 집에 남자 친구를 끌어들이는 것을 좋아하지 않기 때문에 그런 경우 조심해야만 한다. 그녀는 키스하는 것만으로도 노심초사했다. 누가 올까 봐 줄곧 문 쪽을 의식하느라 키스 중에도 눈을 감으려 하지 않았다. 결혼한 사람들은 정말 좋겠다고 그는 생각한다.

* * *

"안녕." 베이비시터는 아이들에게 말을 건네고 그녀의 책을 냉장고 꼭대기에 올려놓는다. "저녁은 뭐예요?" 어린 소녀 빗시는 곁눈질로만 그녀를 흘깃 쏘아본다. 그녀는 부엌 테이블 끄트머리에 아이들과 함께 앉는다. "나는 9시까지는 잠자리에 들 필요가 없어요." 남자 아이가 퉁명스럽게 선언하면서 감자 칩을 한입 가득 문다. 베이비시터는 속옷 차림으로 욕실로 서둘러 들어가는 터커 씨를 흘긋 쳐다본다.

*　*　*

그녀의 배. 팔 아래. 그리고 그녀의 발. 그곳들은 정말 최고의 장소이다. 그녀는 그를 찰싹 때릴 거라고 가끔 말한다. 그렇게 하도록 놔두자.

*　*　*

소녀들에게서 풍기는 달콤한 그 향기. 보드라운 그녀의 블라우스. 그는 그녀가 다리를 꼬기 위해 한쪽 다리를 감아올릴 때 허벅지 사이에 드리운 부드러운 그늘을 놓치지 않고 흘긋 본다. 그는 그녀를 강하게 응시한다. 그 응시 속에는 수많은 의미가 빼곡히 들어차 있지만 그녀는 거들떠보지도 않는다. 그녀는 풍선껌을 불어 대며 텔레비전을 보고 있다. 바로 몇십 센티미터 앞에 앉아서, 부드러운 향기를 풍기며, 누군가를 맞이할 준비를 하고 있다. 그의 다음 동작은 무엇일까? 그는 동네 마켓에서 핀볼 게임을 하고 있는 절친한 친구 마크를 보고 그와 합세한다. "이봐, 그 여자는 너무 냉정해, 애송이 잭! 그녀는 네 손길이 필요한 거야!"

＊　＊　＊

터커 부인이 둘둘 말린 기저귀를 들고 부엌 문간에 나타난다. "이제 감자칩만 먹지 말고 지미! 이 애가 햄버거도 먹는지 좀 봐 줘요." 그녀는 베이비시터에게 이렇게 말하고 서둘러 욕실로 들어간다. 소년은 심술이 난 표정으로 베이비시터를 빤히 쳐다보면서 그녀가 엄마의 명령을 어떻게 실행할지 말없이 지켜본다. "이 맛 좋은 햄버거를 조금만 먹어 보는 게 어떠니, 지미?" 그녀는 마지못해 말한다. 그는 마룻바닥에 햄버거 반쪽을 슬쩍 떨어뜨린다. 아기는 조용하고 한 남자가 텔레비전에서 사랑 노래를 부르고 있다. 아이들은 과자를 우두둑 깨문다.

＊　＊　＊

그는 그녀를 사랑한다. 그녀도 그를 사랑한다. 그들은 장미와 푸른빛 에메랄드가 마법처럼 펼쳐진 풍경 속에서 부드러운 산들바람을 일으키며 경쾌하게 빙빙 돈다. 그녀의 밝은 갈색 머리는 산들바람에 굽이쳐 부드럽게 흘러내리고, 그녀의 몸을 부드럽게 감싸던 하얀색 가운이 벗겨져 날아간다. 열정과 노래가 점점 고조되며 남자는 미소를 짓는다.

＊　＊　＊

"그녀가 혼자 있다는 거야?" 마크가 묻는다. "응, 애들 두세 명과 함께." 잭이 말한다. 그는 동전을 집어넣는다. 쇠구슬들이 우르르 몰려가며 일렬로 늘어선다. 그가 엄지손가락으로 버튼을 누르자, 단단하고 윤기가 흐르는 구슬 하나가 톡 튀어나와 자리를 잡는다. 그의 눈빛은? 그녀를 사랑한다고 말하고 있다. 그의 눈빛은 그가 그녀를 염려하고 있으며, 보호하고 싶어 하고, 만약 필요하다면 그의 몸으로라도 그녀를 감싸 주고 싶다는 표정이다. 능글맞게 웃으며, 그는 조심스럽게 구슬을 조준한다. 그와 마크는 이 기계를 계속 연구해 왔고 어느 정도 파악했지만, 여전히 이기기는 쉽지 않다.

* * *

그는 파티로 가는 차 안에서, 마음의 일부는 베이비시터에게, 일부는 그 옛날 고교 시절에 가 있다. 부엌 식탁 끄트머리에 아이들과 함께 앉아 있던 그녀는 일부러 등을 활처럼 구부리고, 봉긋한 가슴을 불쑥 내민 채, 허벅지를 꼬고 있는 것 같았다. 그것이 그를 위한 것이 아니라면 누구를 위한 것이란 말인가? 그래서 결국 그가 거기서 나올 때 계속 보고 있었던 것이 아니냔 말이다. 그는 미소 짓는다. 하지만 무엇을 할 수 있단 말인가? 그 좋은 시절은 다 가 버렸으니, 늙은이여. 그는 가터벨트를 고쳐 매고 있는 아내를 흘끗 넘겨다보다 묻는다. "당신은 우리 베이비시터에 대해 어떻게 생각해?"

* * *

그는 그녀를 사랑한다. 그녀도 그를 사랑한다. 그래서 아이들이 생겨난다. 더러운 기저귀와 끊임없는 식사 준비. 설거지. 소음. 부산함. 그리고 살이 찐다. 꽉 조일 뿐 아니라, 그녀의 거들은 이제 거의 해어졌다. 최근에 여성들의 꽉 끼는 거들이 심장마비, 암 등 질병을 일으킨다는 보도를 읽은 적이 있다. 돌리는 공연히 이상하게 심기가 편치 않아서 투덜거리며 차 문을 당겨 닫는다. 파티장 분위기. 왜 그녀의 남편은 노래를 흥얼거리는가. "누가 안됐어, 지금?" 차를 빼면서, 그녀는 불 켜진 부엌 창가를 힐끗 돌아본다. "당신은 우리 베이비시터에 대해 어떻게 생각해?" 그녀가 묻는다. 남편이 뭐라 대답할지 고심하는 동안, 그녀는 가터를 깊이 물리며 스타킹을 꽉 잡아당긴다.

*　*　*

"그만둬!" 그녀는 웃는다. 빗시는 그녀의 치마를 잡아당기며 갈비뼈를 간질인다. "지미! 하지 말라니까!" 하지만 그녀는 자꾸만 웃음이 터져 그를 저지할 수가 없다. 아이가 그녀에게 뛰어올라 두 다리로 허리를 조이고, 그들 모두는 텔레비전 앞에 깐 카펫 위로 나동그라진다. 화면에는 턱시도를 입은 남자와 하늘거리는 주름 드레스를 입은 소녀가 함께 탭댄스를 추고 있다. 베이비시터의 블라우스가 치마 밖으로 삐져나오는 바람에 맨살의 배 위에 있는 점 하나가 눈에 띈다. 목표다. "내가 때릴 거야!"

* * *

버튼을 눌러 쇠구슬이 튀어나오자, 잭은 기계 쪽으로 신중하게 몸을 굽힌다. "너 그녀와 관계가 시원찮니?" 목기침을 하고 담뱃재를 털면서 마크가 묻는다. "글쎄, 정확하진 않지만, 아직은 아닌 것 같아." 잭은 그 말을 인정하기보다는 뭔가 더 할 말이 있는 듯 어색하게 씩 웃으며 구슬을 발사한다. 구슬이 고무 범퍼에서 튀어 오르자 그는 살짝 허리를 들어 올린다. 기계가 손바닥 아래서 달아오르자, 두 팔이 갑자기 살아 움직이고, 불빛이 반짝거리면서 미묘한 연속 무늬가 나타난다. 불빛이 들어오면서 1000점. 지금이야! "손을 그 위에 올려. 그러고만 있으면 돼." 마크가 입에 담배를 물고 곁눈으로 힐끔거린다. "아마도 도움이 좀 필요할 것 같아." 그가 비꼬는 듯 한쪽으로 일그러진 웃음을 띠며 말한다. "함께라면 좋겠지, 친구. 우리는 할 수 있어."

* * *

그녀는 커다란 욕조를 좋아한다. 그녀는 터커스라는 상표의 목욕 소금을 사용하고, 향기로운 비누 거품 속에 푹 잠기는 것을 즐긴다. 몸을 쭉 뻗고, 푹 잠겼다가, 턱을 들어 올린다. 그렇게 하면 살포시 졸리며 좋은 느낌이 밀려온다.

* * *

"당신은 우리 베이비시터에 대해 어떻게 생각해?" 돌리가 가터를 고쳐 매면서 묻는다. "아, 나는 별로 눈여겨보지 않아서 말이야." 그가 말한다. "귀엽지. 우리 아이들과 꽤 잘 지내는 것 같던데. 왜?" "나도 모르겠어." 그의 아내는 치마를 아래로 잡아당기면서, 지나치는 불 켜진 창가를 힐끗 내다본다. "난 그녀를 완전히 다 믿지는 않아. 그게 다야. 아이들하고 있을 때 좀 부주의한 것 같기도 하고. 그리고 어떤 때는 남자 친구를 불러들이기도 한다니까." 그는 아내의 넓적한 허벅지를 한 손으로 가볍게 치며 묻는다. "그게 뭐가 나쁜데?"

* * *

작으면서도 얼마나 탄력이 넘치는가! 그녀는 소년을 목욕시키다가 다리 사이에 비누칠을 하면서 생각한다. 전혀 있을 것 같지 않은 곳에 있는 우스꽝스럽고 자극적인 작은 물건. 존재하는 모든 노래들이 그것에 관한 것이 아니던가?

* * *

잭은 마크가 기계를 누르고 돌리는 것을 바라본다. 기계를 작동시키면서, 구슬을 채워 넣는다. 그는 마크가 자기 여자 친구를 업신여기는데도 별로 기분이 상하지 않는다. 마크는 자기보다 냉정한 기술자이기 때문에 그와 함께라면 어쩌면 소심함을 극복할 수 있을지 모른다. 그리고 만약 그녀가 좋아하지 않는다면, 주변에 다른 여자 애들도 있지 않은가. 만약 마크가 너무 심하게 하면, 그가 저지할 수도 있다. 그는 어깨가 긴장되는 것을 느낀다. 충분해, 친구……. 하지만 기계 또한 잘 봐야지. "이따가 그녀한테 전화할게." 그가 말한다.

* * *

"어머, 해리! 돌리! 이렇게 만나서 정말 반가워요!" "늦지 않으려고 했는데." "아냐, 안 늦었어요, 빨리 온 축에 속해요. 어서 안으로 들어와요! 원, 세상에, 돌리, 당신은 매일매일 젊어지는 것 같군요! 어떻게 그럴 수 있죠? 제 아내에게 그 비결을 좀 가르쳐 줄 수 있어요?" 그는 손님들을 음료를 대접할 곳으로 안내하며 터커의 등 뒤에서 돌리의 거들 입은 엉덩이를 톡톡 두드린다.

* * *

8시. 베이비시터는 욕실 거울 앞에서 머리를 빗으며 욕조에 물을 받는다. 그녀는 지미에게 빗시를 목욕시킬 동안 텔레비전에서 방영 중인 서부극을 보라고 일러두었다. 그러나 빗시는 목욕을 원치 않는다. 그녀는 먼저 목욕하기 싫어서 화를 내며 울어 젖힌다. 베이비시터는 빗시에게 목욕을 다 하고 나면 오빠가 목욕할 동안 그녀도 텔레비전을 보도록 허락해 주겠다고 달래지만 소용이 없다. 작은 소녀는 욕실 밖으로 나가겠다고 아우성이고 베이비시터는 등으로 문을 막아서며 강압적으로 어린아이의 옷을 벗긴다. 아이를 돌보기에 안성맞춤인 장소가 바로 욕실이다. 두 아이 다 성질을 부리고 있으니 소란스러움에 곧 아기가 깨어날 것이고 그러면 기저귀와 우유병을 갈아 주어야 한다. 이 집에는 훌륭한 컬러텔레비전이 있다. 그녀는 빨리 집안일을 끝내고 8시 30분 프로그램을 볼 수 있기를 희망한다. 그녀는 아이를 욕조 안에 밀어 넣지만 아이는 여전히 소리를 질러 대며 물장구를 친다. "그만둬, 빗시, 그러다 아기 깨겠다!" "나 오줌 마려워." 아이가 작전을 바꾸어 소리를 지르기 시작한다. 베이비시터는 한숨을 내쉬며, 어린아이를 욕조 밖으로 끄집어내어, 변기 위에 앉힌다. 그 과정에서 그녀의 블라우스와 치마는 물에 흠뻑 젖는다. 그녀는 거울 속 자신의 모습을 힐끗 비춰 본다. 그사이 어린 소녀는 변기에서 내려와 욕실 밖으로 달아난다. "빗시! 어서 오지 못해!"

*　*　*

"좋아, 그거면 충분해!" 스커트가 찢어지고 그녀는 얼굴이 달아오르면서 울음을 터뜨린다. "누가 그렇게 말했지?" "내가 그랬다, 이놈아!" 악당이 그녀에게 달려들자, 한 남자가 그를 공격한다. 그들은 구르고 넘어진다. 테이블이 뒤집히고 전등이 흔들거리면서, 텔레비전이 바닥에 떨어져 박살난다. 그는 악한의 복부를 제대로 강타하고, 그의 턱을 왼쪽으로 올려붙였다.

* * *

"우리는 여자 아이를 바라요." 이미 아들이 넷 있는 그들에게 그런 바람은 놀랄 일이 아니다. 돌리도 다른 손님들과 마찬가지로 그 여자에게 축하 인사를 건네지만, 내심으로는 그녀가 전혀 부럽지 않다. 그녀에게는 지금 필요한 게 없다. 그녀는 건넛방에 있는 해리를 응시한다. 그는 평상시처럼 친구들의 등을 두드리며 목소리 높여 담소를 나누고 있다. 그는 한가운데에 버티고 서서 왜 줄곧 그녀에 대해 불평만 하고 있는 걸까? "돌리, 당신은 매일 젊어지는 것 같아!" 이 말이 오늘 밤 그녀가 받은 인사였다. "비결이 뭔가요?" 그리고 해리가 대답하길, "전부 칼로리 문제예요. 그녀는 젖살이 다시 찌고 있어요." "하하! 해리, 속 좀 차려요!"

* * *

"발을 잡아!" 소년은 빗시에게 외친다. 그는 손가락으로 그녀의 갈비뼈를 간질이면서, 가죽 끈과 흐트러진 옷가지 사이로 드러난 맨살의 배를 더듬는다. "신발을 벗겨!" 소년은 머리로 그녀의 부드러운 가슴을 누르며 못 움직이게 한다. "안 돼! 안 돼! 지미! 빗시, 멈춰!" 그러나 아무리 발로 차고 몸을 비틀고 이리저리 굴러도, 그녀는 몸을 일으킬 수가 없다. 너무 웃어서, 그녀의 신발이 벗겨지자, 그는 스타킹 신은 발을 부여잡고 발바닥을 무자비하게 긁는다. 그녀는 다리를 세우면서, 그를 떼어 내려고 애를 쓰지만 소년은 대롱대롱 매달리고, 그녀는 웃는다. 화면에서는 한바탕 말발굽 소리가 소란스럽게 들리고, 긴 다리로 뛰어오르는 아찔한 로데오 경기가 한창인 가운데, 지미와 빗시는 함께 바닥을 구른다.

*　*　*

그는 동전을 흘려 넣는다. 금속성의 동전이 떨어지자 날카로운 딸깍 소리와 함께 발신음이 시작된다. "터커 부부가 나가고 없었으면 좋겠어." 그가 말한다. "걱정하지 마. 그들은 우리 집에 있을 거야." 마크가 말한다. "그들은 항상 제일 먼저 와서 제일 나중에 집에 가거든. 우리 집 노인네가 늘 투덜거리지." 잭은 초조하게 웃으면서 다이얼을 돌린다. "그녀에게 우리가 보호하러 들르겠다고 말해. 강간당하지 않게 말이야." 마크는 이렇게 제안하며 담배에 불을 붙인다. 잭은 능글맞게 웃으며, 전화박스의 문설주에 평상시처럼 기대서서, 한 손은 주머니에 넣은 채 껌을 씹고 있다. 그러나 마음이 그리 편치 않다. 좋은 것을 조금씩 잃어 가는 기분이다.

*　*　*

옷을 벗은 채 거실로 뛰어나온 빗시는 방석을 사이에 두고 베이비시터와 신경전을 벌인다. "빗시……!" 베이비시터가 으름장을 놓는다. 말발굽 소리, 총 쏘는 소리, 그리고 마차 바퀴 소리로 소란스러운 가운데 빨간색과 초록색 그리고 보라색 불빛이 아이의 젖은 몸 위에서 깜박거린다. "저리 가, 빗시!" 소년이 불평을 한다. "안 보이잖아!" 빗시는 줄달음을 치며 지나가고 베이비시터는 소녀를 침실 뒤편으로 몰면서 쫓아간다. 빗시는 뭔가 부드러운 것을 그녀의 얼굴에 던진다. 남자 속옷이다. 그녀는 재빨리 달려가 소녀를 움켜쥐고 발버둥치는 아이를 얼른 욕조에 집어넣는다. 그 와중에 소녀는 엉덩방아를 찧는다. 빗시는 약이 올라 앙갚음으로 욕조에 오줌을 눈다.

*　*　*

터커 씨는 자신의 버번위스키에 물을 약간 섞으면서 방금 도착한 집주인과 또 한 명의 남자와 함께 골프 게임에 대한 담소를 나누고 있다. 그들은 주말에 있을 시합을 준비 중이다. 터커 씨는 오른손에 술잔을 들고, 왼쪽으로 몸을 휘두르며 티 샷을 하는 시늉을 한다. "자네는 나에게 스트로크 홀을 주게 될 거야." 그가 말한다. "내가 자네에게 스트로크를 줄게!" 그를 초대한 집주인이 말한다. "몸을 숙여!" 모두가 웃고, 다른 남자가 묻는다. "당신 아들 마크는 이 밤에 어디에 있는 거야?" "나도 몰라." 쟁반 가득 마실 것을 담으면서 집주인이 대답한다. 그런 다음 불만스러운 태도로 이렇게 덧붙인다. "아마 꼬리가 길면 밟히겠지." 그들은 낮은 소리로 낄낄거리며 동감한다는 듯 어깨를 으쓱한다. 그리고 거실로 돌아와 여자들과 합류한다.

*　*　*

　차양이 내려졌다. 문이 잠긴다. 텔레비전을 보고 있는 중이다. 아마도 이불 속인 것 같다. 맞다, 그런 것 같다. 그가 키스할 때 그녀의 눈이 감긴다. 그들의 손안에 있는 그녀의 가슴은 부드럽고 풍만하다.

*　*　*

　강하게 복부를 강타한다. 다음엔 얼굴이다. 검은 수염 달린 사나이가 비틀거린다. 얇은 턱의 보안관이 덤벼들어 보지만 구둣발에 얼굴을 차인다. 검은 수염의 남자는 앞으로 돌진하여 어깨로 보안관의 단단한 횡격막을 세게 후려친다. 그녀의 배가 조여 온다. 보안관이 검은 남자의 코를 때리자 그는 꿋꿋이 버티다가 보안관을 벽 쪽으로 내팽개친다. 그를 주먹으로 때린다! 또 때린다! 검은 남자는 주기적으로 가쁜 숨을 헉헉대다가 뒤로 조금 물러서더니 자멸하듯 앞으로 돌진한다. ── 그녀는 무릎을 조심스럽게 끌어 올린다. ── 보안관은 공격을 계속하는 대신에 비틀거리며 주저앉고, 상대편 남자는 한 발 물러서면서 총을 꺼낸다. 검은 남자는 총이 있었던 것이다! 엉덩이 쪽에서 쏜다! 발사! 그녀는 손으로 허벅지 사이를 꼭 쥔다. ── 안 돼! 보안관의 눈이 핑 돈다! 상처를 입는다! 검은 남자는 머뭇거리며 조준한다. 그녀의 다리가 뻣뻣하게 경직된 채 텔레비전을 향하고 있다. 보안관은 짚 더미 속에서 필사적으로 구른다. 발사. 죽음! 검은 남자가 죽었다! 신음 소리를 내며 풀썩 주저앉는다. 총구를 수그린 총이 그의 풀린 손에서 스르르 떨어진다. 보안관은 지친 상태로 그가 누워 있는 바닥을 조심스럽게 지켜본다. 아, 일체가 된다! 너무 좋고 강하고 완벽해! 서로 꼭 끌어안고 조화를 이루는 완벽한 하나가 된다! 보안관은 고통스럽게 한쪽 팔꿈치로 자신을 지탱하고 다른 손으로 멍든 입가를 문지른다.

* * *

"그러니까, 우리는 방금 그곳에 잠깐 들러야겠다고 생각한 것뿐이야." 그가 말하면서 마크에게 찡긋 윙크를 한다. "우리라니?" "아, 나하고 마크 말이야." "그녀에게 얘기해. 그녀처럼 멋진 여자와는 차례차례 돌아가며 놀아야 한다고." 마크가 담배 연기를 길게 내뿜으며 핀볼 기계 밑에 담뱃재를 톡톡 떤다. "그게 무슨 소리야?" 그녀가 묻는다. "아, 마크와 내가 방금 얘기했는데, 우리 둘 다 친구니까, 셋이 진탕 마시면서 떠들면 어떠냐는 거지." 잭은·다시 윙크를 하며 말한다. 그녀도 까르르 웃는다. "오, 잭!" 수화기를 통해 그녀의 등 뒤에서 외침 소리와 총이 발사되는 소리가 그에게 들린다. "좋아, 둘 다 좋다면 조금만 놀다 가." 그거야, 친구.

* * *

어떤 빌어먹을 꼬마가 지금 텔레비전 앞에 있는 긴 소파 주변에서 레슬링을 하고 있는 듯하다. 그는 집에 들른 것처럼 해야 한다. 그냥 잠깐 둘러보러 온 것처럼 말이다. 의심의 여지 없이 그녀는 자기 일에 열중해 있었다! 차를 이중문 아래 주차하고 그녀가 알아채기 전에 살짝 현관문으로 들어간다. 그는 옷가지들이 흐트러진 모습과, 청춘의 허벅지가 텔레비전 불빛에 노출되어 있는 것을 본다. 아기 우는 소리가 들린다. "이봐요, 여기 어떻게 들어왔어요! 경찰 부르기 전에 어서 여기서 나가요!" 물론, 그들은 아무 짓도 하지 못한다. 그는 구겨진 스커트가 느슨하게 감겨 있는 그녀의 허벅지를 따사로운 시선으로 응시한다. 얼굴에 홍조를 띠고, 겁은 나지만, 흥분한 상태로, 그녀도 그를 빤히 바라본다. 그는 미소 짓는다. 그의 손가락이 무릎을 건드리면서 가장자리로 접근한다. 또 다른 커플이 도착한다. 여기는 이제 사람들로 가득 찬다. 그가 놓칠 리 없다. 잠깐 빠져나갔다가 평상시처럼 무언가 잊어버린 것을 가지러 되돌아온 것처럼 하면 되니까 전혀 마음 쓸 것이 없다. 그는 지난번에 베이비시터가 목욕을 했던 것이 기억났다. 그녀는 응원 지휘 연습인가 뭔가를 하고 막 집에 들어온 상태였고 목욕 후에는 데이트 약속이 있었던 것 같다. 아마 아스피린이었나 보다. 조용히 들어가서 평상시처럼 아스피린만 꺼내 오자. "아, 실례해요! 나는 그저……!" 그녀는 뒤돌아서 그를 보고, 깜짝 놀라서, 어색하게 움직였다. 그녀의 부드러운 가슴이 수면 위에서 찰랑거리고, 창백해 보이는 몸에 잔물결이 인다. 그는 욕조에 부유하던 그녀의 갈색 음모를 떠올린다. 밝은 갈색이었던.

* * *

　지미가 문 밖에서 욕실 안으로 들어가야 한다고 떼를 쓰고 있을 때, 그녀는 따뜻한 목욕을 하기 위해 욕조 안에 막 발을 들여놓은 찰나였다. 그녀는 한숨을 내쉰다. 그것이 단지 핑계라는 것을 그녀는 알고 있다. "넌 좀 기다려야 해!" 조금 불쾌하다. "난 못 기다려." "좋아, 그럼 어서 들어와 봐. 난 목욕 중이야." 그녀는 그 말이 소년을 저지할 거라 생각하지만, 그렇지 않다. 소년이 들어왔을 때, 그녀는 비누 거품 속으로 미끄러져 들어가 욕조 끝에 눈높이를 맞춘다. 아이는 주저한다. "마음대로 하렴. 꼭 해야겠거든. 하지만 난 나가지 않겠어." 조금 어색해하며 그녀가 말한다. "쳐다보지 마." 그가 말한다. "그러고 싶으면 그럴 거야." 그녀가 말한다.

* * *

　그녀는 울고 있다. 마크는 방금 강타당한 턱을 문지르고 있는 중이다. 전등은 산산이 부서졌다. "할 만큼 했으니 그만둬, 마크! 이제 여기서 나가!" 그녀의 치마는 허리춤까지 찢기고, 엉덩이는 파랗게 멍이 들었다. 속옷은 터진 풍선처럼 마룻바닥에 놓여 있다. 이제 잠시 후, 그는 그녀의 상처를 씻어 주고, 옷 입는 것을 도와주고, 잘 돌봐 줄 것이다. 안쓰러움이 밀려오면서, 그는 갑자기 발기가 된다. 마크는 그것을 가리키면서 웃음을 터뜨린다. 잭은 몸을 웅크리고 무언가를 기다린다.

* * *

크게 웃어 대면서, 그들은 구르고 무너진다. 아이들이 작은 손으로 그녀의 온갖 곳을 후벼 파고 꼬집는다. 그녀는 손과 무릎으로 막아 보려 하지만, 빗시가 그녀의 목으로 뛰어올라, 머리를 카펫 쪽으로 눌러 댄다. "그녀를 팡팡 때려, 오빠!" 지미의 손바닥은 무척 맵다. 그녀의 치마가 들쳐졌을까? 전화벨이 울린다. "구원의 기사님이시군!" 그녀는 웃음 지으며 아이들을 떨치고 전화를 받으러 간다.

* * *

마크에게 키스를 하면서, 그녀의 눈은 감겨 있고, 엉덩이는 잭 쪽으로 돌출되어 있다. 그는 텔레비전 화면을 응시하다가, 자신도 모르게, 한 손이 그녀의 스커트 밑으로 조심스럽게 미끄러져 내려가는 것을 느낀다. 그녀의 손은 저항하는 듯 그의 팔을 만지면서 그의 다리를 문지르듯 스쳐 지나간다. 이렇게 이불 속에 있자는 것은 꽤 좋은 생각이다. "여보세요? 나 잭이야!"

* * *

빗시는 밖으로 나가고 물은 계속 틀어져 있다. "들어와, 지미, 네 차례야!" 아까 소년이 자기 목욕은 혼자 하겠다고 선언했지만, 그녀는 아랑곳하지 않고 들어왔다. "나는 목욕 안 할 테야!" 소년은 눈을 새침하게 뜨고 말한다. 고집을 피울 태세다. "하지만 이미 네 목욕물을 받고 있잖니, 어서, 지미, 제발!" 소년은 도리질을 친다. 그녀는 소년을 설득할 수가 없다. 소년은 자신이 그녀를 이길 거라고 확신한다. 그녀는 한숨을 내쉰다. "자, 이제 너한테 달렸어. 그럼 이 물은 내가 써야겠구나." 그녀가 말한다. 소년은 그녀가 마음을 바꾸지 않으리란 확신이 들 때까지 버틴다. 그런 다음 살짝 숨어서, 욕실 문의 열쇠 구멍을 통해 안을 엿본다. 바로 그때 비누 거품을 풀기 위해 몸을 굽힌 그녀의 커다란 엉덩이가 보인다. 잠시 후 그녀는 사라진다. 열쇠 구멍을 통해 볼 수 있는 데까지 보려고 시도하다가, 아이는 그만 손잡이에 머리를 부딪힌다. "지미, 너니?" "나…… 나도 화장실 갈래!" 소년이 더듬거리며 말한다.

* * *

사실, 욕조에 완전히 들어간 것이 아니라, 막 들어가려던 참이었다. 한 발은 매트 위에, 다른 한 발은 물속에 있는 상태이다. 약간 몸을 굽히며 욕조 모서리를 붙잡자, 엉덩이가 내보이며, 젖가슴이 흔들린다. "오, 미안해요! 나는 그냥 뭘 좀 찾으러……!" 그는 어색한 변명을 늘어놓으며 깜짝 놀란 그녀 곁을 후딱 지나친다.

"도대체 뭘 하는 거죠, 해리?" 그의 손을 물끄러미 바라보며 아내가 묻는다. 집주인이 지나가며 웃는다. "일요일에 있을 골프 스윙을 연습하나 봐요, 돌리. 하지만 그리 잘할 것 같진 않네요!" 터커 씨는 웃으면서, 마치 7번 아이언 샷을 그린으로 날리듯 오른손을 공중으로 휘두른다. 그는 혀로 '딱!' 하고 소리도 낸다. "저기야!"

＊　＊　＊

"안 돼, 잭, 좋은 생각 같지 않아.""그저, 우리는 전화를 걸어 본 것뿐이야. 그냥 생각해 본 거야, 잠깐 들러서, 삼십 분 정도 텔레비전을 보거나, 아니면, 뭔가.""우리라니?""응, 마크가 여기에 있어. 나와 함께, 그리고 마크가 그러는데 자기도 끼고 싶대. 괜찮다면 말이야.""글쎄, 괜찮지 않아. 터커 씨네가 안 된다고 했거든.""그래, 하지만 우리는 단지…….""그리고 지난번 일을 엄청 의심하고 있어.""왜? 아무 일도 없었잖아. 그냥 생각뿐이었어.""안 돼 잭, 그게 끝이야." 그녀는 전화를 끊는다. 텔레비전으로 시선을 돌리자, 거기선 공영 방송이 나온다. 어쨌거나 보고 싶은 쇼 프로그램의 대부분을 놓쳐 버렸다. 그녀는 따뜻한 목욕을 하기로 마음먹은 것 같다. 잭이 들를지도 모른다. 그는 하고 싶은 게 있으면 끝장을 보는 성격이고, 그것이 그녀를 화나게 하기도 하지만, 어쨌거나 땀에 젖은 채 그를 만날 수는 없는 노릇이다. 게다가 그녀는 사실 터커 씨네 집에 있는 커다란 욕조를 좋아하지 않는가.

＊　＊　＊

아이는 수줍어하며 그녀에게 등을 돌리고 서 있다. 아이의 작은 목이 새빨갛다. 오줌은 영 안 나올 것처럼 더디다가 마침내 나오기는 했지만 아주 조금만 찔끔거린다. "그럴 줄 알았어. 괜히 구실만 붙인 거지." 그녀는 내심 소년이 부끄러워하는 것을 알고 킥킥거리며 나무란다. "너는 정말 못됐어, 지미." 소년은 문가에서, 손잡이를 잡고, 소심하게 신발을 내려다보며 서 있다. "지미?" 그녀는 단호한 표정을 지으려 애쓰며 욕조 모서리 너머로 소년을 엿본다. 소년은 초조한 시선으로 어깨 너머를 흘끔거리고 있다. "나를 괴롭힐 생각이라면," 그녀가 말한다. "내 등에 비누칠을 하는 게 좋을 거야."

* * *

"아스피린……." 그들은 포옹한다. 그녀는 아이처럼 그의 품에 안긴다. 사랑스럽게, 자애롭게, 능숙하게, 그는 그녀의 맨몸을 감싼다. 그녀의 몸은 얼마나 탄력 있고, 단단하고, 작은지! 그녀의 귀에 키스를 하면서, 그는 여전히 맑은 물 속에 담겨 있는 그녀의 엉덩이를 슬쩍 응시한다. "나도 그대와 같이 하면 어떨까." 그는 들뜬 목소리로 속삭인다.

* * *

그녀는 빗시가 던진 속옷을 집어 든다. 남자 속옷이다. 그녀는 침실 거울 앞에 서서 그것을 자기 몸에 대본다. 물론 그녀가 입기에는 큰 사이즈이다. 그녀는 속옷의 앞트임 새에 손을 넣은 다음 엄지손가락을 밖으로 빼내 올린다. 얼마나 우스운 기분인지!

＊　＊　＊

　"그건 그렇고, 친구, 난 우리가 지금 그녀를 강간하러 갈 거라고 말했는데." 마크가 뻔뻔스럽게 말하면서, 허리를 돌려 핀볼 게임기에 몸을 기댄다. "윽, 아! 거기 가만있어! 젠장! 저것 봐! 하하! 이봐, 난 이 꼬마를 완전히 전복시키겠어." 잭은 수화기 너머로 들려오는 대사를 듣고 당황한다. 잭이 전화를 끊자 마크는 역겨움에 콧방귀를 뀐다. 그는 껌을 와작 씹으며, 미숙한 친구의 태도에 화를 낸다. "내가 너라면 한번 모험을 해 보겠어." 그는 냉정하게 말한다.

＊　＊　＊

　8시 30분. "좋아, 이리 와, 지미, 시간이 됐어." 그는 그녀를 무시한다. 서부극이 끝나고 스파이 쇼가 시작되었다. 빗시는 파자마 바람에 터벅터벅 거실로 걸어 들어간다. "안 돼, 빗시. 잠자리에 들 시간이야." "언니가 텔레비전 보게 해 준다고 했잖아!" 소녀는 징징 울어 대며 또 다른 성화를 부릴 태세로 그녀를 응시한다. "하지만 넌 너무 목욕을 천천히 했고 지금은 밤이 깊었어. 지미, 욕실로 들어가, 당장!" 지미는 꼼짝도 않고 시무룩하게 텔레비전만 응시하고 있다. 지미가 혼자서 목욕을 한다고 선언했기 때문에 베이비시터는 다음에 할 텔레비전 프로그램을 소개하는 장면을 놓치지 않고 눈여겨본다. 상업 방송이 끝나자 그녀는 화면 앞에 서서 소리를 끈다. "좋아. 욕조로 들어가, 지미 터커. 그렇지 않으면 내가 널 데리고 들어가서 목욕을 시킬 테야!"그러시든지." 그가 말한다. "두고 보라지."

* * *

그들은 바깥, 어둠 속, 수풀 속에서 쭈그리고 앉아, 몰래 엿보고 있다. 그녀는 마룻바닥에서 아이들과 놀고 있다. 너무 이르다. 아이들은 그녀를 간질이고 있는 듯 보인다. 그녀는 손과 무릎으로 막아 보지만, 작은 소녀가 그녀의 머리 위에 올라타 얼굴을 아래로 누르고 있다. 명백한 목표가 나타나자 소년은 돌진하며 때리려 한다. "이봐, 저애들이 하는 짓 좀 봐!"마크가 웃는 얼굴로 부드럽게 손가락을 꺾으며 속살거린다. 잭은 바깥에 있는 것이 편하지 않다. 너무 많은 이웃들과 너무 많은 차들이 왔다 갔다 한다. 집 안에 있는 저 소년은 그보다 한 수 위다. 그는 결코 그녀를 간질일 생각은 한 적이 없으니까.

* * *

비누를 움켜쥔 아이의 작은 손이 그녀의 어깨뼈 사이의 좁은 공간을 수줍은 듯 비누칠한다. 그녀는 무릎 쪽으로 몸을 포개고, 풍성한 비누 거품에 파묻힌 채, 어깨 너머로 아이를 빠끔히 바라보고 있다. 손에 쥐고 있던 비누가 미끄러져 물에 퐁당 빠진다. "내가…… 비누를 떨어뜨렸어." 아이가 속삭인다. 그녀는 "찾아봐."라고 말한다.

＊　＊　＊

"나는 연한 갈색 음모를 가지고 있던 제니를 꿈꿔!" "해리!
그만둬요! 당신은 취했어요!"

그러나 사람들은 웃고 있다. 그들 모두 웃고 있다. 젠장! 그
는 정말 망할 기분이 든다. 그리고 이제야 그에게 필요한 것은
아스피린이라는 걸 알게 된다. 거기서 그녀를 보고 있을 때, 그
녀의 넓적다리는 그를 향해 펼쳐져 있었다. 어디였던가. 침상이
었던가, 욕조 안이었던가, 제길, 부엌 식탁 위라도 상관없다. 그
는 9번 홀에서 티오프를 하면서 ─ 찰싹! ─ 여주인의 엉덩이
를 때린다. "홀인원!" 그가 소리친다. "도대체 왜 돌리는 남편
이 곤드레만드레 취하는 걸 계속 보고만 있는 거죠?" "고달프
고 힘든 일요일이 되겠어, 이 친구야!" "자네는 지금 당장 힘들
게 하고 있잖아, 해리." 집주인이 말한다.

＊　＊　＊

베이비시터는 소년에게 달려들어서는 팔을 붙잡아 의자에
서 끌어내려 한다. 쿠션 두 개가 함께 딸려 나오면서 소년은
욕실로 질질 끌려간다. 아이는 발버둥을 치다가 잡지와 재떨
이가 가득 놓인 테이블을 뒤집어엎는다. "우리 오빠를 내버려
둬!" 빗시는 울면서 베이비시터의 허리를 꼭 잡는다. 그때 지미
가 그녀에게 달려들어 셋이 함께 넘어진다. 소리가 들리지 않
는 텔레비전 화면에서는, 외국 어느 낡은 아파트의 어두운 통
로가 점차 또렷하게 나타난다. 그녀가 발길질을 하자 누군가

그녀의 다리 사이로 떨어진다. 또 다른 하나는 그녀의 얼굴 위에 앉는다. "지미! 그만둬!" 베이비시터가 웃음을 터뜨린다. 그녀의 목소리는 점차 흐려진다.

* * *

그녀는 텔레비전을 보고 있는 중이다. 완전히 혼자이다. 들어가기 딱 좋은 시간이다. 이것만 기억해 두어라. 사실, 그녀가 뭐라고 말하든 상관없이, 그녀는 그걸 바라고 있다. 그들은 신경을 곤두세우며 수풀 속에 서 있다. "우리에게 착하게 굴라고 그녀에게 말하자." 마크가 속삭인다. "그리고 그녀가 만약 온순하게 굴지 않으면, 엉덩이라도 때려 주지 뭐." 잭은 가볍게 낄낄거려 보지만, 무릎에 힘이 빠진다. 그녀가 서 있다. 그들은 얼어붙는다. 그녀가 그들을 정면으로 바라본다. "그녀는 우리를 못 보았을 거야." 마크가 긴장한 듯 속삭인다. "그녀가 밖으로 나올까?" "아니, 그녀는 분명 욕실로 들어가고 있어!" 마크의 말에 잭은 깊은 한숨을 내쉰다. 그의 심장이 두근거린다. "야, 저 뒤쪽에 창문 있어?" 마크가 묻는다.

* * *

전화벨이 울린다. 그녀는 욕조에서 나와 타월로 몸을 감싼다. 빗시가 타월을 잡아당긴다. "이봐, 지미, 타월 가져와!" 그녀는 소리를 꽥 지른다. "이제 그만 해, 빗시!" 베이비시터는 아이들을 꾸짖지만 이미 때가 늦었다. 한 손으로 수화기를 잡고,

다른 한 손으로 타월을 붙잡으려 했지만 그만 놓쳐 버렸다. 갑작스러운 그녀의 알몸이 아이들을 당황케 하면서 방금 전 그녀를 간질이던 때를 떠올리게 한다. 잠시 후, 그녀는 다시 타월로 몸을 감싼다. "너희들이 좋은 구경을 했길 바라." 그녀는 성을 내며 말한다. 그녀는 한기와 더불어 오싹한 기운을 느낀다. "여보세요?" 대답이 없다. 그녀는 창문을 흘긋 본다. 누가 밖에 있는 걸까? 무언가, 무언가 보이는 듯하다. 바람 소리? 발소리?

* * *

"좋아, 난 상관없어, 지미, 목욕하지 마." 그녀는 뾰로통해서 말한다. 그녀의 블라우스는 구겨진 채 밖으로 삐져나와 있고, 머리는 엉망인 데다 몸은 땀에 흠뻑 젖어 있다. 이 아이들을 돌보느니 차라리 백만 가지 일을 하는 게 더 나을 듯싶다. 셋째인 아기는 이제 잠이 들었다. 그녀는 뒤집힌 테이블을 다시 일으켜 세우고 잡지들과 재떨이를 정돈한다. 제일 하기 싫은 일은 더러운 기저귀를 처리하는 일이다. "제발 잠자리에 들렴." "나는 9시까지는 자지 않을 테야." 아이가 고집을 피운다. 정말, 더 이상 어쩔 수가 없다. 그녀는 긴 소파에 앉아 텔레비전 볼륨을 높이고, 망가진 옷매무시를 가다듬은 다음, 눈앞에 내려온 머리칼을 넘긴다. 지미와 빗시도 바닥에 앉아 텔레비전을 보고 있다. 아이들이 일단 잠들면, 그녀는 따뜻한 목욕을 할 것이다. 그녀는 잭이 들러 주었으면 한다. 텔레비전에서는 분명 스파이로 보이는 남자가 어떤 여자의 뒤를 밟고 있다. 그

러나 그 여자는 이유를 알지 못한다. 여자는 또 다른 남자를
지나친다. 무슨 일이 생길 것만 같은데, 그게 뭔지는 확실치 않
다. 그녀는 너무 많은 부분을 놓친 듯싶다. 전화벨이 울린다.

*   *   *

마크는 그녀에게 키스를 하고 있다. 잭은 이불 속에서 꿈틀
대는 그녀의 하체로부터 팬티를 내리고 있다. 그녀의 손은 그
의 팬티 속에 있다. 그녀는 그것을 끄잡어 자기 쪽을 향하게
하면서, 세게 잡아당긴다. 그녀는 방금 그것이 어디 있는지 알
았다! 마크도 옷을 벗고 있다. 세상에! 정말 이런 일이 있다니!
그는 환희에 찬 즐거움에 푹 빠져 있다가, 현관문이 열리는 것
을 본다. "이봐! 여기서 뭐 하는 거야?"

*   *   *

그는 부드럽게 미끄러질 듯 그녀의 등에 비누칠을 한다. 그
녀는 무릎을 올려 다리 사이로 몸을 포개고 있다. 윤기 흐르
는 어깨에서 찰랑거리는 갈색 머리는 끝이 조금 젖어 있다. 비
누가 미끄덩 미끄러져 그의 다리 사이로 떨어진다. 그는 비누
를 찾아 낚아 올리지만 다시 놓치고 만다. "찾는 걸 좀 도와
줘." 그는 그녀의 귀에 대고 속삭인다. "좋아요, 해리." 여주인
이 그의 뒤에서 말한다. "무얼 잃어버렸는데요?"

*　*　*

이제 곧 아이들을 침실로 쫓아 보내야 할 9시다. 그녀는 식탁을 치우고, 종이 접시와 햄버거 찌꺼기를 쓰레기통에 버린 다음, 유리잔과 은그릇은 싱크대에, 마요네즈, 겨자 소스, 케첩은 냉장고에 집어넣는다. 아이들은 거의 식사는 하지 않고 감자칩과 아이스크림만 건드렸을 뿐이다. 그러나 사실 그녀에게는 그런 일들이 전혀 문제가 되지 않는다. 그녀는 냉장고 위에 올려 둔 책을 흘긋 쳐다본다. 너무 지쳐서 거기엔 손도 못 댈 것 같다. 아마도 따뜻한 목욕을 하고 나면 훨씬 기분이 좋아질 듯하다. 그녀는 욕조에 물을 받으며, 거품 목욕 소금을 풀고, 옷을 벗는다. 팬티를 내리기 전에, 잠시 동안 벗은 몸을 가로질러 문틈의 매끈한 면을 응시하다가 마치 누가 있는 것처럼 그 틈새를 손가락으로 만져 본다. 그러다 그녀는 화들짝 몇 발짝 뒤로 물러나, 약간 부끄러운 감정에 싸인 채, 브래지어를 푼다. 그녀는 욕실 거울에 자신을 비춰 보며 손바닥으로 가슴을 받쳐 본다. 거울 속으로 뒤쪽에 열린 창문을 통해 어떤 얼굴 하나가 보인다. 그녀는 비명을 지른다.

*　*　*

"지미! 그걸 가져와!" 그녀가 소리를 지른다. "무슨 일이야?" 수화기 저편에서 잭이 묻는다. "지미! 타월 가져오라니까! 당장!" "여보세요, 너 듣고 있는 거야?" "미안해, 잭." 그녀가 헐떡이면서 말한다. "욕조에 있다가 전화가 와서 타월을 두르고 막 나왔는데 이 짓궂은 아이들이 그걸 가져갔잖아!""와, 나도 거기에 있었으면 좋았을걸!""잭!""널 보호해 주려고 그런 거야.""오, 그렇겠지." 그녀가 웃으면서 말한다. "그럼, 내가 거기 가서 잠깐 같이 텔레비전을 보는 건 어떻게 생각해?""글쎄, 지금 당장은 안 돼." 그녀가 말한다. 그는 가볍게 웃지만 섭섭하다. "잭?""왜?""잭, 근데…… 창 밖에 누가 있는 것 같아!"

* * *

그녀는 끝까지 실랑이를 벌이다가 사내아이를 욕조로 데려가고, 빗시는 주먹으로 그녀의 등을 때리고 발목을 찬다. 그녀는 아이를 계속 잡고 있을 수도, 옷을 벗길 수도 없다.

"옷 입은 채로 욕조에 처넣을 테다, 지미 터커!" 그녀가 헐떡인다.

"그래 봤자 소용없어!" 아이가 소리를 친다.

그녀는 변기 뚜껑 위에 앉아, 다리로 아이를 꼭 옥죈 다음, 아이가 알아채지 못하게 셔츠를 머리 위로 잡아당긴다. 바지는 벗기기가 훨씬 쉽다. 또래 아이들과 마찬가지로, 아이도 엉덩이에 살이 전혀 없다. 아이는 필사적으로 속옷을 벗지 않으려고 버티지만 그녀가 아래로 확 잡아채자 포기하고서, 소리를 지르며 그녀의 얼굴을 주먹으로 마구 때리기 시작한다. 그녀는 머리를 숙이며 격렬하게 웃다가, 거기에 매달린 창백한 작은 물건이 소년이 화를 낼 때마다 이리저리 통통 튀는 광경에 묘하게 도취된다.

＊　＊　＊

"아스피린이라고 했어요? 아스피린은 뭐 하게요, 해리? 아마 여기도 아스피린은 있을 텐데. 만약 당신이…….""내가 아스피린이라고 했어? 난, 오, 안경을 말한 건데. 한데 집에 별일이 없는지 좀 체크해야 될 것 같아.""지금 그 간 소시지 같은 혓바닥을 놀려 대며 무슨 말을 하고 있는 거죠? 안경은 왜 필요하다는 거예요, 해리? 난 도무지 이해가 안 되는군요!""아, 여보, 내가 좀 현기증이 나서 그래.""현기증이 맞는 것 같군요. 아이들이 잘 있는지 알고 싶으면 전화를 하는 게 어때요?"

＊　＊　＊

그들은 그녀가 알몸으로 막 욕조로 들어가려 한다는 것을 알 수 있었지만, 욕실 창문에 서리가 끼어 안을 들여다볼 수가 없었다. "내게 좋은 생각이 있어." 마크가 속삭인다. "우리 중 하나가 그녀에게 전화를 걸고, 다른 사람이 그녀가 나왔을 때 보는 거야.""좋아, 하지만 누가 전화하지?""우리 둘 다, 두 번 전화하는 거야. 아니면 더 많이 해도 좋고."

＊　＊　＊

금지된 좁은 샛길 아래. 비밀 통로 속으로. 세계의 끔찍한 비밀이 드러난다. 갑작스러운 충격들. 들창! 낙하! 깜짝 놀랄 만한 소총 발사, 와아이이잉! 귓가를 울리는 콘크리트에 총알

박히는 소리! 한 번 더 앞으로 내달리며, 빛을 피하면서, 한 번에 한 뼘씩, 열린 문을 향해 돌진. 조심해! 칼이 있다! 뒤엉킴! 안 돼! 번뜩이는 긴 칼! 휘두름! 푹 찌름, 찔러 죽임! 안 돼, 안 돼, 빗나감! 그 침입자가 쓰러졌다. 그래! 스파이는 그 위에서 끔찍하게 몸부림치는 침입자를 누르며, 가면을 벗긴다. 여자다!

* * *

뒤를 더듬다가, 그녀는 그것을 찾아서, 손아귀에 쥐고, 잡아당긴다. "오!" 그녀는 숨을 헐떡이며 재빨리 손을 뒤로 잡아 뺀다. 귓불이 장밋빛으로 물든다. "나는…… 난 그게 비누인 줄 알았어요!" 그는 허벅지 사이로 그녀를 꼭 조이며, 등을 바짝 당겨 안는다. 한 손은 그녀의 다리 사이 아랫배로 미끄러져 내려간다. 나는 제니의 꿈을 꿔……. "나 화장실에 가고 싶어!" 누군가 문밖에서 말한다.

* * *

그녀가 욕실에서 머리를 빗고 있을 때 전화벨이 울린다. 그녀는 아기가 깰까 봐 서둘러 전화를 받으러 나간다. "여보세요, 터커 씨 집입니다." 아무 대답이 없다. "여보세요?" 딸깍 끊어지는 소리가 들린다. 이상하다. 그녀는 갑자기 커다란 집에 혼자 있는 듯한 느낌이 들어, 아이들과 함께 텔레비전을 보러 간다.

* * *

　"멈춰!" 그녀가 소리친다. "제발, 그만둬!" 그녀는 손을 바닥에 짚고 무릎을 꿇은 채 일어나려 하지만 역부족이다. 마크가 그녀의 머리를 아래로 누른다. "이제, 아가야, 우리가 너에게 착한 소녀가 되는 방법을 알려 주지." 그가 냉정하게 말하며, 잭을 향해 고갯짓을 한다. 그녀가 그런 식으로 몸을 포개자, 그녀의 치마가 허벅지 위로 들춰지며 팬티의 다리 밴드까지 올라간다. "빨리, 빨리, 해! 이 애는 차가워! 네 손길이 필요해!"

* * *

　두 블록 떨어진 곳에 차를 주차한다. 집 안으로 미끄러져 들어가, 창문을 흘긋 쳐다본다. 그가 기대했던 대로다. 그녀는 블라우스를 벗고 있고 사내아이도 셔츠 단추를 풀어 헤친 채다. 그는 천천히, 서투르면서도, 유치하게 지켜보고 있다. 그들은 서로의 옷을 만지작거린다. 세상에나, 영원히 그러고 있을 것 같다. "정말 파티군!" "말한 대로야." 그들이 거의 알몸이나 다름없을 때, 그가 들어온다. "이봐! 여기서 뭐 하는 거야?" 그들은 얼굴이 새파랗게 질린다. 후 후! "거기 매달린 그 조그만 것이 뭐지, 꼬마야?" "해리, 점잖게 굴어요." 아니, 그는 사내아이가 옷을 입는 것을 허락하지 않고 알몸으로 내쫓는다. "알몸이라니!" 그는 술을 마신다. "약속해요, 약속해요." 집주인의 아내가 말한다. "내가 우편으로 옷가지들을 보내 주지, 젊은

322

이!"그는 침상에 알몸으로 누워 있는 작은 소녀를 내려다본다. "나도 너와 비슷했지. 우리 둘 사이에도 비밀이 있잖아, 자기." 그가 냉정하게 비꼰다. "네 남자 친구처럼 알몸으로 집에 가고 싶지는 않겠지!" 그는 그녀에게 기대 누워 능숙한 재치로 킥킥거리며 웃다가, 바지 벨트를 풀어 헤친다. "이제 비밀이 두 개 생기는 거군, 맞지?" "지금 무슨 얼빠진 소리를 하고 있는 거죠, 해리?" 그는 술잔을 든 채 몸을 비틀거리며 그곳을 빠져나와 차가 있는 곳으로 간다.

* * *

"이봐! 여기서 뭐 하는 거야?" 그들은 완전히 얼이 나간 채 반라의 몸으로 이불 속에 웅크리고 있다. 텔레비전에서는 외국의 어느 도로 위를 겁에 질려 딸각딸각 소리를 내며 뛰어가는 발소리가 들린다. 잭은 발목까지 내려와 엉킨 반바지를 찾으려고 더듬거리고 있다. 이불이 확 들추어진다. "네 발목 위 바로 거기에!" 터커 씨, 터커 부인, 마크의 엄마와 아빠, 경찰, 이웃들, 모두가 아우성을 치며 몰려든다. 절망적이게도 그는 끔찍하게 발기한 상태다. 너무 딱딱해서 아플 지경이다. 모두가 그것을 응시한다.

* * *

빗시는 마룻바닥에서 잠을 자고 있다. 베이비시터는 목욕 중이다. 한 시간이 넘어가자 이제 아이는 욕실을 사용하고 싶어진다. 얼마나 더 참을 수 있을지 알 수가 없다. 마침내 욕실 문을 두드리러 간다. "화장실을 써야 해." "그래, 마음대로 해. 들어오려면 말이야." "누나가 거기 있는 동안은 싫어." 그녀는 크게 한숨을 내쉰다. "좋아, 좋아, 잠깐만 기다려." 그녀가 말한다. "하지만 넌 정말 골치 아픈 애야, 지미." 아이는 그것을 두 손으로 있는 힘껏 꽉 쥐고 있다. "서둘러!" 아이는 숨을 참으며 눈을 꼭 감는다. 그녀가 드디어 문을 열었지만 너무 늦었다. "지미!" "내가 빨리 문 열라고 했잖아!" 아이는 흐느껴 운다. 그녀는 아이를 욕실 안으로 질질 끌고 들어가 바지를 끌어 내린다.

* * *

그녀가 타월로 몸을 감싸고 전화를 받으러 나오던 바로 그 순간 그는 그곳에 도착한다. 그의 두 아이는 살금살금 그녀를 따라 나오다가 타월을 휙 잡아당긴다. 그녀는 전화를 받으면서 동시에 타월을 다시 두르려 애쓴다. 정말 볼 만한 그림이다. 그녀는 정말 매력적인 엉덩이를 가졌다. 덤불 속에 선 채로 한 손으로는 자기 몸을 긁적거리고, 다른 손으로는 술잔을 든 채 그녀의 매력적인 엉덩이를 위해 건배한다. 그의 아들이 찰싹 치고 있는 바로 그 엉덩이를 위해. 하 하, 아마 그 소년은 큰 인물이 될 것이다.

* * *

덤불 속에서, 그들이 다음 행동을 의논하고 있을 때, 그녀는 타월로 몸을 감싼 채 욕실 밖으로 나온다. 그들은 아기가 우는 소리를 듣는다. 잠시 후 소리가 그친다. 그들은 알몸인 그녀가 무엇인가에 놀란 듯 황급히 욕실로 뛰어가는 것을 본다. "그녀를 따라가 봐야겠어, 네가 나와 같이 가든지 말든지 간에!" 마크가 속삭이면서 덤불 밖으로 나가려 한다. 바로 그때 차 한 대가 빙그르르 회전하면서 불빛이 뜰 안으로 획 통과해 들어온다. 그들은 가슴이 두방망이질 치면서 납작 엎드린다. "경찰일까?" "나도 모르겠어!" "그들이 우리를 보았을까?" "쉬이!" 한 남자가 손에 술잔을 든 채 비틀거리며 차에서 내린 다음, 부엌문을 밀어제치고 욕실로 곧장 들어간다. "터커 씨야!" 마크가 속삭인다. 비명이 들린다. "여기서 나가자, 친구!"

* * *

9시. 스파이 쇼는 대부분 놓쳤고 어쨌든 이제 별로 할 일이 없는 상태라서, 베이비시터는 설거지를 하고 부엌을 정리한다. 냉장고 위에 올려놓은 책을 읽을 좋은 기회라는 생각이 들지만 텔레비전을 먼저 봐야겠다고 결심한다. 거실에서는, 어린 빗시가 쌕쌕 숨을 쉬며 자는 소리가 들린다. 그녀는 아이를 부드럽게 들어 올려 침대에 눕힌 뒤 담요를 덮어 준다. "좋아, 지미, 9시야. 지금까지 안 자고 있었으니까, 이제 착하게 굴어야지!" 시무룩하게 졸린 눈으로 텔레비전을 보다가, 소년은 자신의 방으로 돌아간다. 드라마가 시작된다. 그녀는 채널을 돌려 본다. 야구와 미스터리 극을 방영 중이다. 그녀는 드라마 쪽으로 채널을 돌린다. 그것은 일종의 러브 스토리이다. 나이 들고 병약한 아내와 사는 한 남자가 젊은 여자와 사랑에 빠진다. "잠자리에 들기 전에 쉬도 하고 이도 닦아야지, 지미!" 그녀가 소리를 지른다. 그러나 아기가 요람에서 뒤척이는 소리가 들리자 곧 후회한다.

* * *

그들 중 두 명은 요양원에서 불평을 해 대는 어머니들에 대해 얘기하는 중이다. 원, 세상에, 그건 정말 훌륭하군요, 이건 대단한 파티예요. 그녀는 사람들을 남겨 두고 화장실로 가 잠시나마 거들을 풀어 내리고 깊은 한숨을 내쉰다. 그녀는 자신을 요양원으로 냉큼 밀어낼 세 아이를 그려 본다. 외바퀴 손수레로 말이다. 앞으로 분명 일어날 일이 틀림없다. 거들을 다시입으려 잡아당기지만 잘 들어가지가 않는다. 집주인이 들여다보고 묻는다. "이봐요, 돌리, 괜찮아요?" "그럼요, 이 빌어먹을 거들이 말썽이네요. 그것뿐이에요." "이리 와요. 내가 도와줄게요."

* * *

그녀는 욕실 거울 앞에 서서 치마를 감아올리고 속옷 위에 터커의 팬티를 덧입는다. 물론 20사이즈는 그녀에게 너무 크다. 뒤에서 옷을 바싹 잡아당기며 한 손을 앞으로 집어넣고 트임으로 엄지손가락을 쑥 빼 본다. "정말 멋진 소년이군!" 그녀는 킥킥거린다. 얼마나 재미있는 놀이인가! 그때 거울 속으로, 뒤에 있는 문에 기대어 샐쭉하게 지켜보는 아이의 모습이 보인다. "지미! 자고 있는 줄 알았는데!" "그거 우리 아빠 옷이잖아!" 소년이 말한다. "내가 이를 테야!"

* * *

"지미!" 그녀는 그를 욕실로 끌고 들어가 바지를 끌어 내린다. "신발까지 흠뻑 젖었네! 벗어!" 그녀는 자신이 욕조에서 사용하던 따뜻한 목욕 수건에 비누를 묻혀 허리 아래 부분을 문지른다. 빗시가 문가에 서서 빤히 지켜보고 있다. "나가! 나가!" 소년은 동생에게 소리를 지른다. "잠자리로 돌아가렴, 빗시. 그냥 단순한 사고야." "나가라니까!" 아기가 잠이 깨어 악을 쓰며 울어 댄다.

* * *

젊은 애인은 그녀의 라이벌인 병약한 부인에게 미안함을 느낀다. 그녀는 남자에게 불쌍한 아내에 대한 의무를 다하라고 하면서 기꺼이 기다리겠다고 말한다. 그러나 남자는 인생은 짧고 자신도 즐길 권리가 있다고 반박한다. 그리고 아내가 건강하다 할지라도 이제 더 이상 그녀를 사랑할 수 없다고 말한다. 그는 젊은 애인을 뜨겁게 포옹하고 그녀는 고뇌에 몸을 비튼다. 문이 열린다. 그들이 거기에 서서 악마 같기도 하고, 바보 같기도 한 미소로 씩 웃고 있다. "잭! 내가 오지 말라고 말했을 텐데!" 그녀는 화를 냈지만 한편으로 기쁘기도 하다. 아이들이 다 잠든 지금 이 큰 집에 덜렁 혼자 있자니 두렵기 시작한 것이다. 그녀는 결국 목욕을 했어야 했다. "우리는 단지 네가 착한 소녀인지 아닌지 알아보러 들른 것뿐이야." 소년들은 초조한 표정으로 서로를 흘긋 마주본다.

＊　＊　＊

쾌적하게 오랫동안 몸을 담글 준비로 따뜻한 욕조 가득 향기로운 비누를 잔뜩 풀고 있을 때 전화벨이 울린다. 타월로 몸을 두르고, 그녀는 전화를 받으러 나간다. 아무 응답이 없다. 그러나 그때 아기가 깨서 데굴데굴 구른다. 줄곧 그래 왔듯 그녀는 혹시 잭이 짓궂은 장난을 치는 게 아닌가 생각한다. 만약 그렇다면 이번에는 끝장이다. 그녀는 목욕을 끝낼 때까지 아기의 기저귀를 갈아 주기 싫어서 반쯤 비어 있는 우유병으로 아기를 재우려 어른다. 더러운 기저귀를 욕실 어딘가에 두면 냄새가 코를 찌르기 때문이다. "쉬, 쉬!" 그녀는 요람을 흔들며 속삭인다. 타월이 미끄러져 내려 그녀의 엉덩이 주변에 바람이 든다. 타월을 집으려고 몸을 숙인 것도 주변을 둘러본 것도 아닌데, 그녀는 누군가 뒤에 있다는 것을 알게 된다.

*　*　*

"우리는 단지 네가 착한 소녀인지 아닌지 알아보러 들른 것뿐이야." 잭은 이렇게 말하면서, 그녀에게 능글맞은 미소를 던진다. 그녀는 입을 반쯤 벌리고 얼굴이 달아오른 채 아무 말도 하지 못한다. "숙여 봐." 마크가 사랑스럽게 말한다. "우리가 여기서 등을 닦아 줄게." 그러나 그녀는 커다란 눈으로 그들을 응시하며 몸을 움츠리고 거품 속으로 들어간다.

*　*　*

"이봐! 여기서 뭐 하는 거야?" 터커 씨가 손에 술을 들고 문가에서 비틀거린다. 그녀가 텔레비전을 보다가 고개를 위로 쳐든다. "무슨 일이지요, 터커 씨?" "오, 미안해요, 내가 깜박했어. 아니, 내 말은 아스피린이 좀 필요하단 거요. 실례해요!" 그는 황급히 그녀를 지나치다가 거실 문설주에 몸을 부딪히면서 욕실로 들어간다. 아기가 잠에서 깬다.

*　*　*

"좋아, 그녀에게서 떨어지시지, 터커 씨!" "잭!" 그녀가 소리친다. "여기서 뭐 하는 거야?" 그는 잠시 동안 그들을 빤히 응시한다. 터커 씨가 힘껏 주먹을 날리자, 그도 오른 주먹으로 복부를 강타하며 그 악한에게 몸을 던진다. 그러나 잠시 후 그가 깨달은 것은 나이 든 그에게 얼굴을 잔뜩 얻어맞았다는 것

베이비시터 **329**

이다. 확실치는 않지만 그때 갑자기 정전이 되면서 그의 여자 친구인지 아기인지가 비명을 지른다…….

* * *

그녀를 초대한 집주인은 그녀의 살찐 엉덩이를 밀어 내리면서 있는 힘껏 거들을 잡아당긴다. 그러는 동안 그녀는 그의 어깨를 붙잡고 실랑이를 벌인다. "나는 요양원에 가고 싶지 않아요!" "이제, 이제 됐어요, 돌리, 아무도 당신을 그렇게 하지는 않을 거요." "아휴! 이봐요. 너무 아프네요!" "좀 더 큰 거들을 사야 할 것 같군요, 돌리." "나 말이에요?" 몇몇 다른 사내들이 안으로 머리를 들이민다. "무슨 일이죠? 돌리가 쓰러졌나요?" "아니, 그녀가 잠들었어. 좀 도와줘."

* * *

잭과 마크가 밖에 있는지 쫓아 나가 보느라 그녀는 보고 있던 텔레비전 프로그램을 놓쳤다. 무슨 이유에선지 이제 또 다른 여자가 그 이야기에 출연한다. 그 남자는 너무 복잡한 삶을 살아간다. 신경질이 난 그녀는 채널을 돌린다. 야구에 별 관심이 없는 탓에 미스터리 살인극에 멈춰 선다. 뭔가 중요한 순간에 채널을 멈춘 듯싶다. 사무실 아니면 연구실 같은 곳에 한 남자가 사지를 쭉 뻗은 채 죽어 있다. 몸집이 큰 탐정이 시체 쪽으로 몸을 구부리고 자세히 관찰한다. "목이 졸렸군!" 아마 그녀는 결국 목욕을 하게 될 것이다.

* * *

그녀는 아이를 욕실로 끌고 들어가 바지를 내린다. 자신이 욕조 안에서 사용했던 따뜻한 목욕 수건에 비누를 묻혀 아이의 다리 사이를 닦으려는데, 오줌 줄기가 그녀의 손과 팔에까지 튄다. "오, 지미! 소변을 다 본 줄 알았어!" 그녀는 소리치면서, 아이를 변기 쪽으로 끄잡아 위치를 잘 맞추어 준다. 얼마나 촉촉하고 탄력 있는지! 아무 방향이나 마음대로 돌릴 수도 있다. 얼마나 재미있는가!

* * *

"그만 해!" 그녀가 비명을 지른다. "제발 그만 하라니까!" 그녀는 손바닥과 무릎으로 바닥을 짚고 있고 잭은 그녀의 머리를 아래로 누르고 있다. "지금 우리가 착한 여자가 되는 법을 가르치고 있잖아!" 마크는 그녀의 치마를 들추며 말한다. "그래, 날 욕보이고 있는 거겠지!" "이게 뭐지?" 잭이 가슴을 콩당거리며 묻는다. "그녀가 입고 있는 이 커다란 남자 속옷 좀 봐!" "우리 아빠 거야!" 문간에서 그들을 바라보며 어린 지미가 말한다. "내가 다 이를 테야!"

* * *

미스터리 살인극에서 사람들이 서로 총을 쏘고 있지만, 그녀는 너무 혼란스러워서 누가 좋은 사람인지 알 수가 없다. 그녀는 다시 러브 스토리로 채널을 돌린다. 무슨 일이 있었는지, 이제 그 남자는 병약한 아내에게 애정 어린 키스를 하고 있다. 아마도 그녀가 죽어 가는 듯하다. 아기가 깨어나서 소리를 지르기 시작한다. 내버려 두자. 그녀는 텔레비전 볼륨을 높인다.

*　*　*

그는 그녀에게 몸을 기대고, 바지 벨트를 풀고 있다. 그가 그러려니 했던 일들이 그대로 일어나고 있다. 아름다워! 사내아이는 가엾게도 바지를 남긴 채 사라져 버렸다. "마치 너와 나 같군, 우리에게도 비밀이 있지, 어린 요정!" 그가 침상 위로 털썩 무너지자 모든 것은 너무 미끄럽고 작다. "다리를 들어, 자기. 내 등에 자기 다리를 둘러 봐." 그러나 대신에 그녀는 소리를 지른다. 그는 몸을 구르며 바닥으로 나동그라진다. 사람들이 현관문을 통해 그곳으로 들어온다. 텔레비전에서 누군가이야기를 하고 있다. "내가 당신에게 짐이 되나요, 내 사랑?" "돌리! 세상에! 돌리, 내가 설명할게……!"

*　*　*

그날 밤의 오락은 '돌리 터커에게 다시 거들 입히기'이다. 사람들은 그녀를 거실 바닥에 눕히고 모두 덤벼들어 씨름을 하고 있다. 몇몇은 거들을 잡아당기고, 또 다른 몇몇은 그녀의 살덩어리를 안으로 밀어 넣고 있다. "5센티미터 정도 더 여유를 만들어야 해요! 그녀를 돌려 봐!" 해리는?

* * *

　그녀가 욕조 안으로 막 들어가려는 찰나 전화벨이 울려 아기가 깬다. 그 소리를 듣지 않으려 그녀는 거품 속에 몸을 푹 담근다. 그러나 아기의 칭얼거림은 울음이 아니라 거의 비명에 가깝다. 벨이 계속 울리는 가운데 화가 난 그녀는 타월로 몸을 감싸고 쿵쿵거리며 아기 방으로 들어간다. 등을 토닥거리다가 서둘러 기저귀 핀을 빼자 아기의 용변이 손 여기저기에 묻는다. 그때 타월이 몸에서 벗겨진다. 뒤를 돌아보니 지미가 작은 인형처럼 그녀를 빤히 응시하고 있다. 그녀는 더러운 손으로 지미의 뺨을 후려치는데 그 와중에도 아기는 계속 울어 댄다. 전화벨은 울리고 텔레비전에서는 성가시게 잔소리하는 소리가 들려온다.

* * *

　무슨 일일까? 이제 텔레비전에 젊은 사내가 나온다. 남편은 젊은 애인을 따라갈까, 아니면 나이 들고 병약한 여자를 따라갈까? 사실을 말하자면 그도 여자들과 마찬가지로 그 젊은 사내를 따라가려는 듯 보인다. 너무나 역겨워서, 그녀는 채널을 돌린다. "또다시 교살이라니." 살찐 탐정은 손을 엉덩이에 얹은 채 투덜거리며 반쯤 벗은 소녀의 몸을 응시한다. 그녀가 러브 스토리를 볼까 아니면 목욕을 할까 망설이고 있을 때 갑자기 손 하나가 불쑥 나타나 그녀의 입을 막는다.

* * *

"너희들은 둘 다 애송이야." 그녀가 그들을 응시하며 말한다. "하지만 터커 씨가 집에 오면 어쩌지?" 마크가 초조하게 묻는다.

* * *

그가 어떻게 여기에 왔을까? 그는 그 빌어먹을 욕실에서 소변을 보며 서 있고, 그의 아내는 여전히 파티에 있으며, 그들 셋은, 착한 아이들처럼, 거실에 앉아 텔레비전을 보고 있다. 그들 중 한 명은 파티를 연 집주인의 아들 마크이다. "멋진 살인극이에요, 터커 씨." 그는 일 분 전 비틀거리며 그들 앞에 나타나서는 이렇게 말했다. "조용히 앉아 있어!" 그가 소리쳤다. "잠깐 집에 온 것뿐이야!" 그러고는 쿵쿵거리며 욕실로 들어갔다. 쉬를 하기 위한 긴 하이킹이군요, 선생. 그러나 무엇인가가 계속 그의 눈에 거슬린다. 그의 눈에 확 들어온 것은 토끼 귀처럼 생긴 텔레비전 안테나에 매달린 터진 풍선 같은 소녀의 팬티! 그는 거기서 뒷걸음치다가, 어깨를 거실 문설주에 상당히 세게 부딪치지만, 팬티가 더 이상 거기에 매달려 있지 않다. 아마도 단지 상상이었던 모양이다. "이봐요, 터커 씨." 마크가 뻔뻔스럽게 말한다. "바지 지퍼가 열렸어요."

　　　　　＊　　＊　　＊

　아기는 더럽다. 고약한 냄새가 코를 찌른다. 그녀는 사이렌
소리와 총소리를 들으면서 거실로 뛰어든다. 탐정이 집 바깥에
웅크린 채 빠끔히 안을 들여다본다. 이제, 그녀는 완전히 제정
신이 아니다. 아기는 있는 대로 울어 젖히고 있다. 그녀는 볼륨
을 높인다. 그러나 모든 것이 뒤죽박죽이다. 그녀는 다시 아기
가 있는 곳으로 뛰어가 어린아이의 입을 성난 손으로 찰싹 때
린다. "입 닥쳐!" 그녀가 소리를 지른다. 아기를 내동댕이쳐 똑
바로 눕힌 뒤 기저귀 핀을 빼려는 순간, 아기가 다시 울기 시작
한다. 전화벨이 울린다. 그녀는 한쪽 눈을 텔레비전에 고정한
채 수화기를 든다. "뭐라고?" 아기가 숨이 막힐 듯 울어 젖힌
다. "나라고, 잭이라고!" 갑자기 그녀는 번쩍 정신이 든다. 오,
안 돼! 기저귀 핀!

　　　　　＊　　＊　　＊

　"저 아스피린……." 그러나 그녀는 이미 욕조 안에 있다. 욕
조에 몸을 푹 담그고 물속에서 그를 응시한다. 그녀의 배는 창
백한 색을 띠면서 잔물결을 일으킨다. 그는 사이렌 소리와 현
관으로 사람들이 몰려드는 소리를 듣는다.

　　　　　＊　　＊　　＊

　지미는 화장실에 가기 위해 일어났다가 얼굴을 얻어맞고 아

기의 오물을 뒤집어썼다. 그녀는 지미를 욕실로 끌어내어 파자마를 홱 잡아당기고 욕조에 처넣었다. 거기까지는 좋았다. 그러나 뒤이어 그녀 또한 옷을 벗고 마치 욕조 안으로 들어갈 것처럼 군다. 아기는 울고 전화벨은 미친 듯이 울려 대는데 그의 아버지가 걸어오는 소리가 들린다. '이제 구출이다!'라고 그는 생각한다. 그러나 그게 아니었다. 그의 아버지는 곧바로 그를 욕조 밖으로 끄집어낸 다음 베이비시터가 지켜보는 가운데 아무런 질문도 하지 않고 호되게 야단쳤다. 그러고는 그를 쳐서 — 철썩 — 침실로 쫓아 버렸다. 지미는 온몸이 젖고 불결한 채 알몸으로 아픔을 느끼며 침대에 누워 있다. 여전히 화장실에 가고 싶은 상태인데 창밖에서는 사내 두 명이 두런거리는 소리가 들린다. "잘 들어 봐, 그녀를 꼼짝 못하게 하려면 어디서 해야 하지?" "안 돼! 정말 하려고?"

* * *

"요호, 들어 올려, 호! 윽!" 돌리는 등을 바닥에 대고 누워 있고 사람들은 복부 양옆에서 고투를 하고 있다. 누군가가 그녀에게 버터를 바르면 처음으로 되돌릴 수 있다는 아이디어를 내놓는다. 이제껏 힘겹게 얻은 토대를 잃지 않으려고 그들은 주사기를 사용하여 바늘땀 속으로 버터를 집어넣는다. 그녀를 집어넣으려는 쪽과 빼내려는 쪽이 팽팽하게 줄다리기를 한다. 무언가가 찢어지지만 그녀는 기분이 좋다. 따뜻한 버터 향이 영화관과 팝콘을 떠올리게 한다. "누구 해리 본 사람 없어요?" 그녀가 묻는다. "해리는 어디 있죠?"

* * *

　누군가가 추적을 하고 있는 중이다. 그녀는 러브 스토리로 채널을 돌린다. 이제 남자는 다시 돌아와 젊은 애인에게 키스를 한다. 무슨 일이 있었던 걸까? 그녀는 내용 파악을 포기하고 목욕을 하기로 결심한다. 그녀가 막 욕조로 들어가려는 찰나, 한 발은 안에, 한 발은 밖에 있는데, 터커 씨가 걸어 들어온다. "오, 미안해요! 나는 그저 아스피린이 좀 필요했을 뿐이에요……." 그녀가 타월을 꼭 잡으려 하자 그가 확 벗겨 버린다. "무슨 일이 일어날지 가정하지는 말아야지, 꼬마." 그가 꾸짖는다. "제발! 터커 씨……!" 그녀를 야비하게 끌어안고, 늙고 둔탁한 손으로 거칠게 그녀의 엉덩이를 꽉 잡는다. "터커 씨!" 그녀는 움찔거리며 소리친다. "당신 아내를 불렀어요!" 그는 그녀의 다리 사이로 무언가를 밀어 넣고, 그것은 그녀를 아프게 한다. 그녀는 미끄러지고, 그들 둘 다 미끄러진다. 무엇인가 차갑고 딱딱한 것이 뒤쪽에서 그녀의 머리를 내려친다. 그녀는 바다 속으로 잠겨 가는 듯…….

* * *

　그들은 그녀를 무릎 깔개 위에 올려놓고 치마를 들추고 바지를 내린다. "거기에서 그녀를 교육시키자, 애송이 잭!" 텔레비전 불빛이 깜박거리며 그녀의 번들거리는 살결 위를 비춘다. 불빛이 들어오면 1000점이야. 찰싹, 철썩, 잇달아서! 그는 그녀에게 몸을 기대고 마치 살아 움직이는 듯한 그녀를 느낀다.

* * *

전화벨이 울리고 아기가 깬다. "잭, 네 전화였니? 이제 내 말 좀 들어 봐!" "아니에요, 아가씨, 난 터커 부인이에요. 텔레비전 소리가 너무 큰 것 아닌가요?" "오, 죄송해요, 터커 부인!" "방금 전화하려고 했지만 통화를 할 수가 없었어요. 전화로, 내가 말하려던 것은, 미안한데요, 아가씨." "잠깐만요, 터커 부인, 아기가……." "아가씨, 내 말 좀 들어 봐요! 해리가 거기 있나요? 터커 씨 거기 있어요?"

* * *

"그만 울어!" 그녀는 소리를 지르며 아기 입을 손으로 찰싹 때린다. "그만 해! 그만 하라니까!" 그녀의 다른 쪽 손은 아기의 용변이 잔뜩 묻어 역겨움에 토할 것 같다. 전화벨이 울린다. "안 돼!" 그녀가 소리친다. 그녀는 전화벨 소리를 들으며 얼빠진 듯 아기를 흔들어 댄다. "알았어, 알았어." 그녀는 한숨을 내쉬며 진정하려 애쓴다. 그러나 그녀가 아기를 내려놓으려 하자, 더 이상 울음소리가 들리지 않는다. 그녀는 아기를 흔들어 댄다. 오, 안 돼…….

* * *

"여보세요?" 대답이 없다. 이상하다. 그녀는 전화를 끊고, 달랑 타월만 두른 몸으로, 창밖을 응시한다. 누군가 싸늘한 표정으로 창밖에서 그녀를 보고 있다. 그녀는 비명을 지른다.

* * *

그녀가 소리를 지르자, 그는 아연실색하여 뛰어나온다. 욕조 밖으로 뛰어나온 그는 방금 전 그녀가 창밖으로 넋을 잃고 바라보던 두 명의 얼굴이 획 사라지는 것을 흘긋 본다. 놀란 그는 욕실 바닥에 미끄러져 엉덩방아를 찧고, 그 와중에 세면대에 머리를 부딪친다. 그녀는 좁은 어깨를 타월로 덮고 덜덜 떨면서 넘어진 그를 응시한다. "터커 씨! 터커 씨 괜찮으세요……?" 지금 누가 안됐다는 거지? 누가 등이 깨져서……. 그는 비애에 가득 차서 털이 난 자리를 잠시 응시하다가, 지나치고는, 제니에 대한 꿈에 빠져 든다.

* * *

전화벨이 울린다. "돌리! 네 전화야!" "여보세요?" "여보세요, 터커 부인?" "예, 제가 터커 부인인데요." "터커 부인, 여기는 경찰서입니다……."

* * *

경련이 나면서 서투르고 미끄러웠지만 그는 어쨌든 한번에 그녀에게 도달했다고 확신한다. 그가 비누 거품을 눈에서 걷어 내자, 그녀가 그들을 똑바로 응시하는 것이 보인다. 물속에서 말이다. "이봐, 마크! 그녀를 일으키자!"

* * *

비누 거품 속에 푹 침잠한다. 졸음이 온다. 전화벨이 울리자, 그녀는 화들짝 놀란다. 타월을 몸에 두르고, 그녀는 전화를 받으러 간다. "아니요, 그는 여기 없어요, 터커 부인." 이상하다. 결혼한 사람들은 가끔 꽤 재미있는 행동을 한다. 아기가 깨어나 소리를 지른다. 더럽고, 정말 어수선하다. 이 골치 아픈 집에서는 아이들을 돌보는 일 말고도 해야 할 일이 너무 많다. 그녀는 아기를 자신이 목욕하던 물에 씻기기로 한다. 그녀는 타월을 벗고, 욕조 마개를 뽑아, 아기가 앉을 수 있게 물 높이를 조절한다. 어깨 너머로 뒤를 보자 지미가 그녀를 바라보고 있다. "가서 잠자리에 들어, 지미!" "나 화장실 가고 싶어." "정말 속 썩이는구나, 너! 아까 화장실에서 볼일 봤잖아!" 전화벨이 울린다. 그녀는 타월을 두를 생각조차 안 하고 — 이미 지미는 볼 것을 다 보지 않았나? — 전화를 받으러 간다. "안 돼, 잭, 그리고 이게 끝이야." 텔레비전에서 사이렌이 울리며 때마침 경찰이 들어온다. 하지만 채널이 러브 스토리에 맞춰져 있지 않았던가? 아마 앰뷸런스 소리인가 보다. 최소한 뉴스는 볼 수 있게 일을 빨리 끝내자. "젖은 파자마를 벗어, 지미, 내가 새 것을 줄게. 그리고 너도 욕조로 들어가는 게 좋겠어." "아기에게 이상한 일이 생긴 것 같아." 소년이 말한다. "아기가 물에 빠졌는데 수영도 안 하고 아무 짓도 안 해."

* * *

그녀는 깔개 위에서 그들을 빤히 올려다본다. 그들은 그녀를 찰싹 때린다. 아무 반응이 없다. "그녀를 좀 흔들어 봐, 친구!" 마크가 부드럽게 말한다. "우리는 여기서 나가야만 해!" 어린 꼬마 아이 둘이 눈을 커다랗게 뜨고 문가에 서 있다. 마크는 잭을 쏘아본다. "안 돼, 마크, 저애들은 너무 어려……!" "어쩔 수 없어, 친구. 안 그러면 우리가 죽어."

* * *

"돌리! 세상에! 돌리, 내가 설명할게!" 그녀는 무서운 얼굴로 그들을 노려보고, 그녀의 찢어진 거들은 발목까지 내려와 있다. "당신들 네 명이 지금 욕조에서 베이비시터와 무슨 짓을 하고 있는 거죠?" 그녀가 샐쭉해서 묻는다. "난 기다릴 수가 없어요!"

* * *

경찰의 사이렌 소리가 울리면서, 불빛이 번쩍인다. "비명 소리를 들었어요!" 누군가가 소리친다. "사내아이 두 명이 있었는데요!" "남자 한 명을 보았어요!" "그 여자가 아기를 안고 뛰고 있었어요!" "원 세상에!" 누군가가 소리친다. "모두 죽었어요!" 군중들이 몰려온다. 서치라이트가 덤불 속을 뒤진다.

*　*　*

"해리, 도대체 어디 갔던 거죠?" 그의 아내가 카펫 위에서 그를 몽롱하게 노려보며 투덜거린다. "설명할게." 그가 말한다. "이봐, 무슨 일이야, 해리?" 무슨 안 좋은 이유인지 그를 초대한 친구가 버터로 범벅이 된 채 묻는다. "무슨 유령이라도 본 얼굴이군!" 먹던 술은 어디다 둔 거야? 모든 사람이 폭소를 터뜨리지만 돌리만은 예외이고, 그녀의 뺨은 눈물로 얼룩져 있다. "이봐요, 해리, 당신은 아이들이 나를 요양원에 보내지 않게 해 줄 거죠, 그렇죠, 해리?"

*　*　*

10시. 설거지가 끝나고, 아이들은 잠자리에 들고, 그녀는 책을 읽고 텔레비전 뉴스를 본다. 졸음이 온다. 남자 아나운서의 목소리는 부드럽고 온화하다. 그녀는 꾸벅꾸벅 졸다가 베이비시터라는 말에 화들짝 놀라 잠이 깬다. 베이비시터? 텔레비전에서 아나운서가 어떤 베이비시터에 대해 말하지 않았나?

*　*　*

"잠깐 날씨가 어떤지 보려고요." 집주인이 텔레비전 채널을 돌리며 말한다. 대부분의 손님들이 집으로 돌아갔는데도 터커 부부만은 뉴스를 보며 앉아 있다. 뉴스가 진행되어 가면서, 아나운서는 한 베이비시터에 관해 무슨 이야기를 하고 있다. 집

342

주인은 채널을 바꾼다. "4번 채널의 날씨 예보가 더 낫다니까." 그가 설명한다. "잠깐만요……!" 터커 부인이 말한다. "무슨 베이비시터 얘기를 하네요……!" 집주인은 채널을 다시 돌린다. "경찰에서 자세한 사항은 아직 발표하지 않고 있습니다." 아나운서가 말한다. "해리, 우리 가는 게 좋겠어요……."

* * *

그들은 아무 생각 없이 상점을 어슬렁거리다 친구와 맞닥뜨린다. "이봐, 너희들 베이비시터 얘기 들었어?" 그 친구가 묻는다. 마크가 투덜거리면서, 잭을 흘긋 쳐다본다. "담배 피울래?" 마크는 그 친구에게 묻는다.

* * *

"아기가 비명 지르는 걸 들은 것도 같아요!" 터커 부인은 차에서 내려 잔디밭을 가로지르며 울먹거린다.

* * *

그녀는 잠이 깨어 터커 씨가 자기 곁을 배회하는 것을 보고 깜짝 놀란다. "내가 깜빡 졸았나 봐요!" 그녀가 외친다. "당신 베이비시터에 관한 뉴스 들었어요?" 터커 부인이 묻는다. "일부분만 들었는데 너무 안됐어요, 그렇지 않아요?" 그녀가 일어서며 말한다. 터커 씨는 골프 토너먼트를 보며 점수 기록을 지켜보고 있다. "잠깐만 있다가 집에 데려다 줄게, 여보." 그가 말한다. "당신은 정말 친절해!" 터커 부인이 부엌에서 소리친 다. "설거지가 다 됐어요."

*　*　*

"내가 무슨 말을 해야 할까, 돌리?" 집주인은 찢어진 거들의 버터 묻은 실타래를 손가락 사이로 비비 꼬며 한숨짓는 목소 리로 말한다. "당신 아이들이 살해당했어요. 남편은 사라졌고, 욕조엔 시체가 한 구 있대요. 그리고 당신 집이 난장판이래요. 미안해요. 무슨 말을 해야 할까요?" 텔레비전에서는 뉴스가 끝 나고 아스피린 선전이 나온다. "무슨 소리예요, 난 도무지 모르 겠네요." 그녀가 말한다. "어떤 심야 영화를 하는지 그거나 보 자고요."

모자 마술

무대 한가운데, 평범한 탁자.

한 남자가 들어온다. 검정 망토에 검정 실크해트를 쓰고 마술사처럼 차려입었다. 모자를 벗고 청중들에게 공손하고 우아하게 절을 한다.

박수갈채.

그는 모자 안을 보여 준다. 텅 비어 있다. 그는 모자를 쾅 친다. 분명히 비어 있다. 탁자 위에 챙이 위로 가도록 모자를 놓는다. 양손을 모자 위로 쭉 뻗고, 손목이 드러나도록 검정 소매를 끌어올린 다음, 손가락으로 딱 소리를 내어 주의를 끈다. 그 안에 손을 넣자, 토끼가 나온다.

박수갈채.

토끼를 빈 공간에 넣는다. 모자 위쪽에서 손가락으로 다시 한 번 딱 소리를 내자, 이번엔 비둘기가 나온다.

박수갈채.

비둘기를 빈 공간에 넣는다. 모자 위에서 딱 하고 손가락 부딪는 소리를 내고, 안에 손을 넣어 또 다른 토끼를 꺼낸다. 아무 환호도 없다. 토끼를 재빨리 모자 안에 되돌려 넣고, 딱 소리를 내자, 모자가 나온다. 앞의 모자와 정확하게 똑같은 모자이다.

박수갈채.

첫 번째 모자 옆에 두 번째 모자를 놓는다. 새로운 모자 위에 딱 소리를 내자, 세 번째 모자가 나온다. 정확히 옆의 두 모자와 똑같다.

가벼운 박수갈채.

세 번째 모자 위에서 딱 소리를 내고 네 번째 모자를 꺼낸다. 역시 똑같다. 청중들은 아무 호응도 없다. 손가락 소리를 내지 않는다. 네 번째 모자 안을 빠끔히 들여다보면서 다섯 번째 모자를 꺼낸다. 다섯 번째 모자 안에서 여섯 번째 모자를 발견한다. 토끼는 세 번째 모자에서 나온다. 마술사는 여섯 번째 모자에서 일곱 번째 모자를 꺼낸다. 세 번째 모자의 토끼가 첫 번째 모자에서 두 번째 토끼를 꺼낸다. 마술사는 일곱 번째 모자에서 여덟 번째 모자를 꺼내고, 여덟 번째 모자에서 아홉 번째 모자를 꺼낸다. 토끼들도 다른 모자에서 다른 토끼들을 꺼낸다. 토끼들과 모자들이 사방에 널려 있다. 무대는 수많은 모자와 토끼 들로 아수라장이다.

웃음소리와 환호.

미친 듯이, 마술사는 모자를 모아서, 서로 포개고, 절을 하고, 청중을 향해 미소를 짓고, 토끼를 한 번에 서너 마리씩 집어넣은 다음 웃으면서 절을 한다. 필사적인 투쟁이다. 먼저 모자들을 포개고, 토끼들이 다시 나오기 전에 먼저 나온 토끼들을 집어넣어야 한다. 절을 하고, 포개고, 집어넣고, 웃고, 땀을 흘린다.

웃음소리가 점점 커진다.

천천히 소란이 잦아든다. 한 무더기의 모자와 한 무리의 토끼들뿐이다. 지금은 토끼들도 없다. 드디어 모자 두 개만 남았다. 마술사는, 힘겹게 땀을 흘리며, 가쁜 숨을 몰아쉬며, 모자 두 개가 놓여 있는 탁자 곁에서 비틀거린다.

가벼운 박수갈채, 웃음.

마술사는 실크 손수건으로 이마를 훔치며 당혹스러운 듯 남아 있는 모자 두 개를 응시한다. 손수건을 주머니에 집어넣는다. 한 모자 안쪽을 들여다본 다음, 다른 모자의 안쪽도 들여다본다. 시험 삼아 첫 번째 모자를 두 번째 모자 안으로 포개려 시도하지만 성공하지 못한다. 청중들에게 희미한 미소를 보낸다. 아무 환호도 없다. 첫 번째 모자를 마룻바닥에 떨어뜨린다. 뭉개질 때까지 쿵쿵 밟는다. 주먹으로 모자를 콱 구겨서 다시 한 번 두 번째 모자 속에 집어넣으려 시도한다. 그러나 여전히 들어가지 않는다.

가벼운 야유, 조바심 내는 박수갈채.

걱정스럽게 몸을 떨면서, 마술사는 첫 번째 모자를 꼭 누른 다음, 탁자 위에 챙이 위로 가도록 놓고, 두 번째 모자는 마룻바닥에 놓고 뭉갠다. 두 번째 모자를 필사적으로 첫 번째 모자에 우겨 넣으려 안간힘을 쓴다. 실패한다. 들어맞을 리가 없다. 신경질적으로 몸을 돌리며 두 번째 모자를 무대 뒤로 던진다.

커다란 야유.

몸은 얼어붙고 얼굴이 창백해진다. 모자 두 개를 들고 탁자 곁으로 돌아온다. 첫 번째 모자는 모양이 어느 정도 갖추어지고 챙도 온전하지만, 두 번째 모자는 여전히 구겨지고 뭉개져 있다. 얼굴에 패배의 그늘이 드리워 있다. 조용히 흐느끼며 머리를 조아려 절을 한다.

비웃음과 야유.

돌연 마술사의 얼굴이 밝아진다. 그는 두 번째 모자를 매만져 머리에 꽉 눌러 쓰고, 첫 번째 모자는 탁자 위에 뒤집어 올려놓는다. 탁자 위로 기어 올라가 발을 모자 속으로 집어넣으면서 사라진다.

놀라움에 가득 찬 박수갈채.

잠시 후 마술사의 발이 모자 밖으로 튀어나오고, 다음엔 다리, 그다음엔 몸통이 나온다. 마지막으로 나온 부분은 마술사의 머리인데 탁자 위로 나올 때 첫 번째 모자를 쓰고 있다. 마술사는 그 모자를 벗어 청중에게 그것이 비어 있음을 보여 준다. 두 번째 모자는 이미 사라지고 없다. 머리를 숙여 절한다.

열광적이고 지속적인 박수갈채, 환호.

마술사는 머리에 모자를 쓰고 되돌아와 탁자 뒤에 있는 계단에 그것을 쾅 하고 내려놓는다. 모자를 들어 올리지도 않은 채, 손을 대며, 손가락으로 기합을 주자 모자 끄트머리에서 토끼가 나온다.

박수갈채.

토끼를 무대 옆으로 던진다. 손가락으로 딱 소리를 내고, 모자 끝에서 비둘기를 끄집어낸다.

　약한 박수갈채.

　비둘기를 무대 옆으로 던진다. 손가락 소리를 내자, 이번엔
사랑스러운 아가씨가 모자 끝에서 나온다.

　경탄에 찬 열광적인 박수갈채 그리고 휘파람 소리.

　사랑스러운 아가씨는 깃털이 달린 높다란 녹색 모자를 쓰
고, 꽉 조이는 녹색 홀터넥, 짧은 녹색 바지, 검정 그물 스타킹,
굽 높은 녹색 신발을 신었다. 호루라기 소리와 환호에 수줍게
미소 짓고, 활기차게 무대 뒤편으로 뛰어간다.

　휘파람 소리 그리고 외침, 박수갈채.

　마술사는 모자를 제거하려고 시도한다. 그러나 그것은 딱
달라붙어 있는 듯 보인다. 달라붙은 모자를 떼려고 비틀고 몸
부림치며 고투한다.

　온화한 웃음.

　투쟁은 계속된다. 몸을 뒤틀고, 얼굴을 찡그린다.

　웃음소리.

마침내 마술사는 청중들에게 두 명의 지원자를 요청한다. 객석에서 몸집이 크고 단단해 보이는 남자 둘이 어색하게 미소 지으며 무대로 나온다.

가벼운 박수갈채와 웃음.

몸집이 큰 남자는 모자를 움켜쥐고, 나머지 한 명은 마술사의 다리를 꼭 붙잡는다. 그들은 신중하게 잡아당긴다. 모자는 떼어지지 않는다. 여전히 그것은 붙어 있다. 그들은 이제 있는 힘을 다하여 잡아당긴다. 그들의 진지한 얼굴은 붉어지고, 두꺼운 목 근육은 팽팽해지며, 맥박이 고동친다. 마술사의 목이 길게 늘어나더니, 딱 소리를 내며 두 개로 끊어진다. 한 사람은 몸통과 함께, 다른 사람은 마술사의 끔찍한 머리가 들어 있는 모자와 함께, 각자 무대 반대편으로 나동그라지며 넘어진다.

공포의 비명.

몸집이 큰 남자 둘은 그 광경을 보고 공포에 질려서 입을 굳게 다문 채 서 있다.

비명과 절규.

목이 잘린 몸뚱이가 서 있다.

비명과 절규.

목이 없는 몸 앞쪽의 지퍼가 열리면서 마술사가 나온다. 그는 방금 전과 똑같은 검정 망토를 입고, 똑같은 검정 실크해트를 쓰고 있다. 수축된 몸뚱이를 무대 옆으로 던진다. 모자와 머리도 무대 옆으로 던진다. 몸집이 큰 두 남자는 크게 안도의 한숨을 내쉬면서 완전히 질렸다는 듯 고개를 절레절레 흔들며 객석으로 돌아간다. 마술사는 모자를 벗고 절을 한다.

굉장한 박수갈채, 비명, 환호.

사랑스러운 아가씨는, 여전히 녹색 의상을 입고, 물을 한 잔 가지고 들어온다.

박수갈채와 휘파람 소리.

사랑스러운 아가씨는 휘파람 소리에 수줍은 미소를 지으며, 물 한 잔을 탁자 위에 올려놓고, 공손히 옆에 서 있다. 마술사는 그녀에게 모자를 건네주고, 몸짓으로 그것을 먹으라고 명령한다.

계속되는 휘파람 소리.

사랑스러운 아가씨는 미소를 지으며, 모자를 베어 물고, 천천히 씹는다.

웃음소리와 더 커지는 휘파람 소리.

그녀는 가져온 물을 마시며 모자를 한입 한입 베어 삼킨다. 모자는 이제 완전히 다 먹고 얇은 실크 밴드만 탁자 위에 남아 있다. 그녀는 한숨을 내쉬며 노출된 가녀린 배를 두드린다.

웃음소리와 환호, 흥분된 휘파람 소리.

마술사는 객석에서 어린 시골 소년을 초청하여 무대 앞으로 데려온다. 어린 시골 소년은 커다란 발을 서툴게 뒤뚱거리며 부끄러운 모습으로 앞으로 나온다. 당황하는 모습이 역력하고 너무나 부끄러워한다.

커다란 웃음소리와 야유.

어린 시골 소년은 한 발을 다른 발 위에 올려놓고 빨개진 얼굴로 자기 손을 내려다보며 마술사 앞에서 초조하게 몸을 비튼다.

점점 커지는 웃음소리와 야유.

사랑스러운 아가씨는 가만히 소년 옆으로 다가가, 엄마가 아이를 안듯, 소년을 끌어안는다. 소년은 고개를 움츠리며 먼저 한 발을 딛고, 다른 쪽 발을 디딘 다음, 손을 쥐어짠다.

더 큰 웃음소리와 야유, 휘파람 소리.

사랑스러운 아가씨는 청중을 향해 부드럽게 윙크를 하고, 시골 소년의 뺨에 키스를 한다. 소년은 마치 불에 덴 것처럼 펄쩍 뛰어오르다가 자기 발에 걸려 바닥으로 나동그라진다.

우레와 같은 웃음.

사랑스러운 아가씨는 겨드랑이 아래를 들어 올려 소년이 일어나도록 도와준다. 소년은 간지러운 것을 억지로 참으며 어쩔 수 없이 킥킥 웃는다.

(전과 비슷한) 웃음소리.

마술사는 손가락 마디로 탁자를 톡톡 두드린다. 사랑스러운 아가씨는 흥분한 시골 소년을 떼어 놓고 웃으면서 탁자로 돌아온다. 소년은 어줍은 자세로 돌아와 흐르는 코를 손등으로 훔치면서 훌쩍인다.

온화한 웃음소리와 박수갈채.

마술사는 사랑스러운 아가씨에게 그녀가 전에 먹었던 모자의 얇은 실크 밴드를 건네준다. 그녀는 그것을 입에 우겨 넣고 조심스레 씹다가, 힘들게 삼키고는 몸서리를 친다. 그녀는 컵에 있는 물을 마신다. 웃음과 함성이 형세를 관망하는 침묵으로 이어진다. 마술사는 사랑스러운 아가씨의 목덜미를 잡고, 깃털 달린 모자를 쓴 그녀의 머리를 스타킹 신은 무릎 사이로 밀어

넣는다. 그가 손을 놓자 그녀의 머리는 꼿꼿한 자세로 되돌아온다. 마술사는 천천히 그 행위를 반복한다. 그러더니 네다섯 번 빠르게 반복한다. 미심쩍은 듯 사랑스러운 아가씨를 바라본다. 그녀의 얼굴은 힘들어서 달아올라 있다. 그녀는 무언가를 생각하다가 머리를 흔든다. 안 돼. 마술사는 다시 그녀의 머리를 무릎으로 밀었다가, 놓았다가, 다시 꼿꼿한 자세가 되도록 한다. 이 행위를 두세 차례 반복한다. 사랑스러운 아가씨를 관찰하듯 바라본다. 그녀는 미소를 지으면서 고개를 끄덕인다. 마술사는 부끄러워하는 어린 시골 소년을 사랑스러운 아가씨 뒤로 끌고 나와 딱 달라붙은 녹색 바지에 손을 대라고 시킨다. 어린 시골 소년은 놀라서 당황스러워한다.

다시 시작되는 커다란 웃음소리와 휘파람 소리.

어린 시골 소년은, 절망에 빠져, 도망가려 애쓴다. 마술사는 그를 붙잡아 다시 한 번 사랑스러운 아가씨 옆으로 끌고 온다.

(전과 비슷한) 웃음소리.

마술사는 시골 소년의 팔을 붙잡고 강압적으로 사랑스러운 아가씨의 바지로 밀어 넣는다. 어린 시골 소년은 땀에 젖어 숨을 헐떡거린다.

신경질적인 웃음소리와 야유.

사랑스러운 아가씨는 얼굴을 한 번 찡그린다. 마술사는 웃으며, 괴로워 쩔쩔매던 시골 소년을 놓아준다. 소년은 손을 움츠린다. 그의 손에 마술사의 진짜 검정색 실크해트가 들려 있다. 모양은 완전하고, 얇은 실크 밴드와 그 밖에 모든 것이 그대로이다.

거센 박수갈채와 발 구르는 소리, 웃음소리 그리고 환호성.

마술사는 청중을 향해 활짝 윙크를 하고, 잠시 침묵을 지킨 다음, 어린 시골 소년을 불러들여 모자를 쓰라고 시킨다. 소년은 부끄러운 듯 머리를 숙인다. 마술사는 강요한다. 겁에 질려, 바보처럼 웃으며 시골 소년은 모자를 머리로 가져간다. 물이 쏟아져, 머리 위로 주르륵 흘러내려, 어린 시골 소년은 물에 빠진 생쥐 꼴이 된다.

웃음소리, 갈채, 거친 야유.

어린 시골 소년은 너무나 창피해, 모자를 떨어뜨리고 무대 뒤로 달아나려 돌아서지만 사랑스러운 아가씨가 그의 발을 밟고 있다. 그는 발이 걸려 넘어져 얼굴을 바닥에 찧는다.

(전과 비슷한) 웃음소리.

시골 소년은 비굴하게도 바짝 엎드려 무대 뒤로 기어간다. 마술사는 청중들과 함께 박장대소를 하고, 사랑스러운 아가씨를 무대 구석으로 보낸 다음, 바닥에 떨어진 모자를 주워 든다. 소매로 모자를 쓸어내리고, 두세 번 툭툭 치고, 여봐란듯이 과시하며 우아하게 머리로 가져간다.

들릴락 말락 하는 박수갈채.

마술사는 탁자 뒤에 선다. 조심스럽게 탁자 위의 한 공간을 쓸어내린다. 먼지가 날린다. 모자로 손을 가져간다. 그러나 또다시, 무언가에 들러붙은 모양이다. 모자를 들고 소란스럽게 고군분투한다.

온화한 웃음소리.

앞으로 나올 사람을 요청한다. 전에 나왔던 몸집이 큰 두 남자들이다. 한 명이 재빨리 모자를 붙잡고, 다른 한 명은 마술사의 다리를 잡는다. 그들은 힘껏 잡아당기지만 아무 소용이 없다.

웃음소리와 환호.

첫 번째 몸집이 큰 남자가 턱밑으로 마술사의 머리를 꽉 붙잡는다. 마술사는 반항하는 것처럼 보인다. 두 번째 남자는 자기 허리에 마술사의 다리를 감는다. 둘이서 필사적으로 잡아당겨 본다. 그들의 얼굴은 빨개지고, 관자놀이의 힘줄이 팔딱거린다. 마술사의 혀가 불쑥 삐져나오고, 양손은 무기력하게 허우적거린다.

웃음과 환호.

마술사의 목이 길게 뽑혀 나온다. 그러나 잘리지는 않았다. 이제 1미터 가까이 늘어나 있다. 몸집이 큰 두 남자는 힘껏 잡아당긴다.

웃음과 환호.

마술사의 눈알들이 마치 소켓에서 빠져나온 전구처럼 튀어나온다.

웃음과 환호.

드디어 목이 딸깍 부러진다. 커다란 몸집의 남자들은 각자 피 묻은 몸뚱이를 들고 무대 양옆으로 데굴데굴 굴러 간다. 즐거운 흥분에 관중들은 말문이 막힌다. 첫 번째 몸집이 큰 남자가 급히 몸을 일으켜 머리와 모자를 무대 양옆으로 던지고, 서둘러 두 번째 몸집이 큰 남자를 도와준다. 둘이서 함께 절단된 몸뚱이의 지퍼를 내린다. 사랑스러운 아가씨가 튀어나온다.

깜짝 놀란 웃음과 열광적인 환호, 휘파람 소리.

사랑스러운 아가씨는 공기가 빠진 잘린 몸을 무대 옆에 던진다. 몸집이 커다란 남자들은 그녀에게 애교 섞인 윙크를 하면서 청중을 향해 조금 음란해 보이는 시늉을 한다.

웃음소리가 점점 높아지면서 친근한 야유.

사랑스러운 아가씨는 몸집이 큰 남자 중 한 명에게 나와서 자신의 꽉 조인 녹색 바지 안에 손을 넣어 보라고 한다.

거센 휘파람 소리.

두 명 다 열정적으로 앞으로 튀어나오다가, 서로 발이 걸려, 엉덩이를 삐쭉 내밀며 마룻바닥에 나동그라진다. 사랑스러운 아가씨는 청중을 향해 노골적으로 윙크한다.

비웃음과 야유.

두 남자가 서로 얼굴을 마주 보며 성난 표정으로 서 있다. 첫 번째 남자가 두 번째 남자에게 침을 뱉는다. 두 번째 남자가 첫 번째 남자를 민다. 첫 번째 남자도 되받아 밀다가 두 번째 남자를 바닥에 넘어뜨린다. 두 번째 남자는 발딱 일어나 첫 번째 남자의 코를 세차게 후려갈긴다. 첫 번째 남자는 휘청거리면서, 코에서 흐르는 피를 닦고 두 번째 남자의 배에 주먹을 휘두른다.

커다란 환호.

두 번째 남자는 어지러운 듯 비틀대다가, 배를 움켜쥐고 바닥으로 비참하게 널브러진다. 첫 번째 남자는 두 번째 남자의 얼굴을 난폭하게 걷어찬다.

환호와 온화한 웃음소리.

두 번째 남자는 얼굴이 엉망이 된 채 앞이 안 보이는 듯 비틀비틀 일어선다. 첫 번째 남자는 두 번째 남자를 벽에 내동댕이치고, 성기를 무릎으로 찬다. 두 번째 남자는 몸을 숙이고, 고통스러워 아무것도 보지 못한다. 첫 번째 남자는 두 번째 남자의 귀 뒷부분을 팔꿈치로 세게 때린다. 두 번째 남자는 바닥으로 쿵 쓰러지면서 죽는다.

질질 늘어지는 환호와 박수갈채.

첫 번째 몸집이 큰 남자는 환호를 받으며 사람들의 시선을 의식하며 몸을 숙여 절한다. 손가락 관절을 구부린다. 사랑스러운 아가씨는 첫 번째 몸집이 큰 남자 곁으로 다가와 마치 엄마처럼 그를 껴안고 관중을 향해 활짝 윙크한다.

질질 늘어지는 환호와 휘파람 소리.

몸집이 큰 남자가 능글맞게 씩 웃으며 사랑스러운 아가씨를 엄마 같지 않은 방식으로 껴안는다. 그러자 그녀는 관객들을 향해 조롱 섞인 놀라는 표정을 짓는다.

고함과 박장대소, 거친 휘파람 소리.

사랑스러운 아가씨는 몸집이 큰 남자에게서 빠져나와, 통통한 엉덩이를 그를 향해 돌리고, 몸을 숙여, 손을 무릎 위에 얹은 채, 가느다란 다리를 쭉 편다. 몸집이 큰 남자는 청중을 향해 씩 웃으면서, 녹색 옷을 입은 사랑스러운 아가씨의 엉덩이를 톡톡 두드린다.

(전과 비슷한) 떠들썩하고 거친 고함.

몸집이 큰 남자는 사랑스러운 아가씨의 꽉 끼는 녹색 바지 안으로 손을 집어넣고는, 눈동자를 굴리면서, 음흉하게 웃는다. 그녀는 인상을 찡그리며 엉덩이를 잠깐 흔든다.

(전과 비슷한) 왁자지껄한 고함.

몸집이 큰 남자는 사랑스러운 아가씨의 바지에서 얼른 손을 빼면서, 마술사의 검정 망토와 검정 실크해트를 함께 끄집어낸다.

놀라움에 우레와 같은 박수갈채.

청중을 향해 모자를 벗으면서, 마술사는 머리를 숙여 절을 한다.

오래도록 계속되는 열광적인 박수갈채, 환호.

마술사는 사랑스러운 아가씨와 첫 번째 몸집이 커다란 남자를 무대 옆쪽으로 밀어낸다. 무대 위에 죽어 누워 있는 두 번째 몸집이 큰 남자를 찬찬히 들여다본다. 그의 지퍼를 열자 어린 시골 소년이 얼굴을 붉힌 채 당황해하며 튀어나온다. 어린 소년은 비굴하게 바짝 엎드린 채 기어서 무대 밖으로 나간다.

웃음소리와 야유, 더 커진 박수갈채.

마술사는 공기가 빠진 두 번째 남자의 시체를 무대 옆으로 던진다. 사랑스러운 아가씨가 미소를 띠면서, 전에 썼던 깃털 달린 높은 모자를 쓰고, 꽉 조이는 녹색 홀터넥에, 녹색 바지, 망사 스타킹, 녹색 하이힐 차림으로 다시 나타난다.

박수갈채와 휘파람 소리.

사랑스러운 아가씨가 마술사를 가리키자 그는 관객들에게 모자 안을 보여 준다. 그는 모자를 두세 번 쾅쾅 두들긴다. 텅 비어 있다. 모자를 탁자 위에 올려놓고, 사랑스러운 숙녀에게 그 속으로 들어가라고 시킨다. 그녀는 시키는 대로 한다.

힘찬 박수갈채.

그녀가 완전히 사라지자, 마술사는 양손을 모자 위로 뻗고,

검정 소매를 손목이 드러나도록 걷어 올린 다음, 손가락으로
딱 소리를 낸다. 모자 속에 손을 넣어, 녹색 하이힐 한 짝을 끄
집어낸다.

박수갈채.

구두를 무대 옆으로 던지고, 다시 모자 위에 대고 손가락
기합을 넣는다. 안에 손을 넣어 또 다른 구두 한 짝을 꺼낸다.

박수갈채.

구두를 무대 옆으로 던진다. 모자 위에 대고 손가락 기합을
넣는다. 안에 손을 넣어 이번에는 긴 망사 스타킹 한 짝을 끄
집어낸다.

박수갈채와 산만한 휘파람 소리.

스타킹을 무대 옆으로 집어던진다. 모자 위에 또다시 손가
락 기합을 넣는다. 안에 손을 넣어 두 번째 검정 망사 스타킹
을 끄집어낸다.

박수갈채와 산만한 휘파람 소리.

스타킹을 무대 옆으로 집어던진다. 모자 위에 손가락 기합
을 넣는다. 안을 더듬더니 깃털 달린 높은 모자를 꺼낸다.

점점 커지는 환호와 휘파람 소리, 리듬에 맞춰 발을 구르는 소리.

모자를 무대 옆으로 집어던진다. 모자 위에 손가락 기합을 넣는다. 안을 더듬다가 잠시 멈칫거린다.

가벼운 웃음소리.

녹색 여성용 홀터넥을 끄집어내더니 과장된 몸짓으로 펼쳐 보인다.

열광적인 박수갈채, 고함, 휘파람 소리, 발 구르는 소리.

홀터넥을 무대 옆으로 집어던진다. 모자 위에 대고 손가락으로 딱 소리를 낸다. 안에 손을 넣어 만지작거린다. 뭔가에 빨려 들어가는 듯 먼 곳에 시선을 둔다.

갑작스럽게 터지는 웃음소리.

녹색 바지를 끄집어내어 우아한 몸짓으로 그것을 펼쳐 보인다.

엄청난 박수갈채와 환호, 휘파람 소리.

녹색 바지를 무대 옆으로 집어던진다. 모자 위에 다시 손가락 기합을 넣는다. 안에 손을 넣는다. 꽤 오랫동안 만지작거린다. 찰싹 소리가 난다. 성급하게 손을 빼고, 깜짝 놀란 듯한 고통스러운 표정을 짓는다. 빠끔히 안을 들여다본다.

웃음소리.

사랑스러운 아가씨의 머리가 모자 밖으로 톡 튀어나온다. 화가 나서 토라진 모습이다.

웃음소리와 박수갈채.

어렵사리, 그녀는 한 손을 모자 밖으로 빼내고, 다른 쪽 팔도 빼낸다. 양손으로 모자 가장자리를 누르며, 맨살인 한쪽 가슴이 모자 밖으로 튀어나올 때까지 몸부림치며 몸을 비튼다.

박수갈채와 거친 휘파람 소리.

다른 쪽 가슴도 튀어나온다.

더 많은 박수갈채와 휘파람 소리.

그녀는 몸부림치며 허리까지 빼낸다. 신음하며 있는 힘을 다 주지만, 엉덩이를 빼낼 수가 없다. 그녀는 애처로운 표정을 짓고, 마술사는 믿기지 않아 한다. 그는 그녀를 잡아당기고 끌어내 보지만 꽉 끼어 움직이지 않는다.

웃음소리.

그는 사랑스러운 아가씨의 겨드랑이를 붙잡고 모자 가장자리에 두 발을 고정시킨다. 꽉 잡아당겨 본다. 그러나 실패한다.

웃음소리.

사랑스러운 아가씨를 다시 모자 속에 밀어 넣는다. 다시 만지작거린다. 커다랗게 찰싹 치는 소리가 들린다.

점점 커지는 웃음소리.

마술사는 찰싹 소리가 들리는 곳으로 되돌아온다.

갑작스럽게 웃음소리가 멈춘 가운데 비아냥거리는 야유.

마술사는 다시 모자 안에 손을 집어넣고, 스타킹이 신겨 있지 않은 다리 한쪽을 꺼낸다. 그는 다시 손을 집어넣어, 한쪽 팔도 빼낸다. 그는 팔다리를 잡아당겨 보지만, 아무리 애를 써도 나머지 부분을 빠져나오게 할 수가 없다.

여기저기서 야유와 약간의 휘파람 소리.

마술사는 불안한 표정으로 관객들을 둘러보다가, 팔다리를 다시 모자 속에 우겨 넣는다. 그는 땀을 흘리고 있다. 모자 안

쪽을 만지작거린다. 그는 사랑스러운 아가씨의 벗은 엉덩이와 다리 한쪽을 끄집어낸다.

갑작스러운 환호성과 거친 휘파람 소리.

마술사는 청중을 향해 불안하게 미소를 짓는다. 필사적으로 통통한 다른 쪽 다리를 잡아당겨 보지만 딸려 나오지 않는다.

휘파람 소리는 사라지고, 점점 커지는 야유.

엉덩이와 다리는 모자 속에 우겨 넣고, 실크 손수건으로 이마를 닦는다.

기분이 나쁜 듯한 커다란 야유.

손수건을 주머니에 넣는다. 이제 오히려 광적인 상태가 된다. 모자를 붙잡고 사납게 내려치고, 흔든다. 모자를 한 번 더 탁자 위에 놓고, 챙이 위로 가게 고정한다. 마치 주문을 외듯 눈을 감고, 양손을 모자 위로 쭉 뻗는다. 여러 차례 손가락 기합을 넣은 후, 살짝 안을 더듬는다. 만지작거린다. 커다랗게 찰싹 때리는 소리가 들린다. 깜짝 놀라고 화가 나서 얼른 손을 빼낸다. 모자를 붙잡는다. 이를 갈면서, 분개한 듯, 마룻바닥에 내동댕이치고, 두 발로 그 위에서 뛴다. 무언가가 짓밟혀 부서진다. 귀를 찢는 듯한 끔찍한 비명이 들린다.

비명과 고함.

마술사는 소스라치게 놀라서, 모자를 집어 들고, 안쪽을 응시한다. 얼굴이 창백해진다.

폭력적인 비명과 외침.

마술사는 지극히 조심스럽게 마룻바닥에 모자를 놓고, 무릎을 꿇은 채, 완전히 소스라치게 놀란 모습으로, 슬픔에 사로잡혀 그 앞에 앉아 있다. 숨을 죽이고 운다.

흐느끼는 소리, 애도하는 소리, 고함 소리.

마술사는 비참하게 뭉개진 모자를 아무렇게나 추스르고 경련을 일으키며 울어 댄다. 첫 번째 몸집이 큰 남자와 어린 시골 소년이 겁에 질린 채, 침착하게, 무대 옆에서 나온다. 그들은 창백하고 겁에 질려 있다. 그들은 불안한 듯 모자 안쪽을 빠끔히 들여다본다. 화들짝 공포에 질려 뒤로 물러난다. 그들은 자기 입을 틀어막고, 돌아서서, 구토한다.

흐느끼는 소리, 고함 소리, 구토, 살인을 비난하는 소리.

몸집이 큰 남자와 시골 소년이 마술사를 결박해서 끌고 나간다.

흐느끼는 소리, 토하는 소리.

몸집이 큰 남자와 시골 소년이 되돌아와서, 지극히 조심스럽게 뭉개진 모자를 들어 올리고는, 자제할 수 없다는 듯 몸을 떨면서, 팔을 쭉 뻗은 채 모자를 들고 무대 옆으로 가져간다.

갑작스럽게 커지는 울음소리, 토하는 소리, 애도의 소리, 시간이 감에 따라 소리는 점점 잦아들고 침묵.

시골 소년이 무대 위로 기어 올라와, 홀로, 관객을 향해 탁자 앞에 벽보를 붙인 다음, 비굴하게 기어서 사라진다.

연극은 끝났습니다.
환불이 불가능한 점에 대해
극단은 유감스럽게 생각합니다.

맘부리노의 황금 투구
─ 언어는 마술이고 재현은 프리즘이다

　　로버트 쿠버(Robert Coover)의 소설은 신비롭다. 소설을 창작
하는 작가라면 누구나 꿈꾸는 상상력의 기교가 넘치듯 흘러
내려 독자의 옷깃을 적시다 못해 그 속에 함몰되게 만든다. 그
가 현대 미국 작가로써 칭송을 받는 이유는 창작 과정에 있어
서의 특이하고 변화무쌍한 서사 기법 때문일 것이다. 그는 글
쓰기란 다름 아닌 현실을 여러 각도로 분석하고, 비추어보고,
상상력을 투사하여 재현의 마법을 부리는 것이라 생각했다. 쿠
버는 우매하고 찰나적인 독자의 변덕스러움을 만족시키면서
동시에 작가로서의 예술적 욕망까지 성취하려는 생각으로 기
존 작가들과는 다른 특이한 서사 방식을 시도하고 실험해 본
다. 그는 조탁되고 세련된 언어가 주는 즐거움을 잘 인식하고
서정성도 풍부한 작가였지만, 리얼리티 자체를 훌륭하게 재현
하면서 동시에 끊임없이 새로운 자극을 원하는 독자들의 기호
를 만족시키기는 상당히 어렵다는 것을 느끼고 있었다. 때문

에 그는 소설의 창작 과정을 활짝 열어 놓음으로써 독자 스스로 예술과 삶의 모럴리티를 직접 합성하도록 시도한다.

로버트 쿠버는 1969년 단편 소설집 『요술 부지깽이(The Magic Poker)』(원제 Pricksongs & Descants)를 출판함과 더불어 정평 있는 작가의 길로 들어선다. 이 소설집과 그 이전에 출판했던 소설들은 미국 소설계에 큰 반향을 일으켜 글쓰기와 문학 전반에 메타픽션이라는 적잖은 파장을 불러일으켰다. 그의 단편을 이해하기 위해서는 그림 형제의 동화, 성서, 텔레비전 프로그램의 구성 체제, 1940년대와 1950년대의 영화, 그리고 그 당시 미국 작가들이 실험적으로 다루었던 소설 기법에 대해 어느 정도의 지식을 가지고 있어야 한다. 1960년대는 미국 문단에 이상한 징후가 나타났던 때이다. 작가들은 두 그룹으로 나뉘어 각기 자신의 영역을 주장하기 시작했다. 한 부류는 현실을 있는 그대로 재현하는 데 초점을 맞추었고, 다른 부류는 각 개인이 바라보는 현실이 주관적인 욕망에 의해 얽어진 또 하나의 단편에 지나지 않는다는 인식 자체에 대해 회의했다. 이 두 영역 중 쿠버가 선택한 것은 후자였다. 우리가 소유한 전설과 문명, 사유, 신화, 동화는 쿠버의 작품에서 물방울처럼 부풀어 오르며 작가의 상상력을 통해 마음껏 변신 한다. 쿠버가 독자에게 내놓는 문학의 세계는 하나의 서사로 통합되는 닫힌 완결 체계가 아니라 마치 요술쟁이가 마법의 빗자루를 타고 온 하늘을 날아다니듯 자유롭고 거침이 없다. 그는 우리에게 가장 친근한 그림 형제의 동화부터 가장 엄숙하게 받아들여야 할 성서의 일부분까지 자신의 마음대로 주물럭거리며 재현의 방식을 희롱한다. 「재크와 콩나무」를 서문에 인용하면서 재크가 하늘나라에서 만난 거인이 다름 아닌 재크 자신이었다는 폭탄선언을 하는가 하면 돈키호테의 저자 세르반테스에게 헌정사를 바치고 자신도 그와 같은 대가가 되겠노라 야심찬 다짐을 하기도 한다. 성서에 나오는 노아의 방주를 패러디 하여 구원의 노아가 아닌 무정한 노아를 그리는가 하면 마리아를 성적으로 소유하지 못했던 인간 요셉의 고뇌를 세밀한 필치로 묘사한다. 그의 단편을 제대로 이해하기 위해서는 상상력의 문을 사방으로 활짝 열어 놓아야 한다. 서사의 범위가 너무 광대하여 눈이 부시고 현란하기 때문이다.

이 책의 원제인 'Pricksongs & Descants'는 그 제목부터가 모호하고 암시적이다. 우선 pricksongs는 펜으로 그린 것이 아니라 바늘로 찔러서 그린 중세와 르네상스 시대의 '악보' 혹은 '음표'를 뜻한다. 그리고 descant는 대위법의 초기 형식에서 다성 악곡의 수창부 즉 최고 음부를 가리키는 말이다. 대위법이 다성 음악의 작곡 기법 중에서 가장 기본이 되는 음표 대 음표간의 음악적 방법론임을 가만하면 이 소설의 제목은 결국 음표와 선율의 관계라는 뜻이 된다. 왜 쿠버는 문학 작품에 이렇듯 얼토당토않은 제목을 붙였을까. 그는 우리의 삶을 수많은 음표가 그려진 오선지에 비유하고 싶었던 것이다. 호모포니(homophony)의 작곡법을 화성법이라 하고 다성 음악인 헤테로포니(heterophony)의 작곡법을 대위법이라고 하는 것으로 보아 그는 음표들이 각기 다른 여러 성부로 일정한 규칙에 따라 결합이 되어 전체적인 하모니를 이루며 아름다운 화음으로 태어나는 것을 인간의 삶과 서사로 연결시킨 것 같다. 각각의 음표는 저 혼자만으로는 절대 천상의 아름다움을 재현할 수 없다.

전혀 어울릴 것 같지 않은 이음(異音)들이 오선지에서 조화를 이룰 때 고운 선율로 새롭게 구성이 되는 것이다. 또 다른 각도로 보자면 이 소설의 제목은 상당히 알레고릭하다. prick에는 '꼬챙이'라는 의미 외에 '찌르다.' 혹은 '남성의 음경'을 지칭하는 비어(鄙語)적 의미가 있고 이에 대구를 이루어 descant 또한 '응하다.' 혹은 cunt라는 '여성의 외음부'를 뜻하기 때문이다. 아마도 'Pricksongs & Descants'를 결합의 신비, 즉 상상력과 리얼리티의 얽힘 관계로 본 것 같기도 하다. 이런 면에서 보면 이 책의 원제를 함축하는 우리말 번역은 여간 난해한 것이 아니다. 생소한 음악 용어나 성적인 의미가 담긴 표현으로 밖에는 표현이 되지 않는다. 프랑스에서는 이 소설의 제목을 '판의 플루트'라고 완전히 바꾸어 번역하기도 했다. 하지만 본서에서는 작품의 원전에 충실하기 위해 수록된 단편의 제목인 '요술 부지깽이'를 제목으로 했다.

이 소설집에는 총 열두 편의 단편이 수록되어 있다. 구성은 서문과 열한 편의 짤막한 단편이지만 「일곱 가지 실험 소설」에 일곱 편, 「감지 렌즈」에 세 편의 소설이 부록처럼 따라붙어 있어 엄밀하게 따지면 스무 편의 소설이 다. 처음은 「문(門)」이라는 서문으로 시작된다. 마치 작가가 문을 열고 상상력의 세계로 들어오라고 하는 메타포를 담고 있는 듯하다. 그러나 약 여섯 페이지 정도 밖에 되는 않는 이 서문은 상당히 신비롭다. 의식의 흐름처럼 서사의 연결 고리가 없이 여러 편의 동화가 한데 얽히어 흘러가기 때문이다. 시작은 「재크와 콩나무」인데 흥미롭게도 뿌려 놓은 콩 줄기를 타고 거인 오게르를 죽이러 하늘로 올라간 재크의 의식이 어머니의 의식으로 옮아가면서

「빨간 모자」와 「미녀와 야수」로 상황이 바뀐다. 곧이어 할머니의 시점과 빨간 모자의 시점으로 내적 독백(internal monologue)이 흐르고 모든 동화가 한데 얽히어 재현된다.

처음에 등장하는 소설은 「요술 부지깽이」라는 단편이다. 서술자는 자신이 섬을 창조해 내고 그곳에 아름다운 두 명의 자매를 초대했노라고 밝힌다. 자매 중 하나가 마치 「개구리 왕자」에 등장하는 공주처럼 풀숲에 버려진 녹슨 쇠 부지깽이에 입을 맞추자 그것은 멋진 남성으로 변신한다. 마법적인 에피소드와 함께 황금 바지를 입은 또 다른 자매의 서사가 얽히면서 섬 전체가 환상과 동화와 신비로움의 집결체로 묘사된다. 쿠버의 단편 중 「퀸비와 올라, 스웨드와 칼(Quenby and Ola, Swede and Carl)」, 「감지 렌즈(The Sentient Lens)」는 「요술 부지깽이」처럼 환상과 현실이 교차되며 작가의 서술 기법의 탁월성을 있는 그대로 드러낸 유미주의적 단편이다. 서술자는 갑자기 자신의 목소리를 드러내어 비평을 하기도 하고 한 편의 시와 같은 호수, 밤, 숲의 정경을 넘나들며 구경을 하기도 한다.

그러나 무엇보다도 이 소설집의 백미는 세르반테스에게 바치는 헌정사로 시작하는 「일곱 가지 실험 소설(Seven Exemplary Fictions)」일 것이다. 돈키호테는 이발사의 면도 대야를 보자마자, 그것이 진정한 용사에게만 주어지는 전설 속 맘부리노의 황금 투구라고 외치며 이발사에게 돌진한다. 쿠버는 이런 돈키호테를 창조한 세르반테스의 실험적인 능력을 칭송하며 작가란 모름지기 돈키호테처럼 이발사의 면도 대야를 맘부리노의 황금 투구로 변신시킬 줄 아는 안목과 용기가 필요함을 강조한다. 쿠버는 일체의 현실을 자신의 상상력과 동화시키는 돈키호테의 순수한 용기를 부러워하며 자신이 그런 열정으로 특이하고 다양한 기법의 일곱 가지 단편을 내놓겠다고 선언한다.

「패널 게임」은 매스미디어에 중독된 현대인의 맹목적인 군중심리를 다룬다. 자신이 죽는 것도 모르고, 혹은 타인을 죽이는 줄도 모르는 우매하고 야비한 방청객들과 그들의 놀이거리로 착출되어 교살당하는 어리석은 출연자에 관한 이야기이다. 이와 비슷하게 생각 없는 대중들에 대한 힐책이 담긴 내용은 이 작품집에 여러 편 수록이 되어 있다. 「도보 여행자」 또한 주체와 외부 세계와의 교호할 수 없는 심연을 잔인할 정도로 객관적으로 묘사했다.

「형」과 「요셉의 결혼」은 성서를 패러디한 단편이다. '노아의 방주'와 '마리아와 요셉의 결혼'을 재현하며 평범한 인간이 겪는 신으로부터의 소외를 다룬다. 노아의 동생은 혼신을 다해 형이 방주를 만드는 것을 도와주지만 정작 홍수 자체를 의심한 대가로 방주에 오르는 것을 거절당한다. 서술자는 노아의 무정함과 홍수 속을 미친 듯 헤매고 다니는 동생의 비애를 객관적으로 묘사한다. 이런 서술은 「요셉의 결혼」에서도 이어진다. 요셉은 자신이 사랑하는 여인이 아기를 잉태한 것이 부조리하기만 하다. 아무리 신의 의지가 개입된 성스러운 일이라도 마리아의 남편으로서의 삶은 그늘지고, 외롭고, 답답하기 이를 데 없다. 특히 사랑 행위를 원하는 그의 욕망이 끝없이 좌절당하고 연기되면서 결국 꿈속에서밖에 아내를 안을 수 없는 요셉의 비련은 독자들에게 그저 당연하기만 했던 그늘 속의 가려진 인물을 재고해 보는 계기를 준다.

쿠버의 단편 중에서 서사 기법의 탁월성을 가장 잘 드러낸 작품은 「베이비시터」와 「리 죽다」일 것이다. 두 작품 모두 퍼즐을 끼워 맞추듯 서사적 현실을 독자 나름대로 재구성해야 한다. 「베이비시터」는 아이를 돌보러 온 젊은 베이비시터와 그녀의 남자 친구, 파티에 간 주인집 부부, 텔레비전에서 방영되는 드라마들이 한데 얽혀 기묘한 태피스트리를 짜낸다. 베이비시터를 성적으로 유혹하려는 주인집 남자와 그녀의 남자 친구들, 텔레비전에서 방영되는 살인 사건이 교차적으로 서술되며 어떤 것이 진짜 리얼리티이고 어떤 것이 판타지인지 분간을 할 수 없다. 즉 부스(Wayne Booth) 식의 함축된 저자(implied author)는 이 작품에 존재하지 않는다. 서술만 살아 움직이며 현실은 독자가 선택한다. 이런 상황은 「리 죽다」라는 단편에서 극대화된다. 여기서는 소설의 첫 부분에 나온 인물과 나중의 인물이 생판 다른 인물일 뿐 아니라 아무 연관 관계도 없다. 서술자는 아무 내용도 없는 소설을 써서 미안하다고 사과를 하며 독자들에게 사죄의 의미로 서커스 티켓을 선사하겠노라 말한다.

「엘리베이터」와 「마른 남자와 살찐 여자의 로맨스」는 철학적인 쿠버의 직관력을 남김없이 드러낸 작품이다. 「엘리베이터」는 매일 출근을 위해 이용하는 인간이 만든 기계를 통해 삶, 사랑, 개념, 우연히 닥칠지 모르는 사고, 우주의 총체성, 운동성 등에 대한 관념적인 몽상을 서술자의 의식의 흐름을 통해 묘사해 놓았다. 주인공이자 서술자인 마틴은 평범한 샐러리맨이지만 그의 사유는 여느 철학자나 물리학자에도 뒤지지 않을 만큼 깊고 섬세하고 치밀하다. 그는 인간의 부조리하고 답답한 삶을 코믹한 상상으로 전이시킨다.

「마른 남자와 살찐 여자의 로맨스」는 서커스를 배경으로 문학적 은유와 기교를 통해 남녀 간의 사랑과 인간적 삶의 아이러니를 신랄하게 풍자한 단편이다. 쿠버는 이 소설에서 그저 유흥거리를 찾는 데 연연하는 외설스럽고 상스러운 사람들과 그들의 욕구를 자극하지 않으면 생존을 위협받기에 비겁한 술책을 쓸 수밖에 없는 서커스 단원들의 고뇌를 관찰자의 입장으로 냉정하게 묘사한다. 쿠버는 이 둘 중 어느 한편에 손을 들어 주는 것이 아니라 그 둘 다를 타락했다고 본다. 그의 이런 식견은 이 단편집의 밑바닥에 흐르는 예술가와 독자 사이의 양립할 수 없는 불일치를 보여 줌과 동시에 인간으로 산다는 것이 겉으로 보이는 메타포에 자신을 가두고 진정한 감정은 억압해야 하는 위선적인 독백임을 드러낸다.

「모자 마술」은 재현과 실재 그리고 작가와 독자의 관계를 입체적으로 응결시킨 단편이라 할 수 있다. 이 한 편의 소설에 창작에 대한 쿠버의 모든 견해가 들어 있다고 해도 과언이 아닐 것이다. 우선 내용을 잠깐 살펴보면 한 마술사가 모자를 가지고 관객들을 놀래는 마술 연기를 선보인다. 모자에서는 토끼와 비둘기가 무더기로 나왔다 들어갔다 하며 관객들을 열광시키지만 시간이 지나면 지날수록 관객들의 반응은 시들해진다. 마술사는 관객들을 자극하기 위해 땀을 뻘뻘 흘리고 고투하다가 자신을 도와주는 아름다운 조수 아가씨를 모자 속에 집어넣는 데 성공한다. 그러나 토끼나 비둘기와는 달리 아가씨의 몸통은 모자 밖으로 쉽게 빠져나오지 않는다. 당황한 마술사는 모자를 내동댕이치고 발로 쾅쾅 밟아 대는데 그저 마술적 기교로 여겼던 이런 행위로 인해 참혹한 살인이 일어난다. 아가씨가 모자 속에서 으깨져 죽은 것이다. 관객들은 구토를 하고 마술사는 끌려 나간다. 쿠버가 이 단편을 통해 독자들에게 하고픈 이야기는 뭘까? 그것은 작가는 이제 더 이상 리얼리티를 통제하는 관조적 입장이 아니라 자신이 구축한 서사물에 함몰당하는 등장인물에 불과하다는 것이다. 마술이란 무엇인가. 그것은 마술사가 모든 트릭을 사용하여 관객을 속이는 것이다. 마술사와 관객 사이엔 거리가 있어야 하며 마술의 리얼리티는 거짓 판타지의 실현이다. 그런데 지나칠 정도로 독자를 즐겁게 하려는 욕망에 사로잡힌 마술사가 창조자로서의 자리를 잃고 꼭두각시가 되어 자신의 마술에 진짜 걸려들고 말았다. 리얼리티를 재현한다는 것이 오히려 그 리얼리티를 깨는 결과를 가져온 것이다. 쿠버는 자신의 단편집을 통해 작가는 완벽한 창조자가 아니라 그저 공학도처럼 문학을 조율하고 분석하는 기술자에 불과하며 그 자신 또한 상황의 외부에 있는 게 아니라 내부에 속해 있음을 반복적으로 드러낸다.

쿠버의 흥미로운 또 다른 단편은 「철창에 갇힌 모리스」이다. 이 소설은 화자와 모리스의 시점이 교차 반복되기 때문에 겉으로 보기엔 복잡하지만 내용은 상당히 이분법적이다. 모리스라 불리는 자연을 대표하는 양치기가 현대 과학 문명을 대표하는 도시 문제 전문가 펠로리스 박사에게 체포당하는 과정을 묘사한 작품이다. 소설은 모리스의 포획이 서두에 등장하고 그 과정을 거슬러 올라가는 보고서의 형태로 진술된다. 양을 너무나 사랑하고 잘 돌보는 모리스의 예측하기 힘든 행동 양식이 과학적으로 조직화된 현대 사회를 위협한다고 판단한 공원 관리자들은 그를 거세하여 복종시키려 한다. 피리를 불고 공원을 거닐며 양떼들에게 맛있는 금잔화를 먹이려는 모리스의 순수한 횡보와 그를 최첨단 컴퓨터로 포획하려는 추적자들의 추격은 우스꽝스럽기 그지없다. 그러나 결국 모리스는 체포당하고 만다. 그가 가장 사랑했던 숫양 람세스의 계략 때문이었다. 공원의 증폭되는 양의 개체수를 줄이기 위해 공원 관리자는 양치기 모리스에게 숫양을 거세하라고 했고 아픈 마음을 무릅쓰고 람세스를 거세한 모리스를 결국 양들이 배반한 것이다. 이 소설은 자연과 과학, 도시와 시골, 이성과 신화의 대립을 중심으로 문명과 자연의 양립할 수 없는 틈을 보여 준다.

쿠버가 동화와 신화, 옛 고전으로 서사의 관심을 돌린 것은 어쩌면 자연스러운 회귀인지도 모른다. 「마른 남자와 살찐 여자의 로맨스」에 나오는 구절처럼 우리는 너무 새로운 것을 추구하다가 단순함의 묘미를 잃어버린 게 분명하기 때문이다. 아이러니한 것은 쿠버의 극단적인 실험소설이 결국은 가장 단순한 동화로 돌아온 것이다. 그리고 그가 보여 주려던 최첨단의 메타픽션은 저자의 권위를 실추시킨 것이 아니라 오히려 그런 기법까지 아우르는 작가의 역량을 더욱 과시했다는 점이다. 쿠버의 말처럼 우리는 적잖은 희생이 따를지라도 거역할 수 없다면 자기에게 부여된 메타포에 순종하며 거기에 충실할 수밖에 없는 것 같다. 쿠버가 갖은 기법을 다 도용하고 나서 맘부리노의 황금 투구가 이발사의 면도 대야였다고 고백하듯 말이다.

2009년 2월 양윤희

작가 연보

1932년   2월 4일 미국 아이오와 주 찰스 시티에서 그랜트
매리언과 맥신 스위트 쿠버 사이에서 태어남.

1953년   인디애나 대학교에서 슬라브어 연구 예술론(Arts
with focus on slavic studies)으로 학사 학위를 받음.
1953년부터 1957년까지 미국 해군으로 복역.(이 시기
에 한국전 참전.)

1959년   바르셀로나 대학교에서 공부 중이던 마리 델 필라
와 지중해 여행에서 만나 결혼.

1960년   《피들헤드》에 「스페인에서의 여름(One Summer in
Spain)」이라는 5편의 연작시를 발표했으나 크게 주
목받지는 못함.

1965년   시카고 대학원을 졸업하고 강의와 창작 시작.

1966년   소설 『브루니스트 가의 기원(The Origin of the
Brunists)』으로 윌리엄 포크너 상 수상.

1968년	소설『유니버설 야구 협회(The Universal Baseball Association, Inc., J. Henry Waugh, Prop)』발표.
1969년	단편소설집『요술 부지깽이』발표. 록펠러 재단 연구비(Rockefeller Foundation Fellowship) 받음.
1971년	구겐하임 연구비(Guggenheim Fellowship) 받음.
1977년	『공개 화형(The Public Burning)』발표로 전미 도서상 후보로 선정.
1980년	『정치적 우화(A Political Fable)』발표.
1982년	『하녀 볼기 치기(Spanking the Maid)』발표.
1983년	『하룻밤 동침과 짧은 조우(In Bed One Night & Other Brief Encounters)』발표.
1986년	『제럴드의 파티(Gerald's Party)』발표.
1991년	『베니스의 피노키오(Pinocchio in Venice)』발표.
1996년	『잠자는 미녀(Briar Rose)』와『존의 아내(John's Wife)』발표.
1998년	『유령도시(Ghost Town)』발표.
2004년	『계모(Stepmother)』발표.
2008년	현재 브라운 대학교 영문과 석좌 교수로 주로 영국과 스페인에서 집필 활동.

세계문학전집 **201**

요술 부지깽이

1판 1쇄 펴냄 2009년 3월 6일
1판 14쇄 펴냄 2023년 3월 14일

지은이 로버트 쿠버
옮긴이 양윤희
발행인 박근섭, 박상준
펴낸곳 (주)민음사

출판등록 1966. 5. 19. (제 16-490호)
서울특별시 강남구 도산대로1길 62(신사동) 강남출판문화센터 5층 (우편번호 06027)
대표전화 02-515-2000 팩시밀리 02-515-2007
www.minumsa.com

한국어 판 ⓒ (주)민음사, 2009. Printed in Seoul, Korea

ISBN 978-89-374-6201-6 04800
ISBN 978-89-374-6000-5 (세트)

세계문학전집 목록

1·2 변신 이야기 오비디우스·이윤기 옮김 서울대 권장도서 100선

3 햄릿 셰익스피어·최종철 옮김 서울대 권장도서 100선 | 미국대학위원회 선정 SAT 추천도서

4 변신·시골의사 카프카·전영애 옮김 서울대 권장도서 100선

5 동물농장 오웰·도정일 옮김 미국대학위원회 선정 SAT 추천도서 | 《타임》 선정 현대 100대 영문소설

6 허클베리 핀의 모험 트웨인·김욱동 옮김 《뉴스위크》 선정 100대 명저

7 암흑의 핵심 콘래드·이상옥 옮김 미국대학위원회 선정 SAT 추천도서 | 《뉴스위크》 선정 10대 명저

8 토니오 크뢰거·트리스탄·베니스에서의 죽음 토마스 만·안삼환 외 옮김 노벨 문학상 수상 작가

9 문학이란 무엇인가 사르트르·정명환 옮김

10 한국단편문학선 1 김동인 외·이남호 엮음 국립중앙도서관 선정 청소년 권장도서

11·12 인간의 굴레에서 서머싯 몸·송무 옮김

13 이반 데니소비치, 수용소의 하루 솔제니친·이영의 옮김 노벨 문학상 수상 작가

14 너새니얼 호손 단편선 호손·천승걸 옮김

15 나의 미카엘 오즈·최창모 옮김

16·17 중국신화전설 위앤커·전인초, 김선자 옮김

18 고리오 영감 발자크·박영근 옮김

19 파리대왕 골딩·유종호 옮김 노벨 문학상 수상 작가 | 《타임》 선정 현대 100대 영문소설

20 한국단편문학선 2 김동리 외·이남호 엮음

21·22 파우스트 괴테·정서웅 옮김 서울대 권장도서 100선 | 미국대학위원회 선정 SAT 추천도서

23·24 빌헬름 마이스터의 수업시대 괴테·안삼환 옮김

25 젊은 베르테르의 슬픔 괴테·박찬기 옮김 논술 및 수능에 출제된 책(1998~2005)

26 이피게니에·스텔라 괴테·박찬기 외 옮김

27 다섯째 아이 레싱·정덕애 옮김 노벨 문학상 수상 작가

28 삶의 한가운데 린저·박찬일 옮김

29 농담 쿤데라·방미경 옮김

30 야성의 부름 런던·권택영 옮김

31 아메리칸 제임스·최경도 옮김

32·33 양철북 그라스·장희창 옮김 노벨 문학상 수상 작가 | 서울대 권장도서 100선

34·35 백년의 고독 마르케스·조구호 옮김 노벨 문학상 수상 작가 | 서울대 권장도서 100선

36 마담 보바리 플로베르·김화영 옮김 서울대 권장도서 100선

37 거미여인의 키스 푸익·송병선 옮김

38 달과 6펜스 서머싯 몸·송무 옮김

39 폴란드의 풍차 지오노·박인철 옮김

40·41 독일어 시간 렌츠·정서웅 옮김

42 말테의 수기 릴케·문현미 옮김

43 고도를 기다리며 베케트·오증자 옮김 노벨 문학상 수상 작가 | 서울대 권장도서 100선

44 데미안 헤세·전영애 옮김 노벨 문학상 수상 작가

45 젊은 예술가의 초상 조이스·이상옥 옮김 서울대 권장도서 100선

46 카탈로니아 찬가 오웰·정영목 옮김

47 호밀밭의 파수꾼 샐린저·정영목 옮김 《타임》 선정 현대 100대 영문소설 | 미국대학위원회 선정 SAT 추천도서 | 《뉴스위크》 선정 100대 명저 | BBC 선정 꼭 읽어야 할 책

48·49 파르마의 수도원 스탕달·원윤수, 임미경 옮김

50 수레바퀴 아래서 헤세·김이섭 옮김 노벨 문학상 수상 작가 | 국립중앙도서관 선정 청소년 권장도서

51·52 내 이름은 빨강 파묵·이난아 옮김 노벨 문학상 수상 작가

53 오셀로 셰익스피어·최종철 옮김 서울대 권장도서 100선

54 조서 르 클레지오·김윤진 옮김 노벨 문학상 수상 작가

55 모래의 여자 아베 코보·김난주 옮김

56·57 부덴브로크 가의 사람들 토마스 만·홍성광 옮김 노벨 문학상 수상 작가

58 싯다르타 헤세·박병덕 옮김 노벨 문학상 수상 작가

59·60 아들과 연인 로렌스·정상준 옮김 《뉴스위크》 선정 100대 명저

61 설국 가와바타 야스나리·유숙자 옮김 노벨 문학상 수상 작가 | 서울대 권장도서 100선

62 벨킨 이야기·스페이드 여왕 푸슈킨·최선 옮김

63·64 넙치 그라스·김재혁 옮김 노벨 문학상 수상 작가

65 소망 없는 불행 한트케·윤용호 옮김 노벨 문학상 수상 작가

66 나르치스와 골드문트 헤세·임홍배 옮김 노벨 문학상 수상 작가

67 황야의 이리 헤세·김누리 옮김 노벨 문학상 수상 작가

68 페테르부르크 이야기 고골·조주관 옮김

69 밤으로의 긴 여로 오닐·민승남 옮김 노벨 문학상 수상 작가 | 미국대학위원회 선정 SAT 추천도서

70 체호프 단편선 체호프·박현섭 옮김

71 버스 정류장 가오싱젠·오수경 옮김 노벨 문학상 수상 작가

72 구운몽 김만중·송성욱 옮김 서울대 권장도서 100선 | 국립중앙도서관 선정 청소년 권장도서

73 대머리 여가수 이오네스코·오세곤 옮김

74 이솝 우화집 이솝·유종호 옮김 논술 및 수능에 출제된 책(1998~2005)

75 위대한 개츠비 피츠제럴드·김욱동 옮김 《타임》 선정 현대 100대 영문소설

76 푸른 꽃 노발리스·김재혁 옮김

77 1984 오웰·정회성 옮김 《타임》 선정 현대 100대 영문소설 | 《뉴스위크》 선정 100대 명저

78·79 영혼의 집 아옌데·권미선 옮김

80 첫사랑 투르게네프·이항재 옮김

81 내가 죽어 누워 있을 때 포크너·김명주 옮김 노벨 문학상 수상 작가

82 런던 스케치 레싱·서숙 옮김 노벨 문학상 수상 작가

83 팡세 파스칼·이환 옮김

84 질투 로브그리예·박이문, 박희원 옮김

85·86 채털리 부인의 연인 로렌스·이인규 옮김

87 그 후 나쓰메 소세키·윤상인 옮김

88 오만과 편견 오스틴·윤지관, 전승희 옮김 미국대학위원회 선정 SAT 추천도서

89·90 부활 톨스토이·연진희 옮김 논술 및 수능에 출제된 책(1998~2005)

91 방드르디, 태평양의 끝 투르니에·김화영 옮김

92 미겔 스트리트 나이폴·이상옥 옮김 노벨 문학상 수상 작가

93 뻬드로 빠라모 룰포·정창 옮김

94 차라투스트라는 이렇게 말했다 니체·장희창 옮김 국립중앙도서관 선정 청소년 권장도서

95·96 적과 흑 스탕달·이동렬 옮김 국립중앙도서관 선정 청소년 권장도서

97·98 콜레라 시대의 사랑 마르케스·송병선 옮김 노벨 문학상 수상 작가 | BBC 선정 꼭 읽어야 할 책

99 맥베스 셰익스피어·최종철 옮김 서울대 권장도서 100선 | 미국대학위원회 선정 SAT 추천도서

100 춘향전 작자 미상·송성욱 풀어 옮김 서울대 권장도서 100선

101 페르디두르케 곰브로비치·윤진 옮김

102 포르노그라피아 곰브로비치·임미경 옮김

103 인간 실격 다자이 오사무·김춘미 옮김

104 네루다의 우편배달부 스카르메타·우석균 옮김

105·106 이탈리아 기행 괴테·박찬기 외 옮김

107 나무 위의 남작 칼비노·이현경 옮김

108 달콤 쌉싸름한 초콜릿 에스키벨·권미선 옮김

109·110 제인 에어 C. 브론테·유종호 옮김 BBC 선정 꼭 읽어야 할 책

111 크눌프 헤세·이노은 옮김 노벨 문학상 수상 작가

112 시계태엽 오렌지 버지스·박시영 옮김 《타임》 선정 현대 100대 영문소설 | 《뉴스위크》 선정 100대 명저

113·114 파리의 노트르담 위고·정기수 옮김 미국대학위원회 선정 SAT 추천도서

115 새로운 인생 단테·박우수 옮김

116·117 로드 짐 콘래드·이상옥 옮김 《뉴스위크》 선정 100대 명저

118 폭풍의 언덕 E. 브론테·김종길 옮김 미국대학위원회 선정 SAT 추천도서

119 텔크테에서의 만남 그라스·안삼환 옮김 노벨 문학상 수상 작가

120 검찰관 고골·조주관 옮김

121 안개 우나무노·조민현 옮김

122 나사의 회전 제임스·최경도 옮김 미국대학위원회 선정 SAT 추천도서

123 피츠제럴드 단편선 1 피츠제럴드·김욱동 옮김

124 목화밭의 고독 속에서 콜테스·임수현 옮김

125 돼지꿈 황석영

126 라셀라스 존슨·이인규 옮김

127 리어 왕 셰익스피어·최종철 옮김 서울대 권장도서 100선 | 《뉴스위크》 선정 100대 명저

128·129 쿠오 바디스 시엔키에비츠·최성은 옮김 노벨 문학상 수상 작가

130 자기만의 방·3기니 울프·이미애 옮김

131 시르트의 바닷가 그라크·송진석 옮김

132 이성과 감성 오스틴·윤지관 옮김

133 바덴바덴에서의 여름 치프킨·이장욱 옮김

134 새로운 인생 파묵·이난아 옮김 노벨 문학상 수상 작가

135·136 무지개 로렌스·김정매 옮김

137 인생의 베일 서머싯 몸·황소연 옮김

138 보이지 않는 도시들 칼비노·이현경 옮김

139·140·141 연초 도매상 바스·이운경 옮김 《타임》 선정 현대 100대 영문소설

142·143 플로스 강의 물방앗간 엘리엇·한애경, 이봉지 옮김 미국대학위원회 선정 SAT 추천도서

144 연인 뒤라스·김인환 옮김

145·146 이름 없는 주드 하디·정종화 옮김

147 제49호 품목의 경매 핀천·김성곤 옮김 《타임》 선정 현대 100대 영문소설

148 성역 포크너 · 이진준 옮김 노벨 문학상 수상 작가 | 퓰리처상 수상 작가

149 무진기행 김승옥

150·151·152 신곡(지옥편·연옥편·천국편) 단테 · 박상진 옮김 《뉴스위크》 선정 100대 명저

153 구덩이 플라토노프 · 정보라 옮김

154·155·156 카라마조프가의 형제들 도스토옙스키 · 김연경 옮김

157 지상의 양식 지드 · 김화영 옮김 노벨 문학상 수상 작가

158 밤의 군대들 메일러 · 권택영 옮김 퓰리처상 수상 작가

159 주홍 글자 호손 · 김욱동 옮김 서울대 권장도서 100선 | 미국대학위원회 선정 SAT 추천도서

160 깊은 강 엔도 슈사쿠 · 유숙자 옮김

161 욕망이라는 이름의 전차 윌리엄스 · 김소임 옮김

162 마사 퀘스트 레싱 · 나영균 옮김 노벨 문학상 수상 작가

163·164 운명의 딸 아옌데 · 권미선 옮김

165 모렐의 발명 비오이 카사레스 · 송병선 옮김

166 삼국유사 일연 · 김원중 옮김 서울대 권장도서 100선

167 풀잎은 노래한다 레싱 · 이태동 옮김 노벨 문학상 수상 작가

168 파리의 우울 보들레르 · 윤영애 옮김

169 포스트맨은 벨을 두 번 울린다 케인 · 이만식 옮김

170 썩은 잎 마르케스 · 송병선 옮김 노벨 문학상 수상 작가

171 모든 것이 산산이 부서지다 아체베 · 조규형 옮김 《타임》 선정 현대 100대 영문소설

172 한여름 밤의 꿈 셰익스피어 · 최종철 옮김 미국대학위원회 선정 SAT 추천도서

173 로미오와 줄리엣 셰익스피어 · 최종철 옮김 미국대학위원회 선정 SAT 추천도서

174·175 분노의 포도 스타인벡 · 김승욱 옮김 노벨 문학상 수상 작가 | 《타임》 선정 현대 100대 영문소설

176·177 괴테와의 대화 에커만 · 장희창 옮김

178 그물을 헤치고 머독 · 유종호 옮김 《타임》 선정 현대 100대 영문소설

179 브람스를 좋아하세요... 사강 · 김남주 옮김

180 카타리나 블룸의 잃어버린 명예 하인리히 뵐 · 김연수 옮김 노벨 문학상 수상 작가

181·182 에덴의 동쪽 스타인벡 · 정회성 옮김 노벨 문학상 수상 작가

183 순수의 시대 워튼 · 송은주 옮김 《뉴스위크》 선정 100대 명저 | 퓰리처상 수상작

184 도둑 일기 주네 · 박형섭 옮김

185 나자 브르통 · 오생근 옮김

186·187 캐치-22 헬러 · 안정효 옮김 《타임》 선정 현대 100대 영문소설 | 《뉴스위크》 선정 100대 명저 | BBC 선정 꼭 읽어야 할 책

188 솔로호프 단편선 솔로호프 · 이항재 옮김 노벨 문학상 수상 작가

189 말 사르트르 · 정명환 옮김

190·191 보이지 않는 인간 엘리슨 · 조영환 옮김 《타임》 선정 현대 100대 영문소설

192 왑샷 가문 연대기 치버 · 김승욱 옮김 퓰리처상 수상 작가

193 왑샷 가문 몰락기 치버 · 김승욱 옮김 퓰리처상 수상 작가

194 필립과 다른 사람들 노터봄 · 지명숙 옮김

195·196 하드리아누스 황제의 회상록 유르스나르 · 곽광수 옮김

197·198 소피의 선택 스타이런 · 한정아 옮김 퓰리처상 수상 작가

199 피츠제럴드 단편선 2 피츠제럴드 · 한은경 옮김

200 홍길동전 허균 · 김탁환 옮김

201 요술 부지깽이 쿠버·양윤희 옮김

202 북호텔 다비·원윤수 옮김

203 톰 소여의 모험 트웨인·김욱동 옮김

204 금오신화 김시습·이지하 옮김

205·206 테스 하디·정종화 옮김 미국대학위원회 선정 SAT 추천도서 | BBC 선정 꼭 읽어야 할 책

207 브루스터플레이스의 여자들 네일러·이소영 옮김

208 더 이상 평안은 없다 아체베·이소영 옮김

209 그레인지 코플랜드의 세 번째 인생 워커·김시현 옮김 퓰리처상 수상 작가

210 어느 시골 신부의 일기 베르나노스·정영란 옮김

211 타라스 불바 고골·조주관 옮김

212·213 위대한 유산 디킨스·이인규 옮김 서울대 권장도서 100선 | BBC 선정 꼭 읽어야 할 책

214 면도날 서머싯 몸·안진환 옮김

215·216 성채 크로닌·이은정 옮김

217 오이디푸스 왕 소포클레스·강대진 옮김 서울대 권장도서 100선

218 세일즈맨의 죽음 밀러·강유나 옮김

219·220·221 안나 카레니나 톨스토이·연진희 옮김 서울대 권장도서 100선

222 오스카 와일드 작품선 와일드·정영목 옮김

223 벨아미 모파상·송덕호 옮김

224 파스쿠알 두아르테 가족 호세 셀라·정동섭 옮김 노벨 문학상 수상 작가

225 시칠리아에서의 대화 비토리니·김운찬 옮김

226·227 길 위에서 케루악·이만식 옮김 《타임》 선정 현대 100대 영문소설 | 《뉴스위크》 선정 100대 명저

228 우리 시대의 영웅 레르몬토프·오정미 옮김

229 아우라 푸엔테스·송상기 옮김

230 클링조어의 마지막 여름 헤세·황승환 옮김 노벨 문학상 수상 작가

231 리스본의 겨울 무뇨스 몰리나·나송주 옮김

232 뻐꾸기 둥지 위로 날아간 새 키지·정회성 옮김 《타임》 선정 현대 100대 영문소설

233 페널티킥 앞에 선 골키퍼의 불안 한트케·윤용호 옮김 노벨 문학상 수상 작가

234 참을 수 없는 존재의 가벼움 쿤데라·이재룡 옮김

235·236 바다여, 바다여 머독·최옥영 옮김

237 한 줌의 먼지 에벌린 워·안진환 옮김 《타임》 선정 현대 100대 영문소설

238 뜨거운 양철 지붕 위의 고양이·유리 동물원 윌리엄스·김소임 옮김 퓰리처상 수상작

239 지하로부터의 수기 도스토옙스키·김연경 옮김

240 키메라 바스·이운경 옮김

241 반쪼가리 자작 칼비노·이현경 옮김

242 벌집 호세 셀라·남진희 옮김 노벨 문학상 수상 작가

243 불멸 쿤데라·김병욱 옮김

244·245 파우스트 박사 토마스 만·임홍배, 박병덕 옮김 노벨 문학상 수상 작가

246 사랑할 때와 죽을 때 레마르크·장희창 옮김

247 누가 버지니아 울프를 두려워하랴? 올비·강유나 옮김

248 인형의 집 입센·안미란 옮김

249 위폐범들 지드·원윤수 옮김 노벨 문학상 수상 작가

250 무정 이광수·정영훈 책임 편집 서울대 권장도서 100선

251·252 의지와 운명 푸엔테스 · 김현철 옮김

253 폭력적인 삶 파솔리니 · 이승수 옮김

254 거장과 마르가리타 불가코프 · 정보라 옮김

255·256 경이로운 도시 멘도사 · 김현철 옮김

257 야콥을 둘러싼 추측들 욘존 · 손대영 옮김

258 왕자와 거지 트웨인 · 김욱동 옮김

259 존재하지 않는 기사 칼비노 · 이현경 옮김

260·261 눈먼 암살자 애트우드 · 차은정 옮김 《타임》 선정 현대 100대 영문소설

262 베니스의 상인 셰익스피어 · 최종철 옮김

263 말리나 바흐만 · 남정애 옮김

264 사볼타 사건의 진실 멘도사 · 권미선 옮김

265 뒤렌마트 희곡선 뒤렌마트 · 김혜숙 옮김

266 이방인 카뮈 · 김화영 옮김 노벨 문학상 수상 작가 | 미국대학위원회 선정 SAT 추천도서

267 페스트 카뮈 · 김화영 옮김 노벨 문학상 수상 작가 | 국립중앙도서관 선정 청소년 권장도서

268 검은 튤립 뒤마 · 송진석 옮김

269·270 베를린 알렉산더 광장 되블린 · 김재혁 옮김

271 하얀 성 파묵 · 이난아 옮김 노벨 문학상 수상 작가

272 푸슈킨 선집 푸슈킨 · 최선 옮김

273·274 유리알 유희 헤세 · 이영임 옮김 노벨 문학상 수상 작가

275 픽션들 보르헤스 · 송병선 옮김 서울대 권장도서 100선

276 신의 화살 아체베 · 이소영 옮김

277 빌헬름 텔·간계와 사랑 실러 · 홍성광 옮김

278 노인과 바다 헤밍웨이 · 김욱동 옮김 노벨 문학상 수상 작가 | 퓰리처상 수상작

279 무기여 잘 있어라 헤밍웨이 · 김욱동 옮김 미국대학위원회 선정 SAT 추천도서

280 태양은 다시 떠오른다 헤밍웨이 · 김욱동 옮김 《타임》 선정 현대 100대 영문 소설

281 알레프 보르헤스 · 송병선 옮김

282 일곱 박공의 집 호손 · 정소영 옮김

283 에마 오스틴 · 윤지관, 김영희 옮김

284·285 죄와 벌 도스토옙스키 · 김연경 옮김 미국대학위원회 선정 SAT 추천도서

286 시련 밀러 · 최영 옮김

287 모두가 나의 아들 밀러 · 최영 옮김

288·289 누구를 위하여 종은 울리나 헤밍웨이 · 김욱동 옮김 노벨 문학상 수상 작가

290 구르브 연락 없다 멘도사 · 정창 옮김

291·292·293 데카메론 보카치오 · 박상진 옮김

294 나누어진 하늘 볼프 · 전영애 옮김

295·296 제브데트 씨와 아들들 파묵 · 이난아 옮김 노벨 문학상 수상 작가

297·298 여인의 초상 제임스 · 최경도 옮김 미국대학위원회 선정 SAT 추천도서

299 압살롬, 압살롬! 포크너 · 이태동 옮김 노벨 문학상 수상 작가

300 이상 소설 전집 이상 · 권영민 책임 편집

301·302·303·304·305 레 미제라블 위고 · 정기수 옮김

306 관객모독 한트케 · 윤용호 옮김 노벨 문학상 수상 작가

307 더블린 사람들 조이스 · 이종일 옮김

308 에드거 앨런 포 단편선 앨런 포·전승희 옮김 　미국대학위원회 선정 SAT 추천도서

309 보이체크·당통의 죽음 뷔히너·홍성광 옮김

310 노르웨이의 숲 무라카미 하루키·양억관 옮김

311 운명론자 자크와 그의 주인 디드로·김희영 옮김

312·313 헤밍웨이 단편선 헤밍웨이·김욱동 옮김 　노벨 문학상 수상 작가

314 피라미드 골딩·안지현 옮김 　노벨 문학상 수상 작가

315 닫힌 방·악마와 선한 신 사르트르·지영래 옮김

316 등대로 울프·이미애 옮김 　《타임》 선정 현대 100대 영문소설 | 《뉴스위크》 선정 100대 명저

317·318 한국 희곡선 송영 외·양승국 엮음

319 여자의 일생 모파상·이동렬 옮김

320 의식 노터봄·김영중 옮김

321 육체의 악마 라디게·원윤수 옮김

322·323 감정 교육 플로베르·지영화 옮김

324 불타는 평원 룰포·정창 옮김

325 위대한 몬느 알랭푸르니에·박영근 옮김

326 라쇼몬 아쿠타가와 류노스케·서은혜 옮김

327 반바지 당나귀 보스코·정영란 옮김

328 정복자들 말로·최윤주 옮김

329·330 우리 동네 아이들 마흐푸즈·배혜경 옮김 　노벨 문학상 수상 작가

331·332 개선문 레마르크·장희창 옮김

333 사바나의 개미 언덕 아체베·이소영 옮김

334 게걸음으로 그라스·장희창 옮김 　노벨 문학상 수상 작가

335 코스모스 곰브로비치·최성은 옮김

336 좁은 문·전원교향곡 배덕자 지드·동성식 옮김 　노벨 문학상 수상 작가

337·338 암 병동 솔제니친·이영의 옮김 　노벨 문학상 수상 작가

339 피의 꽃잎들 응구기 와 시옹오·왕은철 옮김

340 운명 케르테스·유진일 옮김 　노벨 문학상 수상 작가

341·342 벌거벗은 자와 죽은 자 메일러·이운경 옮김 　퓰리처상 수상 작가

343 시지프 신화 카뮈·김화영 옮김 　노벨 문학상 수상 작가

344 뇌우 차오위·오수경 옮김

345 모옌 중단편선 모옌·심규호, 유소영 옮김 　노벨 문학상 수상 작가

346 일야서 한사오궁·심규호, 유소영 옮김

347 상속자들 골딩·안지현 옮김 　노벨 문학상 수상 작가

348 설득 오스틴·전승희 옮김

349 히로시마 내 사랑 뒤라스·방미경 옮김

350 오 헨리 단편선 오 헨리·김희용 옮김

351·352 올리버 트위스트 디킨스·이인규 옮김

353·354·355·356 전쟁과 평화 톨스토이·연진희 옮김

357 다시 찾은 브라이즈헤드 에벌린 워·백지민 옮김

358 아무도 대령에게 편지하지 않다 마르케스·송병선 옮김

359 사양 다자이 오사무·유숙자 옮김

360 좌절 케르테스·한경민 옮김 　노벨 문학상 수상 작가

361·362 닥터 지바고 파스테르나크 · 김연경 옮김 노벨 문학상 수상 작가

363 노생거 사원 오스틴 · 윤지관 옮김

364 개구리 모옌 · 심규호, 유소영 옮김 노벨 문학상 수상 작가

365 마왕 투르니에 · 이원복 옮김 공쿠르상 수상 작가

366 맨스필드 파크 오스틴 · 김영희 옮김

367 이선 프롬 이디스 워튼 · 김욱동 옮김 퓰리처상 수상 작가

368 여름 이디스 워튼 · 김욱동 옮김 퓰리처상 수상 작가

369·370·371 나는 고백한다 자우메 카브레 · 권가람 옮김

372·373·374 태엽 감는 새 연대기 무라카미 하루키 · 김연경 옮김

375·376 대사들 제임스 · 정소영 옮김

377 족장의 가을 마르케스 · 송병선 옮김 노벨 문학상 수상 작가

378 핏빛 자오선 매카시 · 김시현 옮김

379 모두 다 예쁜 말들 매카시 · 김시현 옮김

380 국경을 넘어 매카시 · 김시현 옮김

381 평원의 도시들 매카시 · 김시현 옮김

382 만년 다자이 오사무 · 유숙자 옮김

383 반항하는 인간 카뮈 · 김화영 옮김 노벨 문학상 수상 작가

384·385·386 악령 도스토옙스키 · 김연경 옮김

387 태평양을 막는 제방 뒤라스 · 윤진 옮김

388 남아 있는 나날 가즈오 이시구로 · 송은경 옮김

389 앙리 브륄라르의 생애 스탕달 · 원윤수 옮김

390 찻집 라오서 · 오수경 옮김

391 태어나지 않은 아이를 위한 기도 케르테스 · 이상동 옮김 노벨 문학상 수상 작가

392·393 서머싯 몸 단편선 서머싯 몸 · 황소연 옮김

394 케이크와 맥주 서머싯 몸 · 황소연 옮김

395 월든 소로 · 정회성 옮김

396 모래 사나이 E. T. A. 호프만 · 신동화 옮김

397·398 검은 책 오르한 파묵 · 이난아 옮김 노벨 문학상 수상 작가

399 방랑자들 올가 토카르추크 · 최성은 옮김 노벨 문학상 수상 작가

400 시여, 침을 뱉어라 김수영 · 이영준 엮음

401·402 환락의 집 이디스 워튼 · 전승희 옮김

403 달려라 메로스 다자이 오사무 · 유숙자 옮김

404 아버지와 자식 투르게네프 · 연진희 옮김

405 청부 살인자의 성모 바예호 · 송병선 옮김

406 세피아빛 초상 아옌데 · 조영실 옮김

407·408·409·410 사기 열전 사마천 · 김원중 옮김 서울대 권장도서 100선

411 이상 시 전집 이상 · 권영민 책임 편집

412 어둠 속의 사건 발자크 · 이동렬 옮김

413 태평천하 채만식 · 권영민 책임 편집

414·415 노스트로모 콘래드 · 이미애 옮김

416·417 제르미날 졸라 · 강충권 옮김

418 명인 가와바타 야스나리 · 유숙자 옮김 노벨 문학상 수상 작가

419 핀처 마틴 골딩 · 백지민 옮김 노벨 문학상 수상 작가

세계문학전집은 계속 간행됩니다.